HEYNE <

ELKE SCHNEEFUSS

Die FRAUEN *vom* ALEXANDER PLATZ

Roman

WILHELM HEYNE VERLAG
MÜNCHEN

FSC
www.fsc.org
MIX
Papier aus verantwortungsvollen Quellen
FSC® C014496

Verlagsgruppe Random House FSC® N001967

2. Auflage
Originalausgabe 02/2020

Printed in Germany
Redaktion: Susann Rehlein
Umschlaggestaltung: Nele Schütz Design, München,
unter Verwendung von adobeStock (holger.l.berlin) und Richard Jenkins
Satz: Buch-Werkstatt GmbH, Bad Aibling
Druck und Bindung: GGP Media GmbH, Pößneck
ISBN: 978-3-453-42356-5

www.heyne.de

1. Kapitel

Heiligabend 1918

Zum ersten Mal in ihrem Leben steckten ihre Beine in zwei engen Röhren aus Stoff: Komisch sah das aus. Trotzdem, Georgs Hose anzuziehen war eine gute Idee gewesen. Die Beine fühlten sich überraschend warm darin an. Ärgerlich waren nur die Hosenträger, die Vera dauernd von den Schultern rutschten. Energisch rückte sie die Dinger ein weiteres Mal gerade, dann schob sie die Haare zurück unter die Schiebermütze. Natürlich waren ihr die Kleider ihres Bruders zu groß, aber sie fiel hoffentlich nicht auf in der Montur. Es war ohnehin kaum jemand unterwegs. Sie ließ die Blicke schweifen, doch in der gesamten Gertraudenstraße rührte sich nichts.

Ob sie wirklich alleine war hier draußen?

Vera spitzte die Ohren, die Stille fühlte sich eigenartig und bedrückend an. Vielleicht lagen Soldaten in den Hauseingängen, die sie aus ihren Verstecken heraus beobachteten? Möglich war es, Soldaten waren inzwischen überall. Vor Kurzem hatten Truppen der ehemaligen Reichswehr das Stadtschloss unter Beschuss genommen, um die sogenannte Volksmarine zum Teufel zu jagen. Die Kerle hatten sich im Schloss verschanzt, Meuterer aus dem Norden, versprengte Matrosen aus Kiel und Wilhelmshaven waren das. Konnten diese Idioten nicht wenigstens über die Weihnachtsfeiertage Frieden halten? Die Berliner hatten genug vom Krieg, trotzdem stand zu befürchten, dass die Soldaten mit ihren Schießereien das noble Viertel rund ums Schloss dem Erdboden gleichmachen würden. Schade drum. Früher war in der Gertraudenstraße immer etwas los gewesen. Spaziergänger, Fuhrwerke und mittendrin die Elektrische. Jetzt unheilvolle Stille, die Winterluft eisig und ungewohnt klar. War diese Leere nicht verdächtig? Da konnte man froh sein, wenn man etwas weiter im Norden zu Hause war, in den Gassen hinter dem Alexanderplatz war es bisher ruhig geblieben. Natürlich konnte sich das jederzeit ändern. Die instabile Regierung hatte die Lage nicht im Griff. Aufruhr, Straßenschlachten zwischen den Kommunisten und der Reichswehr, die Roten gegen die Regierung Ebert, die Oberste Heeresleitung gegen die Roten, jeder gegen jeden. Eine Schande war das.

Schluss jetzt, die Zeit drängte, sie musste sich sputen. Noch konnte Vera sich im Windschatten der Häuser halten, aber wenn sie gleich die Straße betrat, wurde sie zum Freiwild für Heckenschützen. Es war gefährlich weiterzugehen, aber umkehren konnte sie auch nicht. Mutter hatte es mal wieder am Herzen und brauchte einen Arzt. Die letzte Nacht war furchtbar gewesen, dieses Würgen, das Japsen nach Luft, so lange, bis sie blau wurde im Gesicht. Nicht zum Aushalten, zumal, wenn man nur danebenstand und nichts tun konnte. Vera musste zum Doktor und zumindest Mutters Tabletten besorgen, jetzt gleich. Einmal noch tief durchatmen, dann rannte sie los, auf die Straße hinaus. Das

Echo ihrer Schritte hallte in ihren Ohren. Hastig und mit großen Schritten überquerte sie das Kopfsteinpflaster, doch schon nach ein paar Metern keuchte sie. Schweiß stand ihr auf der Stirn, der Kälte zum Trotz. Zum Glück kam endlich das Haus des Doktors in Sicht. In gebückter Haltung eilte sie darauf zu und war gerade am Zigarrenladen vorbei, da knallte es plötzlich – war das ein Schuss gewesen? Die Angst packte sie, doch sie durfte nicht stehen bleiben, auch wenn ihre Beine sich anfühlten wie Fahrradschläuche ohne Luft. Vielleicht besser Schutz suchen in einem Hauseingang? Die Lage überprüfen, bevor sie weiterhastete? Eine Toreinfahrt tat sich rechts von ihr auf, die kam wie gerufen. Mit einem großen Satz ging Vera hinter dem Torpfosten in Deckung. Ihr Herz pochte, sie versuchte, nicht drauf zu achten, sie lauschte angestrengt: Kam da wer, waren Bewaffnete in der Nähe? Zum Glück blieb es still auf der Straße, vielleicht hatte sie sich den Schuss bloß eingebildet. Vielleicht war nur ein Aschekübel umgefallen. Oder irgendwer hatte heftig eine Tür zugeschlagen. Vorsichtig spähte sie am Torbogen vorbei, auf die Straße hinaus. Niemand zu sehen. Verlassen lag das Viertel im bleichen Winterlicht. Falscher Alarm vermutlich, aber trotzdem würde sie noch einen Augenblick abwarten und versuchen, zu Atem zu kommen. Die Gertraudenstraße war im Moment ein heißes Pflaster. Früher war sie gerne hier gewesen, hatte die eleganten Geschäfte und Cafés bestaunt, heute jedoch waren die Schaufenster mit Gittern verrammelt, die Türen zugesperrt. Wozu auch die Läden öffnen? Zu kaufen gab es nach vier Jahren Krieg sowieso nichts mehr, nicht mal an Weihnachten.

Vera richtete sich auf, alles ruhig, immer noch, also schlich sie zum Bürgersteig zurück, sie lief weiter und huschte kurz darauf die Freitreppe vor dem Haus des Doktors hinauf. Das Messingschild seiner Praxis blinkte wie frisch poliert, schon drückte sie den Klingelknopf. Sie wartete, doch es blieb still im Haus, niemand kam. Erstaunt trat sie einen Schritt zurück und musterte die Fassade des Hauses: Alle Fensterläden waren verrammelt. Das Gebäude wirkte verlassen, nur eine große, rote Fahne hing schlapp von einem Balkon im ersten Stock. Was sollte das denn, seit wann war der Doktor bei den Roten? Komisch, und wie weiter jetzt?

Während Vera noch grübelte, näherten sich auf dem Pflaster hinter ihr auf einmal Schritte. Sie fuhr herum und entdeckte zwei Männer, der eine noch jung, der andere schon grauhaarig. Ein Matrose und ein Feldgrauer, beide mit roten Armbinden an den Ärmeln ihrer Joppe. Der Seemann hatte ein Gewehr dabei, es baumelte an einem Riemen über seiner Schulter. Revolutionäre, ohne Frage. Musste das sein, ausgerechnet jetzt? Hätten diese Kerle nicht ein paar Minuten später hier auftauchen können? Die Männer blieben am Fuß der Treppe stehen und starrten zu ihr herauf. Der kalte Schweiß brach ihr aus beim Anblick der beiden, ihre Knie zitterten, aber zeigen durfte sie ihre Angst jetzt nicht.

Der Feldgraue tippte sich grüßend an die Mütze.

»Frohe Weihnachten, Kamerad. Willste auch zum Doktor?«

Sie nickte bloß.

»Haste schon geklingelt?«

»Ja, hab ich, aber es macht keiner auf.«

»So, so.«

Der ältere der beiden Soldaten musterte sie forschend. Recht hatte er, ihre Stimme musste tiefer klingen, wenn sie als Knabe durchgehen wollte. Darum ging es schließlich bei dieser Maskerade, wozu sonst hatte sie Georgs Klamotten aus dem Schrank geholt? Der Feldgraue kam die Treppe herauf.

»Bei Körner musste klingeln.«

»Weiß ich.«

»Na, denn geh mal beiseite, und lass Vatern machen.«

Der Uniformierte grinste, im nächsten Moment gab er ihr einen sanften Schubs. Vera griff eilig nach ihrer Kopfbedeckung, während der Feldgraue sich zum Klingelbrett vorbeugte. Seine Montur stank nach dem Schmutz der Straße, nach Zigarettenrauch und billigem Fusel. Mit krauser Stirn inspizierte er die Klingeltafel an der Wand. Sein Zeigefinger wanderte langsam über die Namensschilder, bis er plötzlich innehielt. Er wirkte verärgert, war wohl mit der Geduld schon am Ende. Auf einmal holte er mit dem rechten Bein aus, sein Stiefel knallte gegen die Haustür, einmal und noch einmal, das Holz ächzte, doch die Tür gab nicht nach. Erschrocken klammerte sich Vera an das Treppengeländer, sie wollte hier nur noch weg, der Kerl war anscheinend gefährlich. Mehrfach hatte sie in den letzten Tagen von Kriegsheimkehrern gehört, die nicht wiederzuerkennen waren, roh und gemein waren sie an der Front geworden, gerieten im Nu in Rage. Auch mit diesen beiden Kerlen hier war offensichtlich nicht gut Kirschen essen. Bloß weg, sie drehte sich um und wollte gerade die Treppe hinunter, als sie sich plötzlich dem Matrosen gegenübersah. Er hob seine Waffe an und lud sie durch, schon krachten Schüsse. Glas splitterte, der Geruch nach Schießpulver erfüllte die Luft, es regnete Glasscherben. Die Scheibe im oberen Teil der Haustür war geborsten, das Türschloss zerstört, sein Messingbeschlag hing nur noch an einem einzigen Nagel.

»Na also, geht doch. Schönen Dank auch, Kamerad.«

Der Feldgraue grinste, dann gab er der Haustür einen Stoß, quietschend öffnete sie sich, schon war der Soldat im Gebäude verschwunden. Fassungslos starrte Vera ihm hinterher: Der Weg zum Doktor war nun frei, aber sollte sie dem Soldaten wirklich ins Haus folgen? Was, wenn die beiden Burschen drinnen weiter randalierten und um sich schossen? Am liebsten hätte sie auf dem Absatz kehrtgemacht und wäre getürmt, doch Mutter brauchte ihre Medikamente. Wie zur Salzsäule erstarrt stand Vera an ihrem Platz vor der Türschwelle, als plötzlich der Matrose sie beim Arm nahm.

»So, Kleiner, das hätten wir. Jetzt verkrümeln wir uns. Du kommst mit mir, verstanden?«

Vera riss die Augen auf: Was redete der Matrose da, sie sollte mit ihm gehen? Wohin denn wohl? Vielleicht hatte er ihre Maskerade durchschaut – wenn er bemerkt hatte, dass sie eine Frau war, war sie geliefert. Ihr Körper zitterte, am liebsten hätte sie losgeheult, doch sie biss die Zähne zusammen und hielt dem Blick des Matrosen stand. Er zwinkerte ihr zu, doch sie konnte sein Getue nicht deuten, es machte ihr nur Angst – auch wenn er nicht schlecht aussah, der Revolutionär. Schlank, hochgewachsen, obendrein blonde

Haare, wie es sich für einen Seemann gehörte. Nun gut, sein Aussehen war das eine, aber was für eine Sorte Mensch war er wohl? An seiner Gutmütigkeit durfte man Zweifel haben, so wie der eben mit der Flinte auf die Tür des Doktors gefeuert hatte. Ihr Blick tauchte ein in das tiefe Blau seiner Augen, suchend und tastend, nur nicht untergehen darin. Gleich darauf gab er ihr einen Wink.

»Komm schon, wir beide hauen ab.«

Vera schüttelte den Kopf, sie musste dagegenhalten, doch sie bekam kein Wort heraus. Hatte er eben nicht noch zum Doktor gewollt, der Matrose? Warum türmte er dann jetzt, wo die Haustür doch offen stand?

»Was ist los? Hast du Bohnen in den Ohren? Abmarsch, habe ich gesagt.«

Er nahm ihren Arm, fester als beim ersten Mal, er zerrte sie mit Gewalt die Treppe hinunter. Schon standen sie auf dem Gehsteig vor dem Haus, Vera warf einen Blick in die Runde, doch sie waren allein auf weiter Flur, nirgendwo Hilfe in Sicht. Vera schluckte, verzweifelt auf der Suche nach den richtigen Worten.

»Wollen Sie – wollen Sie denn nicht mehr zum Doktor? Die Tür ist jetzt offen.«

»Wenn ich das wollte, hätte ich dich nicht die Treppe runtergeschubst, oder? Los, wir ziehen Leine.«

»Aber ich muss noch …«

»Musst du nicht. Du tust, was ich dir sage, verstanden?«

Sie schüttelte den Kopf, doch bevor sie lauthals protestieren konnte, hatte der Matrose ihr auch schon eine Kopfnuss verpasst. Ihr wurde schwindelig, der Schädel dröhnte, doch der Matrose packte sie am Ärmel ihrer Jacke und zerrte sie, das Gewehr in der anderen Hand, ein Stück die Straße hinunter. Sie stolperte ihm hinterher, es ging nicht anders, der Bursche hatte ja schon gezeigt, wozu er fähig war. Endlich fasste Vera Tritt und richtete sich auf, tapfer marschierte sie weiter, auch wenn sie sich noch immer wie betäubt fühlte. Im Gänsemarsch liefen sie eine Weile, sie noch unsicher und ein wenig taumelnd, ihr schmerzte der Kopf. Der Fremde blieb ihr dicht auf den Fersen, bis er irgendwann aufschloss zu ihr. Die Bänder seiner Matrosenmütze flatterten im Wind.

»Wo wohnst du, mein Junge?«

»Palisadenstraße. Hinterm Alexanderplatz.«

Ihr Seemann schwieg – kannte er diese Ecke der Stadt, oder warum sonst guckte er so misstrauisch? Der Alexanderplatz war ein raues Pflaster. Ein paar Straßen weiter begann das Scheunenviertel. Viele arme Leute lebten dort, Juden, Zuwanderer aus dem Osten, an jeder Ecke gab es schmutzige Kneipen mit billigen Huren. Die Palisadenstraße dagegen war noch in Ordnung, da lebten kleine Handwerker, auch Arbeiter, dort war es längst nicht so armselig wie um die Münzstraße herum. Wusste er das, der Matrose? Wahrscheinlich nicht, wenn er doch Seemann war und von der Küste kam, da konnte er sich nicht auskennen.

Er schob die Mütze ein Stück in den Nacken. »Palisadenstraße also. Und wie weit ist das von hier?«

»Kommt drauf an, wie schnell man geht, aber mindestens zwanzig Minuten braucht man zu Fuß.«

»In Ordnung. Du bringst mich zu dir nach Hause, verstanden? Und keine Mätzchen unterwegs, sonst wird es ungemütlich.«

Sie nickte, aber in ihrem Kopf arbeitete es fieberhaft. Sie musste ihn loswerden, den roten Matrosen, sie konnte doch keinen Soldaten mit nach Hause bringen. Mutter hatte es am Herzen, sie durfte sich nicht aufregen, hatte der Doktor gesagt. Vera trug die Verantwortung für die Familie und den Haushalt, sie allein hielt alle Fäden in der Hand. Georg noch im Krieg und Vater tot, auf dem Totenbett hatte sie ihm versprochen, auf die Mutter gut aufzupassen. Dass alles wieder werden würde wie früher, sie hatte Vater ihr Wort gegeben. Leider sah es im Moment nicht danach aus, als wenn sie ihr Versprechen würde halten können. Wenn sie mit einem Revolutionär nach Hause kam, noch dazu ohne Mutters Tabletten, was würde Mutter sich da aufregen. Andererseits, was konnte sie schon gegen einen Bewaffneten tun? Davonlaufen? Aber der Matrose hätte sie schnell eingeholt. Um Hilfe schreien? Weit und breit keiner da, der sie hören würde. Nein, sie kam vorerst nicht raus aus dieser Geschichte.

Veras Blick glitt zu Boden. Wie schrecklich das alles war. Hatte die Familie nicht seit Vaters Tod vor zwei Jahren genug durchgemacht? Mutters Krankheit, der Niedergang der Firma und Georg Gott weiß wo an der Front – es waren ja noch längst nicht alle Männer wieder zu Hause. Bei ihnen daheim der Hunger, die Kälte, die Schießereien in der Stadt, und jetzt der Matrose mit seinem Gewehr. Warum war sie so dämlich gewesen und hatte an Heiligabend zum Doktor laufen müssen? Weil sie alleine war mit allem, seitdem Vater nicht mehr da war, deshalb. Einer musste die Familie zusammenhalten. Es war keiner mehr da außer ihr.

Ein Blick aus dem Augenwinkel, aber der Matrose blieb an ihrer Seite, er schien sie seinerseits zu beobachten. Es gab kein Entkommen. Tränen stiegen in ihr auf, doch das würde sie dem Matrosen nicht gönnen, dass sie seinetwegen zu heulen anfing, noch dazu auf offener Straße. Für einen kurzen Moment schloss sie die Augen: Wie sollte ein Tag enden, der mit einer solchen Katastrophe begonnen hatte?

* * *

Hanna Münchow ließ sich gegen die Rückenlehne des Automobils sinken. Draußen zogen zwei Revolutionäre vorbei, der eine im Matrosenanzug, der andere in Zivil und mit Schiebermütze. Sah aus, als würden die beiden miteinander spazieren gehen, taten sie aber nicht, denn der Matrose hatte sein Gewehr im Anschlag. Ein seltsames Bild – gingen sie jetzt etwa schon gegenseitig aufeinander los, die Roten? Weihnachten und die Stadt im Chaos. Schon am Lehrter Bahnhof hatte sie gehört, dass die Kaiserlichen mit Gewalt versuchten, die Volksmarine aus der Stadt zu jagen. In der Innenstadt wurde gekämpft, Aufruhr in den Straßen. Der erste Taxifahrer hatte sie nicht fahren wollen deswegen, ein zweiter hatte die Fahrt übernommen, natürlich zu einem überhöhten Preis, von dem sie auch noch die Hälfte hatte vorab bezahlen müssen. Ärgerlich, das Ganze, ärgerlich und gefährlich, doch wie sollte sie sonst nach Hause kommen? Wohl war ihr nicht dabei. Musste der Fahrer denn auch eine Route mitten durch die Innenstadt wählen? Wozu im Osten rumkurven, wenn sie doch nach Südwesten wollte? Das Taxi ratterte und hustete, hoffentlich schaffte die alte Karre es überhaupt bis nach Dahlem. Vieles hatte der Krieg ihnen genommen, auch etliche Automobile. Jede Menge Fahrzeuge waren zu Kriegszwecken von den Herren im Reichswehrministerium beschlagnahmt worden. Was jetzt noch auf den Straßen unterwegs war, hatte häufig die besten Zeiten hinter sich.

Hanna beugte sich zum Fahrer vor. »Können Sie bitte einen anderen Weg nehmen? Weiter weg vom Stadtschloss?«

Ihr Fahrer warf ihr im Rückspiegel einen kurzen Blick zu, würdigte sie aber keiner Antwort, er setzte seine Fahrt einfach fort. Der holperte mit seiner Karre mitten über den Alexanderplatz, so ein Idiot, was sollte das denn? Womöglich gab es einen Grund dafür, aber warum nannte er ihr den nicht? Wieder so einer, der sich von einer Frau nichts sagen lassen wollte. Mit Männern wie ihm hatte sie an der Front oft zu tun gehabt. Schwester hier, Schwester da – wenn es ihnen dreckig ging, waren sie so klein mit Hut, aber wehe, es wurde besser. Prompt blickten sie herab auf die Frauen, die für ihr Wohlergehen sorgten. Kopfschüttelnd saß sie auf ihrem Platz und sprach sich Mut zu: Das Beste war, sich nicht aufzuregen. Draußen dünnten allmählich die Häuserzeilen aus, die Bebauung wurde spärlicher. Hatten die Fassaden der Vorstädte vor dem Krieg auch einen so armseligen Anblick geboten? Hanna empfand ihre Heimkehr schon jetzt als verpfuscht. Vielleicht lag es am Wetter oder allgemein an der Stimmung, in der sie sich befand. Ein bisschen Enttäuschung, ein bisschen Liebeskummer, daraus entstand eine gewisse Melancholie. Erst der traurige Abschied von Cora, dann die unendlich lange Fahrt aus dem Osten hierher, eingepfercht zwischen Kriegsheimkehrern. Eiskalt war es in den Waggons gewesen, die Reichsbahn bot ihren heimkehrenden Helden und Vaterlandverteidigern nur Plätze in der Holzklasse an. Einer der Männer war unterwegs zudringlich geworden, musste erst von den Kameraden zur Raison gebracht werden, und keine Schwesternuniform mehr da, die sie beschützte. Hanna hatte gehofft, dass wenigstens ihr Vater heute zum Bahnhof kommen würde, um sie abzuholen, aber das hatte er nicht getan. Vielleicht hatte er ihr Telegramm nicht bekommen, vielleicht war ihm der Weg zum Bahnhof zu gefährlich erschienen. Jedenfalls hatte sie zusehen müssen, wie sie allein nach Hause kam.

Mit einem Ruck zog sie den Mantel enger um den Leib, auch im Taxi war es frostig. Die Augen fielen ihr beinahe zu – die lange Reise, die Erschöpfung. Noch bis vor Kurzem war sie im Krankenhaus unermüdlich auf den Beinen gewesen, Tag für Tag, bis die Oberschwester plötzlich im Stationszimmer aufgetaucht war und die Auflösung aller Lazarette verkündet hatte. Anfangs hatte es niemand so recht glauben wollen, doch diesmal war wirklich Schluss gewesen: Eine Schwester nach der anderen hatte das Reservelazarett in Bromberg verlassen. Aus und vorbei, für immer. Ein komisches Gefühl.

Das Automobil stoppte. Der Taxifahrer, ein unauffälliger Mann in den mittleren Jahren, drehte sich zu ihr um und hielt die Hand auf.

»Da wär'n wir. Ich krieg noch drei Märker, junge Frau.«

Hanna bezahlte schweigend und stieg aus, der Fahrer machte sich nicht die Mühe, ihr mit der Reisetasche zu helfen. Schon knirschten die Reifen im Kies, die Taxe verschwand. Frierend musterte Hanna das Haus vor sich. Da war sie also wieder. Ihr Blick glitt über die helle Fassade der elterlichen Villa. Das Gebäude schien unverändert, die prachtvollen Säulen am Portal, die hohen Fenster, alles noch da, aber es brannte nirgendwo Licht – dabei musste doch jemand da sein, heute, an Heiligabend? Hanna klingelte, doch niemand kam, sie musste mit ihrem eigenen Haustürschlüssel aufsperren. Das Foyer war dunkel, es wirkte verlassen und leer, kein Weihnachtsbaum wie sonst all die Jahre. Endlich ein Geräusch aus dem Wohnzimmer: Perlendes Gelächter, da war scheinbar jemand höchst amüsiert. Irene war zu Hause, aber mit wem scherzte sie da? Hanna setzte ihre Tasche ab, sie ging zur Wohnzimmertür und lauschte: War vielleicht eine ihrer Schwestern eingetroffen, Amelie aus Breslau oder Lilli aus Erfurt, mit der ganzen Sippe im Schlepptau? Nichts dergleichen, stattdessen eine fremde Männerstimme hinter der Tür, definitiv jemand, den Hanna nicht kannte. Eine böse Vorahnung überkam sie, unangenehm, auch nur daran zu denken, aber bei Irene musste man mit allem rechnen. Es war eine Bürde, die eigene Mutter nicht zu mögen, doch Hanna trug diese Last seit vielen Jahren. Eine freudlose Kindheit hatte sie hinter sich, auch wenn wenn Irene als Mutter und Ehefrau zumindest scheinbar genau das getan hatte, was von ihr erwartet worden war. Vier Kindern hatte sie das

Leben geschenkt, kurz hintereinander waren ihre Töchter zur Welt gekommen. Victoria-Luise, Amelie-Henriette und Elisabeth-Christine, schließlich, zu guter Letzt: Hanna. Danach keine Schwangerschaften mehr, Irene hatte ihre Pflicht getan. Ihre Töchter bedeuteten ihr offenbar wenig, sie kümmerte sich kaum um die Mädchen. Nachdem ihre älteren Schwestern in Internate abgeschoben worden waren, hatte Hanna sich zu Hause oft allein gefühlt. Wenn Papa keine Zeit für sie hatte aufbringen können, waren es Kindermädchen und Gouvernanten gewesen, die allerdings kamen und gingen. Irene lebte ihr Leben anderswo, auf Bällen, Empfängen und in der Oper.

Und womit vertrieb die gnädige Frau sich heute die Zeit? Kurz entschlossen drückte Hanna die Türklinke und betrat das Wohnzimmer, das ihr im ersten Augenblick fremd vorkam. Dunkel war es, nur die Flammen der Kerzen, die in dem großen Silberleuchter am Fenster brannten, zitterten leicht in der Zugluft. Im Sessel daneben, wo sonst Hannas Vater seine Zeitung las, saß ein unbekannter junger Mann in Uniform. Irene strahlte ihn an, wahrscheinlich hatte sie sich vorgenommen, mit ihrem Funkeln und Strahlen den Weihnachtsbaum zu ersetzen, der fehlte nämlich. Stille im Raum, endlich wandte Irene sich ihrer Tochter zu, die Stirn leicht gekraust, der Fältchen zum Trotz, die eine solche Mimik verursachte. Es war nicht zu übersehen, sie fühlte sich gestört, dabei hätte sie wissen müssen, dass ein Rendezvous mit einem Verehrer an Heiligabend nicht ohne Störungen ablaufen konnte. Der Uniformierte immerhin stand auf. Er deutete eine Verbeugung an.

»Guten Tag, gnädiges Fräulein. Ich wünsche ein besinnliches Fest. Fröhliche Weihnachten.«

Endlich erhob sich auch Irene aus ihrem Sessel. Sie trug etwas eng Geschnittenes in Nachtblau, tief dekolletiert. Die Pailletten am Ausschnitt des Kleides glitzerten wie Sterne in einer klaren Winternacht – so eine große Robe war eindeutig unpassend für diese Gelegenheit, zu aufwendig und zu aufsehenerregend, auch wenn Hanna zugeben musste, dass das Dekolleté ihrer inzwischen 48 Jahre alten Mutter immer noch sehenswert war.

»Hanna, was für eine Überraschung.« Irene lächelte nicht, sie machte auch keine Anstalten, ihre Tochter zur Begrüßung zu umarmen. »Ich wusste nicht, dass du kommen würdest. Warum hast du uns nicht geschrieben?«

»Ich habe euch ein Telegramm geschickt. Wo ist Papa, wenn ich fragen darf?«

Keine Antwort, Irenes Schweigen wirkte feindlich. Natürlich, im Grunde war die letzte Frage überflüssig, Hanna konnte sich denken, was hier vor sich ging. Während Papa arbeitete, empfing Irene einen Verehrer. Sie ließ sich gern und häufig von Männern hofieren, die ihre Söhne hätten sein können. Das war albern und peinlich, aber sie brauchte wahrscheinlich immer wieder neue Beweise dafür, wie schön und verführerisch sie doch war, der Zahl ihrer Jahre zum Trotz. Ihre Schamlosigkeit und ihr Egoismus waren zwei der Gründe, warum Hanna ihre Mutter nicht mochte.

Irene strich ihre Robe glatt. »Dein Vater ist im Büro, aber er wird zum Abendessen zu uns stoßen.«

»Und Gustav? Wo ist Gustav?«

»Ich habe ihm über Weihnachten freigegeben, damit er seine Familie besuchen kann. Ich darf dir Herrn Leutnant Christoph Vogler vorstellen. Er kommt geradewegs von der Front, genau wie du.«

»Sehr erfreut, gnädiges Fräulein.«

Der Herr Leutnant deutete erneut eine Verbeugung an und senkte dabei den Kopf. Ihr Blick glitt über sein gestriegeltes, glänzendes Haar. Der junge Mann wirkte wie frisch gewaschen und gebügelt, so sauber, dass sie ihn sich überhaupt nicht an der Front vorstellen konnte. Was hatte er während der grausamen Kampfhandlungen getan, dieser aalglatte Bursche? Den Herren Offizieren die Bleistifte angespitzt? Ihnen Tee gekocht und ihre Stiefel gewichst? Im Feld herrschte außer dem Schmutz nur die Verzweiflung, zu einem Herrn Vogler passte beides nicht. Hanna schenkte ihm dennoch ein kurzes Lächeln.

»Die Freude ist ganz meinerseits, Herr Leutnant.«

Das war's, damit war die Begrüßung erledigt, keiner von ihnen dreien schien noch etwas sagen zu wollen. Hanna schwieg beharrlich. Diesen Lackaffen von einem Offizier an Heiligabend hierher einzuladen war unverschämt, Weihnachten war ein Fest der Familie. Wie viel Bitterkeit ihr diese Heimkehr doch bereitete. Wenigstens der Kummer über das Betragen ihrer Mutter war an der Front weit weg gewesen. Als Hilfsschwester in den Lazaretten zu schuften war nicht leicht gewesen, doch dort war sie herzlichen, wunderbaren Menschen begegnet, denen ihre Mutter nicht das Wasser reichen konnte.

»Sie haben als Schwester im Westen gearbeitet?« Der Leutnant suchte ihren Blick, wahrscheinlich empfand er die Stille als peinlich, dennoch, seine Stimme klang höchst gelangweilt. Es war Heiligabend, sie wollte höflich bleiben, was konnte dieser Mann dafür, dass Hanna ihre eigene Mutter nicht mochte? Sie nickte langsam.

»Ich war zuletzt in einem Reservelazarett in Westpreußen. Aber ich möchte Sie nicht an einem so festlichen Tag mit Geschichten von Tod und Elend langweilen.«

Der Leutnant stutzte, der höhnische Unterton in ihrer Stimme war kaum zu überhören. Irene kniff die Augen zusammen, die unter der großzügig aufgetragenen Schminke von einem Kranz aus Fältchen umrahmt wurden. Hanna wandte sich ab und hielt auf die Tür zu. Mochten die beiden Turteltauben sich weiter miteinander vergnügen, sie wollte nichts mehr davon wissen.

»Ich bin müde von der Reise und möchte nicht länger stören. Ich gehe auf mein Zimmer und lege mich ein wenig hin.«

Ohne Irenes Tadel abzuwarten, verließ Hanna den Raum.

Wie ungeheuer anstrengend es doch war, zu Hause zu sein. Mit einem Schlag waren sie alle wieder da, die alten Schwierigkeiten und Sorgen. Von heute an würde sie bestimmt tagein, tagaus die Klingen mit Irene kreuzen, genau wie früher. Mutter und Tochter, gefangen in einem endlosen, erbitterten Streit, und kein Ende in Sicht. Diese Feindschaft war einer der Gründe, warum Hanna seinerzeit als eine der ersten Frauen in dieser Stadt freiwillig Hilfsschwester geworden war.

Sie schloss die Wohnzimmertür und blieb für einen Moment in der Halle stehen, den Blick auf ihre abgenutzte Reisetasche gerichtet, die noch auf dem Fußboden neben der Garderobe stand. Jetzt war ihr ganz und gar nicht mehr weihnachtlich zumute, doch in diesem Moment drehte sich ein Schlüssel in der Haustür, und Papa trat ein, an seiner Seite Wolfgang Hartwig, der junge Ingenieur, den er vor dem Krieg eingestellt und zum Leiter seiner Konstruktionsabteilung gemacht hatte. Papa war endlich zu Hause, das war ein Lichtblick. Hanna breitete die Arme aus, strahlend flog sie ihm entgegen, so stürmisch, dass er gerade noch Zeit hatte, seine schwere Aktentasche auf den Fußboden gleiten zu lassen. Lachend fielen sie einander in die Arme, während Wolfgang Hartwig einen Schritt beiseite machen musste, um ihnen nicht im Weg zu stehen. Hanna klammerte sich an ihren geliebten Papa, sie küsste ihn auf beide Wangen und hielt ihn fest, bis er sie lächelnd ein Stück beiseiteschob.

»Hanna, mein Kind, wie schön, dass du wieder da bist. Und das an Weihnachten. Du erinnerst dich an Herrn Hartwig, nicht wahr?«

»Herzlich willkommen daheim, gnädiges Fräulein. Und frohe Festtage.«

»Danke, Herr Hartwig. Das wünsche ich Ihnen auch.«

Hanna bemühte sich um ein Lächeln, auch wenn sie die Gegenwart dieses jungen Mannes im Moment eher als störend empfand, was vielleicht ungerecht war, denn Hartwig besaß durchaus etwas Helles, Strahlendes. Er konnte einem in Gesprächen unter vier Augen sehr nahekommen. Vor dem Krieg hatte sie sich manchmal gefragt, ob da mehr beabsichtigt war von seiner Seite, ob er vielleicht auf behutsame, altmodische Weise um sie warb.

Papa griff nach seiner Aktentasche. »Tut mir leid, mein Kind, aber wir sprechen uns später. Im Moment habe ich noch mit Herrn Hartwig zu arbeiten.«

»Was denn, jetzt? An Heiligabend?«

Vater nickte, erst jetzt fiel ihr auf, wie blass er wirkte. Sicher war er überarbeitet, niemand in diesem Haus achtete auf sein Wohlergehen. Das würde sich ändern müssen.

»Willst du dich nicht ein wenig ausruhen? Ich kann hinuntergehen und der Köchin Bescheid geben, bestimmt können wir gleich essen.«

Vater schüttelte den Kopf.

»Wir haben Dringendes zu besprechen, Kind, deshalb ist Herr Hartwig hier. In einer Stunde gibt es Abendessen, vorher nicht. Wir unterhalten uns bei Tisch, ja?«

Vater wandte sich ab, Hartwig zuckte bedauernd mit den Schultern und folgte seinem Chef ins Herrenzimmer. Hanna blieb allein zurück, schweigend sah sie zu, wie sich die Tür hinter den beiden Männern schloss. Sie war enttäuscht, aber wie sollte es auch anders sein, hier in Dahlem hatte sich nichts verändert. Irene tanzte Papa weiter auf der Nase herum, und er bemerkte es nicht, weil er von früh bis spät arbeitete. Sein Fleiß ermöglichte Irene den unmoralischen Lebenswandel, den sie führte. Eine Zumutung, aber es half nichts, vorerst würde Hanna sich fügen müssen. Immerhin brachte sie die Erinnerung an Cora mit nach Hause, das war ihre Zuflucht und ihr Trost. Die Zeit mit Cora konnte ihr niemand nehmen – diese Liebe trug sie in sich, auch wenn es nicht einfach gewesen war für sie beide. Das Lazarett war überschaubar, die Angst, entdeckt zu werden, war groß gewesen. Im Keller, in den Abstellräumen oder auf dem Dachboden des Krankenhauses hatten sie sich versteckt – manchmal bloß für ein paar Minuten, bis eine von ihnen beiden wieder auf Station sein musste. *Unsere Sterne funkeln nur für uns beide*, hatte Cora zum Abschied gesagt, und es stimmte. Ihre Liebe existierte bisher nur im Geheimen, doch das sollte sich bald ändern.

Hanna bückte sich, sie nahm ihre Reisetasche und stieg die Treppe hinauf. Gleich nach Weihnachten würde sie den Kampf um ihre Freiheit beginnen, furchtlos und mutig wollte sie sein. Sie musste an ihr Ziel glauben, ganz fest, darauf kam es an.

* * *

»Verflucht, ist das dunkel. Wo sind wir hier?« Der Matrose nahm sein Gewehr von der Schulter, während Vera sich darum bemühte, Licht zu machen. Es war wirklich düster in der alten Schneiderwerkstatt, selbst tagsüber fiel kaum ein Sonnenstrahl in das Gebäude auf dem Hinterhof – kein Wunder, gleich nach dem Tod des Vaters hatten sie die Fenster mit Säcken verhängt, und dabei war es geblieben. Ein Zeichen der Trauer, ein Zeichen dafür, dass etwas zu Ende gegangen war, auch wenn Vera ihrem Vater auf dem Totenbett versprochen hatte, die Schneiderei eines Tages zu neuem Leben zu erwecken. Bisher war in dieser Richtung allerdings nichts geschehen. Während des Krieges hatte sie nicht die Möglichkeiten dazu gehabt, sie hätte das Geschäft alleine wiederaufnehmen müssen, wie hätte das gehen sollen? Schweigend tastete sie nach der Packung mit den Streichhölzern, die immer hier gelegen hatte. Nach ein paar Sekunden fanden sich Zündhölzer und auch ein Kerzenstummel, eine mickrige Flamme flackerte auf. Der Matrose kam näher, jetzt ohne Gewehr, das hatte er neben dem Eingang an die Wand gestellt.

Inzwischen wirkte er ruhiger, friedlicher, sogar einigermaßen freundlich. War wohl gut, dass er weg war vom Stadtschloss, weit fort von seinen Kumpanen. Noch war er ihr nicht ganz geheuer, wegen seiner Waffe und auch der roten Armbinde wegen. Jeder, der ihn sah, wusste sofort, dass er bei der Volksmarine mitmischte, ein Revolutionär, ein Unruhestifter. Auf dem Weg hierher immerhin hatte er sich vernünftig betragen.

»Wem gehört dieser Schuppen?«

Sie drehte sich zu ihm um, das abgebrannte Streichholz in der Hand. »Das ist kein Schuppen, das ist die ehemalige Schneiderwerkstatt meines Vaters.«

»Ganz schön groß.«

»Vor dem Krieg haben hier vierzehn Leute gearbeitet.«

»Vierzehn? Donnerwetter.«

»Ja. Wir haben Uniformen geschneidert, auf Bestellung und nach Maß. Ist leider vorbei, das Ganze. Inzwischen lohnt es sich nicht mehr.«

»Der Krieg ist schuld, wie immer.«

»Und ob. An der Front wurde nur Massenware gebraucht, schnell und billig hergestellt, große Mengen zu niedrigen Preisen. Das schaffen nur die Fabriken in Westfalen und anderswo. In der Schlacht kommt es eben nicht auf Schönheit an.«

»Deshalb musste Ihre Firma schließen.«

»Ja. Als mein Vater verstarb, haben wir dichtgemacht.«

»Und was soll jetzt aus dem Gebäude werden?«

»Weiß ich noch nicht. Es wird sich was finden.«

Vera zuckte mit den Schultern – wozu das alles einem Fremden erklären, der nur auf der Durchreise war? Eigentlich wollte sie ihn bloß loswerden, den Matrosen, nur wusste sie noch nicht, wie. Ganz plötzlich machte der Seemann einen Schritt auf sie zu, er grinste, gleich darauf hatte er ihre Schiebermütze in der Hand. Ihre Haare lösten sich, wie eine Welle glitten sie hinunter auf die Schultern.

»Schöne Haare haben Sie, Fräulein.«

»Ich?«

»Ja, Sie, ist ja sonst keiner da. Hab Sie von Anfang an nicht für einen Knaben gehalten, trotz der Hose und der Mütze.«

»Hört, hört. Und trotzdem haben Sie mir eine Kopfnuss verpasst.«

Er blickte nur kurz zu Boden, dann grinste er schon wieder.

»Tut mir leid, aber es ging nicht anders. Wir mussten da weg, oder?«

Eine Antwort konnte sie sich sparen, er hatte sich schon abgewandt, sein Blick glitt suchend durch den Raum.

»Ist wirklich gut ausgestattet, Ihre Werkstatt. Jede Menge Platz, Gaslicht ist auch da. Haben Sie fließend Wasser hier?«

»Natürlich.«

»Aus all dem lässt sich bestimmt was machen.«

»Ja, die Einrichtung war kostspielig seinerzeit. So was hätten Sie hier nicht vermutet, oder?«

»Wieso, was meinen Sie damit?« Er guckte verständnislos.

»So ein solides Gebäude in dieser Gegend, das ist nicht selbstverständlich. Wegen dem Scheunenviertel nebenan, meine ich.«

»Scheunenviertel?« Er nahm die Matrosenmütze vom Kopf, die Augen groß, er hatte keine Ahnung, wovon sie redete. Der war wirklich nicht von hier. Dass tief im Osten der Stadt ganz andere Menschen lebten als im Rest von Berlin, hatte er noch nicht bemerkt. Die Männer, die in den Straßen nebenan in ihren langen, schwarzen Mänteln umherwanderten, in Kaftanen und mit Rauschebärten, sie waren ein seltsamer Anblick, bis man sich daran gewöhnt hatte. Hier gab es viel buntes Volk, von der Münzstraße an konnte man alle möglichen Sprachen zu hören bekommen, wenn man eine Runde drehte. Nichts, was es nicht gab, Dirnen, Zuhälter, Taschendiebe. Die Näherinnen von Novak und Söhne waren fast alle aus dem Scheunenviertel gekommen, aber wozu es umständlich erklären, es hatte keinen Zweck im Augenblick.

Sie zuckte mit den Schultern. »Jedenfalls, was die Schneiderei anbelangt, der Betrieb ruht im Moment. Sobald mein Bruder aus dem Krieg zurückkommt, fangen wir wieder an.«

»Sie wollen wieder Uniformen schneidern? Offen gesagt, glaube ich nicht, dass sich das in Zukunft noch lohnt.«

»Wir werden sehen. Vor dem Krieg hatte unsere Firma einen guten Ruf. Novak und Söhne, schon mal gehört?«

»Nein. Ich bin kein Berliner, tut mir leid.«

»In der Hauptstadt kannte man uns. Mein Vater belieferte den kaiserlichen Hof.«

»Tatsächlich? Alle Achtung, ich bin schwer beeindruckt.«

Ihr Besucher rollte die Augen, den Blick zur Decke gehoben, Vera konnte nicht anders, sie musste lachen. Sie wusste nur zu gut, was gemeint war: Kaisers Zeiten waren passé, das ganze Brimborium von einem Tag auf den anderen hinfällig. Trotzdem, für ihre Familie war es eine große Zeit gewesen.

»Wir konnten gut von den Aufträgen aus dem Stadtschloss leben.«

»Verstehe ich. War bestimmt nicht leicht für Sie, der Krieg.«

Sie nickte, hatte aber auf einmal keine Lust mehr, weiter zu erzählen. Vaters Tod, Georgs Einberufung, der Niedergang der Firma – lauter bittere Pillen, die sie hatte schlucken müssen. Dauernd darüber nachzudenken brachte sie nicht weiter, das hatten die letzten vier Jahre ihr gezeigt. Sie war nicht mehr gerne hier unten, die leere Werkstatt schien ihr wie eine Anklage. Dabei war es noch gar nicht lange her, dass das Geplapper der Näherinnen zusammen mit dem Surren der Maschinen den Raum erfüllt hatte.

Der Matrose kam näher, er suchte ihren Blick.

»Im Krieg haben wir alle geblutet. Wir müssen jetzt zusammenstehen, damit es wieder aufwärtsgeht.«

»Ja, ja, natürlich. Nun wissen Sie jedenfalls Bescheid über das Gebäude. Und was ist mit Ihnen? Woher kommen Sie?«

»Ich bin in Eckernförde geboren, das liegt oben an der

Ostsee. Mein Vater hat dort eine kleine Bäckerei, ich war sein Geselle. Als der Krieg ausbrach, haben sie mich eingezogen und nach Kiel geschickt.«

»Und da sind Sie den ganzen Krieg über geblieben?«

»Ja, ich war auf einer Werft als Fahrer.«

Unwillkürlich musste sie lächeln, in einem Fischerdorf geboren, das passte, so sah der Matrose auch aus. Er war unglaublich blond und sehr schlank, dazu passten die tiefblauen Augen. Himmel noch eins, so ein Blau hatte sie noch nicht oft gesehen, die Farbe schien ihr leuchtend wie das Meer. Schon wegen seiner Augen musste sie immer wieder hingucken zu ihrem Revolutionär, auch wenn sie wusste, dass es ihm auffallen würde, irgendwann.

Plötzlich streckte er die Hand aus. »Benno Funke ist übrigens mein Name.«

Sie ergriff seine Hand. »Ich bin Vera Novak.«

Er nickte, ein merkwürdiger Moment, sie wagte kaum, sich zu rühren. Er schien ihr Gesicht genau zu betrachten – gefiel ihm, was er sah? Ihre Augen waren eher grau, nicht so schön blau wie die seinen, aber auf ihre dichten Haare war sie stolz, schulterlang, das trug man jetzt. Eine Nachbarin hatte ihr geholfen, die altmodischen Zöpfe zu kappen, auch wenn die Mutter darüber gejammert hatte. Der Matrose jedenfalls lächelte, sie war ihm dankbar dafür, sie nahm es als Kompliment. Langsam entzog sie ihm die Hand, endlich deutete er hinauf, zu den Kandelabern an der Decke.

»Funktioniert das Licht noch?«

»Nein, wir konnten die Gasrechnungen nicht mehr bezahlen.«

»Verstehe. Trotzdem, die Werkstatt scheint mir gut in Schuss zu sein. Wo sind die Nähmaschinen alle hin?«

»Hab ich verkauft. Von irgendwas mussten wir im Krieg ja leben.«

»Was denn, Sie haben die Maschinen verkauft? Ich denke, Sie wollen wieder anfangen mit der Schneiderei.«

»Ja, schon. Sobald mein Bruder aus dem Feld zurück ist, besorgen wir uns eine neue Ausstattung für die Werkstatt. Wenn Georg zurückkommt, geht es aufwärts.«

Benno Funke runzelte die Stirn, scheinbar glaubte er ihr kein Wort. Wahrscheinlich wollte er als Nächstes etwas über Georg wissen, aber sie sprach nicht gern über sein Ausbleiben. Warum genau er noch nicht zu Hause war, wusste sie nicht, und außerdem hatte sie jetzt anderes zu tun. Oben in der guten Stube wartete Mutter darauf, dass endlich Weihnachten wurde. Da störte der Matrose nur.

Vera verschränkte die Arme vor dem Oberkörper.

»Wie gesagt, mein Bruder ist noch an der Front. Mehr ist dazu nicht zu sagen.«

Benno lächelte, auf seiner Wange zeigte sich ein Grübchen, es stand ihm gut. Er sah wirklich nicht übel aus, ihr Revolutionär, nur der Zustand seiner Uniform ließ zu wünschen übrig. Der Stoff war schlecht zugeschnitten, die Abnäher waren falsch gesetzt, etliche Nähte nachlässig ausgeführt. Schlampige Arbeit. Kein Wunder, dass die deutsche Armee den Krieg verloren hatte.

»Hören Sie, Herr Funke, ich muss jetzt rauf zu meiner Familie. Es ist Heiligabend.«

»Na klar, gehen Sie ruhig, ich bleibe solange hier.«

»Was denn, Sie wollen hier unten bleiben? Nein, das kann ich nicht erlauben.«

»Nur für eine Nacht. Ich brauche einen Platz zum Schlafen. Draußen ist es eisig kalt, Fräulein Vera. Ich mache Ihnen keine Scherereien, das verspreche ich.«

»Wollen Sie denn nicht zurück zu Ihren Leuten ins Stadtschloss?«

»Nee, will ich nicht. Wenn ich das gewollt hätte, dann hätte ich mir das Theater beim Doktor vor der Tür wohl schenken können, oder?«

Er verstummte, er sah sie mit flehenden Blicken an, fast wie ein Hund, der um einen Leckerbissen bettelte. Unbehagen breitete sich in ihr aus, einen Revolutionär zu verstecken, das war nicht ohne. Vielleicht suchten seine Leute ihn schon? Auch wenn nicht, es konnte böse Folgen haben. Was, wenn Mutter ihn entdeckte oder einer der Nachbarn, alles Mögliche konnte geschehen, was dann? Außerdem, wenn sie ihn hier unterbrachte, musste sie ihn ja auch versorgen, und es gab doch nichts zu kaufen. Lebensmittel nur auf Karte, und auch dann immer viel zu wenig. Matschige Rüben, pappiges Brot, gestreckte Milch und manchmal ein bisschen angeschimmelten Kohl, das war alles, was sie im Haus hatten, auch an Weihnachten. Die Portionen waren knapp bemessen, häufig gingen sie mit leerem Magen zu Bett.

Der Matrose kam ein Stückchen näher, noch immer bettelten seine Augen sie an.

»Es ist nur für eine Nacht, Fräulein Vera. Das fällt niemandem auf, glauben Sie mir.«

»Warum gehen Sie nicht zurück zu Ihren Leuten?«

»Das sind nicht mehr meine Leute. Ich habe eine Weile bei denen Dienst geschoben, aber nun ist es gut. Von einem Bürgerkrieg war nicht die Rede, als sie uns aus Kiel nach Berlin geholt haben.«

»Wovon war denn die Rede? Von einem Betriebsausflug?«

»Nein. Wache stehen sollten wir für die neue Regierung, die Volksbeauftragten beschützen, ihre Gebäude sichern. Das ist doch wohl nicht dasselbe wie Schießereien mit den Kaiserlichen, oder?«

»In der Stadt wird erzählt, dass die Matrosen das Stadtschloss plündern und die Einrichtung verscherbeln. Nicht sehr nobel, oder?«

»Damit habe ich nichts zu tun. Fassen Sie mir mal in die Tasche, da ist nichts. Außer ein paar Äpfel in Nachbars Garten habe ich in meinem ganzen Leben noch nichts geklaut.«

Sie nickte, wie ein Dieb sah er nicht aus, dieser Benno Funke, auch wenn sie nicht wirklich verstanden hatte, warum er sich ausgerechnet heute Nacht von seiner Truppe entfernen wollte. Weshalb hatte er sich den Roten überhaupt angeschlossen, wenn er sie jetzt gleich wieder im Stich ließ? Merkwürdig, aber wahrscheinlich hatte es keinen Zweck, da nachzuhaken. Sollte er mal machen, der Matrose, das war seine Sache. Ein wenig hilflos deutete sie in die Runde.

»Wenn Sie unbedingt bleiben wollen, meinetwegen, aber das hier ist kein Hotel. Wo wollen Sie schlafen? Hier ist nichts, wo man sich ausruhen könnte. Und lausig kalt ist es auch.«

»Das lassen Sie mal meine Sorge sein. Ich komme zurecht. Es geht ja bloß um zwei Tage. Ich verschwinde, sobald ich sicher sein kann, dass sie nicht hinter mir her sind.«

»Ich denke, Sie bleiben nur für eine Nacht?«

»Seien Sie nicht so kleinlich. Sie sind doch eine Frau mit Herz, das sehe ich Ihnen an.«

Der Matrose war jetzt genau neben ihr, plötzlich legte er eine Hand auf ihre Schulter. Sie fühlte sich warm an durch den Stoff ihrer Jacke, warm und fest. Er senkte die Stimme, er war ihr ganz nah.

»Ich mach Ihnen keinen Ärger. Ins Stadtschloss zurück kann ich nicht, das müssen Sie verstehen. Für die bin ich jetzt ein Deserteur.«

Sie fuhr herum – Deserteur, hatte er Deserteur gesagt? Das klang nach Ärger, und noch mehr Ärger konnte sie wahrhaftig nicht gebrauchen.

»Sie meinen, Ihre Kameraden könnten sich an Ihnen rächen? Die sind hinter Ihnen her, weil Sie abgehauen sind?«

»Ach was, nein, das nicht. Derzeit hat die Volksmarine Besseres zu tun, als nach mir zu suchen. Solange die Kanonade der Kaiserlichen auf das Stadtschloss anhält, haben die Jungs alle Hände voll zu tun. Nur ich habe eben keinen Ort, an den ich gehen kann.«

Sie nickte langsam. »Also gut, dann über Weihnachten. Aber danach müssen Sie verschwinden, geben Sie mir Ihr Ehrenwort. Es kann nicht mehr lange dauern, bis mein Bruder …«

»Nach Weihnachten bin ich weg, ich verspreche es. Sie werden keinen Kummer haben meinetwegen.«

»Wenn meine Mutter erfährt, dass ich hier unten einen roten Matrosen verstecke …«

»Aber das ist es doch gerade, Fräulein Vera. Es soll keiner wissen, dass ich hier bin. Ich werde mich ganz ruhig verhalten. Und außerdem, ich bin kein Roter mehr.«

»Na ja, wenn Sie das sagen.«

»Dann stimmt es auch. Liebknecht hat mich beeindruckt, aber da war ich ja nicht der Einzige. Waren Sie dabei, als er vor dem Reichstag die Republik ausgerufen hat?«

Sie schüttelte den Kopf, während er daranging, die rote Armbinde vom Ärmel seiner Uniform zu streifen.

»Das Volk hat ihm zugejubelt, der Platz war schwarz vor Menschen. So was haben Sie noch nicht gesehen, diese Begeisterung. War an der Zeit, dass der Kaiser seinen Hut nimmt.«

»Wir haben immer ganz ordentlich verdient bei Hof. Und andere auch. Es ging den Leuten gut. Sie liebten ihren Kaiser. Und was ist jetzt? Ist das etwa ein Fortschritt?«

»Nein, ist es nicht, jedenfalls noch nicht. Wenn der Kaiser den Krieg nicht angefangen hätte, wäre alles beim Alten geblieben. Es mit England, Frankreich und Russland auf einmal aufzunehmen, heilige Scheiße, das war so was von dämlich. Und das alles wegen einem österreichischen Thronfolger, den hier kein Mensch kennt. Nur ein Dummkopf geht so ein militärisches Risiko ein, glauben Sie mir.«

»Die Oberste Heeresleitung hat aber …«

»Flachpfeifen.«

»So? Sie wissen offenbar gut Bescheid in der großen Politik.«

»Was man so hört, wenn man viele Leute trifft.«

»Ich gehe jetzt rauf in die Wohnung und hole Ihnen ein paar Decken und etwas Warmes anzuziehen. Damit Sie nicht erfrieren heute Nacht.«

»Danke, Fräulein Vera. Das ist nett von Ihnen.«

»Nur weil Weihnachten ist.«

»Und weil Sie mit einem erfrorenen Matrosen, der tot in Ihrer Werkstatt liegt, noch viel mehr Ärger hätten als mit einem, der lebendig ist, stimmt's?«

Er griff nach ihrer Hand und hielt sie einen Moment fest – ein paar Sekunden standen sie sich so gegenüber und schauten sich an, schweigend, sie mit klopfendem Herzen. Im nächsten Augenblick machte sie sich los, sie wollte zur Tür, doch Benno setzte ihr nach, gleich darauf war er wieder neben ihr.

»Vielen Dank noch mal. Ich wusste, dass ich auf Sie zählen kann, Fräulein Vera.«

»Ich hoffe bloß, ich werde für meine Gutmütigkeit nicht bestraft.«

»Was denn, meinetwegen? Niemals. Sie werden sehen, auf Benno Funke ist Verlass.«

»Sie haben keine Ahnung, was einem alles zustoßen kann, wenn man einen Fehler macht.«

»Einen Fehler? Sie machen keinen Fehler, wenn Sie mich aufnehmen.«

»Das sagen Sie. Aber man kann nicht alles vorhersehen im Leben. Gerade die Katastrophen nicht.«

»Das klingt bitter. Gibt's da was, das ich wissen sollte?«

Sie zuckte bloß mit den Schultern, das ging zu weit. Sie wollte im Moment nicht an dieser alten Geschichte aus ihrer Kindheit rühren.

»Warten Sie ab, bis Sie mich besser kennenlernen. Sie werden nicht bereuen, mir einen Gefallen getan zu haben, liebes Fräulein, das verspreche ich Ihnen.«

Sie zögerte, wollte etwas erwidern und ließ es dann doch. Sie wandte sich ab, eilig und ohne ein weiteres Wort verließ sie die Werkstatt. Draußen auf dem Hof dämmerte es bereits, der Weihnachtsabend begann. Ein Weihnachtsabend, wie noch keiner gewesen war zuvor, voller Armut, Kälte und Mühsal, aber auch getragen von einer Spur Hoffnung – und sie urplötzlich mittendrin in einem Abenteuer. Leichtsinn zahlte sich meistens nicht aus, aber andererseits, was sollte sie sonst tun? Den Revolutionär in die Kälte schicken, noch dazu an Heiligabend? Das würde sie nicht fertigbringen. Er war interessant, ihr Matrose. Ganz anders als die jungen Offiziere, die sie vor dem Krieg in Vaters Laden kennengelernt hatte, wenn sie zur Anprobe kamen. Die hatten zwar schön mit ihr getan, aber sie auch immer wieder spüren lassen, dass sie was Besseres waren. So einer war Benno nicht, der war nicht von oben herab, sondern geradeheraus, das wusste sie zu schätzen. Benno besaß etwas Draufgängerisches, trotzdem hatte sie schon jetzt Vertrauen zu ihm. Die Sache beim Doktor vor der Tür war nicht eben nobel gewesen, aber auch schon fast vergessen.

Und nun hinauf zu Muttern. Ohne die Tabletten, leider Gottes. Würde nicht leicht werden, eine Geschichte dazu zu erfinden, in der Benno Funke nicht vorkam. Vera lächelte dennoch, als sie zum Haus hinüberging.

* * *

Himmel, wie sehr sie es hasste, die kleine Christel allein zu lassen. Obendrein hinterging sie ihren Vater, der ganz bestimmt nicht damit rechnete, sie morgen früh nicht mehr im Haus vorzufinden – aber hatte sie denn eine andere Wahl, als sich heimlich auf den Weg zu machen?

Fritzi stand am Kinderbettchen, sie konnte sich nicht sattsehen am Anblick ihrer Tochter. Die Kleine schlief friedlich dem ersten Weihnachtstag entgegen. Ihre neue Puppe, die sie vorhin unter dem Weihnachtsbaum gefunden hatte, saß am Fußende des Gitterbettchens und bewachte den Schlaf des Kindes. Christels blonde Locken kringelten sich auf dem weißen Kopfkissen. Die Kleine war ein Ebenbild ihres Vaters. Einerseits empfand Fritzi das als wundervoll, erinnerte ihre Tochter sie doch jeden Tag aufs Neue an die Liebe, die sie mit Benno geteilt hatte. Andererseits war es furchtbar, das Kind ohne seinen Vater aufwachsen zu sehen, der bisher nicht einmal von der Existenz seiner mittlerweile fast vierjährigen Tochter wusste. Benno fehlte, bei Tag und bei Nacht. Die Zeit verging, mittlerweile konnte sie sich nicht mehr ausruhen auf der Gewissheit, dass Benno von ganz allein wiederkommen würde. Der Glaube an seine Rückkehr war marode geworden, ihre Hoffnung schwand von Tag zu Tag ein wenig mehr. Ja, der Krieg war zu Ende, und ja, Benno stammte aus Eckernförde und hatte hier Familie, das alles hätte ihn an die Heimat binden sollen, und doch fand sich keine Spur von dem Mann, den sie so sehr liebte.

Sie musste los und ihn suchen. Sie musste ihn zurückholen in das Leben, das für ihn vorgesehen war – ihr blieb keine andere Wahl. Erfolglos hatte sie um Bennos Rückkehr gebetet, sie hatte ihm Briefe geschrieben, die ohne Antwort geblieben waren. Auch seine Mutter wartete seit Monaten vergeblich auf Nachrichten von ihrem Sohn. Bennos Schweigen machte ihnen beiden Angst, sie wussten nicht, warum er sich nicht mehr meldete. Da überstand einer heil den Krieg und verschwand dann plötzlich aus der Welt, das konnte nicht sein. Es war an der Zeit, sein Verschwinden aufzuklären.

Fritzi nahm das Köfferchen vom Fußboden, das neben dem Kinderbett stand. Leichtes Gepäck, viel mitnehmen würde sie nicht. Wozu auch, schließlich wollte sie an Silvester wieder hier sein. Fünf Tage waren es bloß bis dahin, aber die konnten es in sich haben. Schon jetzt brach ihr der Gedanke, so lange ohne Christel zu sein, beinahe das Herz. Die Kleine brauchte ihre Mutter, aber einen Vater brauchte sie schließlich auch.

Ein letzter Seufzer, dann wandte Fritzi sich ab und schlich auf den Flur hinaus. Im Gebälk des alten Hauses arbeitete es, der Wind strich heulend und jammernd durch das Reetdach. Sie lauschte: Manchmal konnte sie die Käuzchen hören, die dort oben rumorten, ihr Ruf brachte Glück, sagten die Leute, doch heute blieb es still.

Auf Zehenspitzen schlich sie zur Haustür, nicht dass sie auf den letzten paar Metern ihren Vater aufweckte. Sein Schlaf war leichter geworden in den letzten Jahren. Schlimm genug, dass Casanova draußen wie wild kläffte, der Hofhund war bei Vollmond zu nichts zu gebrauchen. Hoffentlich machte er kein solches Spektakel, wenn sie gleich das Tor zur Straße öffnete.

Fritzi nahm ihren Mantel vom Haken an der Garderobe und zog ihn an. Der Schal, die Handschuhe, die Handtasche und zuletzt die Kappe mit der roten Blüte, die sie sich kurz vor dem Fest in Schleswig hatte machen lassen. Der neue Hut war Vaters Weihnachtsgeschenk, nicht so groß und ausladend wie die Hüte vor dem Krieg, stattdessen mit einer Blüte als Hingucker. Es bedrückte sie, dass sie ihrem lieben Papa diese gute Gabe so schlecht vergelten würde. Sich einfach davonzumachen bei Nacht und Nebel, das gehörte sich nicht. Er würde ihr grollen, doch wie sie ihn kannte, würde er verstehen, was sie dazu getrieben hatte, ihn ohne Ankündigung zu verlassen. Wenn sie gemeinsam mit Benno zurückkehrte, war alles gut. Und genau das würde sie tun: Sie würde ihren Verlobten finden, sie musste einfach. Eine Weihnachtskarte an seine Mutter, aus der Hauptstadt Berlin, war ihr einziger Anhaltspunkt. Es musste genügen.

Noch einmal horchte Fritzi ins Haus hinein, doch da war nichts. Eine tiefe Ruhe lag über allem. Die Haustür war abgesperrt, aber das hielt sie nicht auf, sie besaß einen eigenen Schlüssel. Der Vater vertraute ihr in allem. Sie konnte sich nicht lösen von dem Gedanken, wie enttäuscht er sein würde von ihr. Die Familie zu verlassen war ein Wagnis, aber als ledige Mutter auf dem Dorf zu leben war auch kein Zuckerschlecken. Das mit Benno war Liebe pur. Wusste man denn, ob einem so etwas mehr als einmal widerfuhr? Das Leben war kurz, manchmal kam das Ende überraschend früh. Der Tod ihrer Mutter war ein warnendes Beispiel. Genau deshalb würde sie Benno zurückholen. Sie würde ihn nach Hause bringen, zu seinen Leuten.

Draußen auf dem Hof hob Fritzi den Blick zum sternenklaren Himmel und stapfte los, die Anhöhe zur Straße hinauf. Das Eis der Pfützen brach unter ihren Stiefeln, es klirrte leise bei jedem Schritt. Der Hund rührte sich nicht mehr, in aller Stille verließ sie die heimatliche Mühle.

Jetzt war sie wirklich unterwegs. Zuerst der Fußmarsch bis Eckernförde, fast vier Kilometer weit – nicht ganz einfach mit dem Koffer und bei dem auflandigen Wind, der böse und wild an ihrer Kleidung zerrte. Trotzdem, bis nach Eckernförde musste sie es schaffen, dorthin hatte sie sich eine Mietdroschke bestellt, die am Ortseingang auf sie warten würde. Der Fahrer kam eigens aus dem Nachbarort, um sie zum Bahnhof in Schleswig zu bringen. Seine nächtliche Fahrt würde er sich mit einem hübschen Aufschlag bezahlen lassen, doch in diesen sauren Apfel musste sie eben beißen. Der Mann sollte keinen Anlass haben, schlecht über sie zu reden. Schließlich konnte er sich denken, dass etwas nicht in Ordnung war mit seinem nächtlichen Fahrgast. Eine junge Frau, die am Heiligen Abend nach zweiundzwanzig Uhr zum Bahnhof gebracht werden wollte, obwohl kein Zug mehr ging – man musste kein heller Kopf sein, um dabei Verdacht zu schöpfen. Ach was, und wenn schon, eigentlich konnte es ihr egal sein. Die Mäuler zerrissen sie sich ja sowieso im Dorf, zum einen, weil sie eine ledige Mutter war, zum anderen, weil der Vater ihres Kindes nicht wiederauftauchte. Im Dorf wussten sie alle etwas dazu zu sagen, das meiste davon war grober Unfug. Dem Gerede würde sie ein Ende machen. Diese Nacht musste sie im Warteraum des Bahnhofs verbringen, aber am frühen Morgen ging es dann weiter, mit dem ersten Zug, der nach Hamburg fuhr.

Sie stapfte eine Anhöhe hinauf, sie fror ganz elendig. Der Koffer wurde schwer und schwerer, obwohl doch fast überhaupt nichts drinnen war. Sie ahnte, wie sehr sie das alles hier vermissen würde. Fritzi war eben ein Kind vom Lande und schämte sich nicht dafür. Bisher hatte sie ihre Heimat geliebt, Sehnsucht nach der Großstadt kannte sie nicht. Wäre Benno nicht in Berlin gewesen, dann wäre sie niemals auf die Idee gekommen, freiwillig dorthin zu fahren.

Einmal tief durchatmen, dann marschierte sie weiter durch die Nacht, bemüht darum, unterwegs keine Gedanken an das zuzulassen, was in der Fremde auf sie zuzukommen drohte.

2. Kapitel

»Darf ich dir etwas zeigen, Papa?«

Hanna schloss die Tür des Arbeitszimmers, in dem der Vater mit seinen Papieren am Schreibtisch saß. Sie mochte diesen Raum, sie mochte die andächtige Stille und den Geruch nach Tabak, den die Möbel ausdünsteten. Ihr gefielen die hohen Bücherregale und der alte Ohrensessel am Fenster mit der Palme daneben. Der altbackene Plüsch der Kaiserjahre dominierte diesen Ort, aber diese Atmosphäre passte zu ihrem Vater, dessen sogenanntes Herrenzimmer Ruhe und Beständigkeit vermittelte. Auch heute, am ersten Weihnachtstag, hockte er hinter dem mächtigen Schreibtisch und studierte Unterlagen. Er hob den Kopf, als sie den Raum betrat.

»Komm rein, mein Kind. Was hast du mir mitgebracht?«

Hanna trat näher, sie klappte einen kleinen, dunklen Pappkarton auf und legte ihn vor ihrem Vater auf den Tisch. Das also war sie, ihre Auszeichnung für Tapferkeit im Felde. Man hatte sie mit der Samaritermedaille der Kaiserin Auguste Viktoria geehrt, sie war stolz darauf. Nicht dass Hanna eine Verehrerin der ehemaligen Kaiserin gewesen wäre. Niemals wäre sie um der Aussicht auf eine Auszeichnung willen in den Krieg gezogen. Aber dass man ihren Einsatz an der Front überhaupt gewürdigt hatte, obwohl sich die Oberschwester im Lazarett dagegen ausgesprochen hatte, das machte dieses Stückchen Blech zu etwas Besonderem. Einer ihrer Patienten hatte sie für die Ehrung vorgeschlagen, wegen Tapferkeit vor dem Feind. Und hier war er nun, der Orden.

Ihr Vater nahm die Schachtel in die Hand und betrachtete den silbernen Anhänger mit dem Bildnis von Auguste Victoria.

»Donnerwetter, mein Kind. Darauf kannst du dir etwas einbilden. Geschrieben hattest du uns davon, aber die Medaille vor sich zu haben ist noch beeindruckender.«

Er hob den Kopf und sah sie mit leuchtenden Augen an.

Es war schön, dass er sich für ein Stück Blech so begeistern konnte. Ihn endlich mal wieder lächeln zu sehen war auch für sie ein Grund zur Freude. Schmaler war er geworden. Diese tiefen Schatten unter seinen Augen, waren die bei ihrem letzten Besuch auch schon da gewesen?

»Ich erinnere mich noch gut daran, wie ich dich als kleines Mädchen zum ersten Mal auf ein Pferd gesetzt habe, mein Kind. Du hast geweint und wolltest sofort wieder herunter. Und jetzt kutschierst du zwei schwer verletzte Soldaten mitten durch die feindlichen Linien. Wer hätte gedacht, dass aus dir eines Tages eine so tapfere Frau werden würde?«

»Jedenfalls eine, die keine Angst mehr hat vor Pferden.«

»Eine, die ihr Leben einsetzt, um Verwundete zu retten. Einen Sanitätswagen unter Beschuss vom Verbandsplatz zum Lazarett zu fahren, das nenne ich Courage.«

»Um ehrlich zu sein, ich hatte Angst.«

»Das glaube ich dir, das ist keine Schande. Einer der Schwerverletzten, die du ins Lazarett gefahren hast, war ein hohes Tier?«

»Ein Oberst aus pommerschem Adel, er kennt die kaiserliche Familie persönlich.«

»Durch dich hat er überlebt.«

»Ich hätte für einen einfachen Feldgrauen dasselbe getan.«

»Natürlich, mein Kind. So oder so, es war eine Heldentat.«

»Wir haben alle unser Bestes gegeben. In Flandern haben wir die Hölle erlebt, Papa.«

»Ich habe darüber gelesen und bin umso mehr stolz auf dich. Du hast dir deine Medaille wirklich verdient. Zumal es nicht viele Auszeichnungen dieser Art gegeben hat, wie ich gehört habe.«

»Schon gar nicht für Hilfsschwestern.«

»Ich kann mir gut vorstellen, dass du anderen ein Vorbild warst.«

Hanna nickte, während sie sich auf einen der beiden Stühle vor dem Schreibtisch gleiten ließ. Die Gelegenheit war günstig, ihr Vater war guter Laune, das musste sie ausnutzen.

»Ich habe viel gelernt an der Front.«

»Ganz bestimmt. Und du bist erwachsen geworden.«

»Die Krankenpflege hat meinem Dasein einen Sinn gegeben, weißt du?«

»Natürlich, das leuchtet ein.«

»Ich möchte nicht, dass mein Wissen nutzlos in der Versenkung verschwindet, verstehst du? Anderen helfen zu können ist das Schönste für mich.«

Ihr Vater nickte, doch er schwieg. Was ging wohl in ihm vor? Seit ihrem letzten Besuch hatte er sich seinen Vollbart abrasieren lassen, das gefiel ihr gut, es machte ihn jünger. Diese monströsen Großvaterbärte, die die Männer vor dem Krieg getragen hatten, fand sie abscheulich. Ohne Bart sah er viel besser aus, nur blass war er noch immer.

Er beugte sich zu ihr vor. »Hilfsbereitschaft ist eine ehrenwerte Eigenschaft, mein Kind. Dein zukünftiger Ehemann wird das zu schätzen wissen. Ganz bestimmt wirst du eine großartige Mutter und Ehefrau.«

»Danke für dein Vertrauen, genau deshalb will ich mit dir sprechen. Weißt du, ich kann inzwischen viel mehr, als einen Schnupfen auszukurieren. Ich habe eine Begabung für die Medizin, Papa. Ich möchte mein Wissen und meine Kenntnisse sinnvoll einsetzen.«

»So? Nun, der Krieg ist zu Ende, aber wenn du unbedingt ehrenamtlich tätig sein möchtest, vielleicht findet sich etwas. Deine Mutter hat Beziehungen zum Roten Kreuz …«

»Nein, ich möchte kein Ehrenamt. Ich will eine Ausbildung zur staatlich geprüften Krankenschwester machen, mit Lehrzeit und Schwesternexamen. Ich will in Zukunft berufstätig sein, Papa.«

»Berufstätig?«

Seine Augenbrauen schnellten in die Höhe, mit dieser Wendung hatte er nicht gerechnet. Skepsis lag jetzt in seiner Miene, Hanna wusste, von nun an musste sie behutsam vorgehen.

»Ja, ich will Schwester werden, mit allem Drum und Dran.«

»Aber Kind, wozu denn? Du verschwendest deine besten Jahre.«

»So sehe ich das nicht.«

»Du stehst unter dem Eindruck der jüngsten Ereignisse, das ist nachvollziehbar, aber der Krieg ist eine Ausnahmesituation. Dort wurden andere Dinge von uns verlangt als jetzt, im Frieden.«

»Auch im Frieden wird eine gute Pflege gebraucht.«

»Warte, bis du dich wieder eingewöhnt hast, dann siehst du die Dinge anders. Eine Ausbildung zur Schwester wäre Zeitverschwendung.«

»Nein, Papa, das Gegenteil ist richtig. Es ist das Gebot der Stunde, dass Frauen sich nützlich machen.«

»Nützlich machen kannst du dich auch zu Hause. Es ist an der Zeit, dass du dich nach einem Ehemann umsiehst.«

»Vielleicht möchte ich gar nicht heiraten.«

»Ich bitte dich, das wird ja immer toller. Wie willst du dich denn von dem mickrigen Gehalt einer Schwester ein Leben lang über Wasser halten? Ich werde nicht immer da sein, um dich zu unterstützen.«

»Ich würde mich mit dem zufriedengeben, was ich habe.«

»Es könnte aber sein, dass das nicht ausreicht. Wir leben in unsicheren Zeiten. Die Alliierten machen harte Auflagen zur Bedingung für den Friedensschluss. Wir werden in Deutschland wirtschaftlich noch eine ganze Weile unter dem verpatzten Krieg zu leiden haben.«

»Das mag sein …«

»Und genau deshalb brauchst du einen Ehemann, der für dich sorgt. Alleinstehende Frauen haben es schwer, damit sage ich dir nichts Neues.«

»Das sehe ich anders. Eine alleinstehende Frau ist nicht unbedingt hilflos.«

Ihr Vater hob eine Hand, seine ganze Körperhaltung zeigte inzwischen Abwehr und Missbilligung.

»Entschuldige, aber Krankenschwester ist ein Beruf für die Töchter des einfachen Bürgertums. Du hast es nicht nötig, niedere Arbeiten für wenig Geld zu erledigen. Du bist jung, gesund und hübsch, du kommst aus einer guten Familie. Such dir einen Ehemann, der zu dir passt. Es wäre unverantwortlich von mir, dich einer Situation zu überlassen, die dich zwangsläufig in wirtschaftliche Schwierigkeiten bringt.«

»Soweit ich weiß, ist noch keine Krankenschwester verhungert, Papa.«

»Mach dich nicht lustig über mich. Ich bin dein Vater, ich spreche aus Erfahrung und meine es gut mit dir.«

Hanna schwieg, doch es fiel ihr nicht leicht, die Entrüstung zu verbergen, die sie empfand. Vielleicht hätte sie diese Reaktion vorhersehen müssen, doch sie hatte auf die Einsicht ihres Vaters gehofft. Leider war er altmodisch, mit der Gleichberechtigung der Geschlechter hatte er nichts am Hut. Bei jeder Hochzeit einer seiner Töchter hatte er ein rauschendes Fest veranstaltet, über jede Geburt eines Enkelkindes hatte er sich unbändig gefreut. Doch gerade weil ihre älteren Schwestern ganz nach dem väterlichen Ideal lebten, musste es ihr als seiner jüngsten Tochter doch erlaubt sein, andere Wege zu gehen, oder? Moderner, unabhängiger, selbstbestimmter wollte sie sein, Hanna hatte vor, aus der Reihe zu treten und etwas Neues zu wagen. Vielleicht hatte sie es bloß falsch angepackt?

Hanna rutschte auf ihrem Stuhl ein Stück nach vorn, behutsam legte sie ihre Hand auf die ihres Vaters.

»Es ist lieb von dir, dass du dich um mich sorgst. Ich verstehe das, und ich weiß es zu schätzen, aber die Zeiten ändern sich. In Zukunft werden viele Frauen ihr Leben selbst gestalten und arbeiten. Lass es mich wenigstens versuchen, ich bitte dich.«

»In meinen Augen geht mit diesen Eskapaden nur kostbare Zeit verloren. Du wirst demnächst einundzwanzig, die meisten Mädchen in deinem Alter sind inzwischen zumindest verlobt.«

»Aber nein, wirklich nicht. Das war vor dem Krieg so.«

»Es ist höchste Zeit, Kind, triff deine Wahl. Ich werde jeden anständigen Bewerber um deine Hand akzeptieren und dir deine Wünsche erfüllen – solange ich das kann zumindest.«

Ihr Vater zog sich von ihr zurück, seine Hand entglitt der ihren. War es womöglich an der Zeit, ihm zu erklären, weshalb eine Heirat für sie absolut nicht infrage kam? Nein, die Sache mit Cora würde ihn nur noch weiter von ihr forttreiben. Ein paar Sekunden verstrichen in unangenehmem Schweigen, bis es plötzlich klopfte. Die Tür flog auf, und Irene kam herein. Sie trug den Zobel, den sie kurz vor dem Krieg von Papa geschenkt bekommen hatte. Vor dem Schreibtisch blieb sie stehen.

»Entschuldigt, wenn ich störe, aber könntest du mich

vielleicht mit dem Automobil in die Stadt bringen, Albert? Ich habe eine Verabredung zum Tee, Frau von Ebersfelden erwartet mich. Es ist kein Taxi zu bekommen, die Telefonleitung ist tot.«

»Ausgerechnet jetzt, hat das nicht Zeit? Ich unterhalte mich gerade sehr ernsthaft mit unserer Tochter.«

»Ich sehe es, aber ich bin spät dran. Frau von Ebersfelden beruft mich in eines ihrer Wohltätigkeitskomitees, weißt du? Das ist eine große Ehre. Wir wollen Veranstaltungen zugunsten von Kriegsrückkehrern organisieren. Es bedeutet mir wirklich viel, dabei sein zu dürfen.«

»Kann Gustav nicht eventuell …«

»Er macht einen Krankenbesuch bei seinem Bruder, ich habe ihm freigegeben dafür. Ich konnte ja nicht wissen …«

»Im Moment passt es mir wirklich nicht, Irene. Es schneit draußen, es dürfte glatt sein.«

»Es ist ein wichtiges Treffen, mein Lieber. Es sind auch Herren von der Reichswehr eingeladen …«

»Tatsächlich, Herren von der Reichswehr? Das ist ja interessant.« Hanna sah auf, ihre Blicke kreuzten sich mit denen ihrer Mutter. Herren von der Reichswehr, das sagte doch alles. Von wegen Wohltätigkeit, vermutlich hockte dieser Leutnant Vogler gerade in einem zweitklassigen Hotel in der Innenstadt und wartete auf seine Geliebte. Zuzutrauen war es Irene, so, wie sie dieses geschniegelte Exemplar von einem Reichswehroffizier gestern hofiert hatte.

Vater erhob sich mit einem Ruck, sein Stuhl scharrte laut über den Parkettfußboden.

»Ich habe Hanna eben gesagt, dass wir beabsichtigen, sie

ein bisschen stärker in unsere Mitte zu nehmen. Wir beide haben uns schon darüber unterhalten.«

»Ja, sicher, das ist nur vernünftig, aber können wir nicht morgen darüber reden?«

»Deine Mutter wird dich zu Jahresbeginn im Institut für junge Damen in Steglitz anmelden, Hanna. In dieser Einrichtung bist du vorerst deinem gesellschaftlichen Rang entsprechend untergebracht.«

Hanna schnappte nach Luft. Das Institut für junge Damen? Der Laden war das Allerletzte. Eine Albernheit aus der Epoche vor dem Krieg, längst aus der Zeit gefallen. Dieses sogenannte Institut wurde von einer alten Jungfer geführt, die jungen Damen gegen ein immens hohes Honorar Anstand und Benehmen beibrachte. Tatsächlich war diese Einrichtung nichts weiter als eine Art Gefängnis für diejenigen, die den passenden Heiratskandidaten noch nicht gefunden hatten. Die armen Seelen wurden mit Musik und Französisch drangsaliert, bis sich endlich ein Mann ihrer erbarmte. Das Institut kam ganz bestimmt nicht infrage. Hanna stand auf.

»Das ist nicht euer Ernst. Niemals bekommt ihr mich dazu, in Steglitz meine Zeit zu verschwenden.«

Irene lächelte kühl. »Unterricht in Haushaltsführung wäre für dich in jedem Fall ein Gewinn. Wir haben die Dinge in diesem Punkt vor dem Krieg sehr schleifen lassen. Und jetzt darf ich dich bitten, den Wagen zu holen, Albert. Die Zeit drängt leider Gottes.«

Hanna wollte etwas erwidern, aber ihr Vater winkte ab, er drehte sich um und ging zur Tür.

»Belassen wir es dabei fürs Erste. Wenn wir loswollen, sollten wir uns tatsächlich auf den Weg machen, solange es noch hell ist. Entschuldige, Hanna, wir sprechen uns später.«

Die Tür klappte, Hanna blieb allein zurück. Wie betäubt ließ sie sich auf den Stuhl sinken. Gott, was für ein Desaster, dieses Gespräch war nichts als eine bodenlose Enttäuschung gewesen. Sie fühlte sich zurückgewiesen, einsam und unverstanden. Dass sie auf die Unterstützung ihrer Mutter nicht hoffen durfte, war ihr von Anfang an klar gewesen, aber dass ihr Vater einer Ausbildung derart kritisch gegenüberstand, hatte sie nicht erwartet. Langsam nahm sie die kleine Pappschachtel mit der Medaille vom Schreibtisch und klappte sie zu.

Im ersten Anlauf war sie gescheitert, ohne Frage – dabei hatte sie Cora zum Abschied in Bromberg versprochen, alles zu tun, damit sie zueinander fanden. Sie wollten sich beide um eine Stelle als Lernschwester bemühen und eine Wohnung suchen, am liebsten in der Großstadt, wo sie als Paar weniger auffallen würden. Es gab keine Alternative zu dem, was sie vorhatten. Zum ersten Mal in ihrem Leben hatte Hanna mit Coralie eine Frau an ihrer Seite, die sie aufrichtig liebte. Diese Beziehung würde sie nicht aufgeben.

Nicht in Dunkelheit verharren, sondern an das Licht glauben, das waren Coras Worte gewesen. Sie sagte solche Dinge manchmal einfach, sie ware eine so talentierte und bezaubernde Frau.

Hanna schloss die Augen: Mit Cora zusammenleben, das war alles, was sie wollte.

* * *

Fritzi Petersen konnte die Stadt riechen, lange bevor sie draußen zu sehen war. Das Fenster im Abteil war einen Spaltbreit geöffnet, der Rauch der Lokomotive drang ins Innere. Es roch nach verbrannter Kohle, dunkle Schwaden zogen vorbei und verdüsterten die Welt, dazu die Furcht vor dem, was sie in der Fremde erwarten mochte. Beides machte sie nicht zuversichtlicher, wie denn auch, nach einer schlaflosen Nacht im Warteraum des Bahnhofs. Eiskalt war es gewesen, die Holzbänke unbequem, weil natürlich nicht gepolstert. Ein Kerl in einer schäbigen Uniform hatte ihr stundenlang gegenübergesessen und sie pausenlos angestarrt, bis er gegen Morgen endlich zur Seite gesackt und auf seinem Platz eingeschlafen war.

Wie unglaublich erleichtert war sie gewesen, als sie endlich im Morgengrauen in den Fernzug nach Hamburg hatte steigen können. Inzwischen war sie eine kleine Ewigkeit in Richtung Berlin unterwegs, die Fahrt zog sich und ließ viel Raum für ihre Sorgen. Seit Stunden schon eilten sie der Hauptstadt entgegen, wo Abertausende von Menschen lebten. Allein der Gedanke an das Gedränge in den Straßen der fremden Stadt nahm ihr fast den Atem. Sie würde eintauchen müssen in das Gewühl, sich herumschubsen lassen von der Masse, immer auf der Hut vor Taschendieben und anderen Halunken. Die Knie schlotterten ihr bei dem Gedanken, sich zu verirren, überfallen zu werden oder kein Obdach zu finden. Auch die Vorstellung von der Einsamkeit, der sie in der Fremde ausgesetzt sein würde, ließ sie schaudern. Alles, was unübersichtlich und unordentlich war, war ihr ein Gräuel. Schon als Kind war sie nicht gern alleine unterwegs gewesen.

Plötzlich ein Rascheln, der Herr auf der Sitzbank ihr gegenüber regte sich. Seitdem er in Ludwigslust zugestiegen war, fühlte sie sich von ihm beobachtet. Jetzt stand er auch noch auf.

»Na, ich denke, ich mache mal das Fenster zu. Die Berliner Luft ist dick wie Kleister, vor allem im Winter.«

Der Fremde lächelte sie an unter seinem Schnauz, Fritzi registrierte es, schwieg jedoch. Bisher fand sie ihren Mitreisenden nicht sonderlich sympathisch. Der Stoff seines Jacketts war speckig, die Melone auf seinem Kopf war längst nicht mehr schwarz, sondern nur noch irgendwie dunkelgrau. Und dann diese großen Klappentaschen auf dem Jackett, trug man so was überhaupt noch? Der Herr machte in Haushaltswaren, hatte er ihr vorhin erzählt. Stellte sich die Frage, was ein Haushaltswarenvertreter an Weihnachten geschäftlich in der Hauptstadt zu tun haben wollte. Gab doch sowieso nichts zu kaufen dieser Tage.

Er kehrte zu seinem Sitzplatz zurück und faltete die Zeitung zusammen, die er bis eben gelesen hatte.

»Sie machen bestimmt einen Weihnachtsbesuch bei der Familie, mein Fräulein?«

Er sah sie an, die Neugierde in seinem Blick war fast mit Händen zu greifen. Das Einfachste wäre es gewesen, jetzt schweigend zu nicken, doch es fühlte sich nicht richtig an. Noch gehörte Benno nicht zur Familie, auch wenn sie das gerne von ihm behauptet hätte.

»Ich besuche einen Bekannten.«

»Einen Bekannten, so, so.«

Der Herr mit dem Schnauz nickte. Hoffentlich zog er aus

ihrer Bemerkung die richtigen Schlüsse und hörte auf zu fragen. Solche Dinge waren privat, sich danach zu erkundigen gehörte sich nicht. War aber auch ärgerlich, dass sie beide alleine erster Klasse saßen, so war sie dem Haushaltswarenvertreter hilflos ausgeliefert. Gerade zog er ein kariertes Taschentuch aus der Hosentasche, nahm die Brille ab und fing an, mit gleichmäßig kreisenden Bewegungen seine Brillengläser zu putzen.

»Sie haben Mut, mein Fräulein. So ganz allein unterwegs, in diesen Zeiten. Das nenne ich verwegen.«

»Wie gesagt, ich besuche einen Bekannten.«

»Ich hoffe, er holt Sie auch vom Bahnhof ab, Ihr Bekannter. In Berlin wird geschossen. Das wissen Sie, oder?«

Sie schwieg, denn Benno hatte keine Ahnung davon, dass sie ihn besuchen kam, natürlich holte er sie dann auch nicht vom Bahnhof ab. Bloß, wozu das dem fremden Herrn erklären? Sie würde sich schon zurechtfinden, und was hieß denn, es wird geschossen? Auf Passanten würde man ja wohl nicht anlegen. Nein, sie hatte keine Angst, und selbst wenn, den Herrn mit dem Schnauzbart ging das alles überhaupt nichts an. Ihr Blick glitt zum Fenster, insgeheim hoffte sie, dem Gespräch mit ihrem Schweigen ein Ende zu machen.

»Haben Sie die letzten Zeitungsberichte schon gelesen?« Der Herr hatte seine dicke Hornbrille wieder aufgesetzt und hielt ihr jetzt seine zerknitterte Zeitung unter die Nase. »Nicht zu fassen, was in Berlin los ist. Dass es so weit kommen muss, ist unglaublich. Und die Regierung unternimmt nichts. Dieser Ebert hat keinen Mumm in den Knochen.

Deutsche schießen auf Deutsche, so was darf nicht passieren.«

Sie warf dem Herrn einen prüfenden Blick zu, antwortete aber nicht. Über Politik wollte sie nichts hören, sie hatte jetzt anderes im Kopf. Außerdem, geschossen wurde im Moment überall, nicht nur in Berlin. Zu Hause las der Vater ihr jeden Abend aus der Eckernförder Zeitung vor. Sogar in Kiel hatte es einen Aufstand gegeben, und das war nun wirklich Provinz. Die Regierung war anscheinend machtlos gegen die Revolutionäre, aber wie sollte man auch einschreiten, wenn man keine eigenen Truppen besaß? In der Haut von Herrn Ebert hätte sie jetzt jedenfalls nicht stecken mögen. Regierungschef zu sein, in Zeiten wie diesen, das war bestimmt ganz schrecklich.

Der Herr mit dem Schnauzbart legte die Zeitung beiseite.

»Zustände sind das, kann ich Ihnen sagen. Unter dem Kaiser wäre das nicht passiert. Nach allem, was man hört, ist in unserer Hauptstadt an Weihnachten der Teufel los. Die Elektrische fährt nicht, immer wieder Stromausfall. Sogar das Stadtschloss haben sie unter Beschuss genommen. Es geht drunter und drüber. Ich hab es von meinem Schwager, der in Lichtenrade wohnt.«

Sie nickte in der Hoffnung, dass der Herr sein Gerede endlich einstellen würde. Für seinen Schwager in Lichtenrade interessierte sie sich nun wirklich kein bisschen.

»Wissen Sie schon, wo Sie nächtigen werden? Die kleineren Hotels werden über Weihnachten nicht alle geöffnet sein, schätze ich.«

Ein Hotel, o weh, das war ein wunder Punkt bei dieser Reise. Über ihre Unterbringung hatte sie sich noch nicht so wirklich Gedanken gemacht, sie kannte sich ja nicht aus in der Stadt, also schüttelte sie den Kopf. Sie konnte nur hoffen, dass sich durch Zufall etwas Anständiges finden würde. Es ging ja auch bloß um ein paar Tage.

»Wenn Sie in Stellung gehen wollen und eine Adresse haben, bin ich gerne bereit, Sie zu Ihrer neuen Herrschaft zu begleiten. Sie können natürlich auch zur Bahnhofsmission gehen, aber ich weiß nicht, ob die an Weihnachten geöffnet hat.«

Der Herr deutete auf ein Papier, das draußen auf dem Gang hing: *Für Frauen, Mädchen und Kinder erteilt Auskunft und Rat unentgeltlich die Bahnhofsmission.* Darunter eine Telefonnummer und eine Adresse – beides zu klein, um es von ihrem Platz aus lesen zu können. Man wende sich niemals an Fremde, das immerhin war fett gedruckt und von daher gut zu entziffern. Bitte sehr, man wende sich niemals an Fremde, der Hinweis galt wohl auch in Bezug auf den Herrn mit der Melone. Überhaupt, sah sie etwa wie ein angehendes Dienstmädchen aus? Sie rückte den Kragen ihres Mantels gerade, der hatte Pelzbesatz. Und ihre Kappe mit der roten Blüte, hatte er die nicht gesehen? Das war das Neueste vom Neuen und absolut großstadttauglich. In Stellung zu gehen hatte die Tochter eines wohlhabenden Müllermeisters aus Rieseby nicht nötig. Der Herr guckte groß, er wartete auf eine Antwort.

»Vielen Dank, aber ich bleibe nur für ein paar Tage. Ein privater Besuch, ich sagte es schon.«

Der Mann mit dem Schnauzbart nickte. »Gut und schön, aber für den Fall, dass Sie doch eine Unterkunft brauchen – ich kann Ihnen etwas empfehlen.«

Ihr Blick wanderte erneut zum Fenster, ihre innere Unruhe stieg. Im Moment konnte sie sich auf gar nichts konzentrieren. Zehn Minuten noch, dann waren sie da.

»Die Pension Berolina in der Nürnberger Straße ist eine ordentliche Adresse, da steige ich immer ab.«

»So? Sie wohnen nicht bei Ihrem Schwager?«

»Nein, um Gottes willen, seine Wohnung in Lichtenrade ist viel zu klein. Die Wohnungsnot in Berlin, ich kann Ihnen sagen.«

»So, so.«

»Ja, daher meine Empfehlung. Pension Berolina, ausgesprochen sauber und nicht zu teuer. Frühstück geht extra, aber die Zimmer sind geräumig, sauber und ruhig.«

Der Herr erhob sich von seinem Platz und angelte seinen Koffer aus der Gepäckablage.

»Wenn Sie wollen, zeige ich Ihnen den Weg. Zentrale Lage. Nur für den Fall, dass die Elektrische nicht fährt, meine ich.«

Fritzi überlegte – Pension Berolina, hörte sich das gut an? War das ein Haus mit ein bisschen Komfort, in einem passablen Stadtviertel? Vielleicht war es besser, sich eigenständig eine Unterkunft zu suchen. Schließlich wollte sie mit dem Herrn gegenüber so wenig wie möglich zu tun haben. Anderseits, mit einem Zimmer zu zivilen Preisen war ihr vorerst durchaus geholfen, müde, wie sie war. Gern hätte sie sich irgendwo ein paar Stunden ausgestreckt, doch allein würde sie womöglich am ersten Weihnachtsfeiertag in der Stadt herumirren wie weiland Maria und Joseph in Bethlehem. Gleich nach ihrer Ankunft zu Benno gehen wollte sie nicht. Ihn an Weihnachten zu überfallen, die Idee gefiel ihr nicht. Dann lieber in die Pension Berolina. Das Geld für das Taxi konnte sie sich mit dem Herrn ja teilen.

Der Zug wurde langsamer, Bremsen quietschten, ein Ruck ging durch den Waggon. Draußen hinter dem Fenster reihten sich inzwischen dicht an dicht die Häuser aneinander, kein Grün mehr, nur noch Grau. Berlin machte schon jetzt den Eindruck, ein Irrgarten zu sein. Schleswig, ja, und Rendsburg auch, dort kannte sie sich aus. Dort fuhr sie auch alleine hin, erst mit der Droschke bis Eckernförde und dann mit der Eisenbahn. In Schleswig im Café zu sitzen, zur Hutmacherin zu gehen oder sich ein neues Buch zu kaufen, das waren die kleinen Freuden, von denen sie im Alltag zehrte. Berlin allerdings war ein anderes Kaliber, da nutzte es nichts, sich etwas vorzumachen.

»Also, mein Fräulein, dann kommen Sie mal in die Gänge. Wir sind da, Endstation.«

Der Zug bremste. Fritzi stand auf, ihr zitterten die Knie. Jetzt ging es los. Ihre Gedanken verhedderten sich zu einem dicken Knoten, kein roter Faden mehr, kein Anfang, kein Ende. Hauptsache, niemand merkte, wie unsicher sie war. Der Herr hatte seinen Koffer auf den Boden gewuchtet und stieß jetzt die Schiebetür des Abteils auf.

»Gehen Sie ruhig vor. Ich bin direkt hinter Ihnen, keine Angst.«

Sie tat wie ihr geheißen, die Reisetasche unter dem Arm,

strebte sie den Gang hinunter. Draußen vor dem Fenster kam schon der Bahnsteig in Sicht. Großer Gott, das also war sie, die deutsche Hauptstadt, zunächst nur in Form von ein paar Metern Bahnsteig mit Reklameschildern überall. Noch sah alles harmlos aus, aber sie wusste ja inzwischen, dass geschossen wurde im Zentrum. Pension Berolina in der Nürnberger Straße, lag das zentral? War es geeignet für alleinstehende junge Damen? Nicht einmal einen Stadtplan hatte sie dabei. Unterdessen strömten von überall Menschen auf den Gang, ein Gedränge entstand, sie bekam kaum Luft, sie wurde geschubst und geschoben. Ein Soldat zwängte sich an ihr vorbei, der Feldgraue rammte ihr rücksichtslos seinen Ellenbogen in die Seite, Frechheit. Sie wollte ihn gerade zurechtweisen, doch das Gesicht des Uniformierten wirkte so düster und ausgehungert, dass sie den Mund nicht aufbekam. Schweigend wandte sie sich ab. Mit dem Burschen legte sie sich besser nicht an, womöglich war das ein Revolutionär? Ihr Vater hatte ihr berichtet, dass die Roten Anstalten machten, Berlin zu erobern. Sie versuchten, mit Waffengewalt die Regierung Ebert zu stürzen. Gott bewahre. Ob auf dem Bahnhof auch geschossen wurde?

»Vorwärts, mein liebes Fräulein. Oder lassen Sie mich vor, ich weiß, wo's langgeht.«

Der Herr mit Schnauzbart zwängte sich an ihr vorbei, sein Jackett roch muffig. Ob die anderen Reisenden sie wohl für ein Paar hielten? Alles, bloß das nicht. Der Haushaltswarenvertreter drehte sich zu ihr um.

»Lassen Sie sich beim Aussteigen nicht abdrängen. Wir

müssen uns sputen. Wird nicht leicht, eine Mietdroschke zu bekommen.«

Was denn, eine Mietdroschke, kein Taxi? Gab es in Berlin wegen des Krieges etwa gar keine Automobile mehr? Oder konnte der Herr mit dem Schnauz sich bloß keine Fahrt mit dem Kraftwagen leisten? Sie war verdutzt, traute sich aber nicht, laut zu fragen, denn er hatte seinerseits auch nur geflüstert. Anscheinend waren seine Mitteilungen nicht für die Öffentlichkeit bestimmt, also nickte sie nur. Mittlerweile fühlte sie sich matt, wie aus Gummi waren ihre Beine. Nur nicht zusammensacken jetzt vor Erschöpfung. Sie hatte weder ein Frühstück bekommen noch Schlaf gehabt heute Nacht, furchtbar war das alles. Die Reise war schon jetzt kein Zuckerschlecken, im Prinzip hatte sie das geahnt, aber dass sie sich gleich zu Beginn so abgeschlagen und entmutigt fühlte, das war nicht gut. Sie musste durchhalten, ihre große Liebe zu Benno konnte und wollte sie nicht dem Krieg opfern. Die Hochzeit im Frühling mit ihm, ganz in Weiß, die war ein Muss, darin war sie sich mit Mutter Funke einig. Christel Funke war eine treue Freundin inzwischen. Auch aus Dankbarkeit für ihre Unterstützung hatte Fritzi ihre kleine Tochter nach Bennos Mutter benannt. Natürlich hatte es Getuschel im Dorf gegeben, doch der Triumph, als Mutter Funke im Sonntagsstaat zu Christels Taufe erschienen war. Jawohl, dass sie Freundinnen waren, konnte man mit Fug und Recht behaupten. Kurz vor Weihnachten hatten sie gemeinsam diese Reise beschlossen. »Fahr los und hol mir den Jungen wieder«, hatte Christel zum Abschied gesagt und Fritzi einen Zettel mit der Adresse von Bennos Cousin in Berlin zugesteckt. So weit, so gut, aber jetzt wurde es ernst. Jetzt musste sie umsetzen, was sie sich vorgenommen hatte.

Der Zug hielt mit einem Ruck, sie waren da. Die Türen des Eisenbahnwaggons wurden aufgestoßen. Geräusche brandeten auf.

»Los, Fräulein, bewegen Sie sich, wir haben es eilig. Wir müssen einen Schritt zulegen, sonst sind alle anderen schneller als wir.«

Der Herr mit dem Schnauzbart bedrängte sie von hinten, er schob sie geradezu vor sich her. Respektlos war das, sie mochte ihn nicht derart nah bei sich haben und trat ein Stück beiseite. Schon war der Haushaltswarenvertreter an ihr vorbei, er packte den Henkel ihrer Reisetasche.

»Geben Sie mir das, dann sind wir schneller.«

Sie schüttelte den Kopf, ihre Hand umklammerte den Griff des Gepäckstücks jetzt umso fester. Ihr Hab und Gut würde sie nicht aus der Hand geben, so dumm war sie ja nun wirklich nicht, dass sie ihren Besitz einem Fremden überließ. Der Herr mit der Melone warf ihr einen irritierten Blick zu, stieg dann jedoch endlich aus. Sie folgte ihm, aber er war wirklich schnell, sie musste sich sputen, um nicht abgehängt zu werden. Im Schweinsgalopp ging es über den Bahnsteig und von dort in die endlos wirkende Bahnhofshalle – ein riesiges Tonnengewölbe aus Metallstreben überspannte den Raum, einen derartig gigantischen Bau hatte sie noch nie zuvor gesehen. Leider blieb keine Zeit, innezuhalten. Fritzi keuchte, heftig ging ihr Atem. Als sie die Bahnhofshalle hinter sich gelassen hatten, erkannte sie, warum der Herr mit der Melone sie derart angetrieben hatte: Der Bahnhofsvorplatz war leer, kein Wagen zu sehen. Dementsprechend enttäuscht schien der Haushaltswarenvertreter zu sein. Mit hängenden Schultern ließ er seinen schäbigen Koffer auf das Pflaster sinken, ein böser Blick aus seinen Schweinsäuglein traf sie.

»Da haben wir den Salat. Keine Taxen mehr. Jetzt müssen wir laufen.«

Er schnaufte, der hatte jetzt ganz schlechte Laune, und damit sie auch etwas davon abbekam, ließ er ihr gar keine Zeit, zu Atem zu kommen. Er nahm seinen Koffer und preschte voran. Wenn sie ihm jetzt nicht folgte, ließ er sie allein zurück in diesem undurchsichtigen Schlamassel. Gern hätte sie sich kurz ausgeruht, aber sie durfte den Anschluss nicht verlieren, der Herr mit der Melone war ihre einzige Orientierung. Schon steuerte er eine Brücke dem Bahnhof gegenüber an, sie eilte ihm nach, das Wasser unter ihnen war grau wie Stein. Warum beeilte er sich so sehr?

An einer riesigen Säule ging es vorbei, ein großes Ding mit einer vergoldeten Figur an der Spitze, sie ließen es links liegen. Kilometerweit gingen sie so. Er war ihr schon wieder ein Stück voraus, die Füße taten ihr weh, und das Wetter war auch ungünstig. Ein leichter Schneeregen hatte eingesetzt, dazu wehte ein böser Wind, der ihr immer wieder den Hut vom Kopf zu nehmen drohte. Eine Art Stadtpark umgab sie, unglaublich viele Wege schlängelten sich durch das armselig wirkende Grün.

Pension Berolina, Augsburger, Nürnberger oder Ansbacher Straße, welche Adresse hatte der Herr mit dem Schnauz ihr genannt?

»Nun kommen Sie, Fräulein, oder wie lange wollen Sie noch brauchen? Wir holen uns den Tod bei diesem Wetter, wenn wir uns nicht ein bisschen beeilen.«

Ja, er vielleicht, er holte sich womöglich den Tod in seiner speckigen Joppe. Warum hatte er keinen anständigen Wintermantel mitgenommen? Fritzi wollte etwas erwidern, doch ihr war es im Grunde egal, was ihr Begleiter erzählte. Sie hatte genug, außer Atem war sie auch, wann hatte dieser Marathonlauf ein Ende?

»Wir sind gleich da, nur ein paar Meter noch.«

Gerade eben tat sich vor ihnen eine breite Straße auf, riesige Gebäude zu beiden Seiten, fünf Stockwerke hatten die Häuser hier mindestens, allesamt mit Erkern und Balkonen. Kaum etwas Grünes war zu sehen um sie herum, die paar Straßenbäume hier und da wirkten mickrig. Grauer Stein, wohin das Auge blickte, der Himmel war unendlich fern und düster, wenn das mal kein schlechtes Vorzeichen war. Schon hatte der Herr mit dem Schnauz ihren Arm gepackt und hielt ihn fest.

»Da ist es, die Nummer 48. Pension Berolina, wie versprochen.«

Er war vor einem dieser steinernen Ungetüme stehen geblieben. Wie viele Menschen mochten unter diesem Dach leben? Zusammengepfercht vermutlich, wie bei ihnen zu Hause im Stall die Schafe und Ziegen.

Der Herr mit dem Schnauzbart stieß eine breite Doppeltür auf, mit einem kurzen Wink bedeutete er ihr einzutreten. Sie zögerte, doch was sonst blieb ihr übrig? Sie kannte hier niemanden. In dieser Stadt ein Obdach zu finden, noch dazu an Weihnachten, würde womöglich schwieriger sein, als sie es sich vorgestellt hatte. Und wenn ihr Begleiter sie nun verschleppte? In irgendeine Höhle, in der Ganoven hausten oder leichte Mädchen wohnten? Fritzi schluckte. Aber nein, jetzt ging ihre Fantasie mit ihr durch. Dort drüben, das Messingschild an der Wand sah vertrauenerweckend aus: Pension Berolina, erster Stock, rechts. Sie konnte nur hoffen, dass der Himmel ihr einen Schutzengel gesandt hatte, irgendjemanden, der achtgab auf sie in der Fremde. Der Haushaltswarenvertreter jedenfalls war schon wieder ein ganzes Stück weiter, er stand auf dem Treppenabsatz und wedelte ungeduldig mit dem Arm. Sie konnte nichts anderes tun, als ihm zu folgen, auch wenn die Angst ihr die Kehle zuschnürte. Das Abenteuer hatte begonnen, und nun gab es kein Zurück mehr. Sie war mittendrin und musste tapfer sein – ihrem Kind war sie es schuldig.

* * *

Hanna ließ ihre Blicke diskret durch den Raum schweifen, dabei kannte sie das alles hier. Früher hatte sie sich nur sehr ungern im Dienstzimmer der Mutter Oberin aufgehalten. Zu ihrer Zeit als Hilfsschwester war sie bei den wenigen Gelegenheiten, zu denen man sie hierhergerufen hatte, jedes Mal vor Ehrfurcht fast erstarrt. Auch jetzt war sie ein wenig nervös, kein Wunder, der hohe Raum mit dem gewaltigen Schreibtisch, das große Jesuskreuz an der Tür, die dunklen Gardinen, alles wirkte einschüchternd. Es hatte sich nichts verändert, nur das Bild des Kaisers an der Wand gegenüber fehlte. Die Mutter Oberin thronte wie eh und je in ihrem dunkelgrauen Kleid auf dem mächtigen Schreibtischstuhl. Ihr Haaransatz, der unter der Haube hervorschimmerte, schien inzwischen schneeweiß zu sein.

Die Oberschwester beugte sich vor. »Ich gratuliere Ihnen zur Samaritermedaille, Fräulein Münchow. Man hat mir davon berichtet. Es hat mich gefreut, zu hören, dass Sie Ihren Dienst so mutig verrichtet haben.«

»Danke, Mutter Oberin.«

»Und nun verraten Sie mir, warum Sie hier sind.«

Die Oberin musterte sie mit zusammengekniffenen Augen.

Der Frau konnte man nichts vormachen, es hatte keinen Sinn, lange um den heißen Brei herumzureden.

»Ich möchte eine Ausbildung beginnen und Krankenschwester werden.«

»Tatsächlich. Haben Sie sich das auch reiflich überlegt?«

»Absolut. Der Krieg war furchtbar, aber er hat mir geholfen, mich zu orientieren. Es ist mir vollkommen ernst mit diesem Entschluss.«

Die Oberschwester spitzte den Mund, ein paar Fältchen um die Lippen wurden sichtbar.

»Ich will Ihnen Ihre Fähigkeiten nicht absprechen, mein Kind. Krankenschwester, das mag angehen, aber Schwester bei uns, in der Diakonie, das ist eine andere Geschichte. Sie kennen dieses Haus, und Sie kennen die Anforderungen, die an die Schwestern hier gestellt werden.«

»Ja, natürlich.«

»Nicht dass wir während Ihrer Ausbildung unzufrieden waren mit Ihnen. Sie sind fleißig, pünktlich, ordentlich und sauber. Aber Sie wissen, dass uns das nicht ausreicht.«

»Ich habe an der Front viel gelernt, Mutter Oberin.«

»Das glaube ich Ihnen, aber darum geht es nicht.«

Die Oberschwester legte die Hände gefaltet auf den Tisch, sie gab ein Bild der Demut und der Rechtschaffenheit ab.

»Sie wissen, dass unser Krankenhaus nicht ist wie andere Heilanstalten. Bethanien ist eine christliche Einrichtung. Wer als Schwester zu uns kommt, wird Mitglied der Diakonie. Wir verlangen einen tiefen Glauben, echtes Gottvertrauen und natürlich Gehorsam von unseren Schwestern.«

Hanna nickte, ja sicher, Krankenpflege war Nächstenliebe, diese Litanei hatte sie während ihrer Ausbildung oft zu hören bekommen. Seinerzeit hatte sie sich allen Anweisungen gefügt, wenn auch in religiöser Hinsicht ohne Beflissenheit. Die Gottesdienste und Andachten hatte sie in Bethanien besucht, auch vor dem Essen hatte sie stumm das Haupt zum Gebet gesenkt: Tatsächlich jedoch war das alles ohne eine tiefe, innere Beteiligung geschehen. War es das, was die Oberschwester ihr ankreidete: mangelnder christlicher Eifer? Stieß ihre Bitte, als Lernschwester in Bethanien aufgenommen zu werden, deshalb auf Widerstand?

»Sie sind sich gewiss der Tatsache bewusst, dass wir unsere Schwestern sorgsam auswählen, nicht wahr? Wir erwarten, dass unsere zukünftigen Diakonissen ihre Kraft voll und ganz in den Dienst unseres Ordens stellen.«

»Natürlich, Mutter Oberin.«

»Alles, was bisher Ihr privates Leben war, tritt zurück, wenn Sie Diakonisse werden.«

Hanna nickte auch diesmal, wenn auch mit weniger Nachdruck. Privates Leben, nun ja, existierte etwas Vergleichbares überhaupt in Bethanien? Die Schwestern hier waren auf ihre Art moderne Nonnen, Frauen, die eben kein privates Leben besaßen. Wer hier aufgenommen wurde, lebte abgeschieden und blieb in der Regel lebenslang, genau das wurde von den Kandidatinnen auch erwartet. Hanna hatte nicht vor, sich diesen Erwartungen zu fügen, aber sagen konnte sie das der Oberin nicht. Nach der Ausbildung war für sie Schluss, dann würde sie den Orden verlassen, doch die Mutter Oberin ahnte das hoffentlich noch nicht. Was sonst störte die Frau? In Bezug auf ihre Neigungen hatte Hanna stets größte Vorsicht walten lassen. Niemals war sie einer anderen Schwester oder gar einer Patientin zu nahe getreten. Mit aller Macht hatte sie ihre Gefühle unterdrückt. Jede Form von widernatürlicher Hingabe, wie es hier genannt wurde, war dem Personal des Krankenhauses strengstens untersagt, dergleichen war ein Grund zur sofortigen Entlassung aus dem Dienst.

Die Oberin schob die leere Teetasse beiseite, die vor ihr auf dem Schreibtisch stand.

»Ich habe mich zufällig nach Ende Ihrer Zeit bei uns mit Ihrer damaligen Stationsschwester über Sie unterhalten, Fräulein Münchow. Wir waren beide der Ansicht, dass Sie gute Charaktereigenschaften besitzen, doch an Ihren religiösen Überzeugungen hatten wir beide Zweifel. Man soll keinem Christen seinen Glauben absprechen. Aber ich muss mir bei jeder Bewerberin Gedanken machen, ob ich mir die junge Frau lebenslang im Ornat einer Diakonisse vorstellen kann.«

»Ja, das verstehe ich.« Hanna senkte den Blick – immerhin, es ging nicht um ihre Moral, nicht um Sitte und Anstand. Sie war erleichtert und war es doch wieder nicht.

»Der Eintritt in unseren Orden ist ein wichtiger Schritt, er verändert Ihr Leben. Bei uns genügt es nicht, eine gute Pflegerin und Wärterin zu sein. Wir können nur die allerbesten Frauen gebrauchen, aufrechte Christinnen, tiefgläubige Menschen. Nur diejenigen, die bereit sind, äußerste Strapazen im Namen des Herrn auf sich zu nehmen, sind uns willkommen.« Die Oberin warf Hanna einen skeptischen Blick zu. »Hingabe und Opferbereitschaft, liebes Kind, diese Eigenschaften sind nicht jedem gegeben. Ihre Stationsschwester von ehedem hat mir versichert, dass es ihr nicht immer leichtgefallen ist, mit Ihnen umzugehen. Sie haben offenbar einen angeborenen Widerspruchsgeist. Das muss nichts Schlechtes sein, doch in unsere Reihen passt es nicht.«

»Ich habe durchaus dazugelernt, Mutter Oberin. Der Krieg hat mich Gehorsam gelehrt.«

»So?« Die Oberin runzelte die Stirn. »Nun, ich will Ihnen das nicht absprechen. Was sagt eigentlich Ihr Herr Vater zu Ihrem Vorhaben?«

Auf diese Frage war Hanna vorbereitet, natürlich wusste sie, dass die Oberschwester eine Novizin niemals gegen den Willen ihrer Familie aufnehmen würde. Im Übrigen hatte der Vater dem Krankenhaus vor dem Krieg einen Krankenwagen geschenkt, das erste Motorfahrzeug, das in Bethanien in Betrieb genommen worden war. Schon allein deswegen legte die Oberschwester mit Sicherheit Wert darauf, dass Hannas Eltern den Eintritt ihrer Tochter in die Diakonie befürworteten. Bestimmt wollte sie sich die Chance auf weitere Spenden dieser Art nicht verderben.

Hanna lächelte vorsichtig. »Ich bin erst gestern von der Front zurückgekehrt, Mutter Oberin. Es war noch keine Zeit für ein abschließendes Gespräch mit meinem Vater.«

»So.«

Die Oberin war verstummt, Hannas letzte Antwort war vermutlich wenig hilfreich gewesen. Hätte sie lügen sollen, was die Zustimmung ihrer Eltern betraf? Nein, mit einer Notlüge wäre sie nicht weit gekommen. Wahrscheinlich stand es nicht gut um ihr Anliegen. Konnte sie noch irgendetwas tun, um der Oberin eine Zustimmung abzuringen? Drei Jahre harte Arbeit und völlige Unterwerfung, und das für einen Hungerlohn, war das etwa kein faires Angebot? Musste man hier nicht nach jeder jungen Seele haschen? Ganz sicher litten sie in Bethanien inzwischen mehr denn je an Personalmangel. Welche junge Frau ließ sich denn heutzutage noch freiwillig in einer Art Kloster einsperren, nur um Kranke und Sterbende zu pflegen?

Die Oberin rümpfte die Nase. »Nun, das Gespräch mit Ihrer Familie müssen Sie natürlich unbedingt nachholen. Sie sind im heiratsfähigen Alter, Fräulein Münchow. Gibt es vielleicht schon Heiratspläne für Sie?«

»Nicht dass ich wüsste.«

»Wir müssen Ihre Eltern in diese Überlegungen einbinden, es geht nicht anders. Wer Diakonisse wird, zieht sich aus der Welt zurück, auch wenn er dafür ein Stück näher zu Gott gelangt.«

»Das ist mir bewusst, Mutter Oberin.«

Hanna spürte, wie erneut ein skeptischer Blick aus den zusammengekniffenen Augen der Oberin sie traf. Das Ganze gestaltete sich weitaus schwieriger als erwartet. Aber wohin sonst sollte sie sich wenden? Sparmaßnahmen gab es überall, täglich stand es in den Zeitungen, in allen Krankenhäusern fehlte es an Geld. In Bethanien immerhin kannte man sie, Hanna hatte gehofft, diese Tatsache würde von Vorteil für sie sein. Offenbar hatte sie sich geirrt. Die Oberin saß ihr gegenüber, kopfschüttelnd.

»Ich will Sie nicht entmutigen, liebes Kind. Ich spüre, dass Sie auf der Suche sind. Vielleicht könnte ein freiwilliges Jahr in Kaiserswerth das Richtige sein, was meinen Sie? Wollen Sie sich das vielleicht überlegen?«

»Kaiserswerth?«

»Das ist unser Mutterhaus in der Nähe von Düsseldorf. Dort werden immer helfende Hände gebraucht. In der Anstalt finden Sie auch in seelischer Hinsicht sicherlich wertvolle Begleitung. Im Mutterhaus würden Sie einen tiefen Eindruck davon empfangen, was Sie als Diakonisse erwartet.«

»Ich verstehe.«

»Die besten Schülerinnen dort werden in unseren Dienst übernommen und anschließend in wichtigen Positionen eingesetzt. Einige gehen sogar in die ehemals deutschen Kolonien, um Missionsdienste zu leisten. Ich könnte mir vorstellen, dass dieser Weg für Sie der richtige sein könnte.«

Hanna sah zu Boden, sie blieb stumm. Sie wollte kein Interesse heucheln für etwas, das für sie kaum in Betracht kam.

»Denken Sie in Ruhe über meinen Vorschlag nach. Ich schreibe Ihnen gern ein Empfehlungsschreiben.«

Hanna wollte etwas erwidern, doch in diesem Moment kam draußen vor der Tür Unruhe auf, auf dem Gang näherten sich Schritte. Die Oberin sah zur Tür, vermutlich erwartete sie heute noch andere Besucher. Es klopfte, die Tür tat sich auf, eine der älteren Schwestern betrat den Raum und verneigte sich.

»Verzeihen Sie die Störung, Mutter Oberin, aber Pastor Hagemann ist eingetroffen und erwartet Sie.«

»Selbstverständlich. Ich bin gleich bei ihm. Eine Minute noch, Schwester Magdalena.«

Die Schwester zog sich zurück, beinahe geräuschlos verließ sie den Raum.

»Ich muss Sie nun leider bitten zu gehen, mein Kind. Wie jedes Jahr am ersten Weihnachtstag ist es Zeit für unsere Weihnachtsandacht. Diese Veranstaltung ist für die Mitschwestern und unsere Patienten etwas Besonderes. Sie kennen das.«

Hanna erhob sich, ohne zu zögern, denn die Weihnachtsandacht, das war tatsächlich eine große Sache, daran hatte sie früher auch teilnehmen müssen. Ein ewig langer Gottesdienst und hinterher ein vermeintlich fröhliches Beisammensein mit trockenem Kuchen und Kaffee, der aussah wie

Tee. Nichts, was sich wirklich anfühlte wie Weihnachten, aber im Angesicht bitterer Armut galten auch kleine Wohltaten als große Gnade. Wohlhabend war in dieser Umgebung niemand, trockener Kuchen und dünner Kaffee waren besser als vieles, was bei den Familien der Kranken sonst auf den Tisch kam.

»Gottes Segen, liebes Fräulein. Ich hoffe, Sie finden Ihren Weg.«

Die Oberin nickte, die Audienz war beendet.

Hanna nahm ihre Handtasche und ging zur Tür. Dort angekommen drehte sie sich um und deutete den Knicks an, den sie früher in Bethanien bei der Oberin jedes Mal hatte absolvieren müssen: Eine Gewohnheit, eigentlich überflüssig, daran festzuhalten, aber man wusste nie, wozu es gut sein würde. Schweigend verließ Hanna das Arbeitszimmer der obersten Diakonisse, innerlich aufgewühlt und unzufrieden mit sich selbst. Hätte sie nicht insgesamt überzeugender wirken müssen? Dieser Besuch war für die Katz gewesen, nichts nahm sie mit nach Haus, keine Zusage, kein Versprechen, überhaupt nichts, worauf sich aufbauen ließ. Sie hatte versagt, jetzt wollte sie nur fort von hier.

Hanna eilte die Treppe hinunter, wurde jedoch von einer Schar von Schwestern aufgehalten, die sich in der Halle unter den hohen Rundbögen versammelt hatten – die Frauen warteten auf die Weihnachtsandacht. Hanna spürte viele neugierige Blicke – im Vorübergehen sah sie das eine oder andere bekannte Gesicht, doch sie blieb nicht stehen. Fragen nach dem Grund ihres Besuches hätte sie jetzt nicht ertragen. Zu frisch war die Niederlage, sie wollte einfach raus aus dem Gebäude. Hastig und mit gesenktem Kopf verließ sie das Krankenhaus durch das Hauptportal.

Draußen schlug ihr die Kälte entgegen, der eisige Wind machte sie im ersten Augenblick atemlos. Der Garten vor dem Haus war weiß vom Schnee, kaum ein Mensch zu sehen. Nur ein paar Krähen hockten frierend im Geäst der Bäume.

Hanna schluckte, sie brauchte einen Moment, um sich zu sammeln. Dafür hatte sie sich nun am ersten Weihnachtstag aus dem Elternhaus geschlichen? Heute Morgen hatte sie noch gehofft, im Triumphzug nach Dahlem zurückkehren zu können – ein Irrtum, wie sich jetzt herausstellte, das Gegenteil war der Fall. Ihr erster Versuch, eine Anstellung zu finden, war gescheitert. Kaiserswerth und die christliche Mission in Afrika interessierten sie kein bisschen. Ihre Liebe zu Cora würde an der Distanz scheitern. Genau das durfte nicht geschehen.

Hanna marschierte los, sie stemmte sich gegen den Wind. Ganz sicher würde sie irgendwann auch außerhalb von Bethanien etwas finden, das zu ihr passte. Vielleicht eignete sie sich wirklich nicht für ein Leben hinter Klostermauern. Es musste ja keine kirchliche Einrichtung sein, die sie aufnahm. Es gab auch staatliche Krankenhäuser, vielleicht würde es ihr gelingen, dort eine Anstellung zu finden? Sie durfte nicht aufgeben: Ihr Weg hatte gerade erst begonnen.

* * *

»Denkst du daran, mir nächste Woche den Magenbitter mitzubringen, der mir immer so guttut?«

Vera sah auf, verständnislos blickte sie in das erwartungsvolle Gesicht ihrer Mutter. Magenbitter? Du meine Güte, woher nehmen und nicht stehlen? In Gedanken war sie gerade weit fort gewesen, sie hatte sich zu dem Matrosen geträumt, hinunter in die Werkstatt. Nur zu gern wollte sie wissen, wie er die letzte Nacht verbracht hatte. Hatte er überhaupt schlafen können auf dem harten Holzfußboden, ganz allein in dem seit Monaten ungeheizten Raum? Hunger würde er haben, selbst wenn er es angeblich gewohnt war, mit leerem Magen herumzulaufen. Sie musste nach ihm sehen, aber noch konnte sie hier nicht weg. Es galt, einen günstigen Moment abzupassen, doch Mutter hatte nichts zu tun, sie hockte in der Küche und war zum Reden aufgelegt.

»Hörst du mir überhaupt zu, mein Kind?«

»Natürlich, aber ich glaube nicht, dass ich Magenbitter besorgen kann. Die Regale in den Läden sind leer.«

»Der Krieg ist doch jetzt vorbei. Die Drogerie in der Weberstraße hatte früher ein so gutes Sortiment …«

»Es gibt kein Fleisch und keine Kartoffeln, Mutter. Glaubst du, da bietet irgendjemand Kräutertinkturen an?«

»Du kannst doch wenigstens mal schauen. Vielleicht kannst du etwas eintauschen.«

»Ich stehe jeden Tag stundenlang Schlange, um ein halbes Brot zu ergattern. Falls es etwas gibt, dann nur auf Karte. Verstehst du, was ich meine?«

Mutter erstarrte, um ihre Mundwinkel zuckte es. Hauptsache, sie fing jetzt nicht gleich wieder an zu weinen, nur weil es einmal nicht nach ihrer Nase ging. Im Jammern und Lamentieren hatte sie es inzwischen zu einer gewissen

Meisterschaft gebracht, dabei war sie früher eine so liebe und fürsorgliche Person gewesen, doch den Verlust ihrer jüngsten Tochter hatte sie nur schwer verwunden. Als dann auch noch Vater vor zwei Jahren plötzlich starb, hatte ihr Zustand eindeutig eine Verschlechterung erfahren. Mutters Herzkrankheit hatte sich verschlimmert, sie selbst war mittlerweile häufig mutlos und schlecht gelaunt. Wahrscheinlich fühlte sie sich vom Schicksal zu hart abgestraft, sie rebellierte dagegen, doch niemand konnte die Geschehnisse der Vergangenheit rückgängig machen. Wer hätte das besser gewusst als Vera, die schuld war am Tod ihrer Schwester.

Um den andauernden Beschwerden und dem Genörgel der Mutter zu entgehen, hatte Vera schließlich vor ein paar Monaten im Hotel Kronprinzessin als Küchenhilfe angefangen, auch wenn die Arbeit nicht viel einbrachte.

Vera beugte sich ein Stückchen vor und streichelte der Mutter sanft über den Oberarm. »Nimm es nicht so schwer. Ich kann nichts dafür, dass es nichts zu kaufen gibt.«

Keine Antwort, also stand Vera auf. Das Frühstück war beendet, sie würde sich an den Abwasch machen. Vielleicht hatte sie Glück, und Mutter legte sich gleich ein wenig aufs Ohr. In diesem Moment ging die Türklingel – wer war das denn, so früh am Tag, noch dazu an Weihnachten? Verwandtenbesuche zum Fest gab es kaum in diesem Jahr, jeder in der Stadt hatte seine kriegsbedingten Verluste zu beklagen, niemandem war so recht nach Feiern zumute. Hoffentlich war der Matrose nicht auf die Idee gekommen, wegen irgendetwas unten an der Haustür zu läuten. Alles, nur das nicht. Schon klingelte es ein zweites Mal.

»Willst du nicht hingehen, Kind? Es ist wer an der Tür. Oder soll ich …«

»Nein, nein, lass nur, bleib sitzen. Ich gehe hin.«

Vera eilte in den Flur, das Geschirrtuch noch in der Hand. In der Hoffnung, Benno zu sehen, riss sie die Wohnungstür weit auf, doch ihr Matrose war es nicht, der draußen stand. Ein Fremder hatte sich auf der Türschwelle aufgebaut, ein magerer Bursche mit großen, hungrigen Augen starrte sie an. Was für eine traurige Gestalt, ausgehungert und bleich. Wollte dieser Mensch ihr womöglich etwas aufschwatzen? Für einen Hausierer oder Bettler war er zu gut gekleidet, sein Anzug wirkte nobel, teures Tuch, seine Kleidung saß wie angegossen. Etwas an der Gestalt des Fremden schien Vera vertraut – war das etwa Georg, der vor ihr stand, konnte es sein? Ihr Gegenüber lächelte, jetzt spürte sie es, es war ihr Bruder, Georg war aus dem Krieg zurück. Geschunden sah er aus, verhärmt wie einer, der monatelang in einem Steinbruch gearbeitet hatte, aber immerhin, er war am Leben. Der grausame Krieg hatte ihr den Bruder nicht genommen, alles andere würde man sehen, wenn er nur erst mal wieder richtig daheim war, wenn er sich erholt hatte von den Strapazen. Erleichterung erfasste Vera wie eine Woge und trug sie hoch hinauf, dorthin, wo es nun doch noch ein Weihnachten geben würde. Sie breitete die Arme aus.

»Georg! Mein Gott, dass nenne ich eine Weihnachtsüberraschung. Du bist zu Hause.«

Er nickte, stand aber noch immer wie festgewachsen auf der Türschwelle. Warum kam er nicht herein? Sie ließ die

Arme sinken und musterte ihn erneut: Etwas Dunkles umgab ihn. Vielleicht waren es die tiefen Falten um den Mund, die zerfurchte Stirn oder das viel zu spärliche Haar, die ihn so düster wirken ließen? Die Sprache hatte es ihm anscheinend auch verschlagen. Je länger sie schaute, desto beklommener fühlte sie sich, dennoch, sie musste sich beherrschen, keine Tränen jetzt.

»Komm herein, Georg. Ich bin froh, dich wieder bei uns zu haben.«

Endlich hellte sich seine Miene etwas auf, endlich umarmten sie einander – doch es war nur Haut und Knochen, was sie zu fassen bekam. Georg war immer schlank gewesen, aber jetzt war er mager. Er trat einen Schritt zurück und betrachtete sie seinerseits mit großen Augen.

»Schwesterherz, wie schön. Wie oft habe ich mich danach gesehnt, dich wieder in den Armen halten zu dürfen.«

Sie nickte, insgeheim erleichtert, dass wenigstens seine Stimme sich nicht verändert hatte.

»Komm und leg ab. Mutter wird sich nicht halten können vor lauter Freude.«

Georg ging zur Garderobe und hängte seinen Mantel auf, nichts sonst hatte er dabei, nicht mal einen Pappkarton. Der Mantel allerdings, der wirkte teuer und neu. Sie begutachtete ihn und war beeindruckt: Georgs Kleidung war mit Sicherheit maßgeschneidert, so etwas sah sie auf den ersten Blick. Wo hatte er diese Garderobe her? Der Anzug, den er trug, war ihm angemessen worden, das hätte Vater nicht besser machen können. Was sein Äußeres anbelangte, hatte Georg nichts mit den anderen

Kriegsheimkehrern gemein. Die Männer, die sonst dieser Tage aus dem Osten oder Westen zurückkamen, waren in Lumpen gehüllt, sie trugen Fußlappen, hangelten sich an Krücken durch die Straßen. Georg dagegen war schick in Schale. Woher hatte er das Geld für neue Kleidung gehabt?

Er drehte sich um. »Ihr seid noch beim Frühstück, nehme ich an?«

»Nein, damit sind wir fertig, aber wenn du zu Mutter möchtest, die sitzt noch in der Küche.«

Georg verschwand, den Duft nach Kernseife nahm er mit. Erstaunlich, er sah aus wie aus dem Ei gepellt. Wer hatte ihn so ausstaffiert? Die Haare hatte er sich auch vor Kurzem schneiden lassen.

Die Küchentür klappte, schon ertönte nebenan Mutters Aufschrei. Bis in den Flur war ihr Jubel zu hören. Hoffentlich war das Fest nun gerettet, aller Zwist vergessen.

Vera folgte ihrem Bruder in die Küche, dort hielt Mutter ihren Jungen in den Armen, doch Georg machte eine säuerliche Miene dabei. Die überschwängliche Begrüßung war ihm zu viel, Mutters Tränen waren ihm wohl unangenehm. Als er Vera bemerkte, löste er sich aus der mütterlichen Umklammerung und trat einen Schritt zurück.

»Möchtest du einen Kaffee trinken, Georg? Echte Bohnen haben wir nicht, aber ich kann dir einen Eichelkaffee aufbrühen.«

»Lass gut sein, Schwesterherz. Ich habe schon gefrühstückt. Komm her und setz dich zu uns.« Georg zog einen Stuhl heran und deutete auf den freien Platz am Tisch, doch die Mutter war schneller. Erstaunlich behände machte sie einen Satz, im Nu saß sie an der Seite ihres Sohnes.

»Schön, dass du wieder da bist, mein Junge. Es ist ein Geschenk, dich wieder zu Hause zu haben.«

Georg nickte bloß.

»Schade, dass Vater deine Rückkehr nicht mehr erlebt. Er wäre so stolz auf dich gewesen.« Mutter blinzelte, ihre Stimme zitterte, es drohten wieder Tränenfluten. Schon hatte sie ihr Taschentuch in der Hand und wischte sich über die Augen. »Wir haben so sehr auf deine Heimkehr gewartet, mein Junge.«

»Ja, natürlich. Ich bin auch froh, wieder hier zu sein.«

»Jede Nacht habe ich für dich gebetet.«

»Hm. Ja, sicher, ich danke dir. Ich habe auch oft an euch gedacht.«

»Wir haben in den Zeitungen gelesen, wie furchtbar es für euch war an der Front. Trotzdem musst du uns natürlich noch einmal alles erzählen, was dir im Felde widerfahren ist.«

»Das werde ich, Mutter. Lass mich nur ein wenig verschnaufen.«

»Natürlich, ruh dich aus. Die Werkstatt unten im Hof ist jedenfalls unverändert. Sie wartet auf dich.«

»Die Werkstatt?«

Georg kniff die Augen zusammen, auch Vera musste an sich halten, denn Mutters letzte Bemerkung war wirklich unpassend. Fehlte nur noch, dass sie Georg gleich hinunterschickte, damit er sich an die Nähmaschine setzte. Er musste glauben, sie hätten nur auf seine Rückkehr gewartet, damit er wieder für die Familie arbeiten ging. Dabei hatte er ihnen als Mensch gefehlt, als Bruder und als Sohn.

»Die Schneiderwerkstatt läuft nicht weg, Mutter.«

Georg schüttelte den Kopf.

»Vorerst ist anderes wichtiger.«

»Sicher, mein Junge, natürlich musst du dich erst mal ausruhen, das sollst du auch. Aber wenn du so weit bist, irgendwann im neuen Jahr, dann können wir den Betrieb unten im Hof wiederaufnehmen. Das alles lag brach, weißt du? Wir hatten Mühe, uns über Wasser zu halten. Vera musste als Küchenmädchen in Stellung gehen, damit wir nicht verhungern.«

»Ich weiß, sie hat es mir geschrieben. Was das angeht, war sie ja leider nicht die Einzige. Viele Frauen mussten arbeiten gehen, nicht wahr?«

Georg krauste die Stirn, sein Tonfall wirkte gereizt, doch das schien Mutter gar nicht aufzufallen.

»Ich weiß, dass viele Frauen in den letzten Monaten Heim und Herd verlassen mussten. Ich gebe ja auch niemandem die Schuld daran. Ich wollte nur sagen, dass wir auf dem Hof nichts verändert haben. Es ist alles so, wie es vor dem Krieg gewesen ist.«

»Nun lass Georg erst einmal zur Ruhe kommen, Mutter. Er war fast vier Jahre fort.«

Mutter hob den Kopf, um ihre Mundwinkel zuckte es. »Meinst du, ich weiß nicht, wie lange mein Sohn an der Front war? Darüber brauchst du mich nicht zu belehren. Jeden Tag habe ich um ihn gebangt.«

»Natürlich. Das haben wir beide getan.«

»Gerade du hast mir wegen der Werkstatt doch in den Ohren gelegen, oder? Dass wir etwas unternehmen müssen, weil uns das Einkommen aus der Firma fehlt. Wenn wir untätig bleiben, kommen wir nicht wieder auf die Beine. Hast du das gesagt oder nicht?«

»Über den Betrieb können wir später reden, Mutter.«

»Uns fehlt es an allem, so kann es nicht weitergehen, jeden Tag habe ich mir das von dir angehört.«

»Jetzt ist erst mal Weihnachten, da ruhen die Geschäfte. Freuen wir uns, dass Georg unversehrt nach Hause gekommen ist.«

»Das tue ich, ich freue mich. Niemand freut sich mehr als eine Mutter, die ihren Sohn lebend aus dem Krieg zurückbekommt, aber ich werde doch wohl trotzdem einen Blick in die Zukunft werfen dürfen, oder?«

»Wenn du meinst.«

»Ich mag es einfach nicht, wenn ich bevormundet werde.«

Vera krauste die Stirn, jetzt war es aber mehr als genug, Mutter quengelte wie ein Kleinkind. Dieses Wiedersehen drohte mit einem Missklang zu enden, spürte sie das denn gar nicht? Sie mussten Rücksicht auf Georg nehmen, der beileibe nicht in bestem Zustand zurückgekehrt war. Abgemagert bis auf die Knochen, mit den Nerven vermutlich am Ende. Bestimmt war es besser, ihn vorerst mit dem Gejammer über den Kriegsalltag zu Hause zu verschonen. Doch wie dem ein Ende machen? Vera ging zur Spüle und ließ Wasser in den Teekessel laufen.

»Möchte jemand einen heißen Tee?«

»Brennnesseltee? Nein, vielen Dank, für mich nicht.«

Vera drehte sich um, die Mutter winkte angewidert ab.

Ihre Blicke trafen sich, Mutter straffte die Schultern.

»Ich finde es nicht schön, wie du mich manchmal behandelst, Vera. Das hast du im Krieg auch gemacht, Georg darf das ruhig hören. Für mich waren es schließlich auch keine leichten Jahre. Aber ich bin alt und krank, mich kann man ruhig herumkommandieren, nicht wahr?«

Mit einem leisen Krachen stellte Vera den Kupferkessel auf die Herdplatte.

»Beruhige dich bitte. Ich habe dich nicht herumkommandiert.«

»Doch, hast du. Ich habe mir einiges sagen lassen müssen seit Vaters Tod. Wenn ich krank war zum Beispiel, dann war es ganz arg.«

»Das stimmt nicht. Und außerdem ist jetzt wirklich nicht der richtige Augenblick.«

»Nein? Wann glaubst du denn, ist der richtige Augenblick?«

Plötzlich ein knarrendes Geräusch, Georg war aufgestanden, mit zwei Schritten war er bei der Tür.

»Entschuldigt mich bitte. Ich habe Kopfschmerzen und werde mich eine Weile hinlegen.«

Die Tür fiel zu, er war verschwunden. Mutters Augen wurden groß, einen kleinen Moment lang schaute sie schweigend, dann schüttelte sie den Kopf.

»Was soll denn das jetzt? Der Junge geht einfach weg, das ist doch keine Art. Früher ist Georg nicht so empfindlich gewesen.«

»Das Leben an der Front zerrt an den Nerven.«

»Trotzdem, das ist unhöflich. Wenn Vater noch da wäre, hätte Georg so etwas nicht gewagt. Einfach den Raum zu verlassen, wenn wir uns noch mit ihm unterhalten. Das tut man nicht.«

»Ist vielleicht auch nicht schön für ihn, dass wir bei seiner Ankunft als Erstes streiten.«

»Ach, und wessen Schuld ist das jetzt wieder? Meine natürlich.«

»Lass gut sein, Mutter. Ich schau mal eben nach Georg. Vielleicht braucht er noch etwas.«

Hastig verließ Vera den Raum, vor Georgs Zimmertür blieb sie stehen. Sie lauschte, doch es kam kein Laut von drinnen. Ein klein wenig beklommen war ihr zumute, denn mit Georg musste sie nun vorsichtig sein. Bei allen Hoffnungen auf seine baldige und gesunde Rückkehr hatten sie nicht mit den Wunden gerechnet, die der Krieg seiner Seele zugefügt hatte. Ihr Bruder war ein anderer geworden, sie empfand es ganz deutlich. Nichts war wie früher, auch wenn sie sich das noch so sehr wünschte. Ein Gespräch würde vielleicht helfen, ein paar liebevolle Worte, um die Wogen zu glätten.

Vera griff nach der Türklinke, aber die Tür gab nicht nach. Nichts bewegte sich: Georg hatte sich eingeschlossen. Ihr Bruder sperrte sie aus, wegen einer kleinen, dummen Streiterei, an der sie noch nicht einmal schuld war. So etwas hatte es vor dem Krieg zwischen ihnen nicht gegeben. Auf diese Weise kamen die Dinge bestimmt nicht wieder ins Lot.

Sie klopfte leise. »Georg?«

Keine Antwort. Ratlos stand sie an der Tür und wartete. Wie lange wollte Georg sie hier so stehen lassen?

In diesem Moment waren im Treppenhaus auf einmal Schritte zu hören. Es kam jemand von unten zu ihnen herauf in den ersten Stock, jemand, der zuvor nicht an der Haustür geklingelt hatte. Vielleicht hatte Georg vergessen, die Eingangstür richtig zuzumachen? Im nächsten Moment ein Rascheln, gleich darauf tauchte ein weißer Umschlag im Türschlitz auf. Vera starrte den Umschlag an, ratlos und überrascht: eine Nachricht? An Weihnachten?

Sie ging hin und hob das Kuvert auf. Es stand kein Name drauf, auch der Absender fehlte. Ohne zu zögern, öffnete sie den Brief und überflog die Zeilen.

Kamerad, der Zeitpunkt für ein gemeinsames Vorgehen ist gekommen. Halte dich am kommenden Montagabend zur vereinbarten Zeit am vereinbarten Treffpunkt bereit.

Seltsam, nur diese paar Worte, mehr nicht. Vera schob das Blatt in seinen Umschlag zurück. Die Nachricht war sicherlich an Georg gerichtet, wen sonst in diesem Haus würde ein unbekannter Absender als seinen Kameraden bezeichnen? Etwas Militärisches lag darin, die Sätze klangen Unheil verkündend. In der Stadt herrschte Bürgerkrieg, hatte es etwas damit zu tun? Rot gegen Weiß und umgekehrt, gestern erst hatte sie vor dem Haus des Doktors am eigenen Leib zu spüren bekommen, was das bedeutete. Mit jedem Tag erreichten mehr Uniformierte die Stadt, Männer mit kantigen Gesichtern und entschlossenen Mienen, inzwischen waren sie überall. Freikorps nannten sie sich, ein wilder Haufen aus ehemaligen Reichswehrverbänden, offenbar zu allem fähig, wenn es nur gegen die Linken ging. Der Obersten Heeresleitung schienen sie nicht zu unterstehen, der Regierung erst recht nicht. Es war nicht auszuschließen, dass Georg jetzt bei denen gelandet war. Zumindest sein Auftritt heute Morgen, frisch rasiert und in einem feinen Zwirn, passte dazu. Im Unterschied zu allen anderen Truppen besaßen die Freikorps Geld für die Ausstattung ihrer Männer. Man erzählte sich, dass diese Verbände von Industriellen und reichen Adeligen bezahlt wurden. Der Gedanke daran, dass auch ihr Bruder zu diesen Leuten gehörte, war alles andere als erfreulich. Eigentlich hätte Georg vom Krieg doch genug haben sollen, aber was, wenn nicht? Die Palisadenstraße lag nicht im roten Wedding, aber auch hier im Viertel hatten Kommunisten und Sozialisten das Sagen. Wenn Georg jetzt den Freikorps beitrat, brachte das die Familie in Gefahr.

Vera schluckte, sie konnte den Blick nicht von dem Umschlag in ihrer Hand lösen.

Bisher hatte sie geglaubt, dass nach Georgs Rückkehr alles von allein wieder in die richtigen Bahnen gleiten würde. Sie würden die Werkstatt in Betrieb nehmen, der Firma neuen Schwung verleihen und sich auf diese Weise gemeinsam nach oben arbeiten. Nur sah es im Moment nicht danach aus, im Gegenteil.

Behutsam schob sie den Brief in die Tasche ihrer Küchenschürze. Sie würde später entscheiden, was damit zu tun war, doch in diesem Moment öffnete sich Georgs Zimmertür. Er betrat den Flur, die Augen misstrauisch zusammengekniffen.

»War da nicht eben jemand an der Tür? Mir war, als hätte ich ein Geräusch gehört.«

»Ich glaube nicht …«

»Ich erwarte Post. Du hast nicht zufällig einen Brief für mich?«

»Georg …«

Er kam näher, den Blick auf die Tasche ihrer Schürze gerichtet. »Komm, rück das Schreiben raus. Ich erfahre von meinen Kameraden sowieso früher oder später, was drinsteht.« Georg blieb vor ihr stehen, auffordernd streckte er die Hand aus. »Mach schon, sonst muss ich dir den Brief wegnehmen. Er gehört dir nicht.«

Zögernd holte sie den Umschlag hervor, Georg nahm ihn ihr aus der Hand, zog das Blatt darin hervor und überflog die an ihn gerichteten Zeilen. Schließlich wandte er sich ab, ganz offensichtlich hatte er vor, sie ohne Erklärung stehen zu lassen. Was war nur los? Er war wieder zu Hause, und doch war er so weit von ihr entfernt wie nie zuvor. Woher kam diese Entfremdung? Damals, nach dem Unfall mit Elfie, war Georg der einzige Mensch auf der Welt gewesen, mit dem sie hatte offen sprechen können. War es nicht möglich, an diese Zeit wieder anzuknüpfen?

Vera folgte Georg, sie eilte ihrem Bruder nach und fing ihn an der Zimmertür ab.

»Warte. Willst du wirklich mit den Freikorps gemeinsame Sache machen? Der Brief kommt doch von dort, oder? Hast du dir das auch gut überlegt?«

»Da brauche ich nicht lange zu überlegen. Diese Männer sind auf der richtigen Seite.«

»Wer weiß im Moment schon, welche Seite die richtige ist? Halt dich raus, ich bitte dich, geh nicht zu diesen Leuten. Du brauchst deine Ruhe, du musst dich erholen.«

»Dafür ist immer noch Zeit.«

»Das hier ist ein Viertel, das zu den Roten hält, das weißt du. Unter unseren Nachbarn sind jede Menge Kommunisten und Sozialisten. Willst du wirklich in Reichswehruniform zwischen ihnen rumlaufen?«

»Wieso nicht? Die Uniform steht für Recht und Ordnung.«

»Ich bitte dich, lass die Politiker darüber entscheiden, wie es weitergeht. Deren Aufgabe ist es doch, für Ordnung zu sorgen.«

»Politiker, wenn ich das schon höre. Unter dem Kaiser hatten die auch nichts zu melden, und das war gut so. Die Sozialdemokraten sind Feiglinge und Landesverräter. Willst du allen Ernstes tatenlos zusehen, wie die unser Vaterland in den Bolschewismus treiben?«

»So weit muss es doch nicht kommen.«

»Ebert und seine Leute tragen eine Mitschuld daran, dass Deutschland den Krieg verloren hat. Die sind unfähig, das haben sie mehrfach gezeigt. Denen können wir das Schicksal unserer Heimat nicht überlassen.«

»Es wird Wahlen geben …«

»Und wenn schon. Sollen die verdammten Roten doch allesamt nach Moskau auswandern, dann haben sie, was sie haben wollen. Ich jedenfalls werde nicht dabeistehen und zugucken, wie Deutschland am Sozialismus zugrunde geht.«

»Du musst der neuen Regierung doch die Möglichkeit geben …«

Georg schüttelte heftig den Kopf, sein Gesicht war puterrot. »Was hat deine feine Regierung denn bisher bewirkt? Haben die Leute etwas zu essen? Kümmert sich jemand um das Elend der Kameraden, die schwer verletzt von der Front nach Hause kommen? Gibt es Medikamente oder Kohlen, gibt es irgendetwas von dem, was das Volk jetzt braucht? Nein und nochmals nein. Stattdessen lässt die Regierung den Kommunisten freie Hand.«

»Soweit ich weiß, ist Herr Ebert mitnichten ein Freund von Karl Liebknecht und Rosa Luxemburg.«

»Eine unfähige Bande ist das. Sieh dir an, was in Russland passiert, dann weißt du Bescheid.«

»Du musst der Sache doch etwas Zeit geben. Die Menschen in der Stadt sehnen sich danach, dass es Frieden wird.«

»Sobald wir die Rote Brut ausgeräuchert haben, wird es sehr friedlich werden, das verspreche ich dir.«

Georg musterte sie noch einmal verächtlich, dann drehte er sich auf dem Absatz um und verschwand. Die Tür seines Zimmers fiel mit einem Krachen ins Schloss. Vera blieb allein zurück. Einigermaßen verstört stand sie auf dem Flur, fassungslos über das Gespräch eben. Gewiss, sie war nicht gleichauf mit Georg, sie hatte nicht mit angesehen, was er gesehen hatte, aber der Wandel, den er durchgemacht hatte, war dennoch erschreckend. Er wirkte herrisch, unbelehrbar und abweisend. Sein Zustand schien besorgniserregend. Würde der Krieg sie beide noch im Nachhinein entzweien, obwohl er eigentlich zu Ende war?

Nachdenklich schob Vera beide Hände in die Taschen ihrer Küchenschürze. Der Vater war tot, die Mutter war krank, und auf Georg war kein Verlass mehr: Wie sollte sie das Versprechen, die Familie zusammenzuhalten, bloß einlösen?

3. Kapitel

Erster Weihnachtsfeiertag, gut und schön, aber Fritzi wollte keine Zeit verschwenden, deshalb machte sie sich gleich nach der Ankunft in der Pension wieder auf den Weg. Sie wollte zu Wolfgang, heute noch. Die freundliche Wirtin hatte ihr den Weg erklärt, bloß die Straße runter und dann rechts. Bisher verlief alles nach Plan: Die Unterkunft, die der Herr mit dem Schnauzbart ihnen beiden beschafft hatte, war akzeptabel. Die Zimmer waren sauber und halbwegs ruhig, doch nun galt es, in der großen Stadt auch etwas zu erreichen. Sie musste Benno möglichst zügig finden – am besten in der Schaperstraße, dort besaß Bennos Cousin nach Auskunft von Christel Funke eine Wohnung.

Fritzi lief und lief, doch anscheinend war sie irgendwo falsch abgebogen – sie hatte das Gefühl, in einem Labyrinth herumzuirren. Alles sah so gleich aus, die Gebäude riesig und alle gleichermaßen abweisend. Kaum irgendwo brannte Licht hinter den Fenstern, bei der Kälte waren nur wenige Menschen unterwegs. Inzwischen hatte sie nicht mal mehr den Hauch einer Ahnung, in welche Himmelsrichtung sie musste. Einen Stadtplan hatte sie natürlich auch nicht, woher denn wohl an einem Feiertag? Die Straßennamen sagten ihr nichts, und es war niemand unterwegs, den sie fragen konnte.

Der Wind frischte auf, der Himmel rüstete sich für neue Schneeschauer. Dort drüben immerhin, auf der anderen Straßenseite, gab es eine Hausnummer vier, ein respektables Gebäude mit einem großen Säulenportal davor. Es hätte ihr gefallen, wenn Bennos Cousin dort gewohnt hätte. Er war der Einzige, den sie nach Bennos Verbleib fragen konnte in dieser großen Stadt.

Am Treppenaufgang dort drüben stand ein Kerl, den sie um Hilfe bitten konnte, schade bloß, dass er nicht sonderlich manierlich wirkte. Eine Jammergestalt in schmutziger Kleidung, einer wie der wohnte bestimmt nicht in dem Haus, vor dessen Portal er sich herumtrieb. Besser wäre es gewesen, weiterzugehen, aber der Bursche hatte sie bereits entdeckt. Langsam, die Hände in den Hosentaschen vergraben, kam er über die Straße geschlendert.

»Na, Frollein? Ham Se sich verlofen?«

Fritzi nickte zögerlich. »Ich suche die Schaperstraße Nummer vier. Wissen Sie vielleicht, wo das ist?«

»Soll det 'ne Scherzfrage sein, Frollein?« Der Bursche wandte sich um und deutete auf das Gebäude auf der anderen Straßenseite. »Dit isses. Schaperstraße Nummero vier, wa? Sehnse nich?«

Fritzi folgte seinem Blick, Erleichterung durchflutete sie, denn das war ein Zufall vom Feinsten. Sie hatte es geschafft, nur diesen seltsamen Vogel hier, den musste sie schnell wieder loswerden. Er roch nicht gut, und die große, dunkle Zahnlücke zwischen den Schneidezähnen machte ihn auch nicht eben schöner. Er dagegen schien sie durchaus anziehend zu finden, er wagte es, sich ihr noch ein Stück zu nähern. Er beugte sich vor, so weit, dass seine Lippen ihr Ohrläppchen streiften. Es schauderte sie, aber sie rührte sich trotzdem nicht von der Stelle. Dieser komische Kerl sollte nicht wissen, dass sie furchtbare Angst vor ihm hatte.

»Soll ick dir mitnehmen, Süße? Kein Problem. Wir zwee machen's uns drüben jemütlich, wa? Kann ick organisieren, mein Vadder is Hausmeester dort.«

»Danke für Ihre Gastfreundschaft, aber das ist nicht nötig. Ich werde bereits erwartet.«

Sie wollte sich abwenden, aber der seltsame Vogel hatte sie beim Ärmel ihres Mantels gepackt und hielt sie fest.

»Na, hör ma, Kleene, 'n bissken erkenntlich kannste dir ruhig zeigen. Wirst doch einem einsamen Herzen kurz Jesellschaft leisten, wa?«

»Lass gut sein, Dietrich. Hast doch gehört, die Dame wird erwartet.«

Ein Mann war auf dem Bürgersteig aufgetaucht, diesmal ein richtiger Herr, jemand in Hut und Mantel. Er drängte den aufdringlichen Kerl einfach mit dem Ellenbogen ein Stück beiseite und sah sie an.

»Zu wem möchten Sie denn, junge Frau?«

Fritzi zögerte mit der Antwort, der Herr kam ihr irgendwie bekannt vor. Diese Stimme kannte sie doch? Sie brauchte noch ein paar Sekunden, wurde jedoch zunehmend sicherer in ihrem Urteil, streckte schließlich vorsichtig die Hand aus.

»Wolfgang? Ich bin es. Friederike Petersen aus Rieseby. Es freut mich, dich zu sehen. Fröhliche Weihnachten.«

Der Herr ihr gegenüber zögerte, endlich hellte sich sein

Gesicht auf. Hatte sie sich denn so verändert? Für ihn galt das nicht, er hatte noch immer die gleichen strohblonden Haare wie Benno.

»Fritzi? Du meine Güte, bist du das wirklich? Das nenne ich eine Überraschung.«

Sie erwiderte sein Lächeln, für ihn musste es tatsächlich seltsam sein, sie so unerwartet wiederzusehen. Sie war jetzt eine erwachsene Frau, jemand, den man ernst nehmen musste. Vorbei waren die Zeiten, in denen das kleine Mädchen vom Land den zwei älteren Jungen bei ihren Spielen Gesellschaft geleistet und nach deren Pfeife getanzt hatte. Selbstverständlich war auch Wolfgang erwachsener geworden. Das blonde Schnauzbärtchen hatte er zu Kaisers Zeiten noch nicht getragen – und eine Brille hatte er damals auch nicht gebraucht. Sie wusste, dass er jetzt Ingenieur war. Gymnasium, Universität und ein Beruf, der Geld einbrachte. Wolfgang war von ihnen dreien den weitesten Weg gegangen.

Er bot ihr den Arm. »Komm, lass uns hineingehen.«

Seite an Seite überquerten sie die Straße. Schon tat sich die Haustür vor ihnen auf, gleich darauf befanden sie sich im Inneren des Gebäudes. Am Treppenaufgang blieben sie stehen. Fritzi war erleichtert: Hier war sie sicher vor diesem komischen Kerl namens Dietrich. Jetzt musste sie nur noch Benno finden.

Sie lächelte. »Danke dir. Sag mal, du weißt nicht zufällig, wo Benno ist? Ich müsste ihn kurz sprechen, es ist wichtig.«

Wolfgang runzelte die Stirn. »Benno? Wie kommst du denn jetzt auf den?«

»Ich bin in einer Familienangelegenheit hier. Ich hatte gehofft, du könntest mir vielleicht dabei behilflich sein, Benno zu finden.«

»So. Nun, vielleicht musst du mir erst erklären, worum es geht. Lass uns nach oben gehen. Ich hoffe, es stört dich nicht, dass ich nicht aufgeräumt habe.«

Sie schüttelte den Kopf, fühlte sich aber doch leicht verunsichert. Die Frage nach Benno schien Wolfgang vollkommen überrascht zu haben, das war kein gutes Zeichen. Oben in seiner Wohnung war es dunkel und kühl, es roch nach erkalteter Asche. Er betätigte einen der Lichtschalter, mit einem leisen Brummen flackerte ein Deckenlicht auf.

»Den Mantel behältst du lieber an, ich konnte die Wohnung in letzter Zeit nicht vernünftig beheizen. Es gibt in der ganzen Stadt nirgendwo Kohlen.«

Fritzi gehorchte schweigend – es stimmte, in Wolfgangs Arbeitszimmer war es richtig kalt, aber der Raum machte dennoch einen gemütlichen Eindruck. Solide Möbel, farblich alles Ton in Ton, sogar ein Teppich lag auf dem Parkett. Ein wenig Unordnung herrschte tatsächlich, aber so war es nun mal bei einem Junggesellen daheim. Wolfgang hatte seine Papiere überall verstreut, Zeichnungen waren auf dem Schreibtisch ausgebreitet, aufgeschlagene Bücher lagen auf dem Fußboden.

»Nimm doch Platz.«

Ihr Gastgeber rückte ihr einen der Sessel am Fenster zurecht, Fritzi ließ sich hineingleiten und streckte die Beine aus. Wie herrlich bequem moderne Polstermöbel doch waren. So etwas wünschte sie sich auch für zu Hause, endlich

Schluss mit den uralten, durchgesessenen Sofas, in denen sich nur noch die Motten wohlfühlten.

Wolfgang ließ sich neben ihr nieder. »Bist du schon lange in der Stadt?«

»Nein, ich bin gerade angekommen.«

»Am ersten Weihnachtstag?«

»Ja, ich weiß, das ist ungewöhnlich, aber ich suche Benno. Ich muss dringend mit ihm reden.«

»Und da hast du dir vorgestellt, er könnte hier sein, bei mir.«

»Ja, warum nicht? Das ist doch naheliegend. Ich weiß genau, dass Benno in Berlin ist.«

»Dann weißt du mehr als ich. Bei mir hat er sich schon länger nicht gemeldet.«

Erstaunt richtete Fritzi sich auf: Konnte das wahr sein? Benno und Wolfgang waren dicke Freunde gewesen in ihrer Jugend, ein Kopf und ein Arsch, wie sie zu Hause im Norden sagten. Jetzt war Benno in Berlin und tauchte bei seinem Cousin nicht auf, obwohl der in der Hauptstadt lebte? Was war da los? Hatte Benno Kiel womöglich gar nicht verlassen, obwohl er seiner Mutter die Abreise im November angekündigt hatte? War ihm etwas dazwischengekommen? Aber warum war er dann nicht nach Hause zurückgekehrt? Verwirrung erfasste Fritzi, tausend Fragen stürmten auf sie ein.

Wolfgang schüttelte langsam den Kopf. »Tut mir leid, aber ich habe keine Ahnung, wo Benno ist. Er hat sich zuletzt aus Kiel gemeldet, doch das ist auch mindestens sechs Wochen her. Danach habe ich nichts mehr von ihm gehört.

Eigentlich dachte ich, er wäre schon wieder in Eckernförde bei seinen Leuten.«

»Er hat dir zu Weihnachten nicht geschrieben?«

»Nein. Aber du hast sicher Post von ihm gehabt, oder?«

Fritzi errötete, nein, Benno hatte sich auch bei ihr nicht gemeldet, das war es ja gerade. Keine einzige Zeile von ihm, seit mindestens zwei Jahren nicht. Diese Tatsache beschrieb kurz und knapp die Katastrophe, die ihr Leben im Augenblick beherrschte: Benno kümmerte sich nicht mehr um sie – nicht um sie und auch nicht um ihr gemeinsames Kind. Sie schluckte hart, trotz allem darum bemüht, die Fassung zu bewahren.

»Ich habe von seiner Mutter erfahren, dass Benno in Berlin ist. Wir dachten beide, er wäre bei dir abgestiegen. Deine Tante hat mir deine Adresse gegeben.«

»Ach so, meine Tante, jetzt verstehe ich. Nein, tut mir leid, Benno ist nicht hier.«

Fritzi schluckte, schweigend blickte sie zu Boden, intensiv auf der Suche nach etwas, das sie sagen könnte – leider fiel ihr nichts ein. Bennos Schweigen in den letzten Monaten war vermutlich bedeutsamer gewesen, als sie bisher geglaubt hatte. Sie hatte das Ausbleiben seiner Nachrichten auf den Krieg geschoben, auf den allgemeinen Aufruhr, auf die zunehmend unzuverlässige Reichspost. Jetzt musste sie sich eingestehen, dass womöglich viel mehr dahintersteckte. Diese monatelange Stille, kein Brief, kein Anruf: Da gab es wirklich mal ein böses Omen in ihrem Leben, und dann verstand sie die Mahnung nicht. Sie spürte Wolfgangs fragende Blicke und sah auf.

»Merkwürdig. Ich hätte gedacht, dass Benno sich bei dir meldet, wenn er in der Hauptstadt ist. Ihr wart früher so gute Freunde.«

»Nun, bis vor ein paar Minuten habe ich geglaubt, wir wären es immer noch.«

»Ihr habt euch nicht gestritten oder dergleichen?«

»Absolut nicht. Aber vielleicht hat Benno Berlin schon wieder verlassen. Vielleicht ist er auf dem Heimweg nach Eckernförde.«

»Ohne sich zuvor bei dir zu melden?«

Wolfgang zuckte mit den Schultern. »Wer weiß? Angeblich gibt es Auflösungserscheinungen bei der Volksmarine.«

»Du meinst, Benno ist erst zu den Matrosen übergelaufen und hat sie jetzt schon wieder im Stich gelassen?«

»Ich könnte es mir vorstellen. Wozu jetzt noch den Kopf hinhalten, wo endlich Frieden ist?«

»Das ist allerdings die Frage, du hast recht. Es soll Tote und Verletzte gegeben haben bei dem Überfall auf das Stadtschloss.«

»Das habe ich auch gehört, aber wir wollen nicht gleich an das Schlimmste denken. Ich glaube nicht, dass Benno etwas passiert ist.«

Fritzi senkte den Kopf, Wolfgangs Worte wirkten nach und weckten neue Zweifel. Natürlich, Benno konnte auch umgekommen sein. Das würde ihre Einsamkeit erklären, die Funkstille, sein Ausbleiben. Eine traurige Erklärung allerdings. Sie wollte nicht weinen, nicht in Wolfgangs Beisein, aber von einer Sekunde zur nächsten stürmten die Gedanken an die vielen, grausamen Tode auf sie ein, die man bei Straßenunruhen sterben konnte. Es war zu viel auf einmal, gegen die aufkommende Sorge konnte sie sich kaum noch wehren. Seit Monaten war sie mit ihrem Kummer allein, denn mit dem lieben Papa konnte man über Benno nicht reden. Für ihn war dieser junge Mann nichts weiter als ein Luftikus, der Sohn eines Trinkers aus dem Nachbardorf. Seiner Jugendliebe ein Kind zu machen und dann spurlos zu verschwinden, so ein Verhalten war für Papa Beweis genug für einen bedauernswerten Fall von Charakterlosigkeit.

Fritzi schluckte, nun kämpfte sie doch mit den Tränen. Raus hier, sie musste an die frische Luft.

Mit einem Ruck stand sie auf, verharrte jedoch noch einen Moment an ihrem Platz: Die Knie zitterten ihr so sehr, dass sie sich kaum rühren konnte. Jetzt nicht auch noch umkippen und eine Ohnmacht riskieren. Wolfgang schien zu ahnen, wie es um sie bestellt war, denn auch er erhob sich, er griff nach ihrer Hand.

»Es tut mir leid, dass ich nicht helfen konnte. Aber immerhin, Benno hat den Krieg überlebt, das ist etwas, das man nicht von jedem sagen kann. Du wirst ihn wiederfinden, ganz bestimmt.«

Sie nickte schwach, konnte aber nicht sprechen in diesem Moment, dabei musste sie Wolfgang irgendetwas Verbindliches zum Abschied sagen, der Höflichkeit halber. Fritzi hüstelte, sie schluckte, sie wischte sich mit der flachen Hand über die Augen. Wolfgang schaute sie an, sein Blick wirkte traurig, aber sein Mitleid wollte sie nicht. Die wenigen Wohlmeinenden unter den Dörflern zu Hause hatten sie oft genug auf diese Weise behandelt: das arme, arme

Fräulein – ledige Mutter, verlassen vom Vater ihres Kindes. Die pure Heuchelei, jede Form von Anteilnahme schien ihr inzwischen verdächtig, davon hatte sie genug. Ein anderes Thema musste her, aber schnell. Sie suchte Wolfgangs Blick und versuchte zu lächeln, auch wenn ihr Lächeln vermutlich kläglich wirkte.

»Und wie ist es dir ergangen in den letzten vier Jahren? Ich habe gehört, dass du an der Ostfront gewesen bist. Deine Tante hat es erwähnt.«

»Das stimmt, ich war bei der Obersten Heeresleitung an der russischen Grenze. Sie haben mich bei Verhören als Dolmetscher eingesetzt.«

»In der Obersten Heeresleitung? Donnerwetter, Respekt.«

»Ach, na ja, man darf sich das nicht zu großartig vorstellen. Schreibstube, hauptsächlich Papierkrieg. Sie haben mich genommen, weil ich Polnisch und ein bisschen Russisch spreche.«

»Ich verstehe.«

»Zum Glück ist das vorbei. Wenn du willst, erzähle ich dir ein anderes Mal davon.«

»Ja, es ist vorbei. Und ich weiß nicht, wie es weitergeht.«

»Ich bin sicher, dass Benno sich bei einem von uns melden wird. Er hängt an seiner Familie und den Freunden, das war schon immer so.«

»Falls er doch noch zu dir kommt, gibst du mir dann Bescheid? Ich wohne bis Silvester in der Pension Berolina, nur ein paar Straßen von hier. Versprich mir bitte, mich anzurufen oder mir zu schreiben, wenn sich etwas tut.«

»Aber sicher, das mache ich. Du kannst dich auf mich verlassen.«

»Pension Berolina, Nürnberger Straße 48, erster Stock. Die Pension hat auch ein Telefon, aber ich weiß die Nummer nicht auswendig.«

»Pension Berolina in der Nürnberger Straße 48. In Ordnung. Ich merke es mir.«

Fritzi nickte, sie klappte ihre Handtasche auf und ließ sie sinnloserweise gleich wieder zuschnappen. Sie hatte nichts zu schreiben dabei, aber Wolfgang hatte ja versprochen, sich die Adresse zu merken.

»Dann hoffen wir das Beste, nicht wahr? Ich will dich nicht länger stören, immerhin ist Weihnachten.«

Sie wandte sich ab und ging zur Tür, doch Wolfgang holte sie ein.

»Reg dich nicht zu sehr auf, Fritzi. Ich bin sicher, Benno geht es gut. Er ist ein Glückskind, schon immer gewesen.«

Sie nickte, kämpfte aber prompt wieder mit den Tränen. Ihr zumindest schien die Lage ausweglos und düster. Sie musste jetzt wirklich fort von hier, Gespräche über Benno brachten sie im Moment nur aus dem Takt. Es durfte nicht sein, dass sie ihn für immer verloren hatte. Wenn er unauffindbar blieb, würde das Leben, das vor ihr lag, öde und leer sein. Die Vorstellung, auf ewig als ledige Mutter in der Provinz zu leben, machte ihr geradezu Angst. Ohne einen Ehemann war sie gefesselt an die Mühle. Ihr ganzes Dasein wäre beschränkt auf einen Flecken Erde, auf dem so gut wie niemals etwas Bemerkenswertes geschah.

Schon der Gedanke daran war fürchterlich.

Sie streckte die Hand aus, leider zitterte die wie toll. Wenigstens ihre Stimme musste einen festen Klang haben, sie räusperte sich.

»Auf Wiedersehen und vielen Dank für die freundliche Aufnahme. Ich hoffe, wir hören voneinander.«

Wolfgang lächelte, er war betont höflich, er half ihr in den Mantel und brachte sie zur Tür. Eilig verließ Fritzi seine Wohnung, sie stolperte beinahe die Treppe hinunter, blind vor Tränen, die sich jetzt endgültig nicht mehr aufhalten ließen. Als sie die Straße erreichte, lief sie in irgendeine Richtung davon.

So durfte er nicht enden, ihr Besuch in der Großstadt, dafür war sie nicht hergekommen. Sie musste sich anstrengen, um Benno wiederzufinden, jetzt erst recht. Sie würde die ganze Stadt auf den Kopf stellen, um ihn ausfindig zu machen, auch wenn sie in diesem Moment nichts anderes mehr tun wollte, als in ihrem Bett zu liegen und zu weinen.

* * *

Der erste Weihnachtstag neigte sich dem Ende zu. Nur, was war das für ein Ende, das er gerade nahm?

Hanna hockte auf dem Sofa in der Eingangshalle und starrte den Telefonapparat an, der auf einem Tischchen neben dem Kanapee stand. Sie hatte gehofft, heute mit Leipzig sprechen zu können, der Zeitpunkt des Telefonats war mit Cora fest verabredet gewesen. Wenigstens für dieses eine, wichtige Gespräch an den Feiertagen hätten die Fähigkeiten der Deutschen Reichspost doch ausreichen müssen, oder? Aber nein, die Leitung war mitten in der Unterhaltung zusammengebrochen. Ganz plötzlich war Cora weg gewesen, nur noch ein Rauschen in der Ferne. Keine fünf Minuten hatten sie Zeit gehabt, sich auszutauschen. Das war zu wenig, zumal sich keine angenehme Stimmung zwischen ihnen hatte einstellen wollen. Cora hatte bedrückt gewirkt, sie schien traurig und verzagt. Solche Anwandlungen passten gar nicht zu ihr, so niedergeschlagen und einsilbig war sie in Bromberg niemals gewesen. Es tat ihr offenbar nicht gut, wieder bei ihrer Familie zu sein. Über die Diakonie in Kaiserswerth hatte Hanna mit ihr sprechen wollen, denn das war derzeit ihre einzige Option, aber sie war gar nicht dazu gekommen, das Thema anzuschneiden.

Enttäuscht legte Hanna den Hörer auf die Gabel zurück. Cora hatte einen Brief erwähnt, den sie geschrieben haben wollte, aber Post von ihr war in Dahlem nicht angekommen. Nun gut, nicht jeder Brief erreichte dieser Tage seinen Empfänger. Und wenn er doch angekommen war und Irene ihn einkassiert hatte? Zuzutrauen war es ihr, sie übte gern Kontrolle aus. Sicher fand sie nichts dabei, anderer Leute Post zu lesen.

Vielleicht war es besser, diesem Verdacht einmal nachzugehen.

Cora hatte so verzweifelt geklungen. Vielleicht lieferten ihre Zeilen eine Erklärung für ihren Zustand? Wenn, dann lag das Kuvert oben in Irenes Ankleidezimmer. Das sogenannte Boudoir war der Ort, an dem Irene ihre persönliche Habe aufbewahrte. Schon der Gedanke, dass ihre Mutter sich womöglich heimlich über Coras Brief hergemacht hatte, war furchtbar. Ganz sicher war der Inhalt sehr persönlich, womöglich mehr als das. Wenn Cora die Art ihrer

Beziehung zu Hanna auch nur andeutete, konnte daraus eine Katastrophe erwachsen. Bisher wusste Irene nichts von den Neigungen ihrer Tochter, und dabei sollte es möglichst auch bleiben.

Hanna stand auf. Sie brauchte Klarheit. Die Gelegenheit war günstig, Irene befand sich außer Haus. Ein Weihnachtsempfang beim Berliner Kunstverein, so etwas durfte sie sich natürlich nicht entgehen lassen. Bestimmt würde ihr der aalglatte Offizier Gesellschaft leisten.

Eilig huschte Hanna die Treppe hinauf. Im ersten Stock angekommen, betrat sie den Raum, in dem Irene Berge von Kleidern, ihren Schmuck und ihre Toilettenartikel aufbewahrte. Licht zu machen hätte zu viel Aufmerksamkeit erregt, und wozu auch, Hanna kannte sich aus. Früher als Kind war sie oft heimlich hier gewesen, um mit Irenes Schmuck zu spielen und die teuren Roben und Hüte anzuprobieren. Das war lange her, aber hier drinnen hatte sich zum Glück nichts verändert: Mannshohe Spiegel, ein enormer Kleiderschrank und am Fenster die zierliche Kommode.

Hanna durchquerte den Raum, ohne zu zögern zog sie die oberste Schublade des Schränkchens auf: Irenes Schatzkiste. Wenn überhaupt, dann war er hier, der Brief, dann lag er versteckt zwischen Parfümflaschen und Puderdosen, zwischen dem ganzen Ramsch, der Irenes Leben ausmachte.

Hanna begann zu suchen, aber auf den ersten Blick fand sich kein Umschlag. Stattdessen Tiegel mit Cremes und Salben, Schleifen und Bürsten, Irenes übliches Waffenarsenal. Auch in der Schublade darunter nur Plunder, Hanna wühlte sich hindurch, bis sie mitten in einem Stapel feiner Taschentücher Papier ertastete. Ein Packen Briefe tauchte auf, das Bündel war mit einer roten Schleife verschnürt – die Umschläge sahen nicht aus, als enthielten sie Post von Cora, doch Hannas Neugierde war geweckt. Sie nahm den Packen und ging damit zum Fenster. Behutsam schob sie die Vorhänge beiseite, der Mond warf sein bleiches Licht in den Raum. Es dauerte einen Moment, bis es ihr gelang, den Absender auf dem obersten Kuvert zu entziffern: Der Brief kam von Christoph Vogler, sieh an. Das war doch der geschniegelte Leutnant, der mit Irene an Heiligabend unten im Wohnzimmer gesessen hatte.

Hübscher kleiner Skandal.

Wie konnte Papa auch jemandem wie Irene vertrauen? Er musste doch eine Ahnung davon haben, was in diesem Haus vor sich ging. Es war ja nicht das erste Mal, dass seine Frau sich einen Liebhaber nahm. Warum verschwendete Papa seine Liebe an eine so verlogene Person?

Hanna verließ ihren Platz am Fenster, sie verspürte keine Neigung, die Liebesbeteuerungen des Leutnants zu lesen. Die Sache war ihr zuwider, Schluss damit. Eben wollte sie das Bündel Papier zurück in die Schublade werfen, als sie in der Dunkelheit versehentlich mit dem Fuß gegen die Kommode stieß. Es schepperte und klirrte, mit einem Heidenlärm ging eine Blechschatulle zu Boden. Eilig hob Hanna das Schmuckkästchen auf. Sie hielt inne und lauschte: Hatte irgendjemand im Haus den Lärm gehört? Schon öffnete sich die Tür, und ihr Vater stand im Raum, eine flackernde Kerze in der Hand.

»Hanna? Was machst du hier oben? Ich dachte schon, es wäre ein Fremder bei uns eingestiegen.«

»Tut mir leid, ich bin im Dunkeln gegen ein Möbelstück gestoßen.«

»Was treibst du hier? Das ist das Zimmer deiner Mutter.«

Hanna nickte, während sie hastig das Briefbündel hinter ihrem Rücken versteckte. Es galt, die Nerven ihres Vaters zu schonen. Irene hatte es verdient, bloßgestellt zu werden, das schon, aber Papa würde diese Geschichte tief verletzen. Ausgerechnet jetzt, wo er ohnehin angeschlagen wirkte – besser, er bekam nichts mit von dieser peinlichen Sache. Unglücklicherweise hatte er inzwischen die offene Schublade bemerkt, sein Blick ging dorthin, er hob die Kerze.

»Sag mal, was soll das? Weiß deine Mutter, dass du dich in ihrer Abwesenheit in ihrem Ankleidezimmer aufhältst?«

»Ich habe nach Nadel und Faden gesucht. Der Saum an meinem Rock hat sich gelöst.«

»Es gehört sich nicht, in den Sachen deiner Mutter herumzuschnüffeln.«

»Ich brauchte Nähzeug.«

»Und was verbirgst du da hinter deinem Rücken? Komm, raus mit der Sprache. Ich sehe doch, dass hier etwas nicht stimmt.«

Hanna spürte, wie sie errötete, allmählich wurde die Sache brisant. Sie hatte keinen Grund, Irene zu beschützen, aber Papa wollte sie bestimmt keinen unnötigen Kummer bereiten. Der ganze Aufruhr lohnte sich nicht, Irene würde diesen Leutnant Vogler ohnehin bald satthaben. Zögernd trat Hanna einen Schritt zurück.

»Ich habe nichts zu verbergen. Das sind bloß ein paar alte Briefe, die aus der Schublade gefallen sind.«

Papa schüttelte den Kopf, das Licht in seiner Hand flackerte. »Ich habe keine Ahnung, wonach du suchst, aber ich möchte nicht, dass du dich weiterhin so unmöglich gegenüber deiner Mutter beträgst.«

»Ich wollte nur …«

»Ich hatte gehofft, der Krieg würde dich reifer machen, aber anscheinend habe ich mich geirrt.«

»Nein, hast du nicht. Ich gebe mir alle Mühe …«

»Was zu tun? Uns neue Sorgen aufzubürden? Kannst du dich nicht wenigstens vorübergehend in unser Familienleben einfügen? Was ist so schwierig daran? Dein Benehmen stößt nicht nur deine Mutter vor den Kopf.«

»Wovon sprichst du? Was habe ich denn getan?«

»Ich spreche von heute Mittag. Wo bist du gewesen? Noch ist Weihnachten, da essen wir gemeinsam.«

»Ich war in Bethanien und habe mit der Oberin gesprochen.«

»Bethanien?«

»Ja, ich war in Kreuzberg.«

»Und was soll der Unsinn? Du kennst meine Meinung dazu.«

»Ich möchte Krankenschwester werden. Es fühlt sich richtig an, Menschen in Not zu helfen.«

»Das schlägst du dir besser aus dem Kopf. Suche dir einen passenden Ehemann, ich lasse dir bei deiner Wahl nahezu alle Freiheiten, welcher Vater tut das schon? Es ist an der Zeit, Hanna. Mir wäre es eine große Hilfe, dich finanziell abgesichert zu wissen.«

»Es kann doch nicht immer nur um die Finanzen gehen. Es ist nicht das einzige Ziel im Leben, genug Geld zur Verfügung zu haben, oder?«

»Ohne Geld geht es auch nicht. Wir sind in Schwierigkeiten, Kind. Der Firma in Tempelhof droht der Ruin. Ich weiß nicht, wie lange ich dir und deiner Mutter dieses noble Zuhause in Dahlem noch bieten kann.«

Hanna riss die Augen weit auf – das Wort Ruin in Zusammenhang mit der Firma warf sie im ersten Moment tatsächlich aus der Bahn.

»Aber es handelt sich doch bestimmt nur um eine vorübergehende Schieflage, oder?«

Ihr Vater zuckte ratlos mit den Schultern. »Schwer zu sagen. Der Krieg hat uns heftig zugesetzt, der Umsatz bei Kraftfahrzeugen ist deutschlandweit eingebrochen. Ich hatte gehofft, dass wir in den guten Jahren Rücklagen gebildet hätten, um eine Absatzkrise aufzufangen, aber die Aussichten sind derzeit leider ziemlich düster.«

»Und du meinst, wenn ich jetzt einen schwerreichen Schwiegersohn nach Hause bringe, wird alles wieder gut.«

»Nein, das meine ich nicht. Du kannst heiraten, wen du willst, immer vorausgesetzt, der junge Mann ist in der Lage, dich zu ernähren. Ich möchte mir um deine Zukunft keine Sorgen mehr machen, das ist alles.«

Hanna schwieg, dem Argument ließ sich wenig entgegenhalten. Die Wahrheit hätte sie ihrem Vater jetzt sagen sollen, aber dafür fehlte ihr der Mut. Ein paar Sekunden blieb es still, dann drehte Hanna sich um, zutiefst deprimiert legte sie den Packen Briefe in die Schublade des Schränkchens zurück. Mochten die Liebesbeteuerungen des Leutnants doch da drinnen verrotten. Langsam schloss sie die Schublade und sah dann auf.

»Deine Sorge um mich ehrt dich, Papa, aber sie ist überflüssig. Ich habe keine Angst vor der Zukunft. Sobald ich berufstätig bin, komme ich allein zurecht.«

»Darum geht es nicht, Kind. Wenn die deutsche Gebrauchswagenunion in Konkurs geht, könnte das weitreichende Folgen für uns alle haben. Im schlimmsten Fall droht mir Gefängnis. Wenn ich einsitzen müsste, wäre dein Ruf beschädigt. Du würdest keinen anständigen Mann mehr finden, der dich nimmt.«

»Warum sollte man dich einsperren? Der Krieg hat die Wirtschaft des ganzen Landes ruiniert, es ist nicht deine Schuld, wenn es der DGU nicht gut geht. So viele Unternehmen haben schon zugemacht.«

»Ich hätte die drohende Pleite den Behörden anzeigen müssen. Als Firmeninhaber bist du verpflichtet, dass zu tun, bevor ein Schaden entsteht. Die Lieferanten, die Mitarbeiter und die Banken sind vor einem Konkurs zu schützen, so verlangt es das Gesetz.«

»Der Krieg ist zu Ende, demnächst dürfte es aufwärtsgehen, dann redet niemand mehr von einem Konkurs.«

»Da bin ich nicht ganz so sicher. Dieses Land wird Jahre brauchen, um sich zu erholen.«

»Ich bitte dich, du und Gefängnis, das wird doch nicht passieren. Wozu gibt es Anwälte?«

»Und wozu gibt es Staatsanwälte? Es braucht nicht viel, um den Ruf eines Kaufmanns zu ruinieren, glaube mir. Ich habe es oft genug bei anderen erlebt. Bring dich in Sicherheit, mein Kind, ich meine es nur gut. Such dir einen sicheren Hafen. Noch hast du alle Möglichkeiten dazu.«

»Aber ich bitte dich, mich betrifft das alles doch gar nicht. Was habe ich mit der Firma zu tun?«

»Die Zeitungen machen sich gerne über solche Geschichten her. Wenn es zu einem Prozess kommt, ist unser Name beschmutzt.«

»Du bist erschöpft, Papa, du siehst die Dinge zu negativ.«

Ihr Vater schüttelte den Kopf, das Kerzenlicht in seiner Hand tanzte auf und ab. »Es ist fünf vor zwölf, Hanna, nimm meine Warnungen bitte ernst. Du musst unter die Leute. Es gibt so viele Möglichkeiten, jemanden kennenzulernen. Begleite deine Mutter zu ihren Gesellschaften.«

»Du weißt genau, dass ich dafür nicht geschaffen bin.«

»Dafür nicht geschaffen? Dass ich nicht lache. Die meisten Frauen deines Alters haben nichts anderes im Kopf, als sich tagaus, tagein zu vergnügen.«

Hanna unterdrückte den Seufzer: Die Geduld ihres Vaters ging zur Neige, das spürte sie, aber wie sollte sie sich ihm denn besser verständlich machen? Dass sie mit Männern nichts anfangen konnte, wusste er noch nicht, er würde es auch nicht verstehen. Diese Tatsache würde ihn nur verwirren und seine Besorgnis vertiefen. Die Liebe unter Frauen war in den Augen der meisten Menschen eine lächerliche Gefühlsverirrung, eine Sehnsucht, der man vernünftigerweise einfach nicht nachgeben durfte.

Vater wandte sich ab und ging zur Tür.

»Belassen wir es vorerst dabei. Du denkst über das nach, was ich dir eben gesagt habe, versprichst du mir das?«

Sie nickte, was sollte sie auch sonst tun?

»Verlass den Raum bitte so, wie du ihn vorgefunden hast. Ich möchte nicht, dass Irene etwas von deinem Besuch hier mitbekommt.«

Hanna schwieg – im nächsten Moment war ihr Vater verschwunden. Mit einem Schlag wurde es dunkel im Boudoir. Sie blieb allein und mit einem unguten Gefühl zurück. Voller Tatendrang war sie heimgekehrt, doch jetzt türmten sich die Schwierigkeiten vor ihr auf, es wurden immer mehr. Keine Unterstützung vonseiten der Familie, kein Platz als Lernschwester in Bethanien, stattdessen musste sie dem Druck ihrer Eltern einer Heirat wegen standhalten.

Unsere Liebe hat Bestand, auch wenn wir sie vorübergehend nicht leben können, das hatte Cora in Bromberg zum Abschied gesagt. Richtig, nur wie unendlich schwer ihr der Verzicht auf Coras Nähe fallen würde, das hatte sie damals noch nicht geahnt. Sie würde sich durchbeißen müssen – was sonst blieb ihr übrig?

* * *

Eine der Treppenstufen unter ihr knarrte bedrohlich: Vera blieb stehen und lauschte, doch im Treppenhaus blieb alles ruhig. Zumindest heute Nacht war es ein Segen, dass derzeit kaum Menschen unter diesem Dach lebten. Die Mietwohnung im zweiten Stock stand seit Längerem leer, es galt, jemand Neues zu finden, sie hätte sich kümmern sollen, doch während des Krieges war ihr oft alles zu viel geworden. Vera hatte auf Georgs Rückkehr gesetzt, auf seine Unterstützung. Zu Unrecht, wie sie inzwischen wusste.

Sie huschte weiter treppab, weder ihre Mutter noch Georg sollten mitbekommen, dass sie spätabends noch in die Werkstatt schlich. Es musste sein, ihr Matrose brauchte etwas zu essen. Ein Margarinebrot, Streichhölzer und Kerzen wollte sie ihm bringen, damit er es etwas gemütlicher hatte dort unten.

Falls er noch da war.

Vielleicht hatte er es gar nicht so lange in der Kälte ausgehalten? Vielleicht war er längst wieder bei seinen Leuten im Stadtschloss?

In geduckter Haltung verließ Vera das Haus und lief über den Hof. Zweimal klopfte sie an der hölzernen Pforte der alten Schneiderwerkstatt, so war es verabredet. Der Riegel war nicht vorgeschoben, die Tür gab sofort nach, als sie die Klinke drückte. Der Raum dahinter lag im Dunkeln, nur ganz hinten, im ehemaligen Kontor, brannte einsam eine Kerze. Also war ihr Matrose tatsächlich noch nicht verschwunden. Er hockte an Vaters Schreibtisch, die Ellenbogen aufgestützt, las er in einem Buch. Benno lesend bei Kerzenlicht – was immer sie erwartet hatte, das sicher nicht. Wo hatte er beides her, die Kerze und das Buch? Die Szene wirkte fast anheimelnd, wenn es nur nicht so elend kalt hier drinnen gewesen wäre.

Benno hatte sie inzwischen bemerkt, er hob den Kopf und strahlte sie an.

»Guten Abend, Fräulein Vera. Schön, Sie zu sehen.« Schwungvoll klappte er das Buch zu, ein wenig Staub stieg auf. »Ich hoffe, Sie hatten einen angenehmen ersten Weihnachtstag.«

»Geht so, danke der Nachfrage. Was lesen Sie denn da?«

»Das große Handbuch des Hofschneiders. Ein Lehrbuch für Fortgeschrittene in zehn Lektionen.«

Benno hielt ein gebundenes Heft mit dunkelblauem Pappeinband in die Höhe.

»Ach, tatsächlich. Und wo kommt das her?«

»Es lag in der obersten Schublade von dem Schreibtisch hier, zusammen mit ein paar Kerzen und Schreibzeug. Wirklich interessant, was Ihr Vater alles aufgeschrieben hat.«

»Mein Vater?«

Vera durchquerte den Raum und nahm Benno das Heft aus den Händen: eine Kladde mit vielen losen Seiten, die bereits aus dem Leim zu gehen drohte. Es war wirklich Vaters Handschrift auf dem Papier, zum Teil waren seine Worte allerdings schwer zu entziffern. Ein Lehrbuch in zehn Lektionen – erstaunt ließ Vera das Notizbuch sinken. Sie hatte nicht gewusst, dass ihr Vater an so etwas arbeitete. Er musste lange vor dem Krieg damit begonnen haben. Und dann hatte sein plötzlicher Tod den Traum von einem gedruckten Lehrbuch kaputtgemacht. Die Trauer lastete schwer auf ihr: Zuletzt hatte Vater so sinnlos leiden müssen. Der Kampf um jeden Atemzug, dazu das hohe Fieber, der blecherne, krampfartige Husten und die Schmerzen in der Brust, über die er geklagt hatte. Sie war bei ihm geblieben, bis zum letzten Moment, den Gefahren zum Trotz. Der Doktor hatte sie gewarnt, diese Art der Grippe sei sehr ansteckend – und wenn schon, was hätte sie sonst tun sollen? Mutter mit ihm alleinlassen? Vater zum Sterben ins Krankenhaus bringen? Es wäre herzlos gewesen. Alle Mühe hatte sie sich gegeben mit Vaters Pflege, es hatte nicht gereicht, nach drei Tagen mit hohem Fieber war er in der vierten Nacht von ihnen gegangen. Auf dem Totenbett hatte sie ihm versprechen müssen, die Firma Novak und Sohn erfolgreich fortzuführen. Alles zu tun, damit Georg die Firma irgendwann übernehmen konnte.

Bisher war nichts draus geworden, aber wie denn auch? Sie ganz allein gegen den Rest der Welt, das war nicht vorstellbar.

»Sie wussten nichts von dem Buch?« Benno sah sie an, er runzelte die Stirn.

»Nein, bisher nicht.« Sie klappte das Heft zu und schob es beiseite, sie wollte jetzt nicht drüber reden, nicht mit einem Fremden. Hastig legte sie zwei in Zeitungspapier verpackte Päckchen auf den Schreibtisch – eines mit den Kerzen, das andere mit dem Margarinebrot. »Ein kleines Abendessen. Es ist nicht viel, wir sind knapp mit Vorräten.«

»Nicht viel? Das ist großartig. Das ist wie Weihnachten, Fräulein Vera. Danke schön.«

Benno packte aus, er biss sofort in sein Brot und begann zu kauen.

»Ist übrigens nicht schlecht geschrieben, das große Handbuch des Hofschneiders.«

Schon wieder Vaters Notizen, nun ja, vermutlich hatte er den ganzen Tag über nichts anderes zu tun gehabt, als darin zu lesen.

Genüsslich wischte der Matrose sich die letzten Krümel vom Mund, er streckte sich und verschränkte dann die Arme vor dem Oberkörper.

»Viel Aufwand, das alles aufzuschreiben. Schade, dass man jetzt nichts mehr damit anfangen kann.«

»Woher wollen Sie das wissen? Lernen kann man nie genug.«

»Das schon, aber Hofschneider kann sich keiner mehr nennen. Den Kaiser und seine ganzen Hofschranzen gibt's nicht mehr.«

»Nein, das nicht.«

»Na also. Wollen Sie wirklich an dieser Sache mit der Uniformschneiderei festhalten? Uniformen sind nicht mehr in Mode, Fräulein Vera. Wir sind jetzt eine Republik.«

»Was Sie nicht sagen.«

»Setzen Sie lieber auf moderne Technik, damit lässt sich in Zukunft Geld machen. Automobile, Telefone und Motorräder, solche Dinge werden gebraucht.«

»Wenn Sie meinen.«

Benno nickte, während er aufstand und hinter dem Schreibtisch hervorkam.

»Den Automobilen gehört die Zukunft, Sie werden sehen. Die sind nützlich. Ich habe in Kiel als Fahrer für das Marineoberkommando gearbeitet, mit Kraftfahrzeugen kenne ich mich aus.«

»Ach, guck an. So allmählich wird mir einiges klarer.«

»Hier im Viertel gibt's noch keine Automobilwerkstatt, oder? Das ist die Gelegenheit, Fräulein Vera.«

»Automobile sind Spielzeuge für große Jungs, hat der Kaiser gesagt.«

»Der Idiot hat auch gesagt, dass Deutschland den Krieg gewinnt. Hatte keine Ahnung, der Mann.«

Benno stand ihr jetzt gegenüber, mit ernstem Blick, seine Hände hatte er tief in den Taschen seiner Matrosenjacke vergraben.

»Sehen Sie sich mal um. In der Stadt fährt schon jetzt nur noch die Elektrische, Pferdebahnen gibt's nicht mehr. Einfach abgeschafft hat man die. Und das ist erst der Anfang, das wird so weitergehen.«

»Automobile sind gefährlich und zu teuer. Und stinken tun sie auch.«

»Sie sind schnell und kommen überall hin.«

»Nun hören Sie aber auf. Unser Viertel ist nicht der richtige Ort für eine Automobilwerkstatt. Die Leute hier sind froh, wenn der Lohn für die Miete und das Essen reicht. Und außerdem, ich bin gelernte Schneiderin und will es auch bleiben.«

»Und ich bin Automobilhandwerker, Fräulein Vera. Mein Beruf bietet im Moment mehr Aussichten als das Ihre, das müssen Sie zugeben.«

»Das ist Ansichtssache, schätze ich. Handwerk hat immer goldenen Boden.«

Benno deutete zur Pforte hinüber.

»Stellen Sie sich bloß das Firmenschild vor: Benno Funke,

Verkauf und Reparatur von Fahrrädern und Automobilen aller Art. Das macht was her. Was sagen Sie dazu?«

»Ich? Ich wüsste nicht, was ich damit zu tun habe.«

»Sie könnten mir ein Stückchen entgegenkommen.«

»Wobei?«

»Bei der Miete. Ich habe mir Ihre Werkstatt angesehen, Zeit genug hatte ich ja. Das Gebäude ist solide, Lage und Ausstattung sind gut. Die Größe passt auch. Wenn Sie mitziehen, eröffne ich meine Automobilwerkstatt bei Ihnen auf dem Hof.«

»Hier in der Palisadenstraße?«

»Warum nicht? Sie hätten feste Mieteinnahmen und ich eine neue Bleibe.«

»Da werden sich die Nachbarn aber bedanken.«

»Das vielleicht nicht gerade, aber dran gewöhnen werden sie sich, das reicht völlig.« Vera konnte sich ein Lächeln nicht verkneifen, amüsiert winkte sie ab. »Diese verrückte Idee schlagen Sie sich mal gleich wieder aus dem Kopf. Das Gebäude gehört meiner Mutter, und sie möchte, dass mein Bruder unsere Firma weiterführt.«

»Uniformen lohnen sich aber nicht mehr, Fräulein Vera, so glauben Sie mir doch. Wem wollen Sie die Dinger denn verkaufen?«

»Es müssen ja keine Uniformen sein. Anständige Kleidung wird immer gebraucht. Mein Bruder und ich haben das Schneiderhandwerk von der Pike auf gelernt, damit kennen wir uns aus.«

»Man muss offen sein für Neues. Das gilt gerade in der Großstadt.«

»Sie reden mir ein bisschen zu schlau daher, Herr Funke.«

Er lachte und zwinkerte ihr dabei zu, der Matrose verstand Spaß, auch das mochte sie an ihm.

»Jetzt werden Sie mal nicht persönlich. Eckernförde ist nicht so hinterm Mond, wie Sie denken.«

»Mag sein, aber es geht trotzdem nicht.«

»Im Moment steht der Schuppen leer.« Benno wandte sich um, langsam fuhr er mit dem Zeigefinger über die Schreibtischplatte.

Ja doch, es war schmutzig hier, alles eingestaubt. Natürlich war hier nichts los, seit Jahren nicht.

Vera schüttelte den Kopf. »Das hier war immer eine Schneiderei, und es wird wieder eine sein. Seit Kurzem ist mein Bruder aus Frankreich zurück, demnächst legen wir los.«

»Ihr Bruder ist wieder da?«

»Ja, er ist endlich heimgekehrt.«

»Das wusste ich nicht. Dann lassen wir das. Ich wollte Sie nicht verärgern. Ich dachte, meine Idee würde Ihnen gefallen.«

»Die Firma Novak und Sohn gibt es schon seit hundert Jahren. So eine Tradition gibt man nicht einfach auf.«

»Wenn Sie es Ihrem Herrn Vater nun mal versprochen haben …«

»Das habe ich.«

Vera verstummte, alles, was sie da sagte, klang so zuversichtlich, dabei konnte sie nicht leugnen, dass ihnen unruhige Zeiten bevorstanden, auch deshalb, weil Georg sich im Moment nur für seine Freikorps interessierte. Würde sie es ganz allein schaffen, den Laden in Schwung zu bringen? Benno war ein Stück näher gekommen, er musterte sie.

»Jetzt sind Sie mir böse. Tut mir leid, ich wollte Sie nicht kränken.«

»Es hat nichts mit Ihnen zu tun.«

»Sondern?«

»Es ist eine alte Geschichte, ich habe bei meiner Familie etwas wiedergutzumachen. Was die Firma angeht, werde ich den Karren aus dem Dreck ziehen müssen.«

»Sie sprechen in Rätseln. Was kann eine junge, hübsche Person wie Sie denn schon wiedergutzumachen haben?«

Vera wollte antworten und brachte doch kein Wort heraus. Es war so lange her, sollte sie einen Fremden mit dieser Geschichte behelligen, oder hielt sie besser den Mund? Tiefblau schimmerten die Augen des Matrosen. Sein Blick fesselte sie auf eine Art und Weise, die schön war und beunruhigend zugleich. Sie suchte nach Worten, denn die Ereignisse, um die es ging, waren von der Art, dass man sie nicht jedem erzählte.

Benno kam zu ihr und nahm ihre Hand. »Was ist denn? Wenn es da etwas gibt, das Sie loswerden wollen, dann vertrauen Sie sich mir an. Ich sage nichts, ich höre nur zu.«

»Nun ja, also, wenn Sie es wirklich wissen wollen …«

»Geteiltes Leid ist halbes Leid. Ich denke mal, es ist keine lustige Sache, um die es geht, oder?«

»Nein, wahrhaftig nicht. Meine kleine Schwester ist vor Jahren bei einem Unglück umgekommen, und ich bin schuld daran. Sie war erst vier Jahre alt, als sie starb.«

»Und Sie? Wie alt waren Sie damals?«

»Zwölf.«

»Also auch noch ein Kind.«

»Ich habe mit den anderen Mädchen auf dem Hof Himmel und Hölle gespielt. Elfie durfte nicht mitmachen, sie war noch zu klein und störte uns nur. Ich habe nicht aufgepasst, obwohl meine Mutter es mir aufgetragen hatte. Das Hoftor stand offen.«

»Sie ist auf die Straße gelaufen?«

»Ja, direkt vor ein Pferdegespann.«

Vera verstummte, Tränen stiegen in ihr auf. Mit einem Schlag war alles wieder da, die düsteren Bilder, die sie seit dem Unfall mit sich herumtrug. Einmal mehr sah sie Elfies Mäntelchen um die Ecke flattern, der rote Stoff, der hinter dem Torpfosten verschwand. Sie hatte es bemerkt und war der Schwester noch hinterhergerannt, voller Panik und mit klopfendem Herzen. Auf die Straße durften sie beide nicht allein, die Mutter hatte es verboten. Dann auch schon ein Schrei, das Wiehern der Pferde, das unverständliche Gebrüll eines Mannes. Die Geräusche dieser Tragödie waren in ihrer Erinnerung nicht totzukriegen, die Geschehnisse jenes Wintertages verfolgten sie noch immer bis in ihre Träume, die Bilder wollten nicht verblassen. Elfie war auf der Stelle tot gewesen, hatte der Arzt damals gesagt – und sie war schuld daran. Mutters Weg in die Krankheit hatte seinerzeit begonnen, und auch der Vater war nach dem Unfall nicht mehr derselbe gewesen.

So viel Elend, und sie, Vera Novak, hatte es zu verantworten.

Still war es geworden in der Werkstatt, dann plötzlich war Benno bei ihr, sanft berührte er ihre Schulter.

»Ihre Schwester wurde durch ein Unglück getötet. Es ist furchtbar, aber so etwas geschieht.«

»Es war Winter und spiegelglatt auf dem Kopfsteinpflaster. Der Mann auf dem Kutschbock konnte die Pferde nicht mehr zum Stehen bringen.«

Vera verstummte, sie hatte mit den Tränen zu kämpfen, die alten Schuldgefühle stiegen auf. Sie hätte besser aufpassen müssen, nur ihretwegen war Elfriede gestorben. Immer wieder sah Vera den zarten Körper ihrer kleinen Schwester auf dem Kopfsteinpflaster, das blonde Haar hatte sich aus der Schleife am Hinterkopf gelöst, Elfies Arme und Beine wirkten seltsam verdreht, Blut tränkte die grauen Steine. Über den Rest dieses furchtbaren Tages wusste sie nichts mehr, aber die Monate danach waren schlimm gewesen. Mutter hatte sie mit Verachtung gestraft, auch Vater hatte kaum gesprochen, sondern war in seine Werkstatt geflüchtet. Nur in Georg hatte Vera einen Freund gehabt, ihr großer Bruder war nicht von ihrer Seite gewichen. Gemeinsam hatten sie sich um die Mutter bemüht, zunächst ohne Erfolg.

Veras Leben hatte sich verändert danach.

In der Schule war sie fortan strebsam gewesen, sie hatte nur noch gute Noten nach Hause gebracht. Im Haushalt hatte sie mit angefasst, ständig hatte sie versucht, die Mutter zu entlasten. Sie passte höllisch auf seitdem, ein Unfall wie der mit Elfie durfte sich nicht wiederholen. Gefahren lauerten an jeder Ecke. Nichts durfte sie übersehen, sie musste Vorsicht walten lassen, auch um andere vor Unheil zu bewahren. Nach dem Tod des Vaters war sie diejenige, die die Fäden im Haus zusammenhielt. Mühsam und anstrengend war das. Todmüde war sie manchmal, erschöpft von der Last der Verantwortung.

Als Vera aufsah, breitete Benno auf einmal die Arme aus. Er kam zu ihr und zog sie an sich, schweigend barg er ihren Kopf an seiner Schulter und hielt sie fest, während sie mit den Tränen kämpfte.

»Das war ein Unfall, da kannst du nichts dafür, Vera. So was passiert. Man fragt sich, womit Gott eigentlich beschäftigt ist in solchen Momenten, aber diese Dinge geschehen. Der Himmel weiß, warum.«

Sie schluckte. »Glaubst du an Gott?«

»Manchmal zeigt er sich. Aber bei anderen Gelegenheiten hat er offenbar anderes zu tun.«

»Er wird mir zürnen.«

»Nein, tut er nicht. Er weiß, dass du noch ein Kind warst, damals. Dafür kannst du dich nicht in die Pflicht nehmen, Vera.«

Sie nickte schwach – es war ein merkwürdiger Moment, doch es tat gut, einem anderen Menschen nahe zu sein. Die Eltern hatten sich nach dem Unglück von ihr entfernt. Die Mutter hatte eine Versöhnung wahrscheinlich nur zugelassen, weil sie anderenfalls nach Vaters Tod zu einsam gewesen wäre. Und Vater, ob er ihr verziehen hatte? Ganz zuletzt vielleicht. Sie hatte es nicht gewagt, die Sache mit Elfie noch einmal anzusprechen, doch jetzt war jemand da, der sie trösten wollte. Sanft strich Benno ihr über das Haar.

Dass er ihr beizustehen versuchte, war schön. Er hielt inne, hob ihr Kinn und blickte ihr in die Augen.

»Glaub mir, das war ein Unfall. Du hast genug gebüßt. Für das Glatteis, für das offene Hoftor und die Neugierde deiner Schwester konntest du nichts.«

»Ich war die Ältere.«

»Und wenn schon, Kinder sind wie Flöhe. Hättest du deine Schwester etwa anbinden sollen?« Benno löste sich von ihr. »Pass auf, es ist eine gute Sache, wenn du auf die Menschen achtgibst, die du liebst. Aber man kann nicht alles Leid verhindern im Leben. Manche Dinge sind nicht von Menschenhand abzuwenden.«

Sie nickte, hastig fuhr sie sich mit dem Ärmel ihres Mantels über das verweinte Gesicht.

»Danke. Es ist nett, dass du das sagst.«

»Es ist die Wahrheit. Jeder verständige Mensch wird dir das Gleiche sagen.«

»Vielleicht, und trotzdem muss ich oft an Elfie denken. Wie es wohl wäre, wenn sie noch leben würde.«

»Natürlich denkst du an sie. Vielleicht hilft es deiner kleinen Schwester sogar, wenn du an sie denkst. Vielleicht kann sie fühlen, dass sie euch im Gedächtnis geblieben ist.«

Vera nickte. Diese Vorstellung war tatsächlich schön, Benno fand wunderbare Worte zum Trost, aber es war gut jetzt. Die Sache war lange her, damit wollte sie Benno nicht den Abend verleiden. Er war gut zu ihr gewesen, gerade deshalb musste sie ihn noch deutlicher auf Georg hinweisen – auf die Gefahren, die von ihrem unberechenbaren Bruder neuerdings ausgingen.

»Es stimmt übrigens, was ich vorhin gesagt habe. Georg ist von der Front zurück.«

»Ja, das habe ich verstanden. Und das heißt jetzt was?«

»Das heißt, dass es besser wäre, wenn du dir einen anderen Schlafplatz suchst. Wir sollten Ärger mit meinem Bruder vermeiden.«

»Ich verstehe. Du meinst, er hat was gegen Schlafgäste in seiner Werkstatt.«

»Er hat was gegen Revolutionäre.«

»Also, ich gehöre nicht mehr zur Volksmarine.«

»Du siehst aber noch so aus in deiner Matrosenjacke.«

»Das ist passé, Vera. Hör zu, was auch immer kommt, du musst versuchen, den neuen Tatsachen ins Auge zu sehen.«

»Welchen neuen Tatsachen?«

»Dass der Krieg zu Ende ist, zum Beispiel. Es ist Zeit für einen neuen Anfang. Nachdem ich dich nun besser kenne, bin ich erst recht dafür, dass wir unsere Werkstatt gemeinsam aufmachen, hier auf dem Hof. Willst du es dir nicht noch mal überlegen?«

»Nein. Es geht nicht.«

»Also gut, wie du meinst, dann verschwinde ich. Morgen Abend bin ich weg. Kommst du vorher noch mal vorbei, um mir Adieu zu sagen?«

Sie nickte, schlagartig betrübt über den Abschied, der ihnen bevorstand.

»Also, dann bis morgen.«

Benno warf ihr einen schwer zu deutenden Blick zu, sonst kam nichts mehr von ihm. Traurig war das alles, aber nicht zu ändern. Den Kopf gesenkt und ohne sich noch einmal umzuschauen, trat Vera hinaus ins Freie.

In den Häusern um sie herum waren die Lichter schon erloschen. Man ging früh zu Bett dieser Tage, es galt, Kerzen und Feuerung zu sparen. Auch oben in Mutters Küche war es dunkel. Vera verschränkte die Arme vor dem Oberkörper, frierend und im Laufschritt überquerte sie den Hof. Was geschehen war heute Nacht, konnte sie selbst noch nicht so richtig in Worte fassen. Es war schön gewesen, endlich Trost zu finden bei jemandem, der ihre Geschichte aus Kindertagen noch nicht kannte. Aber wie sollte es nun weitergehen? Wenn Benno die Werkstatt verlassen hatte, kam er vielleicht nie wieder. Womöglich bedeutete das das Ende ihrer Bekanntschaft. Wie konnte sie erreichen, dass er sie nicht ganz vergaß?

Ein Gebet, in dem sie um Bennos Rückkehr bat, würde sie zum Himmel schicken heute Nacht. Konnte im Himmel denn irgendwer etwas dagegen haben, dass auch sie mal glücklich war?

* * *

Geistesabwesend starrte Fritzi den schwarzen Kasten an der Wand an. Diese langen Pausen im Gespräch mit ihrem Vater gefielen ihr nicht. Endlich hatte sie ihn mittels Fernsprecher erreicht, es war nicht leicht gewesen, überhaupt eine freie Leitung zu bekommen. Leider lief die Unterhaltung jetzt nicht, wie sie sollte.

»Das ist doch alles Unfug, mein Kind. Wie kannst du nur so unvernünftig sein?«

Nervös umklammerte Fritzi die Telefonschnur. Zweiter

Weihnachtsfeiertag, aber der Ton, in dem ihr Vater mit ihr sprach, war ganz und gar nicht feierlich.

»Du packst jetzt deine Sachen und kommst nach Haus. Hast du mich verstanden? Sofort!«

Irgendwo drüben in Rieseby schlug eine Tür zu, im Hintergrund erklang eine männliche Stimme. Natürlich, ihr Vater war nicht allein, er war zum Haus des Pastors gelaufen, um mit ihr zu telefonieren. Einen eigenen Apparat hatten sie noch nicht in der alten Mühle.

Fritzis Finger verhedderte sich in der Telefonschnur. Sie hatte nicht angerufen, um mit ihrem Papa zu streiten, sie wollte nur, dass er Bescheid wusste. Alles andere konnte er sich bis zu ihrer Rückkehr aufsparen.

»Ich komme so bald wie möglich zurück, das verspreche ich dir. Geht es Christel gut?«

»Nicht *so bald wie möglich*, sondern heute, auf der Stelle. Du hast ein kleines Kind zu versorgen, du bist Mutter. Willst du etwa, dass die Fürsorge bei uns auftaucht?«

»Die Fürsorge?«

»Ja, die Damen vom Jugendamt. Du bist eine unverheiratete Mutter, denen schauen sie besonders auf die Finger.«

»Es geht das Jugendamt einen feuchten Kehricht an, wenn ich einen Besuch in der Hauptstadt mache. Ich bin nicht zum Spaß hier. Mein Kind braucht nicht nur eine Mutter, sondern auch einen Vater.«

Papa blieb stumm, während Fritzi einen verstohlenen Blick in die Runde warf. Herr Hohenlohe war nicht in Sichtweite, aber ganz sicher wurde sie gerade von ihrer Wirtin belauscht. Frau Faller stand am Tresen und hatte vermeintlich ihre Nase in irgendwelche Papiere gesteckt, doch bestimmt hörte sie aufmerksam zu. Jetzt wusste sie jedenfalls, dass ihr neuer Gast kein unbeschriebenes Blatt war. Jawohl, Fritzi war Mutter und hatte keinen Vater für ihre Tochter, und wenn schon? Was ging es Berlin und die Berliner an, wie es bei ihr zu Hause aussah?

Fritzi rückte ein Stückchen näher an den Hörer heran. »Hör zu, Papa, ich kann verstehen, dass du dir Sorgen machst …«

Ihr Vater schnaufte am anderen Ende der Leitung. »Sprich lauter, damit ich dich verstehen kann, Kind. Du setzt dich in den nächsten Zug nach Hamburg, hast du mich verstanden?«

»Das geht nicht.«

»Und ob das geht. Brauchst du Geld für die Rückfahrkarte?«

Sie wollte etwas erwidern, doch in diesem Moment knackte es laut, es knisterte, dann wurde es still. Fritzi starrte den Hörer an, den sie noch in der Hand hielt, aber es half nichts, das Gespräch war unterbrochen. Sie hatte sich von ihrer Wirtin sagen lassen, dass dergleichen leider öfter vorkam dieser Tage. Die Postämter wurden von den Roten besetzt, oder der Strom fiel aus, in der Hauptstadt jagte ein Krawall den nächsten. Mist war das, keine gute Zeit für einen Besuch.

Behutsam ließ Fritzi den Hörer zurück auf die Gabel gleiten. Was hatte ihr dieses Gespräch nun eingebracht? Nichts als Zweifel, davon hatte sie ohnehin schon genug. Ob es Christel gut ging, wusste sie immer noch nicht, aber wenn die Kleine nicht wohlauf gewesen wäre, hätte Papa es ihr doch gesagt, oder? Er war ein vorbildlicher Großvater, von Anfang an hatte er sich liebevoll um seine Enkelin gekümmert. In dieser Hinsicht war auf ihn Verlass.

Fritzi ging zum Tresen, hinter dem Frau Faller stand, einen Bleistift in der Hand.

»Was schulde ich Ihnen für das Telefonat, Frau Faller?«

»Nichts. Sie sind angerufen worden, das ist kostenlos. Außerdem waren das gerade mal drei Minuten. Sie sind Ihre Worte ja kaum losgeworden.«

»Die Leitung ist zusammengebrochen.«

»Das tut mir leid. Die Reichspost ist auch nicht mehr das, was sie mal war.«

Die Reichspost, ja, aber Fritzi hatte jetzt ganz andere Sorgen. Unruhig trat sie von einem Fuß auf den anderen, sie brauchte Hilfe. Allein wusste sie sich keinen Rat mehr. Sie musste ihre Wirtin um eine Auskunft bitten, die Frau kam von hier und kannte sicherlich eine Menge Leute in der Hauptstadt. Auch im Umgang mit den Behörden war sie bestimmt erfahren. Ran an den Speck, was half es denn? Fritzi sah ihrer Wirtin in die Augen und versuchte, dazu ein besonders freundliches Gesicht zu machen.

»Sagen Sie, können Sie mir vielleicht verraten, wie man in Berlin einen vermissten Soldaten ausfindig machen kann, Frau Faller? Ich suche nämlich jemanden.«

»Einen vermissten Soldaten? Meinen Sie einen Angehörigen? Jemanden aus Ihrer Familie, der von der Front noch nicht zurückgekehrt ist?«

Fritzi schluckte. »Nicht direkt, aber es geht um jemanden, der mir sehr nahesteht. Mein Verlobter war bei der Marine in Kiel und soll sich jetzt in Berlin aufhalten, doch ich habe keine Ahnung, wo genau er sein könnte.«

Frau Fallers Augenbrauen wanderten ein Stück in die Höhe – nicht jedermann war gut auf die roten Matrosen zu sprechen, die im November in Berlin eingefallen waren. Man konnte diese Männer als Helden betrachten, man konnte aber auch vollkommen gegenteiliger Meinung sein. In Kiel und Wilhelmshaven hatten sich vor ein paar Wochen etliche der Matrosen geweigert, den Befehlen ihrer Offiziere weiterhin zu folgen. Daraufhin war die Disziplin in der Reichswehr insgesamt zusammengebrochen, Arbeiter- und Soldatenräte waren aus dem Boden geschossen, überall hatte man rote Fahnen gehisst. Die Schlachten an der Front waren damit zu Ende gewesen, aber im Inneren tobten die Kämpfe jetzt erst recht. Es wurde demonstriert und um die Macht gerungen, es gab Tote und Verletzte. So einiges ging drunter und drüber in letzter Zeit, schon allein deshalb waren Revolutionen nicht jedermanns Sache. Die gute Frau Faller jedenfalls wirkte nicht eben begeistert, aber sie versuchte sichtlich, sich ihre Gefühle nicht anmerken zu lassen.

Langsam legte sie ihren Bleistift beiseite.

»Nun, wenn Sie einen Angehörigen der Volksmarine suchen, dann könnte es schwierig werden.«

»Gibt es nicht irgendjemanden, den man nach dem Verbleib eines Soldaten fragen kann? Eine offizielle Stelle? Die Armee müsste doch Unterlagen haben …«

»Die Armee? Das mag sein, darüber weiß ich nichts, aber dort würde ich mich nicht erkundigen. Der raue Umgangston in den Kasernen, auch gegenüber einer Dame, Sie verstehen. Und außerdem gelten abtrünnige Matrosen als Aufrührer. Wer weiß, wie man Ihnen in den Amtsstuben gegenübertreten würde.«

»Oh. Ja, natürlich, das habe ich nicht bedacht.«

»Wenn Sie mich fragen, ist das Rote Kreuz die bessere Adresse.«

»Das Rote Kreuz, natürlich.«

»Wenn Ihnen damit geholfen ist, suche ich Ihnen gerne die Adresse des Zentralbüros heraus.«

»Zentralbüro?«

»Das ist eine Einrichtung in der Innenstadt, die das Rote Kreuz seit Kriegsbeginn unterhält. Sie haben Suchkarteien angelegt, in denen sich die Namen und die letzten Aufenthaltsorte von Soldaten befinden. Ich denke, gleich nach Weihnachten wird man dort wieder geöffnet haben.«

»O ja, bitte tun Sie das, suchen Sie mir die Adresse heraus. Das wäre eine große Hilfe. Ich danke Ihnen, Frau Faller.«

»Ach übrigens, da wir gerade miteinander sprechen: Dürfte ich Sie um eine kleine Anzahlung für das Zimmer bitten? In unsicheren Zeiten wie diesen ist es üblich, einen kleinen Vorschuss als Kaution zu hinterlegen. Das Geld wird Ihnen natürlich bei Ihrer Abreise angerechnet. Ich hatte an dreißig Mark gedacht?«

Die Faller lächelte honigsüß, aber Fritzi war ja nicht doof, sie hatte sofort begriffen, worauf es hinauslief. Die Geschichte mit Benno und der Volksmarine, in der Achtung ihrer Wirtin war sie damit ein ganzes Stück gesunken.

Gut, sollte die Frau ihr Geld haben, Fritzi nickte würdevoll, sie hielt sich kerzengerade dabei.

»Selbstverständlich. Ich hole Ihnen das Geld.«

Sie wandte sich ab, insgeheim ein wenig beleidigt. Sie kam aus guter Familie, sah man ihr das nicht an? Ihr Vater war in Rieseby ein angesehener Mann. Seine Geschäfte liefen glänzend, er war Müllermeister, ein Mann mit Ehre und einer gehörigen Portion Grundbesitz. Vor dem Krieg hatte man ihn für den Posten des Bürgermeisters ins Gespräch gebracht. Gut, die Faller wusste das alles nicht, für sie war Fritzi eine Fremde, das war nun eben mal so. Vermutlich hatte ihre Wirtin schon öfter Ärger mit den unbezahlten Rechnungen ihrer Gäste gehabt.

Fritzi betrat ihr Zimmer und ging zum Bett, dort hatte sie unter der Matratze einen Teil ihres mitgebrachten Bargeldes verstaut.

Mit einem Seufzer sank sie auf das Bett und blieb dort sitzen. Diese ersten beiden Tage in der Hauptstadt hatten sie kein Stück weitergebracht. Sie musste das Tempo ihrer Suche anziehen. Es ging zu langsam voran, sie wollte doch zurück nach Hause, zurück zu Christel und Papa. Das Telefonat eben hatte ihr Heimweh voll entfacht. Eine Idee tauchte auf, zunächst vage, dann immer klarer: Wenn Benno mit den Matrosen hierhergekommen war, dann würden doch bestimmt seine Kameraden wissen, wo er abgeblieben war, oder? Man sagte, die Revolutionäre hatten Schlupflöcher in den Straßen rund ums Stadtschloss. Warum also nicht hingehen und sich bei diesen Leuten nach Benno erkundigen? Sie konnte sich durchfragen, und falls es ihr irgendwann zu gefährlich wurde, konnte sie immer noch umdrehen. Das war ein guter Plan, genau das würde sie tun. Morgen Vormittag würde sie zum Stadtschloss gehen. Es kostete nichts und war besser, als nur rumzusitzen. Der Beschluss war gefasst, jetzt fühlte sie sich besser.

Fritzi stand auf, sie hantierte schimpfend mit der Matratze, als es plötzlich an ihrer Zimmertür klopfte. War das schon Frau Faller mit der Adresse vom Roten Kreuz? Mit zwei Sätzen war Fritzi an der Tür, sie öffnete, doch draußen stand mitnichten ihre Wirtin. Es war Herr Hohenlohe, der auf dem Gang wartete, in Filzpantoffeln stand er da und ohne Hut. Komisch sah das aus, denn sein Haarwuchs war noch spärlicher, als sie bei ihrer ersten Begegnung vermutet hatte. Er strahlte, den rechten Arm hielt er hinter dem Rücken versteckt.

»Schön, dass Sie da sind, mein Fräulein. Ich habe hier etwas für Sie, das ich Ihnen geben wollte.«

Umständlich zog er ein längliches Stück Pappe hinter dem Rücken hervor und hielt es ihr unter die Nase.

»Bitte sehr, ein Stadtplan. Sie hatten doch nach einem Stadtplan gefragt, nicht wahr? Beim Auspacken meines Koffers habe ich den hier gefunden. Er stammt noch aus der Zeit vor dem Krieg, aber ich glaube, er ist ganz gut zu gebrauchen.«

Fritzi lächelte, denn in der Tat, ein Stadtplan kam ihr gerade recht.

»Das ist wirklich nett von Ihnen, Herr Hohenlohe. Ich möchte mir gerne die Innenstadt ansehen, da ist ein Plan hilfreich.«

Hohenlohe überließ ihr die kostbare Mappe, blickte dabei aber finster.

»Sie wollen ausgehen? Das ist gefährlich. Erlauben Sie mir, dass ich Sie begleite. Sie kennen sich hier nicht aus, da kann Ihnen schnell etwas zustoßen. Wir leben in schlimmen Zeiten.«

»Danke, aber das ist nicht nötig. Ich gehe bloß am hellen Tag ein wenig spazieren, was soll mir dabei zustoßen?«

»Sie unterschätzen die Gefahr, verehrtes Fräulein. In der Innenstadt wird geschossen. Soldaten belagern das Stadtschloss und die umliegenden Gebäude. In der Stadt soll es an mehreren Stellen Schießereien gegeben haben. Man berichtet von Toten und Verletzten.«

»Tatsächlich? Ich dachte, die Belagerung wäre vorbei?«

»Soweit ich weiß, ist die Lage weiterhin kritisch. Ich glaube kaum, dass sich Zivilpersonen ohne Not in die Gegend um den Marstall begeben sollten. Womöglich sind die Straßen rundherum abgesperrt.«

Fritzi schluckte, es klang nicht gut, was Hohenlohe da erzählte. Die Frage war, ob er ihr die Wahrheit sagte, vielleicht ging es ihm auch nur darum, ihr seine Gesellschaft aufzudrängen? Schon im Zug war ihr der Mann ein wenig lästig gewesen.

»Ich kann das Stadtschloss ja meiden.«

Hohenlohe blies die Backen auf, jetzt spielte er den Empörten. Kopfschüttelnd verschränkte er die Arme vor dem Oberkörper. »Nein, glauben Sie mir, das ist keine gute Idee, ortsunkundig, wie Sie sind. Sie geraten schnell in etwas hinein. Ich verstehe ja, dass Sie ein bisschen was erleben möchten in Berlin, aber es finden immer wieder Massendemonstrationen statt, da gibt es Handgreiflichkeiten. Kein Mensch kann schneller laufen, als eine Kugel fliegen kann.«

Fritzi zögerte, vermutlich war reichlich übertrieben, was er ihr da erzählte, vielleicht war es sogar frei erfunden. Gleichwohl nickte sie, bestrebt, einen einsichtigen Eindruck zu machen.

»Morgen erscheinen die Zeitungen wieder, dann werden wir mehr erfahren über die Lage in der Stadt. Ich danke Ihnen, Herr Hohenlohe.«

»Wenn Sie meinen.«

»Ja, sicher. Und einen schönen Tag noch.«

Hohenlohe wandte sich ab, wenn auch nur widerstrebend. Gewiss war er jetzt beleidigt. Sollte er doch. Behutsam schloss Fritzi die Tür, seufzend lehnte sie sich an die Wand daneben. Sie glaubte dem Mann nicht so ganz, und doch, dank Hohenlohes üblen Prophezeiungen hatte sie jetzt Angst davor, alleine nach draußen zu gehen. Massendemonstrationen? Schießereien? Handgreiflichkeiten? Du liebe Güte. Ihre Reise schien unter keinem glücklichen Stern zu stehen. Was war ihr denn geglückt, seitdem sie in Berlin angekommen war? Sie hatte ihren Vater gegen sich aufgebracht, sie hatte ergebnislos mit Wolfgang Hartwig gesprochen und nach all dem weiterhin keine Ahnung, wie sie Benno wiederfinden sollte. Eines stand fest, so durfte es nicht weitergehen.

Ihr Blick fiel auf den Ring an ihrem Finger, den hatte ihr Benno zum Abschied geschenkt. Der Stein darauf war rot. Rot wie die Liebe. So ein Geschenk machte man nicht, wenn einem die Empfängerin der Gabe vollkommen gleichgültig war, oder? Sie musste Benno ausfindig machen – auch wenn ihm etwas zugestoßen sein sollte, wollte sie das wissen.

Fritzi ging zum Bett und ließ sich der Länge nach auf die Matratze sinken. Ihre derzeit einzige Hoffnung war das Rote Kreuz. Würde man ihr dort weiterhelfen können?

* * *

Gegen Mittag wurde es endlich still in der Wohnung. Die Mutter legte sich schlafen, Georg hatte das Haus schon am frühen Morgen verlassen. Vera nahm ihren Mantel im Flur vom Haken und schlich auf Zehenspitzen auf den Hof. Die Fenster der Werkstatt waren dunkel, das Gebäude lag still und scheinbar verlassen im trüben Mittagslicht. War er etwa schon fort, ihr Matrose? Sie gab das vereinbarte Klopfzeichen und öffnete die Pforte. Stille empfing sie, doch als ihre Augen sich an das Halbdunkel gewöhnt hatten, entdeckte sie Benno hinter Vaters Schreibtisch. Lächelnd stand er auf.

»Vera! Wie schön, dass du kommst.«

Sie nickte bloß, kein Wort brachte sie über die Lippen. Er dagegen wirkte ungerührt, von Traurigkeit keine Spur.

»Dann heißt es jetzt wohl Abschied nehmen.«

Benno stemmte die Hände in die Seiten, er strahlte so sehr, dass das Grübchen in seiner Wange auftauchte und nur ganz langsam wieder verschwand. Mit Trennungsschmerz hatte Benno Funke anscheinend nicht zu kämpfen. Machte das bevorstehende Lebewohl nur ihr allein zu schaffen? Vielleicht, in jedem Fall lag das Bündel mit seinen Habseligkeiten schon auf Vaters Schreibtisch. Er deutete auf den dunkelgrünen Pullover, den sie ihm gebracht hatte und den er unter der Matrosenjacke trug.

»Sag mal, darf ich den vielleicht behalten? Ist verflucht kalt da draußen.«

»Meinetwegen kannst du ihn haben. Georg läuft ja ohnehin nur in Uniform rum. Ich glaube, der schläft sogar in Feldgrau.«

»Ist wohl ein strammer Freikorpssoldat derzeit, dein Bruder.«

»Frag mich nicht. Ich kenn mich nicht mehr aus bei ihm.«

Benno kam hinter dem Schreibtisch hervor.

»Kopf hoch. Du wirst sehen, alles wird gut. Ich finde einen anderen Ort, an dem ich meine Werkstatt aufmachen kann. Ich werde mich am Alexanderplatz umsehen, und dann melde ich mich bei dir, versprochen.«

»Bitte, tu das. Vergiss es nicht, hörst du?«

Sie hatte den letzten Satz zu laut gesagt, mit zu viel Nachdruck in der Stimme. Es klang wie ein Befehl, dabei wollte sie ihn nicht herumkommandieren. Es lag ihr nur am Herzen, dass sie einander nicht aus den Augen verloren. Benno war anders als die jungen Offiziere, die ihr früher im Laden ihres Vaters schöne Augen gemacht hatten. Denen war es nur um einen Kuss gegangen, um eine unzüchtige Berührung im Dunkeln der Umkleideräume, um ein paar geflüsterte Lügen. Mit einer Schneiderstochter, so hatten diese Herren wohl gedacht, konnten sie es machen. Benno schien sie anders zu sehen, solche Spiele waren ihm fremd. Er kam zu ihr und nahm ihr Gesicht sanft in seine Hände – wie gut es tat, seine Nähe zu spüren. Sie musste sich beherrschen, sie wollte nicht bitten und betteln. Es musste ihm genauso ernst sein wie ihr.

»Versprichst du mir, dass du wiederkommst?«

»Aber ja, natürlich. Ich besuche dich.«

»Es wäre schade, wenn wir uns nicht wiedersehen, oder?«

»Keine Angst, ich bin bald wieder hier. Du bist meine neue Heimat in der Fremde, Vera.«

»Wirklich?«

Er gab keine Antwort, er zog sie an sich, ihre Lippen fanden sich. Was für ein Gefühl, Wärme stieg auf zu ihrem Herzen. Vor ein paar Minuten hatte sie noch so sehr gebangt, doch nun durfte sie darauf hoffen, dass ihre Sorgen unberechtigt waren. Vielleicht würden sie beide ein Paar werden? Auch wenn Georg Benno bestimmt nicht würde leiden können und Mutter über einen roten Matrosen auch nicht begeistert sein würde. Und wenn schon. Endlich einmal ging es um sie allein und um niemanden sonst. Sanft strich Benno ihr über die Wange.

»Lass den Kopf nicht hängen.«

»Und wo willst du jetzt hin?«

»Ich finde was, sorge dich nicht. Ich lass meine Matrosenmütze hier, wirf sie weg, hörst du? Ich will nicht mehr aussehen wie einer von der Volksmarine.«

Er reichte ihr die weiße Kappe mit den blauen Bändern.

»Ich werde dich vermissen.«

»Das will ich hoffen.«

»Ich bin so viel allein, weißt du? Mutter ist krank, und

mein Bruder hat sich im Krieg verändert. Ständig kommandiert er mich herum, er unterbricht mich mitten im Satz und lässt nur seine Meinung gelten. Dabei sind wir früher gut miteinander ausgekommen.«

»Die meisten Männer haben im Krieg viel erleiden müssen. Hab Geduld, gib ihm Zeit.«

»Nur des Krieges wegen muss sich doch niemand mit den Freikorps einlassen.«

»Vielleicht doch. Um zu retten, was noch zu retten ist.«

»Ich glaube nicht, dass Georg sich bei diesen Männern in guter Gesellschaft befindet. Ich kenne ihn nicht wieder.«

Plötzlich kamen Geräusche von draußen, ein Knarren, das Hoftor wurde offenbar aufgeschoben. Gleich darauf holperten Räder über das Kopfsteinpflaster, Stimmen und Schritte waren zu hören, irgendetwas ging auf dem Hof vor sich. Vera huschte zum Fenster und schob das Sackleinen ein Stück beiseite. Draußen wimmelte es von Uniformen, Feldgraue überfluteten den Hinterhof. Jetzt tauchte auch Georg auf, er gestikulierte, wahrscheinlich gab er seinen Leuten Anweisungen. Das Pferdegespann, das die Soldaten mitbrachten, war haushoch mit Kisten beladen. Verärgert ließ Vera das Sackleinen sinken: Verflucht, Georg hatte seine Leute hierhergebracht, wie konnte er nur? Das würde niemals im Leben ohne Krawall abgehen, in den Häusern ringsum lebten überall Kommunisten. Blitzschnell drehte sie sich um.

»Los, hol deine Sachen, du musst fort.«

»Wieso?«

»Mein Bruder ist draußen, zusammen mit seinen Kameraden. Mindestens zwanzig Männer, alles Freikorps.«

»Die rücken bestimmt gleich wieder ab.«

»Das glaube ich nicht. Sie haben jede Menge Kisten dabei. Vielleicht wollen sie die Werkstatt als Lager nutzen.«

»Wirklich?«

»Möglich wäre es.«

Leise fluchend wandte Benno sich ab, er fing an, seine Habseligkeiten zusammenzuraffen. Gleich darauf kam er zur Pforte, sein Bündel unter dem Arm.

»Hat dieses Gebäude einen Hinterausgang?«

»Nein, du musst über den Hof. Warte, ich begleite dich.«

»Auf keinen Fall. Du bleibst hier, alles andere ist zu gefährlich.«

»Wenn Georg dich in der Matrosenjacke sieht ...«

»Ich beeil mich, der kriegt gar nicht mit, dass ich türme.«

»Da kennst du aber Georg schlecht. Der ist das Misstrauen in Person.«

»Egal, zu zweit fallen wir viel mehr auf. Vergiss mich nicht, hörst du?«

Ein letzter Kuss, schon quietschte die Tür in den Angeln, und Benno war fort. Vera blieb allein zurück, unruhig und mit klopfendem Herzen. Was, wenn seine Flucht scheiterte? Es waren eine Menge Soldaten da draußen, einer gegen alle, das konnte böse enden. Sie durfte nicht tatenlos hier herumstehen. Vielleicht konnte sie draußen doch etwas für ihn tun?

Eilig raffte Vera die Röcke, mit drei Sätzen war sie auf dem Hof. Sofort war sie von Uniformierten umgeben, überall Männer, die ihr die Sicht versperrten. Die Soldaten rannten hin und her, sie entluden den Karren, den sie mitgebracht hatten. Wo war Benno abgeblieben? Ihre Blicke suchten den Hof ab, bis sie eine Gestalt entdeckte, die sich eilig durch die Reihen der Uniformierten drängte. Benno hatte das Tor schon fast erreicht, da gellte plötzlich ein Pfiff über den Hinterhof.

»Halt! Stehen bleiben! Stehen bleiben, oder ich schieße!«

Georg hatte seine Waffe gezückt, hoch über seinem Kopf hielt er die Pistole in die Luft, bereit, jederzeit abzudrücken. Benno sah es nicht, er drehte sich nicht mal um, vielleicht hatte er Georgs Warnung gar nicht gehört. Würde Georg wirklich auf ihren Matrosen schießen? Was fiel ihm ein? Sie musste dazwischengehen, sie rannte los, ein großer Sprung, schon hatte sie Georg bei den Schultern gepackt. Energisch krallte sie sich mit den Fingernägeln im Stoff seiner Uniformjacke fest. Georg stieß einen erstaunten Laut aus, er wankte, gemeinsam taumelten sie ein paar Schritte über das Pflaster, sie an ihn geklammert, er wild fluchend, bis Georg plötzlich ausholte und ihr mit dem Ellenbogen einen Stoß in die Magengrube verpasste. Augenblicklich wurde Vera übel, ein Knall ertönte – was war das, hatte sich etwa ein Schuss aus der Pistole gelöst? Vera spürte, dass ihre Kräfte nachließen, ihre Finger verloren den Halt, sie kam ins Rutschen, Georg schüttelte sie einfach ab, mit einem Ruck warf er sie zu Boden – gleich darauf lag sie der Länge nach auf dem harten Kopfsteinpflaster. Sie schnappte nach Luft, dann war auch schon Georg über ihr, er packte ihren Arm und zog sie in die Höhe.

»Was fällt dir ein? Bist du verrückt geworden, mich von hinten anzuspringen?«

Vera klopfte den Staub von ihrem Rock und winkte dann ab, bemüht, keinen ängstlichen Eindruck zu machen.

»Und du? Bist du verrückt geworden, auf einen Zivilisten zu schießen? Wer hat dir solche Sachen beigebracht?«

»Zivilist, dass ich nicht lache. Der Kerl hatte eine Matrosenjacke an, das war ein Roter. Mach so was nicht noch mal, verstanden? Im Dienst kenne ich weder Freund noch Feind, nur damit du das weißt.«

Vera warf ihrem Bruder einen giftigen Blick zu – er fragte nicht mal, ob sie sich verletzt hatte bei der Rangelei eben. Wütend schüttelte sie den Kopf.

»Du bist hier aber nicht im Dienst. Das hier ist der Hof deines Elternhauses und keine Kaserne. Ich lasse es nicht zu, dass hier auf Menschen geschossen wird.«

»Und ich dulde keine Revolutionäre in unserem Lager, nur dass du's weißt. Dieses Gelände ist ab sofort militärisches Sperrgebiet.«

»Militärisches Sperrgebiet? Was soll das denn?« Vera lachte höhnisch. Sie trat ganz dicht vor Georg und schaute ihn herausfordernd an. »Hör zu, der Krieg ist zu Ende, wir haben hier nichts am Hut mit den Militärs. Außerdem gehört dieses Grundstück deiner Mutter. Du hast kein Recht, hier herumzukommandieren.«

»Du hast mir überhaupt nichts zu sagen. In dieser Stadt gilt das Kriegsrecht. Werkstatt und Hof sind beschlagnahmt. Ich verbiete dir ab sofort, den Hof ohne meine Erlaubnis zu betreten. Und jetzt verschwinde, geh mir aus den Augen, bevor ich endgültig die Geduld mit dir verliere.«

Vera schnappte nach Luft, sie war verärgert, doch welchen Zweck hatte es, weiter dagegenzuhalten? Benno war entkommen, das war das Wichtigste zurzeit. Sie wandte sich ab und spazierte mit hocherhobenem Kopf zum Haus zurück, auch wenn sie sich insgeheim große Sorgen machte. Die Werkstatt beschlagnahmt – damit war sie vorläufig für jedes gewinnbringende Gewerbe verloren. Das war ärgerlich, aber gegen einen Haufen Bewaffneter konnte sie allein wenig ausrichten. Was auch immer Georgs Männer in der alten Schneiderei anstellen würden, sie musste es vorerst hinnehmen.

Ohne sich noch einmal umzudrehen, schloss sie die Hintertür zum Wohnhaus mit einem Ruck. Das Herz schlug ihr bis zum Hals, kein Wunder. Ihr mutiger Einsatz eben hatte ihr nichts als neuen Ärger gebracht. Von nun an war sie allein mit Georg, Benno war fort, sie konnte nur hoffen, dass er wirklich unverletzt hatte flüchten können. Und jetzt? Wie sollte es bei ihnen zu Hause weitergehen? Sie konnte Georg nicht das Ruder überlassen. Nur weil er brüllte und drohte, sollte er hier das Sagen haben?

Sie würde ihm Kontra geben, dazu war sie fest entschlossen.

4. Kapitel

Ihre Aufregung war groß, hatte sie jemals zuvor mit einer solchen Nervosität zu kämpfen gehabt? Hanna konnte sich nicht erinnern, aber vielleicht funktionierte ihr Gedächtnis im Moment auch nicht. Ihr war kalt, die Füße in den Knopfstiefeln fühlten sich taub an. Ihre Fingerspitzen waren gefühllos, sie fror bis ins Mark. Kein Wunder, schließlich war sie heute Morgen bei der Kälte zu Fuß in die Stadt gelaufen, für ein Taxi fehlte ihr das Geld. Sie hätte ihren Vater darum bitten können, aber dann hätte er sicherlich wissen wollen, was sie vorhatte.

Weihnachten immerhin war vorüber, das hatte es ihr einfacher gemacht, zu verschwinden: Alle gingen daheim wieder ihren gewohnten Tätigkeiten nach. Es war nicht aufgefallen, als sie sich davongeschlichen hatte. Gerade heute musste sie pünktlich in der Stadt sein, sie würde Cora treffen. Eine Überraschung, auch für sie selbst. Gestern Abend noch war spät ein Telegramm gekommen: Coralie war in Berlin, wenn auch nur für einen Tag. Sie bat um ein Treffen. Leider waren die Umstände widrig, denn kaum dass Hanna die Haustür der Villa hinter sich zugezogen hatte, hatte es zu schneien begonnen. Der Schnee fiel seitdem in dicken Flocken, der Himmel war von einem tiefen Grau, wie mit Mörtel zugekleistert. Hanna hatte den Schirm vergessen und in der Eile viel zu dünne Schuhe angezogen, doch das alles durfte sie nicht aufhalten, sie musste weiter, immer weiter in Richtung Innenstadt. Leider war der Weg ziemlich lang, der Eile zum Trotz erreichte sie beinahe zehn Minuten zu spät mit klopfendem Herzen den Alexanderplatz. Hier war sie mit Cora verabredet, neben der Berolina, an der kleinen Zeitungsbude, in Sichtweite des Polizeipräsidiums. Sie fand alles vor wie erhofft, nur von Cora war weit und breit nichts zu sehen.

Hanna beschloss zu warten, sie verharrte reglos an ihrem Platz, obwohl sie pausenlos angebettelt wurde – zumeist von Männern mit kaputten Gesichtern, Männern an Krücken. Kriegsheimkehrer, notdürftig zusammengeflickt, am Ende mit ihrem alten Leben und ohne Aussicht auf ein neues. Sie hätte ihnen gerne ein paar Münzen gegeben, aber sie besaß selber nichts, auch wenn ihr das sicherlich niemand glaubte, so, wie sie gekleidet war. Unwohl fühlte sie sich auf dem Alex, sie war nicht zu Hause in dieser Gegend. Cora hatte diesen Treffpunkt gewählt, und die kannte sich in Berlin nicht aus.

Warum kam sie nicht endlich?

Hanna war voller Ungeduld, ihre Unruhe stieg, immer wieder schüttelte sie den Schnee von ihrem Mantel, doch der Stoff war an Schultern und Armen längst durchnässt. Ganz sicher sah sie furchtbar aus, einen Schnupfen holte sie sich vermutlich obendrein. Gerne hätte sie sich für ein paar Minuten irgendwo aufgewärmt, aber um nichts auf der Welt durfte sie jetzt fortgehen, nicht bevor sie mit Cora gesprochen hatte.

Endlich, Schritte auf dem Pflaster, Hanna fuhr herum, und tatsächlich, es war Cora, ihre geliebte, zärtliche und überwältigend schöne Cora. Fast gleichzeitig breiteten sie die Arme aus, mussten es jedoch zur Begrüßung bei einem flüchtigen Kuss auf die Wange belassen, schließlich waren sie in diesem Getümmel nicht allein. Hanna strahlte, allen Widrigkeiten zum Trotz war es wunderbar, Coralie im Arm zu halten und ihre Wärme zu spüren. Auch Cora schien glücklich, sie wirkte gelöst und fröhlich. Ein paar Sekunden standen sie im Schneeregen und hielten sich aneinander fest.

»Cora. Wie wundervoll, dass du gekommen bist. Ich hatte schon befürchtet, du seist aufgehalten worden.«

»Ja, es gab ein paar Verzögerungen. Einfach war es nicht.«

»Schwierigkeiten in Leipzig?«

»Die Lage ist überall unübersichtlich. Du weißt nie, was als Nächstes kommt. Schießereien, gleich darauf wieder alles normal und keine Spur von einem Aufruhr. Man weiß nicht, woran man ist.«

»Das ist in Berlin nicht anders. Angeblich haben die Spartakisten um Liebknecht vergangene Nacht verschiedene Verlagshäuser besetzt.«

»Tatsächlich? Du lieber Himmel, was für ein Durcheinander! Man wünscht, es wäre endlich zu Ende.«

»Ja, allerdings. Umso schöner, dass wir uns gefunden haben. Was ist das für ein fabelhafter Hut, den du da trägst? Ist der neu?«

»Ja, ein Weihnachtsgeschenk meiner Mutter.«

»Er steht dir ausgezeichnet.«

Sanft drückte Hanna die Hand ihrer Geliebten – eigentlich überflüssig, ihr Komplimente zu machen, denn Cora war immer makellos. Für eine Frau war sie groß, sie überragte so manchen Mann und war dabei gertenschlank, sie wirkte geschmeidig und grazil. Cora hatte Geschmack, sie achtete darauf, stets angemessen gekleidet zu sein. Sie stach heraus aus der Menschenmenge, deshalb war sie Hanna in Bromberg sofort aufgefallen, rettungslos hatte sie sich auf Anhieb verliebt.

Cora griff nach ihrer Handtasche. »Warte, ich habe etwas für dich.«

Ein kleines, eckiges Päckchen kam zum Vorschein – erstaunt nahm Hanna ihr Geschenk entgegen, vorsichtig betastete sie das in ein Taschentuch eingewickelte Paket.

»Was ist denn das?«

»Nur ein Stück italienische Seife. Sie duftet genauso wie der Puder, den du so an mir mochtest. Ich dachte mir, ich schenke dir die Seife zu Weihnachten.«

»Oh, wie lieb von dir. Damit habe ich gar nicht gerechnet.« Hanna warf ihrer Geliebten einen dankbaren Blick zu. »Ich wünschte, ich hätte auch etwas für dich. Ich musste früh los heute Morgen …«

»Schon gut, darum geht es nicht. Du hast gesagt, du magst den Duft.«

»Ja, sehr sogar. Er wird mich an dich erinnern. Vielen Dank, Liebste. Ich wünschte, ich hätte …«

»Ich bin glücklich, wenn du glücklich bist.«

»Ich danke dir von ganzem Herzen. Wie lange hast du denn Zeit? Ich schlage vor, wir gehen in ein Café, um uns aufzuwärmen. Es gibt so viel zu erzählen.«

Cora winkte ab. »Tut mir leid, aber das lohnt sich nicht. Ich muss gleich wieder zurück.«

»Was denn, schon? Du bist doch gerade erst angekommen.«

»Ich weiß, aber ich kann leider nicht bleiben. Mein Bruder hat einen Termin bei einem Augenarzt in der Oranienburger Straße. Ich hatte dir in meinem letzten Brief davon geschrieben. Angeblich ist der Arzt eine Koryphäe. Professor Feldstein, vielleicht kennst du ihn.«

»Nein, nie von ihm gehört. Ansonsten tut es mir leid, aber ich habe deinen Brief nicht bekommen. Er muss verloren gegangen sein.«

»Verloren gegangen?«

»Er hat mich nicht erreicht, wirklich.«

»Wie auch immer, ich bin nur in der Stadt, weil mein Bruder unbedingt diesen Spezialisten aufsuchen möchte. Gunnar ist erblindet im Krieg. Der Mann in der Oranienburger Straße ist seine letzte Hoffnung, verstehst du?«

»O Gott, das wusste ich nicht. Das tut mir furchtbar leid.«

»Eine Giftgasattacke in Frankreich.«

Cora senkte den Kopf, eine tiefe Traurigkeit ging jetzt von ihr aus. Wie gern hätte Hanna sie in den Arm genommen, aber das durfte sie nicht tun, man wusste nie, wer sich in der Öffentlichkeit daran stören würde. Der Alexanderplatz war voller Menschen, sie waren alles andere als allein, Straßenbahnen, Fuhrwerke und ein Strom aus Passanten umgaben sie. Dies war einer der größten und lebendigsten Plätze der Stadt. In Bromberg hatten sie ihre Verstecke gehabt – kein Schlupfwinkel auf dem Gelände, an dem sie einander nicht in den Armen gelegen hätten. Hier jedoch, in Berlin, waren sie ohne jede Zuflucht. Voller Sehnsucht dachte Hanna an Bromberg zurück, an ihre erste gemeinsame Liebesnacht in der Waschküche. Um sie herum feuchte Wände und der Geruch nach Lysol, nicht eben gemütlich, aber dennoch ein gutes Versteck. Den Umständen zum Trotz war die Nacht mit Cora eine Offenbarung gewesen. Zum ersten Mal im Leben hatte Hanna erfahren, welches tiefe Glück die körperliche Liebe einem Menschen schenken konnte. Sie war dankbar dafür, von Cora erwählt worden zu sein, nur war dies bestimmt nicht der richtige Moment, um Erinnerungen aufzufrischen. Cora war traurig, verzweifelt sogar, sie blickte zu Boden, kämpfte womöglich mit den Tränen.

Vorsichtig berührte Hanna ihre Schulter. »Es tut mir leid, mein Herz. Ich hoffe, dass die Ärzte deinem Bruder helfen können. Es gibt immer wieder neue Methoden …«

»Gunnar war in Leipzig schon bei einem Facharzt mit sehr gutem Ruf, aber die Ergebnisse der Untersuchung waren niederschmetternd. Anscheinend liegt eine beiderseitige und irreparable Schädigung der Augenlinsen vor.«

»Das tut mir so leid. Ich wünschte, ich könnte etwas für dich tun.«

Cora nickte, plötzlich wirkte sie fahrig. Hastig befingerte sie ihre Handtasche und zog schließlich ein Taschentuch heraus.

»Die Lage hat sich völlig verändert. Ich kann meine Familie jetzt nicht im Stich lassen, Hanna. Wir beide hatten andere Pläne, doch mein Bruder braucht im Moment meine Pflege und Aufmerksamkeit.«

»Sicher, momentan ist das so, aber …«

»Es gibt kein Aber. Ich werde mich um meinen Bruder kümmern müssen. Ich habe Hilfsschwester gelernt und weiß, was zu tun ist.«

Hanna blieb stumm, sie war ratlos, so sehr fühlte sie sich von dieser Neuigkeit erschlagen. Wollte Coralie wirklich fortan jeden Tag und jede Nacht nur für ihren Bruder da sein? So ein Leben war absolut unvorstellbar für sie. Cora war ein lebensfrohes Geschöpf, das man nicht mit einem Blinden einsperren konnte, auch wenn dieser schwer kranke Mann ihr Bruder war. Dieses Dasein passte nicht zu ihr. Cora liebte Theater und Musik, sie las Gedichte und suchte die Begegnung mit Menschen. Als Pflegerin ihres Bruders würde sie sich schon nach kurzer Zeit wie in einem Kerker fühlen. Unmöglich, doch Cora schien darüber nicht debattieren zu wollen. Ihr Blick ging schon zu der Straßenbahnhaltestelle gegenüber.

»Sei mir nicht böse, aber ich muss jetzt los. Ich bin nur gekommen, um dir zu sagen, dass wir unsere Pläne nicht werden umsetzen können. Das hier war wahrscheinlich für lange Zeit unser letztes Treffen.«

»Ich bitte dich, sag nicht so etwas. Du stehst unter dem Eindruck der jüngsten Ereignisse. Ich verstehe das durchaus, nur …«

Cora winkte ab, sie trat einen Schritt zurück. Um ihre Mundwinkel zuckte es, sie wirkte plötzlich empört, dabei wollte Hanna ihr nichts Böses.

»Es hat keinen Zweck. Versuche nicht, mich umzustimmen. Ich bin meiner Familie verpflichtet, du verstehst das vielleicht nicht …«

»Ich habe alles Verständnis dieser Welt, Liebes. Wir werden Geduld haben, aber aufgeben dürfen wir nicht. Ich werde nach einem Platz als Lernschwester suchen, dann besorge ich uns eine Wohnung. Zwischenzeitlich hältst du nach Möglichkeiten Ausschau, um deinen Bruder zu versorgen.«

»Das geht nicht, ich habe es dir doch eben erklärt. Hörst du mir überhaupt zu?«

»Natürlich tue ich das.«

»Ich muss in Leipzig bleiben, meine Familie braucht mich dort. Alleine wird meine Mutter mit der Pflege meines Bruders nicht fertig, sie ist nicht mehr die Jüngste.«

»Ihr könntet eine Pflegerin einstellen.«

»Dafür fehlt uns nun wirklich das Geld.«

»Aber es kann doch nicht sein, dass man dich zu Hause einsperrt wie eine Gefangene.«

»Mein Bruder ist in sehr schlechter Verfassung. Mutter sorgt sich, dass er sich etwas antun könnte.« Coras Stimme bebte, wieder wandte sie den Blick ab. Hanna nahm noch einmal allen Mut zusammen und legte ihr eine Hand auf die Schulter.

»Beruhige dich, mein Herz, ich bitte dich. Vielleicht siehst du die Lage im Augenblick ein wenig zu negativ?«

Cora schüttelte den Kopf, sie rang sichtlich um Fassung. Eilig wischte sie sich mit dem Taschentuch ein paar Tränen fort.

»Es ist schlimmer, als du denkst. Du hättest Gunnar sehen sollen, als er nach Hause kam. Wir waren entsetzlich betroffen, Mutter wusste sich kaum zu fassen. Das Gas, das die Franzosen eingesetzt haben, hat Gunnars linke Gesichtshälfte völlig zerstört. Die Leute bleiben stehen und flüstern, wenn er vorübergeht. Er ist nicht nur blind und entstellt, sondern auch zutiefst unglücklich. Er sieht keinen Sinn mehr im Leben.«

»Das alles tut mir wirklich leid, aber lass bitte die Hoffnung nicht sinken. Viele Kriegsverletzte erholen sich, das haben wir in Bromberg erlebt. Erinnerst du dich an den Kriegszitterer aus Breslau …«

»Das trifft vielleicht auf die leichteren Fälle zu, aber zu denen zählt Gunnar nicht. Rede das doch bitte nicht klein. Ich hatte gehofft, du würdest dich in mich hineinversetzen können.«

»Wie wäre es denn, wenn ich zu dir nach Leipzig komme und mir dort eine Anstellung suche? Dann kannst du vorerst bei deiner Familie bleiben, und wir können uns trotzdem sehen – jedenfalls von Zeit zu Zeit.«

»Auch darüber habe ich nachgedacht, aber es geht nicht. Wir haben eine Menge Bekannte und Verwandte in der Stadt, es würde nur Scherereien geben. Die Leute würden reden, wenn man uns häufiger zusammen sieht. Leipzig ist ein Nest, nicht zu vergleichen mit Berlin.«

»Mein Gott, was für ein bigotter Ort ist es denn, dieses Leipzig? Es kann doch niemanden stören, wenn du ab und zu mit einer Freundin ausgehst. Man wird dir doch nicht auch noch diesen Umgang verbieten wollen, oder?«

»Früher oder später würde es Gerüchte geben.«

»Unsinn. In Bromberg haben wir uns auch erfolgreich versteckt. Bitte, denk noch einmal über alles nach, mein Herz. Unsere Liebe ist unser kostbarster Besitz.«

»Sie war es.«

»Wie bitte?«

»Sie war unser kostbarster Besitz. Das ist vorbei.«

Erneut senkte Cora den Kopf. Kein liebes Wort schien sie zu erreichen, nichts drang zu ihr vor. Fast hatte es den Anschein, als wolle sie diese Beziehung heute unbedingt beenden, aber warum nur? War dieses Glück nicht viel zu groß, um bei den erstbesten Schwierigkeiten gleich aufzugeben?

»Hör zu …«

»Nein, es ist gut jetzt.« Cora trat noch einen Schritt zurück, inzwischen wirkte es, als wolle sie jeden Moment die Flucht ergreifen. »Du kannst reden, so viel du willst, die Würfel sind gefallen. Ich werde auf absehbare Zeit nicht fort können von daheim, also mach deine Zukunft nicht von mir abhängig.«

»Ich werde niemals ohne dich …«

»Doch, genau darum geht es. Allein ist es leichter für dich. Du bist eine ausgezeichnete Krankenschwester. Du hast Talent, du musst deine Ausbildung fortsetzen.«

»Das möchte ich ja auch, aber zusammen mit dir.«

Erneut schüttelte Cora den Kopf, aber jetzt endlich lag ein wenig Wärme in ihrem Blick.

»Du darfst nicht auf mich warten, damit vertrödelst du nur deine Zeit. Der Krieg ist vorbei, du kannst jetzt viel erreichen. Das Zeitalter der Frauen bricht an, glaube mir.

Lernschwester ist nur eine Möglichkeit von vielen. Noch besser wäre es, wenn du versuchst, Medizin zu studieren. Du hast das Zeug dazu. Du könntest Ärztin werden.«

»Ärztin? Wie kommst du denn jetzt darauf?«

»Es gibt viel zu wenige Frauen in diesem Beruf. Wenn wir nur mal die Frauenheilkunde nehmen, dort werden Ärztinnen dringend gebraucht. Viele Männer haben nicht das richtige Einfühlungsvermögen, um auf diesem Fachgebiet zu wirken.«

»Ich strebe kein Studium an, Cora, wirklich nicht. Das kostet nur Geld und Zeit.«

»Deine Eltern können es sich doch leisten.«

»Meine Eltern wollen, dass ich heirate. Sie sind schon ungeduldig, weil keine Verlobung in Sichtweite ist. Wahrscheinlich haben sie geglaubt, ich würde mir im Feld einen Herrn Doktor angeln.«

»Du darfst nicht klein beigeben, Hanna. Du musst dich behaupten.« Cora blickte auf die Uhr neben der Straßenbahnhaltestelle. »Tut mir leid, aber ich muss jetzt wirklich los.«

»Warte, so kannst du nicht fortgehen. Du sollst wissen, dass ich zu dir stehe, gleichgültig, was geschieht. Du bist meine große Liebe, Cora. Wir dürfen unsere Pläne nicht aufgeben.«

Ein müdes Lächeln huschte über Coras Gesicht, sie wirkte nicht überzeugt. Lag ihr denn wirklich nichts mehr an einer gemeinsamen Zukunft? Oder war da noch etwas anderes, das sie so fest an ihre Familie band? Etwas, das sie zu verbergen suchte, etwas, worüber sie nicht reden wollte?

In diesem Gespräch hatte sie unzugänglich gewirkt, wie verbohrt, das war absolut untypisch für sie. Schon ging ihr Blick wieder in die Ferne.

»Schluss jetzt, Hanna. Es hilft nichts, wir müssen uns fügen. Manches kann man nicht ändern, nicht mit Geld und guten Worten. Wir müssen beide eintauchen in das Leben, das wir vor dem Krieg geführt haben. Du bist frei, und du solltest deine Zeit nutzen.«

»Frei sein ist das Allerletzte, was ich will. Ich möchte dich in meiner Nähe haben, das ist wichtig, nichts sonst.«

»Geh nach Hause. Nimm dir Zeit, unsere Lage zu überdenken, das wird dir helfen.«

»Sprich nicht mit mir wie mit einem dummen Kind. Was haben sie nur mit dir angestellt, bei euch zu Hause in Leipzig?«

»Die Familie geht nun mal vor. Vielleicht ist das bei dir anders. Ihr mit eurer Fabrik, ihr könnt euch alles kaufen, bei uns geht das nicht.«

»Bei mir zu Hause in Dahlem gibt es kein Uns und kein Wir. Du weißt genau, wie ich zu meinen Eltern stehe.«

»Ich muss jetzt wirklich los, hörst du? Ich werde dir schreiben.«

Abrupt drehte Cora sich um und marschierte davon.

Hanna zögerte, doch sie gab dem Impuls, ihr zu folgen, nicht nach. Diese Begegnung war ein einziges Desaster gewesen. Tieftraurig blieb sie zurück, schweren Herzens wandte sie sich schließlich ab. Das hier war ein schwarzer Tag, aber bestimmt nicht das Ende ihrer Beziehung. Sie würde Cora Briefe schreiben, sie anrufen, ihr Geschenke machen. Steter Tropfen höhlte den Stein. Diese Frau war ihre große Liebe, dieses Glück würde sie freiwillig nicht opfern. Wofür sonst lohnte es sich zu kämpfen?

Vorerst musste sie zurückkehren in ihr Elternhaus, aber dabei würde es nicht bleiben. Insgeheim gelobte sich Hanna ein weiteres Mal, Dahlem so bald wie möglich den Rücken zu kehren.

Ein Leben mit Coralie war alles, was sie wollte.

* * *

Wie sie es hasste, sich hier auf dem Hof mit den stinkenden Küchenabfällen abzuquälen. Den Müll aus der Hotelküche zu schaffen war früher die Aufgabe der Männer gewesen, aber von denen gab es kaum noch welche im Haus. Vera wechselte sich bei den schweren Arbeiten in der Kronprinzessin mit Lotti ab, der zweiten Spülhilfe, aber Lotti war über Weihnachten nicht da gewesen. Wahrscheinlich hatte sich deshalb niemand für den Dreck zuständig gefühlt. Jetzt war das Behältnis mit dem Müll übervoll und stank erbärmlich.

Vera fuhr sich mit dem Handrücken über die Stirn. Die kleine Blechtonne war schwer – als sie das Behältnis anhob, um es in die Mülltonne auf dem Hof zu kippen, ging scheppernd der Deckel zu Boden. Ein graues Stück Stoff fiel heraus und blieb im Schmutz liegen – Moment, war das nicht eine Uniformjacke? Wer hatte die denn in den Müll geworfen?

Leo vielleicht, der Sohn des Hotelbesitzers. Er war seit Kurzem von der Front zurück und verhielt sich reichlich komisch seitdem. Jetzt warf der Bursche auch noch seine

Uniform in den Müll – glaubte er, seine Kriegsvergangenheit auf diese Weise abstreifen zu können? Darüber hätte er sich mal mit Georg unterhalten sollen.

Vera bückte sich: Stinkende, angeschimmelte Kartoffelschalen, Zeitungspapier, dazwischen feuchte Glassplitter lagen auf der Erde verstreut. Verdammt, wie leid sie es war, für das bisschen Brot, das sie im Hotel Kronprinzessin verdiente, derart hart zu schuften. Sie war gelernte Schneiderin, hatte sie das wirklich nötig? In diesem Moment nahm sie aus dem Augenwinkel eine Bewegung wahr: Am Hoftor ertönte ein leiser Pfiff, jemand näherte sich. War das nicht Benno?

Grinsend blieb er vor ihr stehen.

»Einen schönen guten Morgen. Lass den Krempel mal besser stehen, meine Kleine. So eine Plackerei ist Männersache.«

»Was du nicht sagst. Dann ist es ja gut, dass du jetzt da bist.«

Sie lachten beide, er beugte sich vor und küsste sie auf den Mund. Wunderbar war es, ihn wiederzuhaben. Vera strahlte, diese Überraschung war geglückt.

»Sag mal, was machst du hier?«

»Deine verehrte Frau Mama war so freundlich, mich zu dir zu schicken.«

»Meine Mutter hat dir gesagt, dass ich hier bin?«

»Ja, warum nicht? Ich war sehr nett zu ihr. Natürlich hab ich ihr ein bisschen was vorgeflunkert.«

»O Gott. Was hast du ihr denn gesagt?«

»Dass ich Näharbeiten für dich habe und dich deshalb sprechen muss.«

»Du lügst aber auch, ohne rot zu werden, was?«

»Hat sich doch gelohnt, oder?« Er breitete die Arme aus, sie schmiegte sich an den kratzigen Stoff seiner Matrosenjacke.

»Ich bin so froh, dass dir auf dem Hof nichts passiert ist.«

»Du meinst beim Einrücken der Freikorps? Das war tatsächlich nicht ohne. Irgendein Hornochse hat auf mich geschossen bei meinem Abgang. Zum Glück hat der Bursche mich nicht getroffen.«

»Der Hornochse war mein Bruder. Und er hat nicht getroffen, weil ich mich von hinten auf ihn geworfen habe.«

»Du hast *was* gemacht?« Benno schob sie ein Stück von sich weg und musterte sie. Das Entsetzen in seinem Gesicht war nicht zu übersehen.

»Das machst du nicht noch mal, verstanden? Du hättest eine Kugel in den Kopf bekommen können.«

»Und du ins Hinterteil. Ich hab's für dich getan.«

Bevor Benno antworten konnte, öffnete sich die Tür zur Küche.

»Vera? Was ist los mit dir, wo steckst du?«

Leo Breitner, der Sohn des Hotelbesitzers, ausgerechnet der. Mit mürrischer Miene baute er sich im Türrahmen auf, die Arme vor dem Oberkörper verschränkt. Seitdem der Kerl aus dem Krieg zurück war, hatte er pausenlos schlechte Laune. Misstrauen war ihm zur zweiten Natur geworden, ständig lief er im Hotel rum, kontrollierte und korrigierte. Einen der Kellner hatte er heute Morgen rausgeworfen, nur weil der es gewagt hatte, nicht alle Tischdecken im Lokal schon vor dem Frühstück ausgewechselt zu haben.

Vera nickte ihm zu. »Ich komme gleich.«

Im ersten Moment schien Leo etwas erwidern zu wollen, doch dann wandte er sich grunzend ab, mit Schwung warf er die Küchentür ins Schloss.

Vera seufzte leise. »Ich muss zusehen, dass ich weiterkomme, Benno. Wir treffen uns morgen Abend in der Palisadenstraße. Dann reden wir weiter, ja?«

Er nickte, ließ sie jedoch noch nicht los.

»Sind die Freikorps noch bei euch auf dem Hof? Wegen der Werkstatt, meine ich.«

»Die sind noch da.«

»Hat dein Bruder gesagt, wann sie abrücken?«

»Nein, hat er nicht.«

»Das musst du rauskriegen, Vera. Versprich mir, dass du versuchst, es rauszufinden.«

»Ach Gott, wozu denn, Benno? Du hast gesagt, du willst dir woanders etwas für deine neue Firma suchen.« Sie löste sich aus seiner Umarmung. »Und ich will eigentlich mit meinem Bruder im Moment so wenig wie möglich zu tun haben.«

»Versuch es trotzdem. Wäre schön, wenn er die Werkstatt bald wieder freigibt.«

»Die Werkstatt schon wieder.«

»Ja, sicher. Das Gebäude ist gut in Schuss. Willst du, dass die Soldaten es völlig runterwirtschaften? Wo die hausen, wächst hinterher kein Gras mehr.«

»Das lass mal meine Sorge sein. Ein wenig kommt es mir so vor, als wäre ich dir gar nicht wichtig. Für dich geht's immer nur um den Schuppen bei uns auf dem Hof.«

»Das stimmt doch nicht, Kleines.«

»Hat aber den Anschein.«

»Nein, das verstehst du falsch. Es ist nur …«

Benno verstummte, denn Leo Breitner war erneut aufgetaucht, diesmal steuerte er auf sie zu und ließ sie nicht aus den Augen dabei. Sein Gesicht schimmerte rötlich, es bildete einen deutlichen Kontrast zu dem hellen Oberhemd und dem verschmierten Geschirrtuch, das er sich als Ersatz für eine Küchenschürze vor den Bauch gebunden hatte.

»Plaudert sich ganz nett hier draußen, die Herrschaften, was? Und die Abfälle machen sich von selber weg, oder wie?«

Vera trat einen Schritt zurück, es sah aus, als würde es gleich Ärger geben. Auch Benno hatte jetzt ein ernstes Gesicht aufgesetzt.

»Tut mir leid, das ist meine Schuld. Wir hatten was Dringendes zu bereden. Ich gehe jetzt, kommt nicht wieder vor, dass ich störe.«

»Macht nichts, junger Mann, reden Sie ruhig weiter. Immer wieder gern, jedenfalls von heute an.«

Leo wandte sich Vera zu. »Brauchst nicht mehr wiederkommen, Fräulein. Für eine, die nur rumsteht und den Kerlen schöne Augen macht, ist bei uns kein Platz. Pack deinen Kram und verschwinde.«

»Halt mal, was soll das heißen? Vera kann nichts dafür, sie wusste nicht, dass ich komme.«

Leo winkte ab. »Ist mir egal, wer etwas dafür kann, Sie Leichtmatrose. Für das Fräulein ist heute Schluss. Gibt genug Leute, die Arbeit suchen, da muss ich mir so was hier nicht bieten lassen.«

Leo wandte sich ab, mit Wucht knallte die Küchentür hinter ihm ins Schloss. Benno wollte ihm anscheinend ins Haus folgen, doch Vera packte ihn am Ärmel seiner Jacke und hielt ihn fest.

»Ist schon gut, lass es sein. Kein Grund, sich mit dem Kerl anzulegen. Er ist ein Stinkstiefel. So großartig ist die Anstellung hier nicht, glaube mir.«

»Bist du dir sicher? Immerhin hast du bei denen ein bisschen Geld verdient.«

»Ach was, der Idiot hätte mich so oder so rausgesetzt bei nächster Gelegenheit.«

»Wie kannst du da so sicher sein?«

»Das Hotel läuft nicht gut. Es kommen einfach zu wenig Gäste. Der Bursche ist der Sohn des Besitzers, er wird versuchen, mit wenig Personal über die Runden zu kommen. Außerdem mochte er mich einfach nicht.«

»Idiot. Der hat keine Ahnung, was er verpasst.«

»Muss ja auch nicht jeder wissen. Hauptsache, wir zwei gehören zusammen, oder?«

Vera schmiegte sich erneut an Benno, er lachte leise.

»Ganz genau, lass uns zusammen neu anfangen. Das Zeitalter des Automobils ist angebrochen. Wir beide schneiden uns ein schönes Stück von dem Kuchen ab.«

»So hab ich das eigentlich nicht gemeint.«

»Wart's ab, du kommst schon noch drauf. Wir sehen uns morgen Abend, bei euch vor der Haustür. Um sechs Uhr, ist das in Ordnung?«

Sie nickte, ein flüchtiger Kuss auf die Wange, dann wandte Benno sich ab. Im Vorübergehen gab er dem Mülleimer einen Tritt, langsam kippte das Behältnis erneut zur Seite. Jetzt verteilte sich auch der restliche Inhalt auf dem Boden.

Benno grinste. »Schönen Gruß an das Großmaul da drinnen. Soll er seinen Müll mal schön alleine einsammeln, der feine Herr.«

Das war's, Benno ging, sie stand allein auf dem Hof. Im ersten Moment fand sie diese Begebenheit komisch, doch langsam kam sie ins Grübeln. Diese Anstellung war futsch, das war keine gute Nachricht, auch wenn sie es wahrhaftig sattgehabt hatte, bei der Hitze und in dem Lärm in der Hotelküche zu schuften. Die schweren Töpfe und Pfannen, der schmierige Fußboden, die Hände stundenlang im kalten, fettigen Wasser – häufig juckte die Haut danach, ganz abgesehen von den schmerzenden Füßen. Wozu das alles? Schließlich war sie gelernte Schneiderin, und Handwerk hatte ja angeblich goldenen Boden. Vielleicht war dieser Rauswurf ein Anlass, um neue Wege zu gehen? Sie musste zurück in ihren erlernten Beruf. Wozu hatte ihr Vater sie so gründlich ausgebildet? Vera band sich die Küchenschürze ab.

Etwas Neues würde sich auftun. Es musste einfach.

* * *

»Haben Sie die Adresse des Zentralbüros gefunden, Frau Faller?«

»Doch, liebes Kind, aber ich fürchte, beim Roten Kreuz wird man Ihnen nicht helfen.«

»Nein?«

Fritzi stand vor dem Empfangstresen in der Pension und machte große Augen. Kopfschüttelnd nahm die Wirtin ihre Brille ab.

»Ich habe heute Morgen mit einer Bekannten gesprochen, die ehrenamtlich beim Roten Kreuz ist. Sie meint, dass das Zentralbüro für Ihren Fall nicht zuständig ist.«

»Nicht zuständig?«

»Ja, es tut mir leid. Meine Bekannte sagt, dass man dort nur Angaben über an der Front vermisste Soldaten sammelt. An der Front vermisst, verstehen Sie?«

»An der Front vermisst.«

»Ja, wer lebend aus dem Krieg zurückkehrt, wird nirgendwo erfasst. Man geht davon aus, dass die überlebenden Frontkämpfer grundsätzlich aus eigenem Antrieb die Verbindung zu ihren Angehörigen aufnehmen.«

»Von ganz allein. Ja, ich verstehe.«

Fritzi senkte den Blick, ihr war auf einmal ganz elend zumute. Von einer Minute zur anderen stand sie wieder genau dort, wo sie begonnen hatte. Es war niederschmetternd, aber sie würde sich einer Fremden gegenüber keine Blöße geben. Fritzi riss sich am Riemen, sie sah auf und lächelte sogar.

»Ich danke Ihnen jedenfalls, dass Sie es versucht haben, Frau Faller.«

»Natürlich können Sie dem Büro trotzdem einen Besuch abstatten. Versuch macht klug, nicht wahr?«

Fritzi nickte, doch sie ahnte, dass es reine Zeitverschwendung gewesen wäre. Für das Rote Kreuz machte es vermutlich Sinn, sich ausschließlich um im Ausland vermisste Soldaten zu kümmern. Jeder andere Heimkehrer konnte sich selbst helfen, auch Benno hätte das gekonnt, wenn er nur gewollt hätte – stattdessen meldete er sich nicht. Wollte er vielleicht gar nicht gefunden werden? Tatsache war, dass er ihr seit zwei Jahren nicht geschrieben hatte. Entweder er war tot, was Gott verhüten mochte, oder aber er wollte für tot gehalten werden. Gab es noch andere Möglichkeiten? Ihr fiel nichts anderes ein. Wozu weitersuchen? Sie war gescheitert. Vielleicht war es das Beste, den Koffer zu packen und aus der Stadt zu verschwinden?

Sie brauchte eine Pause, einen Moment der Ruhe, um sich zu entscheiden – Fritzi wollte sich gerade abwenden, um in ihr Zimmer zu gehen, doch just in diesem Augenblick öffnete sich die Tür zur Pension, und ein junger Mann trat ein, groß, schlank und sehr blond. Sie starrte ihn an, zunächst ohne zu begreifen, doch dann fiel der Groschen. Ein wenig verhungert sah er aus, aber es war ihr geliebter Benno, der auf einmal vor ihr stand. Sie träumte nicht, er war es wirklich, von ganz allein tauchte er bei ihr auf. Das Blut schoss ihr ins Gesicht, die Knie wurden ihr weich. Was für ein Glück. Benno wirkte ein bisschen älter und erwachsener, als sie ihn in Erinnerung hatte, aber er war am Leben, ohne Zweifel. Wolfgang musste seine Finger im Spiel haben, anders konnte es nicht sein.

Benno streckte die Hand aus, ohne eine Spur von Aufregung sah er sie an.

»Hallo, Fritzi.«

Sein Blick war auf sie gerichtet, doch leider lag kein Lächeln in seinem Gesicht.

»Benno, was für eine Überraschung.« Sie nickte, sie versuchte, ihrerseits wenigstens ein bisschen Begeisterung auszustrahlen – dafür gab es ja auch allen Grund. Bennos weizenblonde Mähne leuchtete, die tiefblauen Augen funkelten, nur seine Kleidung wirkte schäbig. Irgendjemand hatte die Rangabzeichen an seiner Matrosenjacke ungeschickt abgetrennt, lauter lose Fäden hingen an der Schulter herum, zudem klaffte ein Riss am Ärmel. Unter der Jacke trug er einen Pullover aus grüner Wolle, ein älteres, grobes, anscheinend selbst gestricktes Modell. Seine Kleidung war in schlechtem Zustand, aber es war sein Gesichtsausdruck, der ihr Sorgen bereitete. Zu allem Überfluss stand störenderweise Frau Faller immer noch hinter ihrem Empfangstresen und hörte ihnen zu.

Fritzis Blicke trafen auf die der Vermieterin.

»Fräulein Petersen, Sie wissen, dass Herrenbesuch auf den Zimmern nicht gestattet ist, nicht wahr?«

Fritzi schwieg, was sollte dieser unpassende Kommentar denn jetzt? Konnte die Faller sich nicht vorstellen, wie schwierig es war, einen Kriegsheimkehrer zu empfangen? Sicher, Benno schien gesund zu sein, doch von der fröhlichen Unbeschwertheit, die er früher versprüht hatte, fand sich im Moment keine Spur. Er wirkte abwesend und kühl, als wäre ihm bei der Marine das Herz erfroren.

»Wären Sie wohl so liebenswürdig, uns einen Tee zu kochen, Frau Faller? Wir trinken ihn im Frühstücksraum.« Fritzi ließ ihre Wirtin stehen und nahm Benno beim Arm. Tatsächlich ging er mit, widerstandslos ließ er sich von ihr ins angrenzende Frühstückszimmer führen, wo am späten Vormittag leider nicht mehr geheizt wurde.

Fritzi deutete auf den Tisch am Fenster, der letzte, der heute Morgen noch mit einer weißen Tischdecke eingedeckt war.

»Bitte, setz dich. Wie schön, dass du gekommen bist. Ich freue mich, dich wiederzusehen. Hat Wolfgang dir erzählt, dass ich bei ihm war?«

»Das hat er. Er meinte, du hättest etwas mit mir zu besprechen.«

»Also habt ihr zwei euch wiedergefunden.«

»Ja, natürlich. Ich war gestern bei ihm in der Schaperstraße.«

Benno ließ sich auf einen der Stühle gleiten und sah sich um. Die Ausstattung des Frühstücksraums schien ihn deutlich mehr zu interessieren als die Tatsache, dass sie sich nach so langer Zeit endlich wieder gegenübersaßen. Ausgiebig betrachtete er die Wandmalereien neben dem Kachelofen, er schien geradezu gefesselt von den Bildern, er verrenkte sich den Hals nach einer italienischen Landschaft. Sein Blick weilte minutenlang auf den Hügeln im Sonnenlicht, auf den grünen, schlanken Pinien. Ja, der Süden, dort hätte man jetzt sein mögen, zu zweit, einander liebevoll zugewandt. Waren sie aber nicht. Sie waren hier, im grauen Nachkriegsberlin.

Fritzi beugte sich vor und suchte Bennos Blick. »Ich soll dich herzlich von deiner Mutter und deinen Schwestern grüßen. Sie freuen sich darauf, dich bald wiederzusehen.«

Endlich schaute er sie an, aber sein Blick wirkte wie erloschen. »Bis zu unserem Wiedersehen wird es wohl noch eine Weile dauern. Vorläufig komme ich nicht nach Hause.«

Geräusche im Hintergrund, in diesem Moment tauchte Frau Faller auf. Sie brachte ein Tablett mit Geschirr an den Tisch, es klapperte und klirrte, während sie herumhantierte.

»Rufen Sie mich, wenn Sie noch etwas brauchen, Fräulein Petersen.«

Fritzi nickte, Frau Faller schien auf etwas zu warten, aber Fritzi blieb still. Es dauerte, bis die Tür hinter der Wirtin zufiel und sie mit Benno wieder alleine war. Fritzis Unsicherheit stieg, unruhig glitten ihre Finger über die Tischdecke. Wie unerwartet schwierig es war, die richtigen Worte für diese Begegnung zu finden. Früher hatte sie mit Benno immer etwas zu reden gehabt.

Zitternd griff sie zu der bauchigen Teekanne und verteilte die heiße Flüssigkeit darin gleichmäßig auf die beiden Teetassen.

»Du willst also in Berlin bleiben? Deine Eltern hoffen, dass du bald zu ihnen nach Eckernförde zurückkehrst.«

»Da hoffen sie vergebens.«

»Aber wieso denn?«

»Die Großstadt bietet mir mehr Möglichkeiten. Ich werde mich hier niederlassen.«

»Gefällt es dir hier tatsächlich? Die Stadt ist schmutzig, laut und unruhig.«

»Ich kann in Berlin beruflich mehr erreichen.«

»Du meinst als Bäcker?«

»Als Automobilhandwerker.«

Fritzi atmete tief durch. Benno sprach mit einer Entschiedenheit, die sie gar nicht von ihm kannte. Sie wagte nicht, auf seine letzten Worte etwas zu erwidern, sie wollte ihn nicht reizen. Sicher, in Eckernförde konnte nicht jeder Traum Wirklichkeit werden, aber sie hatte immer geglaubt, Benno hätte seinen Platz daheim gefunden. Ganze Abende hatten sie früher gemeinsam am Ofen gesessen, alles Mögliche hatten sie sich für ihre Zukunft erträumt – von einer Pension für Sommerfrischler bis hin zu einem eigenen Hotel am Meer. Was hätte daraus nicht alles werden können? Ein Strandkorbverleih, ein nobles Fischrestaurant mit einem Saal für Festlichkeiten, eine Konditorei mit Café. Hatte er diese Vorhaben samt und sonders begraben? Sie stellte die Teekanne ab, prompt wurde es still im Raum. Fritzi wusste nicht recht weiter, sie musterte Benno unauffällig: Die Verwandlung, die er im Krieg durchgemacht hatte, war nicht zu seinen Gunsten. Unter den jungen Männern in der Gegend war er immer etwas Besonderes gewesen. Hatte er sich wirklich derart verändert?

Benno sah auf. »Eckernförde steht für mich nicht mehr zur Debatte, Fritzi. Wenn es das ist, weshalb du dich auf den Weg gemacht hast, dann muss ich dich enttäuschen. Ich bleibe in Berlin.«

Nervös griff Fritzi zum Kragen ihrer Bluse unter dem Mantel, der Stoff scheuerte am Hals. Das gute Stück stammte noch aus alten Beständen, die Bluse war schlicht, sie hatte nur am Ausschnitt ein wenig Spitze, und dieses bisschen Spitze, das kratzte.

Sie rutschte ein Stück auf dem Stuhl nach vorn.

»Ich versteh dich nicht. Was willst du denn in dieser schrecklichen Stadt? Daheim brauchen sie dich. Dein Bruder ist krank.«

»Alfred ist krank? Wieso, was fehlt ihm denn?«

Fritzi biss sich auf die Unterlippe, die Sache mit Alfred war ihr so herausgerutscht. Bennos Bruder und dessen Krankheit hätten jetzt keine Rolle spielen sollen, damit wollte sie im Moment eigentlich keine Zeit verplempern. Ratlos blickte sie auf ihre Tasse, das heiße Wasser besaß eine leicht grünliche Färbung. Schwer zu sagen, was Frau Faller ihnen da aufgebrüht hatte. Riechen tat die Flüssigkeit nach gar nichts. Zucker hatte sie auch keinen hingestellt, na gut, es ging auch ohne, man war ja nicht mehr verwöhnt inzwischen. Geistesabwesend griff Fritzi nach ihrem Teelöffel und rührte.

»Dein Bruder hat einen sehr hartnäckigen Husten, davon hat deine Mutter dir bestimmt geschrieben. An manchen Tagen muss Alfred das Bett hüten. Zum Militär haben sie ihn gar nicht eingezogen deswegen.«

»Nein, davon hat meine Mutter mir nichts geschrieben.«

Sie atmete tief ein, sie ärgerte sich insgeheim: Ein Vorwurf schwang in Bennos Stimme mit, was sollte denn das? Konnte durchaus sein, dass seine Mutter ihm die Geschichte mit Alfred verschwiegen hatte, aber war das etwa ihre Schuld? Was für eine hundsgemeine Plackerei diese Unterhaltung doch war.

Verärgert nahm sie einen kleinen Schluck Tee und verbrannte sich prompt die Zunge, auch das noch. Benno sah sie an, Spott lag in seinen Augen. Worüber amüsierte er sich? Klirrend setzte sie die Teetasse ab.

»Ich weiß nicht, was deine Mutter dir geschrieben hat

und was nicht, aber dein Bruder ist jedenfalls ernsthaft krank, das darfst du mir glauben. Der Doktor sagt, die Arbeit in der Backstube tut ihm nicht gut.«

Sie verstummte: Der Ton entglitt ihr, sie nörgelte, genau das hatte sie eigentlich nicht tun wollen. Benno schien es hinzunehmen. War das immer schon in ihm gewesen, dieses Schweigsame, dieses Abwehrende und Kalte?

»Alfred war schon immer ein bisschen schwach auf der Brust. Das muss ja nichts heißen.«

Benno lehnte sich auf seinem Stuhl zurück, die Unterlippe trotzig vorgeschoben. Er stellte sich dumm, dabei wusste er doch genau, dass es für Tuberkulosekranke kaum Hilfe gab, das war jetzt nicht anders als vor dem Krieg. Sie mussten das Thema wechseln, Fritzi wollte dem Vater ihrer Tochter endlich von seinem Kind erzählen, das war wichtig für sie beide. Nur wie jetzt das Gespräch darauf bringen, zumal die Stimmung im Moment kein bisschen fröhlich war? Vielleicht war es zu früh für diese Enthüllung. Vielleicht machte sie es damit im Moment nur noch schlimmer. Wichtig war es, der Unterhaltung eine erfreulichere Richtung geben.

Fritzi beugte sich über den Tisch. »Woher diese plötzliche Liebe zu Berlin, erkläre es mir bitte. Wir haben doch beide gerne am Meer gelebt.«

Schweigend zuckte Benno mit den Schultern.

»Ich begreife nicht, wie du dich in diesem Moloch von Stadt überhaupt zurechtfindest. Hast du dich mal ein bisschen umgeschaut? Ich meine nicht nur Brandenburger Tor und Kurfürstendamm, ich meine den ganzen Rest. Überall haust das Elend. Es gibt keine Wohnungen, nichts zu essen und keine Arbeit. Was hält dich hier?«

»Du übertreibst, und im Übrigen, das wird wieder. Unser Land hat einen Krieg verloren, aber wir werden uns erholen. Wenn etwas Neues beginnt, dann am ehesten hier, in der Hauptstadt. Das Zeitalter der Maschinen ist angebrochen, da muss man dabei sein, wenn man es zu etwas bringen will.«

»Das ist doch bloß Gerede. Du bist hier nichts weiter als ein ganz kleiner Fisch in einem großen Teich.«

»Zurück in die Provinz gehe ich nicht, nur damit du es weißt. Eckernförde ist eine Gegend für arme Leute. Wer etwas erreichen will im Leben, kann nicht auf dem Dorf wohnen.«

»Na, hör mal, was soll denn das heißen, Gegend für arme Leute. Ich wohne da, und zwar sehr gerne.«

»Ich weiß, aber mir genügt die Provinz nicht mehr. Ich werde in Berlin eine Automobilwerkstatt aufmachen. Mit Automobilen lässt sich eine Menge Geld verdienen.«

»Ach ja, deine Automobile. Für diese Blechdinger hast du ja schon vor dem Krieg geschwärmt.«

Benno lächelte, seine Miene hellte sich endlich ein wenig auf. Vermutlich war es besser, ihm nicht andauernd zu widersprechen, auch wenn sie nicht glücklich war mit dem, was er sagte.

Fritzis Hand wanderte zur Untertasse, sie begann erneut mit dem Teelöffel zu spielen.

»Automobilhandwerker also.«

»Bei der Marine habe ich in der Fahrbereitschaft Dienst getan. Ich beherrsche die automobile Technik.«

»Du könntest auch in Eckernförde eine Werkstatt eröffnen.«

»Wozu denn? Dort hat doch keiner ein Auto.«

Fritzi nahm es hin, sie verzog keine Miene, auch wenn sie nicht viel von den stinkenden Blechkisten und Bennos Begeisterung für diese Dinger hielt. Die schluckten nur Benzin, das es im Augenblick sowieso nirgendwo zu kaufen gab. Automobile machten die Pferde scheu und wirbelten den Straßenschmutz auf, für Fußgänger und Fahrradfahrer waren sie eine Qual. Benno spürte vermutlich, dass seine Pläne ihr nicht gefielen. Fast kam es ihr vor, als wolle er sie aussperren aus seinem neuen Leben, da allerdings hatte er sich verrechnet. Der Teelöffel klirrte, als Fritzi ihn zurück auf die Untertasse legte.

»Ich stelle es mir nicht so einfach vor, in einer riesigen Stadt wie Berlin eine Automobilwerkstatt aufzumachen.«

»Ein bisschen Mut gehört schon dazu.«

»Ein selbstständiger Automobilhandwerker arbeitet auf eigene Rechnung, nicht wahr? Das ist riskant.«

»Das tut ein Müllermeister auch, frag deinen Vater. Im Übrigen sagt niemand mehr Automobilhandwerker. Mechaniker heißt der Beruf inzwischen.«

»Wie auch immer der Beruf heißen mag, es dürfte schwer werden für dich, so ganz allein.«

»Ich bin nicht allein. Wolfgang lebt hier, er baut Automobile, draußen in Tempelhof. Er wird mir zur Seite stehen.«

»Was soll das heißen, er wird dir zur Seite stehen? Wie soll denn das aussehen? Du hast keine Ersparnisse, das ist der Punkt, darum geht es.«

»Und wenn schon, darüber musst du dir ja nicht den Kopf zerbrechen.«

»Wenn du eine Firma aufmachst, musst du für den Laden Miete zahlen. Am Anfang wird es dir an Kunden fehlen, trotzdem brauchst du Geld zum Leben. Wie soll das gehen?«

Benno runzelte die Stirn – hatte er endlich verstanden, was sie andeuten wollte? Es lag doch auf der Hand: Wenn er sich nur ein wenig entgegenkommender zeigte, konnte sie ihm helfen. Mit Papas Vermögen zu ihrer Verfügung würde sein Traum von der Autowerkstatt schnell in Erfüllung gehen. Ohne Geld funktionierte es nun mal nicht im Leben. Natürlich, Papa würde jammern und klagen, wenn sie mit Christel in die Großstadt zog. Er hatte Benno noch nie gemocht, aber schlussendlich würde er ihnen einen Neuanfang in der Fremde ermöglichen. Eigentlich perfekt, das Ganze. Nur Benno schien es nicht so zu sehen, denn er zuckte mit den Schultern.

»Um die Finanzen mache ich mir keine Sorgen. Automobilwerkstätten gibt es viel zu wenige. Es wird sich schnell herumsprechen, was ich zu bieten habe. Bei mir bekommen die Kunden alles aus einer Hand, verstehst du? Sie müssen nicht mehr von einem Handwerker zum nächsten laufen.«

»Mag sein, aber wie viel Automobile gibt es denn? Gerade jetzt, nach dem Krieg …«

»Berlin ist eine Großstadt, Fritzi. Allein die vielen Lieferwagen hier, das ist anders als in Eckernförde. Der Anfang wird schwer, aber für mich allein wird's schon reichen. Wolfgang wird sicher bei mir mit einsteigen. Er ist vom Fach, er weiß, wie es geht.«

»Das klingt, als hättet ihr bereits darüber gesprochen.«

»Nein, haben wir nicht. Wir hatten noch keine Gelegenheit dazu.«

Benno verstummte, sein Blick irrte schon wieder ziellos durch den Raum. Nicht ein einziges Mal hatte er bisher danach gefragt, wie es ihr ergangen war während des Krieges. Interessierte er sich denn gar nicht mehr für sie? Fritzi tastete nach Bennos Hand.

»Was ist nur los mit dir, Benno? Schau mich doch bitte an, wenn ich mit dir spreche. Es ist wichtig, dass wir uns verstehen. Du bist so anders geworden. Ich erkenne dich gar nicht wieder.«

Benno schüttelte den Kopf, mit einem Ruck machte er sich von ihr frei. »Wozu das Ganze, Fritzi? Es gibt einfach nichts mehr, was uns verbindet. Ich bin hierhergekommen, weil Wolfgang es wollte. Ich bin hier, und ich bin höflich, was willst du mehr?«

»Was redest du da? Es stimmt doch nicht, dass uns nichts mehr verbindet.«

»Ich habe dir geschrieben …«

»Was? Was willst du mir geschrieben haben? Ich habe keinen Brief von dir bekommen. Seit zwei Jahren nicht.«

»Ich habe dir geschrieben, dass es aus und vorbei ist.«

Sie schluckte – er hatte sich von ihr getrennt? In einem Brief? Das konnte nicht sein, sie hatte keinen Brief mit diesem Inhalt erhalten. Und selbst wenn, was war das für eine Art? Sie räusperte sich, verzweifelt darum bemüht, ihre Gefühle unter Kontrolle zu bekommen.

»Denkst du, man kann eine Liebe einfach beenden, so

wie man eine Wohnung kündigt? Dazu gehören immer zwei.«

»Ja, aber deinen Teil der Arbeit kann ich dir nicht abnehmen.«

Fritzi schnappte nach Luft, wütend funkelte sie ihn an. »Vielen Dank für die Belehrung. Du kommst mir vor wie ein Elefant im Porzellanladen.«

»Tut mir leid, wenn dir nicht gefällt, was ich zu sagen habe.«

»So, wie du dich im Moment benimmst, hast du es nicht verdient, dass ich dir helfe.«

»Ich will auch nicht, dass du mir hilfst, Fritzi.«

»Ich könnte meinen Vater fragen, ob er dir für deine Werkstatt Geld zur Verfügung stellt. Ein Darlehen, ganz ohne Zinsen. Damit wäre es leicht, neu anzufangen.«

»Vielen Dank, aber das möchte ich gar nicht. Ich brauche kein Geld von deinem Vater.«

»So, meinst du. Es geht aber nicht nur um dich dabei.«

»Doch, Fritzi, das tut es inzwischen. Das ist es ja gerade, was ich dir beizubringen versuche.«

Benno war aufgestanden. Das Geschirr auf dem Tisch klirrte, erschrocken blickte sie zu ihm auf. Jetzt wirkte er aufgebracht, seine Wangen hatten sich gerötet.

»Ich bin dir dankbar für alles, was du vor dem Krieg für mich getan hast, aber unsere Geschichte ist zu Ende. Das hier ist ein Höflichkeitsbesuch, mehr nicht. Und es wird auch nicht mehr, egal wie sehr du dich bemühst.«

»So, ein Höflichkeitsbesuch. Da muss ich Wolfgang wohl auf Knien dafür danken, dass wenigstens er weiß, was sich gehört. Du weißt es offenbar nicht, denn du benimmst dich ziemlich schlecht.«

»Das kannst du sehen, wie du willst. Ich bin dir zu nichts verpflichtet.«

»Ach, tatsächlich. Das ist vielleicht ein wenig zu kurz gegriffen.«

Auch Fritzi erhob sich, auch wenn sie spürte, dass ihre Beine zitterten. Ein paar Sekunden standen sie sich gegenüber, beide aufgewühlt und wütend. Dann schob Benno seinen Stuhl an den Tisch zurück.

»Ich gehe jetzt. Es ist alles gesagt. Ich habe Besseres zu tun, als mich mit dir zu streiten.«

»Das könnte dir so passen. Du kannst nicht einfach vier gemeinsame Jahre abtun, als wäre nichts gewesen. Ich habe den ganzen Krieg über auf dich gewartet.«

»Nun, dann war das für die Katz, tut mir leid.«

Fritzi wollte etwas sagen, aber sie fand die richtigen Worte nicht, stattdessen lag ihr das Herz mit einem Mal schwer wie ein Felsbrocken in der Brust. Konnte es tatsächlich sein, dass sie sich so sehr in Benno geirrt hatte?

Plötzlich ein Geräusch, die Tür öffnete sich, der Herr mit dem Schnauzbart stand auf der Türschwelle. Mit seiner speckigen Melone in der Hand tastete er sich mit vorsichtigen Schritten in den Raum. Grundgütiger, musste das sein? Konnte sie denn nicht wenigstens eine halbe Stunde ungestört mit dem Mann reden, den sie vor dem Krieg über alles geliebt hatte? Benno jedenfalls kam dieser Vorstoß gerade recht, er nutzte die Gelegenheit und wandte sich ab.

»Ich muss jetzt los, Fritzi, ich habe noch zu tun. Adieu, ich wünsche dir alles Gute.«

Er drehte sich auf dem Absatz um und ging. Das sollte es also gewesen sein, ihr Wiedersehen? Anscheinend hatte sie alles falsch gemacht. Aber wie hätte sie denn ahnen können, in welchem Ausmaß sich Benno verändert hatte? Er wirkte rücksichtslos und obendrein eiskalt, das war mehr, als sie in diesem Augenblick ertragen konnte. Ihre Traurigkeit war so abgrundtief und allumfassend, dass sie den Kopf senkte. Ein stechender Schmerz machte sich in den Schläfen bemerkbar. Die Tür klappte, nur der Herr mit der Melone war noch nicht verschwunden. Er hatte ihren Tisch erreicht und war neben ihr stehen geblieben.

»Alles in Ordnung mit Ihnen? Es tut mir leid, wenn ich gestört habe, aber ich dachte, ich muss mal nach Ihnen sehen. Der Ton Ihrer Unterhaltung war nicht freundlich. Man hörte Sie bis auf den Flur hinaus streiten.«

Sie antwortete nicht, sie wollte nur noch fort von hier. Tränen drängten danach, geweint zu werden, ihr war hundeelend.

»Sie sind ganz bleich, liebes Fräulein. War das eben Ihr Bekannter, der Herr in der Matrosenjacke?«

Sie antwortete auch diesmal nicht, es hatte ja doch keinen Zweck. Ihre Hand glitt in die Tasche ihres Wintermantels, verzweifelt suchte sie nach einem Taschentuch.

»Verzeihen Sie, wenn ich das sage, aber er war nicht besonders nett zu Ihnen, Ihr Bekannter. Wie kann man sich so ungehörig benehmen? Und Sie sind extra über Weihnachten seinetwegen angereist.«

Sie erwiderte noch immer nichts, sie konnte es nicht, ihre Unterlippe hatte zu zittern begonnen. So einsam zu sein und einen solchen Kummer zu haben, das war zu viel, das hatte sie nicht verdient. Wenn es bei diesem Ergebnis blieb, würde sie unverrichteter Dinge abfahren müssen. Eine dumme Trine, das war sie von nun an, eine, die sich ein Kind andrehen ließ von einem, der danach nichts mehr von ihr wissen wollte. Fritzi schluchzte auf, verärgert über ihre eigene Schwäche fuhr sie sich mit dem Handrücken durchs Gesicht. Hohenlohe näherte sich noch ein Stück, ganz vorsichtig legte er ihr einen Arm um die Schulter. Es war ungehörig, und doch ließ sie es in ihrem Kummer geschehen.

»Der kommt gerade aus dem Krieg, Ihr Bekannter, nicht wahr? Von den Kriegsheimkehrern sind einige recht angeschlagen. In jeder Zeitung können Sie dieser Tage lesen, was unsere tapferen Männer für Nervenkrankheiten mit nach Hause bringen. Vielleicht sollten Sie von dem jungen Mann in Zukunft besser Abstand halten.«

Fritzi schüttelte schweigend den Kopf. Sie konnte nicht einfach Abstand halten. Ein Leben an Bennos Seite war alles, was sie sich jemals erträumt hatte. Friederike Funke, wie oft hatte sie diesen Namen schon insgeheim an sich selbst ausprobiert? Sie schluckte, immerhin fand sie endlich ein Taschentuch und presste es auf die Wange. Zu allem Überfluss bekam sie jetzt einen Schluckauf, das passierte immer, wenn sie sich zu sehr aufregte. Sie rückte ein Stückchen von Hohenlohe und seinem Geruch nach Mottenkugeln ab. Gerne wäre sie jetzt eine Weile allein gewesen. Endlich ließ er sie los, Gott sei Dank.

»Ja, ja, die Liebe, nicht wahr? Da fühlt man sich manchmal, als würde man mit einem Tranchiermesser zerlegt. Aber glauben Sie mir, das geht vorüber.«

Sie schnäuzte sich, nun war es aber genug. Der Herr Haushaltswarenvertreter und sein Küchenvokabular, in Sachen Liebe passte das wahrhaftig nicht.

»Wissen Sie was, Fräulein Petersen? Sie müssen hier raus und an die frische Luft. Ich habe vorhin in der Augsburger Straße ein Café entdeckt, das macht einen guten Eindruck. Echten Bohnenkaffee schenken sie dort aus. Horrende Preise, aber daran soll es nicht scheitern. Ich lade Sie gern auf ein Tässchen ein.«

Sie sah auf. Echter Bohnenkaffee, das war nun allerdings wahrhaftig ein kleiner Trost. Sie liebte Kaffee, der Duft allein war schon herrlich. Konnte es sein, dass es in Berlin noch irgendwo Kaffee aus echten Bohnen gab? Wann hatte sie zuletzt echten Kaffee getrunken?

Sie schnäuzte sich erneut. »Vielen Dank für die Einladung. Ich werde es mir überlegen.«

»Und nun gehen Sie erst mal auf Ihr Zimmer und waschen sich das Gesicht.«

Als wenn es damit getan gewesen wäre. Dennoch, Fritzi ging – hier gab es ohnehin nichts mehr zu tun, Benno war längst fort: Diesen Kampf, den hatte sie verloren.

* * *

Guter Gott, was für ein furchtbarer Tag. Hanna war müde und erschöpft – an der Front war sie oft stundenlang auf den Beinen gewesen, eigentlich war sie daran gewöhnt – doch jetzt schmerzten ihre Füße enorm, und auch der Rest ihres

Körpers fühlte sich wie zerschlagen an. Vermutlich hätte sie nach der traurigen Begegnung mit Cora heute Vormittag besser gleich nach Hause zurückkehren sollen, nur hatte sie sich dazu nicht entschließen können. In ihrem Elternhaus herrschte nichts als gepflegte Langeweile, ihre erzwungene Untätigkeit dort fiel ihr auf die Nerven. Ihre Stimmung sank jedes Mal, wenn sie zu lange zu Hause herumhockte, was dazu führte, dass sie zu guter Letzt mit Irene aneinandergeriet. Um heute vom Alexanderplatz aus nicht gleich nach Dahlem zurückkehren zu müssen, war Hanna lange durch die Stadt gestreift, bis sie zufällig das Elisabeth-Krankenhaus erreicht hatte. Sie hatte allen Mut zusammengenommen und dort nach Arbeit gefragt, doch genau wie in Bethanien wurde sie schnell und ohne große Umstände abgewiesen. Nein, man nahm derzeit weder Lernschwestern noch Hilfsschwestern auf, daran würde sich in absehbarer Zeit auch nichts ändern.

So mühsam hatte Hanna sich den Neuanfang nicht vorgestellt. Niedergeschlagen, halb erfroren und zutiefst erschöpft war sie schließlich am späten Nachmittag nach Dahlem zurückgekehrt.

Im Foyer ihres Elternhauses erwartete sie ein Briefumschlag, er lag auf der Kommode, die Adresse war mehrfach durchgestrichen und ergänzt. Da war er nun also, der Brief aus Leipzig, den Cora vorhin erwähnt hatte. Offenbar war er einer falschen Hausnummer wegen nicht rechtzeitig zugestellt worden – jetzt brauchte sie diese Zeilen auch nicht mehr, sie wusste mittlerweile, was Cora ihr hatte mitteilen wollen. Ein einziger Giftgasangriff stellte ihre gemeinsame

Zukunft infrage, jedenfalls Coras Meinung nach. Wenn das keine effiziente Erfindung war, dieses Giftgas. Einmal mehr warf der Krieg seine düsteren Schatten auf ihr Leben.

Hanna schob das Kuvert in die Tasche ihres Kleides, sie wollte sich gerade abwenden und hinauf in ihr Zimmer gehen, als Stimmen zu ihr vordrangen: Nebenan im Herrenzimmer stritten sich unüberhörbar die Eltern, Irene klang schrill und ungeduldig. Hanna schlich durch das Foyer und legte ein Ohr an die Tür des Herrenzimmers.

»Bei allem Respekt, Albert, aber das geht eindeutig zu weit, das können wir ihr nicht durchgehen lassen. Ohne unsere Zustimmung, sogar ohne unser Wissen …«

»Verzeih, aber das hatten wir schon. In diesem Punkt sind wir einer Meinung, nur bringt uns das kein Stück weiter.«

»Hätte die Oberin uns nicht informiert …«

»Hat sie aber. Ich finde, wir sollten uns nicht länger mit dieser Sache aufhalten. Der Besuch in Bethanien ist Geschichte. Er hat nichts gebracht.«

»Glaubst du etwa, deine Tochter wird es dabei belassen?«

»Vermutlich nicht.«

»Na also. Wir können Hanna nicht erlauben, dass sie uns auf der Nase herumtanzt. Sie braucht einen Ehemann, der Verantwortung für sie übernimmt. Wir müssen sie verheiraten, es ist höchste Zeit.«

»So etwas braucht ein wenig Anlauf, das weißt du.«

»Nicht unbedingt, wenn wir geschickt vorgehen. Was ist denn zum Beispiel mit diesem jungen Ingenieur, den du kurz vor dem Krieg eingestellt hast? Du schwärmst doch immer so von ihm.«

»Du meinst Wolfgang Hartwig.«

»Ja, den meine ich. Er ist Junggeselle, nicht wahr? Ist er vermögend?«

»Nein, aber aus gutem Haus.«

»Was macht der Vater beruflich?«

»Er war Leiter einer höheren Handelsschule, ist aber vor dem Krieg verstorben.«

»Lehrer also. Nun ja, ich hätte mir etwas Besseres vorstellen können, aber im Moment haben wir nicht viele Möglichkeiten. Wenn die Leute erst mal anfangen zu reden …«

»Ich glaube, da misst du unseren Familienangelegenheiten zu viel Bedeutung bei. Es mag uns beiden unpassend erscheinen, aber es gibt inzwischen viele berufstätige Frauen, daran haben sich die Menschen während des Krieges gewöhnt. Wenn Hanna eine Anstellung antritt, wird das kaum für einen Aufstand sorgen. Und selbst wenn, wen kümmert das Gerede?«

»Mich zum Beispiel. Wir haben in der Berliner Gesellschaft einen Ruf zu verlieren.«

»Also bitte, wie du meinst. Ich finde deine Sorgen übertrieben.«

»Heißt das, du bist mit Hannas Vorhaben einverstanden?«

»Das habe ich nicht gesagt.«

»Ich weiß, dass Hanna immer dein Liebling war, aber tatsächlich ist sie auch die Schwierigste unserer Töchter.«

»In dem Punkt bin ich tatsächlich anderer Meinung.«

»Sie ist spröde und eigensinnig, sie kann keine Kompromisse schließen. Glaubst du, die Ärzte in einem Hospital wissen ein solches Betragen bei einer Schwester zu schätzen?«

»An der Front hat sie sich immerhin bewährt.«

»Kein Arzt würde sich Hannas Aufsässigkeit auf Dauer bieten lassen. Früher oder später würde sie scheitern. Die Mutter Oberin hat mir in unserem Telefonat bestätigt, dass sie Hannas Charakter als schwierig einschätzt. Eine Heirat wäre die bessere Lösung. Es ist der Lauf der Welt.«

»Da immerhin stimme ich dir zu.«

»Dann lade doch deinen Herrn Herwig zu uns zum Abendessen ein.«

»Er heißt Hartwig. Wolfgang Hartwig.«

»Schauen wir uns den jungen Mann wenigstens mal an. Das ist besser, als nichts zu tun.«

Ein Stuhl wurde über das Parkett geschoben.

»Also bitte, wenn dir die Sache so wichtig ist, dann kümmere du dich darum. Ich habe derzeit wirklich anderes im Kopf.«

»Natürlich kümmere ich mich darum, sehr gerne sogar. Zu Neujahr könnten wir den jungen Mann einladen, das wäre eine gute Gelegenheit.«

»Etwas später bitte. An Neujahr hätte ich gerne meine Ruhe.«

Schritte waren zu hören – eilig huschte Hanna davon, sie hastete die Treppe hinauf und verschwand in ihrem Zimmer. Erst nachdem sie sich dort oben eingeschlossen hatte, wurde ihr bewusst, was genau sie eben mit angehört hatte. Offenbar war die Oberin bei ihren Eltern vorstellig geworden, diese alte Schabracke hatte Irene über Hannas

Bewerbung in Bethanien informiert. Vielleicht hatte sie sich einschmeicheln wollen, vielleicht hatte sie auf eine neue Spende gehofft. In jedem Fall war es ein Vertrauensbruch erster Güte, damit war auch Kaiserswerth vom Tisch. Und nun also Wolfgang Hartwig, die Langeweile in Person.

Hanna ließ sich auf den Stuhl neben ihrem Bett sinken, ihr Blick ging ins Leere. Am meisten erschütterte es sie, dass ihr Vater Irenes albernen Plänen nicht deutlicher entgegentrat. Er ließ seine Frau machen, er hatte keine Zeit, für ihn gab es nur die Firma. Das war traurig, dabei hatte sie ihn bisher immer für ihren mächtigsten Verbündeten gehalten. Dass Papa sich Irenes Verfehlungen zum Trotz nicht von ihr trennte, war das eine. Aber dass er ihre Maßnahmen durch seine Passivität auch noch unterstützte, war fatal. Hanna hatte ihm doch gerade erst erzählt, wie sie sich ihre Zukunft vorstellte. Kümmerte ihn das denn gar nicht?

Sie schloss die Augen.

Cora auf Abwegen, die eigenen Eltern gingen gegen sie vor, eine Anstellung war nicht in Sicht. Derart einsam und verloren wie in diesem Moment hatte sie sich seit Langem nicht mehr gefühlt.

Hanna stand auf, sie ging zu ihrem Nachttisch und nahm Coras Weihnachtsgeschenk aus der Handtasche. Sie brauchte jetzt ein wenig Trost, irgendetwas, das ihr Hoffnung geben konnte. Die Seife war in ein Taschentuch gewickelt, der Stoff war am unteren Rand mit Coras Initialen bestickt.

C und R für Coralie Röding.

Hanna schloss die Augen und atmete den Duft ein, der

von dem Taschentuch ausging. Nein, ihre Liebe war nicht verloren. Sie durfte jetzt nicht klein beigeben.

Sie würde nicht darauf verzichten, Cora zu lieben – niemals, egal was kam.

* * *

Es dunkelte, die Palisadenstraße wirkte leer, kein Mensch schien bei der Kälte unterwegs zu sein. Nur sie selbst hatte nicht daheimbleiben können. Die Erleichterung, die Vera über den Rauswurf im Hotel Kronprinzessin anfangs empfunden hatte, war inzwischen einer tiefen Ratlosigkeit gewichen. Das Geld würde ihnen fehlen. Sie hatte Mutter noch nicht mal in die Geschichte eingeweiht, stattdessen hatte sie bei ihrer Heimkehr so getan, als sei alles in bester Ordnung, doch ihre Sorgen drückten sie. Eine neue Lösung musste her, also war sie heute Nachmittag, drei Tage vor Altjahrsabend, heimlich zu Max Oswald gelaufen. Ihre Wangen brannten heiß vor Scham, wenn sie an den Besuch zurückdachte: ein Bittgang mit blamablem Ende, ein Reinfall erster Güte. »Sehen Sie sich doch mal um, Fräulein Vera. Sieht es bei mir etwa nach Arbeit aus?« Oswald hatte sie groß angeguckt und dabei die Arme ausgebreitet wie ein Zirkusdirektor, dem das beste Pferd in der Manege entlaufen ist. Nein, in seiner Werkstatt hatte es tatsächlich nicht nach Arbeit ausgesehen. Nirgendwo lag auch nur ein Fetzen Stoff herum, kein Garn, keine Werkzeuge, und die Nähmaschinen waren allesamt mit alten Bettbezügen abgedeckt. Hier war nichts zu holen, kein Verdienst in Sicht. Wahrscheinlich klopften jeden Tag ein Dutzend verzweifelter Frauen bei Oswald an und fragten nach einer Anstellung. Anscheinend war ganz Berlin auf Arbeitssuche, aber bezahlte Arbeit gab es nirgendwo. Zu Beginn war es nicht schlecht für Maximilian Oswald gelaufen. Er hatte zunächst als Geselle in der Palisadenstraße gearbeitet und war dann Meister geworden. In den goldenen Jahren vor dem Krieg hatte er mit ihr schöngetan, er hatte herumgeprahlt mit Haus und Hof, die er einst haben würde, und zwar in einem der feinen Viertel der Stadt. Dabei hatte er mit Sicherheit nur in ihre Familie einheiraten wollen, Vera hatte es gespürt – mehr als ihr Vater, der ihr zugeraten hatte. Es war dennoch nichts geworden aus ihnen beiden, auf ihrer Ehe hätte kein Segen gelegen. Vielleicht gab sich Oswald ihr gegenüber deswegen jetzt so unzugänglich. So oder so, er hatte nichts für sie, nicht mal Hilfsarbeiten, nicht mal ein paar Krägen oder Taschen, die es für einen Hungerlohn im Akkord anzunähen galt. Sie hatte nicht betteln wollen und war nach kurzer Zeit abgezogen.

Ihr Elternhaus kam in Sicht, Vera fing an nach ihrem Haustürschlüssel zu kramen. Wie sollte sie Mutter das alles nur beibringen? Ob sie Georg bitten konnte, etwas von den Rationen seiner Männer für die Familie abzuzweigen? Endlich die Wohnung im zweiten Stock vermieten, das konnte sie tun, aber die war nicht in gutem Zustand. Die Zimmer brauchten alle mindestens einen neuen Anstrich, das schaffte sie nicht allein.

»Na, meine Kleine? Wo bist du gewesen? Ich warte schon eine Dreiviertelstunde.«

Eine Hand legte sich von hinten auf ihre Schulter, erschrocken fuhr sie herum: Die eiskalten Hände gehörten Benno, seine Nase war rot von der Kälte. Endlich ein Grund zur Freude, sie fiel ihm in die Arme, ihre Lippen fanden sich zu einem leidenschaftlichen Kuss. Die Erleichterung, ihn wiederzuhaben, durchflutete sie. Sie schmiegte sich an seine Matrosenjacke, die einmal mehr nach dem Schmutz des Krieges und der Straße roch. Und wenn schon, Benno in der Nähe zu haben verlieh ihrem Herzen Flügel. Lächelnd strich er ihr über die Wange.

»Also? Wo bist du gewesen?«

»Auf Arbeitssuche, aber frag bitte nicht weiter nach. Es hat nicht geklappt.«

»Gräm dich nicht. Es findet sich was, du wirst sehen. Ein bisschen Geduld, dann klappt das.«

Sie nickte, auch wenn sie anderer Meinung war. Sie nahm ihn bei der Hand, es galt, jede Minute zu nutzen. Eilig zog sie ihn hinüber zu Vaters ehemaligem Laden, dessen Eingang ein wenig versteckt in einer Mauernische lag – dort, im Schutz dicker Mauern, war es nicht nur windstill, dort würde sie auch niemand beobachten. Novak und Sohn, Uniformen nach Maß – unter dem alten, rostigen Ladenschild umarmten sie einander erneut, für ein paar Momente war Vera höchst zufrieden mit der Welt. Dann jedoch kam ihr die Frage in den Sinn, die sie schon seit einer Weile beschäftigte. Sie hob den Kopf.

»Wo schläfst du jetzt eigentlich, sag mal? Hoffentlich nicht auf der Straße?«

»Nein, ich bin bei meinem Cousin untergekrochen. Schaperstraße Nummer vier, dritter Stock, bei Hartwig. Falls du mich erreichen willst, kannst du dorthin gehen. Wolfgang ist schwer in Ordnung.«

»Du hast Verwandtschaft in Berlin? Warum bist du dann an Heiligabend nicht zu denen gegangen? Zu mir hast du gesagt, du hättest keinen Platz zum Schlafen.«

»Stimmte ja auch. Wolfgang war im Osten stationiert. Bis vor Kurzem hatte ich keine Ahnung, ob er schon wieder daheim ist.«

»Vertragt ihr euch denn?«

»Und ob. Wir können gut miteinander. Ich finde bezahlte Arbeit mit seiner Hilfe, du wirst sehen. Wolfgang ist ein hohes Tier in einer Automobilfabrik. Sobald dein Bruder die Werkstatt freigibt …«

»Wird er nicht.«

»Hat er das gesagt?«

»Muss er nicht. Der hat sich auf dem Hof erst mal häuslich eingerichtet.«

»Sprich mit ihm. Mitten in einem Wohngebiet ein Militärlager einzurichten, das gibt Ärger.«

»Ach was, mit wem denn wohl? Seine Leute sind bewaffnet.«

»Aber sind die Roten hier nicht ziemlich stark? Wolfgang meint, der Liebknecht wohnt hier irgendwo.«

»In der Kaiser-Wilhelm-Straße, das ist ein Stückchen weg. So oder so, Georg kümmert das nicht. Der gibt nichts mehr auf anderer Leute Meinung, der macht, was er will.«

»Trotzdem, rede mit ihm. Bitte. Wenn jemand an ihn rankommt, dann bist du das.«

»Er hört mir nicht zu, wir streiten uns nur.«

Plötzlich Schritte hinter ihnen auf dem Pflaster.

»He da, Hände hoch! Keine Bewegung, oder es knallt, verstanden?«

Eine Stimme, kalt und kantig – Vera vermutete im ersten Moment einen von Georgs Männern, der sich vor das Tor gewagt und sie aufgestöbert hatte. Sie drehte sich um, doch vor ihr standen zwei Fremde, beide hochgewachsen und mit Schiebermütze, aber ohne Uniform. Was waren das für welche? Ganz normale Straßenräuber, Abschaum aus dem Scheunenviertel nebenan? Würden die es wagen, hier auf Beutezug zu gehen, wo nebenan die Ex-Kaiserlichen lagerten?

Vera warf Benno verstohlen einen Blick zu. Er rührte sich nicht, er wirkte nicht sonderlich erschrocken. Kannte er diese Gestalten? Waren das womöglich seine ehemaligen Kameraden von der Volksmarine? Nicht auszuschließen, dass sie hinter ihm her waren, schließlich war er an Heiligabend aus dem Stadtschloss getürmt. Das konnte Folgen haben, auch wenn Benno es nicht so zu sehen schien. Er hatte im Gegensatz zu ihr noch nicht mal die Hände gehoben.

»Was soll das, Kameraden? Was wollt ihr von uns? Wir haben nichts verbrochen.«

»Durchsuch ihre Taschen, los.«

Die eine Schiebermütze gab der anderen einen Wink, doch keiner der beiden Männer rührte sich, bis Benno den Kopf schüttelte.

»Hört zu, wir haben keinen Pfennig dabei. Wir sind arme Schlucker, genau wie ihr.«

Der ältere der beiden Kerle knurrte drohend, fehlte nur noch, dass er wie ein Hofhund die Zähne fletschte. Ganz langsam lud er sein Gewehr durch, das Metall gab ein leises Knarzen von sich.

»Schluss jetzt. Ab sofort hältst du die Fresse, verstanden?«

»Wir sind ein Liebespaar und haben uns hier versteckt, um einen Moment allein zu sein. Wir sind harmlos.«

Ein paar Sekunden blieb es still, Vera wurden die Arme allmählich schwer, ihr Körper gehorchte ihr nicht, sie zitterte am ganzen Leib.

»Durchsuch ihre Taschen, hab ich gesagt, mach schon.«

Der Ältere gab seinem Kumpan einen Stoß mit dem Ellenbogen, doch in diesem Moment polterte es plötzlich laut im Hintergrund – ein Krachen mit einem Nachhall. War das ein Schuss gewesen? Die Schiebermützen wurden unruhig, sie fuhren herum und spähten zum Hoftor. Was, wenn die jetzt erst recht durchdrehten? Die hatten beide ein Gewehr, sie konnten jederzeit abdrücken. Noch ein Geräusch, ein Knarren, Männerstimmen, die sich etwas zuriefen – es hörte sich an, als würden sich Georgs Männer am Hoftor zu schaffen machen. Die Kerle ihnen gegenüber warfen sich Blicke zu, auf einmal wandte der erste der beiden sich um und gab Fersengeld. Sein Kumpan brauchte noch eine Sekunde länger, dann lief auch er los, mit seinem Gewehr unter dem Arm machte er sich davon.

Ein paar Sekunden nur, dann kam Benno zu ihr und nahm sie fest in die Arme. Mit einem Seufzer ließ sie sich gegen ihn sinken.

Sie zitterte wie Espenlaub.

»Schon gut, du musst keine Angst mehr haben. Die sind weg.«

»Was wollten diese Idioten von uns?«

»Keine Ahnung. Womöglich haben sie den Hof ausspioniert. Ganz normale Taschendiebe waren das jedenfalls nicht.«

Vera trat einen Schritt zurück, alarmiert von dem, was Benno da sagte.

»Den Hof ausspionieren? Wozu sollte das gut sein?«

»Vielleicht haben sie Wind davon bekommen, dass bei euch etwas zu holen ist.«

»Was sollte bei uns wohl zu holen sein? Tut mir leid, ich kapier nicht, wovon du redest.«

»Waffen, Munition, Lebensmittelrationen. Bei den Freikorps herrscht kein Mangel an Material, Kleines. Bei den Roten ist das anders.«

»Waffen also.«

Benno nickte. »Ja, ich nehme an, dass die beiden eben hinter Waffen und Munition her waren. Die Karre bei euch auf dem Hof war rappelvoll damit. Munitionskisten aus Reichswehrbeständen, die erkenne ich sofort. Haben wir auf der Werft auch dauernd verladen.«

»Wenn ich richtig verstehe, hat mein Bruder unseren Hof in ein Waffenlager verwandelt. Und genau deshalb müssen wir deiner Meinung nach jederzeit mit einem Überfall der Roten rechnen.«

Benno zuckte mit den Schultern. »Ganz genau weiß ich es nicht, Kleines. Ich vermute es nur, in die Köpfe kann ich diesen Leuten auch nicht schauen. Das Beste wäre, wenn du deinen Bruder und seine Mannen schnell loswirst. Sag ihm, er soll verschwinden, er bringt euch in Gefahr.«

»Auf mich hört Georg nicht, das ist es ja, was ich dir die ganze Zeit zu erklären versuche.«

»Tu es trotzdem, rede mit ihm. Du hast nichts zu verlieren.«

»Außer, dass es noch schlimmer werden könnte bei uns zu Hause. Georg ist unberechenbar. Neuen Streit in der Familie kann ich nicht brauchen.«

»Spann deine Mutter mit ein, sie soll ihren Sohn überzeugen.«

»Ach Gott, meine Mutter …«

»Versuch es wenigstens. Ansonsten muss ich jetzt leider los. Heute Nacht ist Ausgangssperre.«

Sie nickte, tatsächlich hatte die Regierung ein nächtliches Ausgangsverbot über die Stadt verhängt. Wer dagegen verstieß, konnte im schlimmsten Fall von Patrouillen erschossen werden.

Benno strich ihr über die Wange. »Du weißt, wo du mich erreichen kannst, Schaperstraße Nummer vier. Vergiss es nicht. Und jetzt geh ins Haus und schlaf dich aus. Ich komme wieder, sobald ich kann.«

Ein letzter, zärtlicher Kuss, dann war Benno fort. Vera blieb allein zurück, verwirrt und mit klopfendem Herzen. Was für ein Abend. Benno hatte Wort gehalten, er hatte sie besucht, nur leider war es alles andere als ein romantisches Treffen gewesen. Wenn er richtig lag, dann drohte ihnen Gefahr nicht nur von den Freikorps, sondern auch von den Roten. Und wem hatten sie das zu verdanken?

Georg natürlich, er hätte mit seinen Männern hier gar nicht erst einrücken dürfen. Sie musste den Kampf gegen ihren Bruder wieder aufnehmen – heftiger und entschiedener als zuvor. Konnte Mutter dabei wirklich ihre Verbündete sein?

* * *

Lärm auf dem Flur.

Mit einem Ruck setzte Hanna sich im Bett auf. Verwirrt ließ sie den Blick durch das Zimmer wandern: Anscheinend war sie vorhin einfach eingeschlafen, ohne sich auszuziehen, ohne zu Abend zu essen. Sie griff nach dem Wecker auf dem Nachttisch. 1:30 Uhr. Sie musste sich auskleiden und sich ein wenig waschen – in diesem Moment klopfte es auf einmal an ihrer Tür. Was war denn los, wer wollte etwas von ihr um diese Zeit? Zögernd ließ sie sich aus dem Bett gleiten, sie ging hin und öffnete, gleich darauf sah sie sich Irene gegenüber, deren Gestalt schwach vom Licht einer flackernden Kerze beleuchtet wurde.

»Komm bitte mit, deinem Vater geht es nicht gut. Ich habe Gustav zu Doktor Rademacher geschickt, aber es wird bestimmt dauern, bis der Arzt kommt. Vielleicht kannst du in der Zwischenzeit helfen.«

»Was ist denn passiert?«

»Dein Vater hat starke Bauchschmerzen. Ich weiß mir keinen Rat mehr. Sieh ihn dir bitte an.«

Hanna nickte, schon eilte sie über den Gang. Die Schlafzimmertür war nur angelehnt, im Raum dahinter war es düster. Die schweren Brokatvorhänge waren geschlossen, das Zimmer wurde nur vom Licht einer einzigen Kerze erhellt, die in einem Leuchter auf dem Nachttisch stand. Papa lag in dem großen Doppelbett und rührte sich nicht.

»Bitte mach das Deckenlicht an, Irene.«

»Das Licht funktioniert nicht. Wir haben es anscheinend wieder mit einem Stromausfall zu tun.«

Auch das noch. Vorsichtig setzte sich Hanna auf den Rand der Matratze. Ihr Vater wirkte bleich, das Gesicht glänzte vor Schweiß. Fieberte er? Prüfend legte sie eine Hand auf seine Stirn – ja, er hatte Fieber, kein Zweifel. Auch sein Puls ging schneller als normal. Worunter auch immer er leiden mochte, eine harmlose Magenverstimmung war das nicht.

»Papa? Hörst du mich?«

Keine Antwort. War er etwa bewusstlos?

»Papa?«

Endlich, ein flüchtiges Kopfnicken.

»Wo genau tut es dir weh?«

Seine Hand deutete vage in Richtung Unterbauch. Hanna schlug die Bettdecke zurück, behutsam schob sie die Jacke seines Pyjamas ein Stück nach oben und begann den Bauchraum abzutasten. Unsicher arbeiteten ihre Fingerspitzen sich vorwärts, sie war sehr langsam und womöglich auch ungeschickt. Abtasten des Bauchraums, die Suche nach Entzündungsherden im Magen-Darm-Trakt, eine solche Untersuchung hatte sie bisher nicht durchgeführt. In den Lazaretten war das Sache der Ärzte gewesen, sie hatte immer nur danebengestanden und zugeschaut, das allerdings sehr aufmerksam: vom Magen hinunter zum Darm, dann nach rechts zur Leber, zur Milz, vorsichtig und nicht zu viel Druck auf den kranken Körper ausüben, so hatten die Ärzte es gemacht. Sie ahmte deren Bewegungen nach, nur gaben ihre Hände keine Antwort auf ihre Fragen. Waren da Verhärtungen oder Schwellungen, und wenn ja, was hatten sie zu bedeuten? Sie wusste nicht, wonach genau sie suchte, es fehlte ihr eindeutig an Erfahrung, um bei einer Tastuntersuchung schmerzempfindliche Regionen oder Flüssigkeitseinlagerungen auszumachen. Ihr Vater war keine Hilfe, er hatte das Gesicht abgewandt und schwieg. Sie wollte die Sache gerade beenden, als der Vater plötzlich laut aufstöhnte. Leise wimmernd rollte er sich auf die linke Körperseite. Rechts unten im Bauchraum schien der Schmerz für ihn unerträglich zu sein. War die Bauchdecke dort nicht auch etwas härter gewesen als normal? Fieber, schneller Puls, starke Schweißbildung, heftiger Schmerz im rechten Unterbauch – viele Entzündungen kamen als Ursache dafür nicht infrage, am ehesten noch der Blinddarm. An der Front hatte sie so etwas kaum erlebt. Immerhin wusste sie, dass bei einem entzündeten Blinddarm im fortgeschrittenen Stadium nur noch eine Operation das Leben des Betroffenen retten konnte.

Hanna stand auf. »Wir müssen Papa ins Krankenhaus bringen, Irene. Hier kann ich nichts für ihn tun.«

Das Kerzenlicht in Irenes Hand flackerte.

»Ins Krankenhaus? Wirklich? Bist du sicher?«

»Ja, ich bin mir sicher.«

»Können wir nicht auf Doktor Rademacher warten?«

»Wer weiß, wann der kommt. Wenn meine Vermutung stimmt, haben wir keine Zeit zu verlieren.«

»Übertreibst du nicht ein bisschen? Jeder hat mal Bauchschmerzen. Wir hatten heute Mittag eine Mahlzeit aus ziemlich schwer verdaulichen Resten vom Vortag. Mir ist das auch nicht bekommen.«

»Das hier ist keine Magenverstimmung und auch kein normales Unwohlsein. Meiner Meinung nach haben wir es mit einer Blinddarmentzündung zu tun, deshalb muss Papa schleunigst ins Krankenhaus. Ich gehe hinunter und rufe einen Krankenwagen.«

Hanna hatte kaum den Raum verlassen, als sie schon Schritte hinter sich hörte – gleich darauf wurde sie von Irene eingeholt. Ihre Mutter stellte sich ihr in den Weg wie ein Racheengel, die Blicke flammend, im weißen Nachthemd, die Haare aufgelöst. Das Licht in ihrer Hand zuckte.

»Bleib gefälligst stehen und sag mir, was wirklich los ist.«

»Ich habe dir schon gesagt, was los ist. Meiner Meinung nach muss Papa in ein Krankenhaus. Bei einer akuten Entzündung mit diesen Symptomen muss sofort gehandelt werden.«

»So, tatsächlich. Hast du überhaupt schon mal eine Blinddarmentzündung bei einem Patienten festgestellt? Wer garantiert mir, dass du dich nicht irrst?«

»Im Moment garantiert dir das niemand, deshalb brauchen wir ja einen Arzt. Jemanden, der in der Lage ist, zur Not sofort zu operieren.«

»Aber an einer Blinddarmentzündung stirbt man nicht, oder?«

»Nicht, wenn die Operation rechtzeitig erfolgt.«

»Also gut, und wie bitte schön kommen wir deiner Meinung nach ins Krankenhaus, mitten in der Nacht? Einen Krankenwagen können wir nicht rufen, das Telefon funktioniert nicht. Stromausfall. Der Generalstreik hat begonnen, nehme ich an.«

Hanna nickte, natürlich, der Generalstreik, den hatte sie ganz vergessen. Ausgerechnet heute Nacht drehte man ihnen die Elektrizität ab.

Irene hielt bereits auf ihr Ankleidezimmer zu.

»Geh du ins Schlafzimmer zurück und kleide deinen Vater an. Ich hole den Wagen aus der Garage.«

»Willst du etwa das Automobil nehmen? Du hast keine Fahrerlaubnis.«

Irene drehte sich zu ihr um. »Und wenn schon. Meinst du, danach fragt bei einem Notfall jemand? Autofahren ist nicht schwer. Ich habe oft genug zugesehen, wenn dein Vater gefahren ist.«

»Du hast überhaupt keine Erfahrung. Draußen ist es dunkel und glatt.«

»Du musst ja nicht mitkommen, wenn es dir zu gefährlich ist. Ich jedenfalls werde mich auf den Weg machen. Es sei denn, du bist auf einmal der Meinung, deine vermeintliche Blinddarmentzündung sei halb so schlimm.«

»O nein, der Meinung bin ich ganz und gar nicht.«

»Dann ist ja alles gesagt.«

Irene ging, sie verschwand in ihrem Ankleidezimmer. Hanna blieb allein auf dem Gang zurück, nachdenklich und voller Sorge. Ihre Mutter als Chauffeurin für ihren schwer kranken Vater, die Vorstellung war abenteuerlich. Ein Automobil konnte sehr bockig sein. Den Motor würde Irene abwürgen oder von der Straße abkommen, im schlimmsten Fall würde sie an einem Baum landen. Aber was war die Alternative? Anscheinend blieb ihnen tatsächlich keine andere Wahl. In die Klinik nach Charlottenburg konnten sie unmöglich zu Fuß laufen.

Nachdenklich kehrte Hanna ins Schlafzimmer zurück, schweigend ging sie daran, ihren Vater für die Reise vorzubereiten. Einen Patienten an- und auszukleiden, das immerhin hatte sie gelernt, leider wimmerte Papa trotzdem bei jeder noch so kleinen Bewegung. Wenn es ihm so schlecht ging, wie sollten sie ihn dann aus dem Haus und in den Wagen schaffen?

Schritte auf dem Gang, Irene kam zurück, sie war fertig angezogen und offenbar zu allem bereit. Beide griffen sie ihrem Vater unter die Arme, sie zerrten und zogen an ihm, bis es ihnen gelang, seinen schwankenden Körper halbwegs aufzurichten. Ihre Last zwischen sich, standen sie ein paar Sekunden still neben dem Bett.

Irene tätschelte ihrem Mann die Wange. »Hörst du mich, Albert? Du musst einen Fuß vor den anderen setzen, schön langsam. Wir brauchen deine Hilfe, alleine schaffen wir es nicht. Wir stützen dich.«

»Es geht nicht«, flüsterte er. »Das rechte Bein – die ganze rechte Seite, alles tut so weh.«

»Ich weiß, ich weiß. Aber du musst es trotzdem versuchen, wir unterstützen dich.«

Er stöhnte leise, doch sie setzten sich in Bewegung, tatsächlich verließen sie unendlich langsam den Raum. Im Schneckentempo näherten sie sich der Treppe. Vater jammerte bei jedem Schritt, doch Irene drängte ihren Mann weiterzugehen.

»Komm, Liebster, nur noch ein paar Stufen. Draußen wartet das Automobil.«

Ihre Stimme gurrte und lockte, sie zeigte keine Furcht. Hanna warf ihr einen flüchtigen Seitenblick zu: Hatte sie die Gefühle ihrer Mutter für ihren Vater vielleicht unterschätzt? Empfand Irene trotz allem Liebe für ihren Ehemann? Es war nicht der richtige Moment, um weiter darüber nachzudenken, denn sie waren endlich am oberen Treppenabsatz angekommen. Der Körper ihres Vaters zitterte, während er sich mit einer Hand an das Treppengeländer klammerte.

»Weiter schaffe ich es nicht, glaubt mir. Es ist zu weit.«

»Es sind nur noch ein paar Stufen, Albert. Wir helfen dir.«

Irene gab das Zeichen, noch ein Schritt, quälend langsam, und noch einer. Wohl fühlte Hanna sich nicht bei dem, was sie hier taten. Im Lazarett meinte sie von der Möglichkeit eines Blinddarmdurchbruchs gehört zu haben, wie genau es dazu kam, wusste sie nicht. Bestand diese Gefahr auch, wenn man den Kranken im akuten Stadium zu viel bewegte? Sie hatte keine Ahnung. Vielleicht war sie doch keine so begnadete Krankenschwester, wie sie bisher geglaubt hatte? Heute Nacht jedenfalls fühlte sie sich unwissend, machtlos und klein. Im Stillen um den Schutz höhere Mächte zu flehen war alles, was ihr übrig blieb.

Die Mitte der Treppe war schließlich erreicht, doch schon

blieben sie wieder stehen. Irene tätschelte ihrem Mann die Schulter.

»Komm, mein Lieber, sei tapfer. Den rechten Fuß zuerst, ein paar Schritte nur noch. Hanna ist auf der anderen Seite, dir kann nichts passieren. Wir halten dich. Nach den nächsten drei Stufen machen wir wieder eine Pause.«

Irene zählte, dann setzten sie sich in Bewegung, entsetzlich langsam ging es voran. Die Last auf Hannas Schultern schien sie mit jedem Moment ein bisschen stärker niederzudrücken. Ihr Vater hob die Füße kaum, sie schleiften ihn jeweils über den nächsten Treppenabsatz zur nächsten Stufe. Das Licht im Treppenhaus war dürftig, sie mussten aufpassen, wohin sie traten. Wenn einer von ihnen den Halt verlor, stürzten sie alle.

Hanna keuchte, der Schweiß lief in Strömen ihren Rücken hinab, ihre Kraft ließ spürbar nach, die Knie wurden ihr weich, ihr schien es, als müsse sie einen zentnerschweren Sack die Treppe hinunterschleppen. Sie wurden alle drei langsamer, auch Irene atmete schwer, und doch ging es weiter, wenn auch sehr langsam. Das Erdgeschoss und die Haustür kamen in Sichtweite. Kurz darauf standen sie im Freien: Draußen pfiff ein eisiger Wind, er trieb zahllose Schneeflocken vor sich her. Immerhin, das Automobil stand in der Auffahrt, es war nur noch ein paar Schritte von ihnen entfernt. Mit letzter Kraft meisterten sie den Rest ihres Weges, sie bugsierten Vater auf den Rücksitz des Wagens. Hanna lief ins Haus zurück, um sich Mantel und Hut zu holen. Bei ihrer Rückkehr saß Irene schon auf dem Fahrersitz und befingerte das Lenkrad, den Blick starr auf das Armaturenbrett gerichtet. Hanna glitt auf den Beifahrersitz, doch das Automobil gab weder einen Laut von sich, noch rührte es sich vom Fleck.

»Was ist, warum fährst du nicht los?«

»Der Motor springt nicht an. Vielleicht ist das Benzin alle.«

»Vielleicht ist es auch der Anlasser. Du musst unten das Pedal treten, ganz links.«

»Ich weiß, das habe ich längst versucht, aber es funktioniert nicht. Der Wagen macht keinen Mucks.«

Hanna seufzte, das Herz schlug ihr bis zum Hals. Sie mussten endlich in die Stadt kommen, die Verfassung des Kranken war schlecht, jede Minute zählte. Hanna stieß die Beifahrertür auf.

»Hat einer der Nachbarn ein Automobil, weißt du das?«

»Geheimrat Klose hat eins, aber der ist seit Beginn der Unruhen mit seiner Frau in der Schweiz.«

Hanna seufzte. Musste denn gerade heute Nacht alles schiefgehen? Ihr Vater lag hinter ihnen auf dem Rücksitz, bestimmt fror er erbärmlich, hier draußen herrschten Minusgrade. Sie hatte ihn so gut wie möglich eingepackt, aber er hatte Fieber, er musste raus aus dieser verdammten Kälte. Das hier war Gift für ihn, sein Zustand war ohnehin kritisch. Sollte sie noch einmal ins Haus laufen und ihm eine Decke holen? Aber wozu, wenn sie hier sowieso festsaßen? War es dann nicht besser, Papa wieder hineinzubringen und auf Doktor Rademacher zu warten? Wo blieb der Mann überhaupt? Plötzlich zerriss ein Geräusch die Stille, ein Brummen und Knattern kam von der Straße her – war das ein Automobil?

Hanna sprang aus dem Wagen und lief die Einfahrt hinunter. Tatsächlich, Scheinwerfer erhellten die Dunkelheit, sie riss die Arme hoch und winkte wie wild. Hatte der Fahrer sie gesehen? Doch, das Fahrzeug hielt auf sie zu, jetzt erkannte sie Gustav hinter dem Steuerrad. An seiner Seite saß Doktor Rademacher, anscheinend war der Doktor inzwischen motorisiert, dem Himmel sei Dank. Endlich Hilfe, ihre Erleichterung war grenzenlos. Das Fahrzeug hielt an. Doktor Rademacher tauchte am Seitenfenster des Wagens auf.

»Fräulein Münchow. Wo ist der Patient?«

»In dem Automobil vor dem Haus, Herr Doktor. Wir wollten ihn ins Krankenhaus bringen, aber unser Wagen springt nicht an. Kein Benzin, schätze ich.«

»Hat Ihr Vater Temperatur?«

»Ja, und sie ist hoch.«

»Gustav sprach von einem schmerzhaften Druck im Unterbauch?«

»Ja, die rechte Seite ist stark tastempfindlich. Er hat Schmerzen bei jeder Bewegung. Der Puls ist zu schnell.«

»Verstehe.«

Der Doktor sprang aus dem Wagen, Hanna folgte ihm. Mit Gustavs Hilfe gelang es ihnen, Papas schweren Körper in das Automobil des Doktors umzubetten – eine neue Schinderei, doch Gustav war ein kräftiger Mann, er half, ohne viel zu fragen. Vater ließ die neue Prozedur über sich ergehen, er gab keinen Laut von sich. War er überhaupt noch bei Bewusstsein?

Endlich war es geschafft, das Fahrzeug des Doktors ratterte los, wieder saß Gustav am Steuer, der Doktor daneben. Hanna blieb mit Irene in der Auffahrt zurück. Schweigend blickten sie den Männern hinterher, die mit ihrem fahrbaren Untersatz in der Nacht verschwanden. War Vater jetzt gerettet?

Frierend und wortlos wandte Hanna sich ab. Er musste überleben, er wurde dringend gebraucht. Von ihr sowieso und anscheinend – und das war das kleine Wunder dieser Nacht – auch von Irene.

5. Kapitel

Vera saß am Küchentisch und zeichnete im Licht einer Kerze. Ein paar Korrekturen noch, dann hielt sie inne und betrachtete die Skizze: gar nicht so schlecht. Eine Tunika, in der Taille gehalten von einem Band aus Glasperlen. Das Dekolleté hatte sie mit kostbarer Spitze verziert, den dreiviertellangen Rock mit einer kleinen Schleppe versehen. Schön, wirklich ein Hingucker, nur, wem würde sie so etwas verkaufen können? Hier in Friedrichshain lebten Handwerker und kleine Büroangestellte. Die hatten kein Geld für solchen Schnickschnack. Oft reichte es bei denen nicht mal für einen Sonntagshut oder ein anständiges Paar Schuhe.

Nachdenklich legte Vera den Stift beiseite. Von ihr selbst entworfene Kleider für eine elegante Kundschaft, das war keine schlechte Idee. Sie wollte beruflich weiterkommen, schließlich war es mittlerweile vollkommen klar, dass es keinen Sinn machte, auf Georgs Unterstützung zu hoffen. Vielleicht kam er überhaupt nicht mehr zu sich und drückte sich für den Rest seines Lebens bei den Militärs herum? Und wenn schon, sie konnte es auch alleine schaffen, ohne ihren Bruder. Aber ein Geschäft aufzumachen in diesem Viertel der Stadt – lohnte sich das?

In diesem Moment kam ein Geräusch vom Flur, die Küchentür ging auf, und Mutter kam hereingeschlurft. Sie war in Pantoffeln und im Nachthemd, ihr ergrautes Haar hatte sie zu einem festen Zopf geflochten. Eilig schob Vera ihre Zeichnung unter einen Stapel alter Zeitungen.

»Was ist denn mit dir, willst du schon zu Bett? Wir haben doch noch nicht mal zu Abend gegessen.«

»Ach, ich fühl mich nicht gut. Ich bin den ganzen Tag schon so müde. Ich glaube, ich leg mich hin.«

»Ohne Abendessen? Das geht nicht, das erlaubt der Doktor nicht. Warte, ich mach dir schnell eine Milchsuppe.«

»Schon wieder Milchsuppe, nein, danke. Kannst du im Hotel nicht wenigstens mal ausnahmsweise eine kleine Tüte Haferflocken für uns abzweigen?«

»Wohl kaum. Die haben mir gekündigt.«

Wie erstarrt blieb Mutter am Küchentisch stehen. »Gekündigt? Aber warum denn? Hast du was falsch gemacht?«

Vera seufzte. Sie stand auf und begann am Herd zu hantieren.

»Nein, hab ich nicht. Was kann man beim Geschirrspülen schon groß falsch machen?«

»Und warum haben sie dich dann rausgeworfen?«

»Der älteste Sohn des Besitzers ist von der Front zurück. Bei dem wird eisern gespart. Einen Kellner hat er auch entlassen.«

»Was für eine Not überall, dabei war die Kronprinzessin früher so ein schönes Lokal.«

Vera schwieg, während sie einen Kochtopf aus dem Schrank holte: bloß nicht zu lange auf ausgerechnet diesem Thema rumreiten, aber Mutter war noch immer nicht durch damit, sie schüttelte den Kopf.

»Was machen wir denn jetzt, ohne die Lebensmittel, die du immer mitgebracht hast?«

»Keine Angst, ich finde was Neues.«

»Wo denn? Gibt doch nichts zu arbeiten in der Stadt.«

Mit besorgter Miene ließ die Mutter sich auf einen der Stühle am Tisch sinken. Vera zog es vor, auf die letzte Frage nicht zu antworten. Es würde schon irgendwie weitergehen, Hauptsache, ihre Mutter hielt durch und machte sich nicht zu viele Sorgen. Vaters Tod, der Niedergang der Firma, ihre Herzkrankheit, Georgs rücksichtsloses Betragen und kein Licht am Ende des Tunnels, das alles drückte sie nieder. Früher hatte sie mehr Schwung gehabt, mehr Kraft und Zuversicht. Vera ging zu ihr, beruhigend legte sie ihr eine Hand auf die Schulter.

»Wir schaffen das, wirst sehen. Erst mal muss Georg runter vom Hof. Mit seinen Männern da unten, das ist zu gefährlich.«

Mutter nickte. »Ja, die Nachbarn werden auch unruhig. Erst gestern hat Frau Wuttke sich über den Lärm beschwert.«

»Kannst du nicht mal mit Georg reden? Du bist seine Mutter, Haus und Hof gehören dir.«

Keine Antwort, Mutter schaute ins Leere, gedankenverloren griff sie schließlich nach den Zeitungen auf dem Tisch und begann darin herumzublättern. Veras Zeichnung rutschte raus, der Entwurf für das Abendkleid lag vor ihnen auf der Tischplatte. Mutter nahm das Blatt Papier zur Hand, ausführlich betrachtete sie die Tunika.

»Sieh an. Du zeichnest also wieder.«

»Ich überlege, ob ich mir unten in Vaters Laden ein Modeatelier einrichte. Maßgeschneiderte Garderobe auf Bestellung. Das könnte uns voranbringen. Ist doch Frieden jetzt.«

»Ein Modeatelier, bei uns im Viertel? Das trägt sich nicht, Kind. Wer soll denn bei dir kaufen?«

»Vater hatte auch wohlhabende Kundschaft.«

»Das hat aber auch gedauert, bis diese Leute zu ihm gekommen sind. Was meinst du, wie er sich abgestrampelt hat, bis der Laden lief?«

»Das würde ich auch tun. Mich abstrampeln, meine ich.«

»Mag sein, Kind. Aber die Palisadenstraße ist nun mal keine Gegend, in der vornehme Damen einkaufen gehen.«

»Lass es mich doch ausprobieren. Du könntest kleinere Arbeiten übernehmen, das hast du für Vater auch getan. Ich hätte eine Mitarbeiterin mit Erfahrung, und du hättest wieder etwas zu tun.«

»Das sind doch bloß Träumereien, da wird nichts draus. Wir würden nichts verdienen damit.«

»Warum es nicht wenigstens versuchen? Der Laden im Erdgeschoss steht leer.«

»Bei der Maßschneiderei erwarten die Kunden eine Meisterin im Geschäft, sonst kommen die nicht. Außerdem, Maßschneiderei ist teuer, Kind. Für uns und für den Kunden.«

Vera kniff die Lippen zusammen und hielt den Mund. Sie musste vorsichtig sein, sie wollte keinen Streit, aber sie teilte die Meinung ihrer Mutter nicht. Den Meistertitel konnte sie bald anpacken, es sprach nichts dagegen. Das Ganze war eine Frage von Fleiß und Ausdauer … In diesem Moment erschütterte plötzlich ein Stoß den Raum, die Küche wurde taghell. Es folgte ein Knall, so laut, dass die Wände bebten. Das Fensterglas schepperte, gleich darauf verblasste das Licht wieder, die Küche versank im Halbdunkel, nur der Lärm ebbte nicht ab. Irgendetwas da unten ging gerade zu Bruch, Glas splitterte – was war da los?

Vera eilte zum Fenster und schob die Gardine beiseite: Auf dem Hinterhof bewegten sich schemenhafte Gestalten, Freikorps, aber auch Männer ohne Uniform. Ein Handgemenge, jetzt brachten sich die Uniformierten in Stellung, dann fiel ein Schuss. Offenbar waren da unten Kämpfe im Gange – war das der Angriff der Roten auf die Werkstatt, wie Benno ihn prophezeit hatte? Erneut krachten Schüsse, Befehle wurden gebrüllt. Am anderen Ende des Hofes flackerte es, Vera sah es erst jetzt: Im Dachstuhl der Werkstatt loderte ein Feuer. Das also war die Detonation gewesen, die sie eben gehört hatten. Irgendetwas in der alten Schneiderei musste explodiert sein – Munition vielleicht, auch davon hatte Benno gesprochen. Flammenzungen leckten inzwischen am Gebälk des Gebäudes.

Mutter schob ihren Stuhl beiseite und stand auf.

»Was ist da unten los, Vera? Das hört sich an wie ein Überfall.«

»Georgs Männer haben anscheinend Besuch, Revolutionäre vielleicht. Ich geh runter und schau nach, ob ich helfen kann.«

»Bist du verrückt? Du bleibst hier, oder willst du, dass sie dich erschießen? Schlimm genug, dass dein Bruder mittendrin ist.«

»Ich will nur nachsehen, ob es etwas zu tun gibt. Wenn es zu gefährlich wird, kehre ich um.«

»Hiergeblieben, in Gottes Namen. Du kannst da unten sowieso nichts ausrichten!«

Vera antwortete nicht, sie eilte hinaus auf den Flur. Irgendjemand musste zum nächsten Feuermelder laufen, dafür hatte von Georgs Männern bestimmt keiner Zeit.

Hastig schlüpfte sie in Mantel und Schuhe, im Laufschritt verließ sie die Wohnung. Schon im Treppenhaus stank es nach verbranntem Holz. Als sie die Hoftür aufstieß, kam ihr Rauch entgegen, beißender Qualm trieb ihr Tränen in die Augen. Es roch nach verbranntem Holz und nach Schießpulver. Sie musste husten, hastig wischte sie sich über das Gesicht. Wie sollte sie bei der schlechten Sicht das Hoftor erreichen? Vorsichtig tastete sie sich voran, doch sie kam nicht weit, irgendwer packte sie hart am Oberarm. Georg – sie erkannte ihn weniger an seiner grauen Montur als an seinem Gehabe. Er gestikulierte wie wild.

»Vera, was soll das, was willst du hier? Geh wieder rein, siehst du nicht, was hier unten los ist?«

»Ihr müsst das Feuer in der Werkstatt löschen. Es darf nicht auf die Nachbarhäuser übergreifen.«

»Zuerst müssen die Roten vom Hof.«

»Fangt an zu löschen, hörst du? Es ist dringend, sonst springen die Flammen über. Bildet eine Menschenkette von der Wasserpumpe bis zur Werkstatt und legt los.«

Georg lachte höhnisch. »Menschenkette, na klar, damit die Roten meine Männer schön der Reihe nach abknallen können, oder was? Du hast keine Ahnung, Mädchen.

Verschwinde, bring dich in Sicherheit. Ich kann hier unten nicht auf dich aufpassen.«

»Je mehr das Feuer sich ausbreitet, desto schwieriger wird es zu löschen sein.«

»Ach was, denkst du, das weiß ich nicht? Meine Männer tun, was getan werden muss.«

»Lass mich helfen. Ich lauf zum Feuermelder.«

»Willst du eine Kugel abbekommen unterwegs? Verschwinde, das hier ist Männersache!«

Schon peitschten erneut Schüsse über den Hof. Fluchend zerrte Georg sie zum Haus hinüber, sie wehrte sich und schlug nach ihm, bis er ihr mit einem Ruck den Arm auf den Rücken drehte. Verdammt, ihr entfuhr ein Schrei, heiß und brennend schoss der Schmerz in ihre rechte Schulter. Georg kümmerte es nicht, er drängte sie mit Gewalt zur Hintertür. Ein Stoß, schon taumelte sie über die Türschwelle ins Haus, sie konnte sich nicht fangen und ging im Flur zu Boden. Krachend schlug die Türe hinter ihr zu, gleich darauf wurde von außen der Schlüssel im Schloss gedreht: Georg hatte sie eingesperrt. Zum Teufel mit ihm.

Langsam richtete sie sich auf, sie betastete den rechten Arm, dann ihre Knie. Das würde blaue Flecken geben, aber es hätte schlimmer kommen können, so rabiat, wie ihr eigener Bruder inzwischen zu Werke ging. Es bestand doch wohl ein Unterschied zwischen Krieg und Frieden, zwischen der Fremde und zu Hause – nur Georg konnte das offenbar nicht auseinanderhalten. Er war so verbittert und voller Hass, diese eigenartige Wut auf die Roten, dabei konnte einem angst und bange werden. Selbst wenn er die

Angreifer heute Nacht vom Hof jagte, was brachte ihm das? Sie würden wiederkommen, um sich zu rächen, ein Überfall würde auf den nächsten folgen. Nutzloses Blutvergießen war es, was die Kriegsheimkehrer zu Hause anzettelten.

Vera lauschte, draußen schien das Getöse zu verebben. Das Knistern des Feuers war verstummt, hatten sie den Brand nun doch gelöscht? Von der Küche aus würde sie sehen können, was auf dem Hof vor sich ging. Sie wollte gerade die Treppe hinauf, als sich quietschend hinter ihr die Hoftür ein weiteres Mal auftat. Zwei Uniformierte kamen herein, sie hatten einen Dritten im Schlepptau – schlapp und reglos wie ein nasser Sack hing ein junger Mann zwischen seinen Kameraden.

»Ein Verletzter, Fräulein. Wir sollen ihn rauf in die Wohnung bringen, hat der Kommandeur gesagt.«

Vera runzelte die Stirn. Der Kommandeur, meinten sie damit etwa Georg? Lachhaft. Ihr Bruder hatte wirklich nicht mehr alle Tassen im Schrank, sich Kommandeur zu schimpfen, wen kommandierte er denn schon? Am liebsten natürlich die Familie, ansonsten ein Häuflein Versprengter in Uniform. Vera war nahe daran, die Männer wieder fortzuschicken – sollten sie doch zusehen, wie sie mit ihren Verletzten fertigwurden. Georg hatte es nicht verdient, dass man ihn unterstützte.

Ihr Blick fiel auf den jungen Burschen. Ein halbes Kind, noch feucht hinter den Ohren. Irgendwie musste man Mitleid mit ihm haben. Gewiss gab es jemanden dort draußen, der sich um diesen Grünschnabel sorgte: eine Mutter, eine Schwester, eine Verlobte vielleicht.

Vera sah auf. »Was ist mit ihm? Wenn er schwer verletzt ist, muss er ins Krankenhaus. Das hier ist kein Lazarett.«

»Ist nicht so schlimm. Ein Streifschuss, sagt der Kommandeur.«

Vera zögerte, aber der Knabe war in dem Alter, in dem Elfie jetzt gewesen wäre. Wer konnte schon wissen, warum der bei den Freikorps gelandet war. Also gut, sie gab den Uniformierten einen Wink.

»Dann los, in Gottes Namen, schafft ihn die Treppe hinauf in die Wohnung.«

Die Männer setzten sich in Bewegung, Vera folgte dem Trupp, müde und zerschlagen wie sie war: Nun hatte sie neben allem anderen also auch noch einen Freikorpssoldaten zu versorgen. Und wenn schon, einer mehr, einer weniger – spielte das überhaupt noch eine Rolle in diesem ganzen Durcheinander, das sie umgab?

* * *

Ein elendig langer Gang mit unzähligen Türen, schwach beleuchtet. Fritzi blieb stehen – ihr widerstrebte es zutiefst, überhaupt hier zu sein. Wie ein Eindringling kam sie sich vor, die Automobilfabrik in Tempelhof zwei Tage vor Altjahrsabend, es war ein blödes Gefühl, allein hier herumzulaufen – aber wenn sie tagsüber mit Wolfgang sprechen wollte, dann musste sie es in der Fabrik versuchen. Was sonst blieb ihr übrig? Wolfgang kannte Benno gut, und sie brauchte jemanden, mit dem sie über Benno sprechen konnte.

Sie blieb stehen, zaghaft klopfte sie an die Tür, an der

sein Name stand. Von drinnen kam ein »Herein«, im nächsten Moment stand sie in einem hellen, geräumigen Büro mit großen Fensterflächen. Wolfgang saß am anderen Ende des Raumes hinter einem gewaltigen Schreibtisch, der überquoll von Papieren. An den Wänden hingen Modellzeichnungen von Automobilen und eine Urkunde, vielleicht sein Universitätsdiplom. Was für ein Arbeitszimmer, groß genug für ein halbes Dutzend Angestellte. Wolfgang musste in dieser Firma ein wichtiger Mann sein, wenn er so großzügig untergebracht worden war. Neben dem Zeichenbrett am Fenster befand sich eine gemütliche Sitzecke aus vier gepolsterten Sesseln und einem runden Tisch in der Mitte.

Wolfgang war bereits aufgestanden, lächelnd umrundete er seinen Schreibtisch. Er wirkte erfreut über ihren Besuch, das war schon mal ein guter Anfang.

»Fritzi! Was für eine Überraschung. Schön, dass du dir die Mühe gemacht hast, nach Tempelhof zu kommen.«

Sie nickte, während er ihr die Hand schüttelte und ihr den Mantel abnahm.

»Komm, setz dich.«

»Ich hoffe, du hast ein bisschen Zeit für mich? Verzeih, dass ich mich nicht angemeldet habe.«

»Kein Problem. Wie hast du mich überhaupt gefunden?«

»Ich wusste von Benno, dass du bei der DGU arbeitest. Der Taxifahrer kannte den Weg. Und der Pförtner am Tor hat mich einfach durchgewinkt, als ich deinen Namen nannte.«

»So, tatsächlich.«

»Hier fabrizierst du also deine Automobile.«

»Grundsätzlich schon, nur gibt es im Moment nicht viel zu tun. Auf dem Markt herrscht Flaute.«

»Ist das dort drüben ein neues Modell, an dem du arbeitest?« Sie deutete auf die größte Zeichnung neben dem Fenster an der Wand: ein Lastwagen, ziemlich wuchtig, aber irgendwie auch windschnittig und modern. Wolfgangs Blick folgte dem ihren.

»Ja, das ist der Helios. Ich setze große Hoffnungen auf ihn. Interessierst du dich für Kraftfahrzeuge?«

»Ehrlich gesagt nicht besonders. Bei uns auf dem Land gibt es kaum Motorfahrzeuge. Man kann froh sein, wenn bei uns da oben irgendwo ein Bahnhof existiert.«

»Das wird sich ändern, glaub mir. Das Zeitalter der Motorkraft hat gerade erst begonnen. Aber nimm doch Platz, das ist gemütlicher.«

Sie tat wie ihr geheißen, und legte ihre Lederhandschuhe ab, wunderschöne Exemplare, tiefschwarz und aus Kalbsleder, mit jeweils einer Schleife am Handgelenk. Gut und schön, aber wie jetzt den Bogen schlagen zu Benno und dem Kummer, den er ihr bereitete?

Wolfgang lächelte. »Soll ich dich mal herumführen? Ein paar der alten Vorkriegsmodelle stehen noch unten in den Hallen.«

»Das ist lieb von dir, aber ich verstehe nichts von Technik. Ich kann auch nicht fahren.«

»Nicht? Das solltest du aber ändern. In ein paar Jahren wird das Autofahren auch für Frauen zum guten Ton gehören.«

»Bei uns auf dem Dorf werden es wohl eher ein paar Jahrzehnte sein.«

»Da täuschst du dich womöglich. Darf ich dir einen Tee bringen lassen? Oder sonst irgendetwas zu trinken? Bestimmt bist du ganz durchgefroren.«

»Danke, das ist nett von dir, aber ich will dir nicht zu viel von deiner Zeit stehlen.«

»Das tust du nicht. Hier ist im Moment nicht viel los. Lass uns runtergehen, ich zeige dir gerne, wie man einen Kraftwagen steuert.«

»Ich und einen Kraftwagen steuern? Ich bin nicht einmal gut im Fahrradfahren.«

»Das kann man auch nicht vergleichen. So schwer ist es nicht, mit einem Automobil umzugehen.«

Fritzi nickte, doch die Autofahrerei reizte sie kein bisschen, deswegen war sie ja auch nicht hier. Nervös zupfte sie am Stehkragen ihrer Bluse. Mit Bedacht hatte sie heute ein elegantes Modell in einem milden Smaragdgrün gewählt. Die Farbe passte zu ihren Augen, der Schnitt war nicht mehr so überladen, sondern schlichter und damit hochmodern. Bemerkte Wolfgang, wie viel Mühe sie sich mit ihrem Äußeren gegeben hatte? Er hatte ihr gegenüber Platz genommen und sah sie aufmerksam an.

»Also, da du nicht der Automobile wegen hier bist, was kann ich dann für dich tun? Was treibt dich zu mir in die Berliner Vorstadt?«

»Es tut mir leid, dass ich dich noch einmal damit behelligen muss, aber es geht um Benno. Ich hoffe, ich falle dir nicht auf die Nerven damit.«

»Keineswegs. Ich betrachte mich als euer beider Freund. Ich hoffe, das siehst du genauso.«

»Schön, dass du das sagst, denn ich weiß im Moment nicht weiter. Benno war gestern bei mir in der Pension.«

»Ja. Ich hatte ihn darum gebeten, dich aufzusuchen.«

»Danke dir, aber unser Gespräch ist leider alles andere als erfreulich verlaufen. Offen gestanden konnte ich einen Streit nur mit Mühe vermeiden. Der Krieg hat uns weiter voneinander entfernt, als ich gedacht hatte.«

»Tatsächlich. Nun, das tut mir leid.«

»Ich konnte ihm noch nicht einmal alles sagen, was ich zu sagen hatte. Irgendwann ist Benno einfach aufgestanden und gegangen.«

Fritzi rutschte ein Stück in ihrem Sessel nach vorn – die Stunde der Wahrheit war da, sie konnte dem Thema nicht länger ausweichen. Sie musste mit Wolfgang über Christel sprechen, was sie nur ungern tat. Es war ihr peinlich, denn was würde er nach dieser Enthüllung über sie denken? Sie suchte nach Worten, ihr Mund war ganz trocken, ihr Herz pochte laut.

»Ich bin gekommen, um dich um Hilfe zu bitten, Wolfgang. Ich weiß, dass du großen Einfluss auf Benno hast. Er hört auf dich. Du bist für ihn fast so etwas wie ein Bruder.«

»Jetzt übertreibst du.«

»Nein. Benno hält große Stücke auf dich. Ich möchte dich bitten, dass du ihm noch einmal ins Gewissen redest. Es ist wirklich notwendig, das musst du mir bitte glauben.« Weiter kam sie nicht, nervös verschränkte Fritzi die Hände ineinander. Sie spürte, dass sie errötete: Hitze schoss ihr in die Wangen. »Benno und ich, wir haben ein Kind miteinander. Die Kleine heißt Christel, wird demnächst vier Jahre alt und lebt bei mir in Rieseby.«

Wolfgang riss die Augen weit auf und starrte sie an.

»Wirklich? Davon hat Benno mir nie etwas erzählt.«

»Er weiß es noch nicht.«

»Wie bitte?«

Sie nickte schwach, zu mehr fühlte sie sich nicht in der Lage, dabei wollte sie sich für Christel nicht schämen. Ihr Kind war in einem Moment der Liebe entstanden, auch Benno würde das nicht leugnen können. Sie waren ein Paar gewesen damals, zwei Menschen, die zusammenbleiben wollten. Und dann kam der Krieg. War das etwa ihre Schuld, diese erzwungene Trennung und all das Unheil, das der verdammte Krieg mit sich gebracht hatte? Fritzi richtete sich im Sessel auf, bereit, ihre Würde zu verteidigen.

»Ja, wir haben eine Tochter miteinander.« Sie versuchte es mit einem Lächeln, von dem sie nicht recht wusste, ob es ihr gelungen war. »Benno hätte es früher erfahren sollen, aber ich wollte es ihm unbedingt persönlich sagen, nur ist es dazu nie gekommen. Anfangs glaubte ich, dass er uns während des Krieges besuchen kommt, aber das hat er nicht getan. Irgendwann hat er mir auch nicht mehr geschrieben.«

Wolfgang nickte zaghaft, blieb aber ansonsten stumm. Sie sprach weiter, schon allein, um die Stille aus dem Raum zu vertreiben.

»Christel ist ein bezauberndes Mädchen. Sie sieht Benno sehr ähnlich.«

»Sicher ist sie bezaubernd, bei der Mutter.«

»Danke. Es ist lieb, dass du das sagst. Es tut so wohl, als ledige Mutter auch einmal ein paar nette Worte zu hören.« Sie sah zu Boden, hinunter auf den grauen Teppich zu ihren Füßen, doch sie durfte die Pause nicht zu lang werden lassen. Es war noch längst nicht alles gesagt. »Weißt du, ich gebe mir große Mühe, aber ich habe es, allein mit dem Kind, nicht leicht bei uns im Dorf. Die Leute schneiden mich, es wird viel getratscht. Deshalb bin ich gekommen. Ich möchte dem Gerede ein Ende machen.«

»Ich verstehe. Nun, das ist dein gutes Recht.«

»Nicht wahr? Ich habe eine Fotografie von Christel dabei, wenn du sie sehen möchtest?«

Aufgeregt griff sie nach der Handtasche neben sich und zog sie heran, doch er winkte schon ab.

»Sie ist bestimmt bezaubernd, deine Kleine.«

»Bei unserem Treffen in der Pension wollte ich Benno von seiner Tochter erzählen, aber er gab mir keine Gelegenheit dazu. Es war wahrhaftig alles andere als ein schönes Gespräch.«

»Das tut mir leid. Wie auch immer, Benno muss selbstverständlich die Wahrheit erfahren. Du solltest einen neuen Anlauf unternehmen.«

»Das findest du auch, nicht wahr? Noch heute Morgen war ich mir nicht sicher, ob ich nicht besser nach Hause fahre. Es ist so demütigend, Benno hinterherzulaufen.«

»Das entscheidest letztlich du allein, aber wenn du jetzt unverrichteter Dinge wieder in den Zug steigst, wäre deine Reise sinnlos gewesen. Meiner Meinung nach solltest du vollenden, was du begonnen hast. Das Kind braucht euch beide, Vater und Mutter. Das ist meine Meinung.«

Wolfgang lehnte sich in seinem Sessel zurück und schlug die Beine übereinander. Er gab sich Mühe, neutral und sachlich zu bleiben, das spürte sie – und doch, irgendetwas an seiner Stimme, an seiner Körperhaltung und seinem Gesichtsausdruck verunsicherte sie. Nach ihrem Geständnis hielt er sie wahrscheinlich für eine dumme Gans vom Lande. Es war nicht richtig, so von ihr zu denken. Musste er es nicht besser wissen? Sie kannten einander seit Kindertagen. Sie rutschte nach vorne, an den Rand ihres Sessels.

»Dir gefällt nicht, was zwischen mir und Benno geschehen ist, nicht wahr? Du findest, eine Frau sollte sich vor der Ehe nicht mit einem Mann einlassen. Falls doch, so ist sie selbst schuld, wenn sie ein Kind bekommt.«

»Das habe ich nicht gesagt.«

»Es gehören immer zwei dazu, wenn ein Kind unehelich auf die Welt kommt.«

»Natürlich. Benno sollte die Wahrheit erfahren, da sind wir einer Meinung. Im Übrigen ist es nicht meine Aufgabe, über dich zu richten. Das führt zu nichts.«

»Ich war in einer besonderen Situation, verstehst du? Benno hatte kurz vor jener Nacht, in der Christel gezeugt wurde, seinen Einberufungsbescheid bekommen. Unter anderen Umständen hätte ich wahrscheinlich niemals …«

»Schon gut, Fritzi. Belassen wir es dabei. Ich denke, ich habe verstanden.«

Fritzi zögerte. Im Grunde fühlte sie sich jetzt noch stärker ins Abseits gedrängt als zuvor. Wolfgang wollte ihre

Geschichte nicht zu Ende hören, die Einzelheiten interessierten ihn nicht: Vielleicht erwartete sie zu viel von ihm. Warum hätte Wolfgang auch ihre Partei ergreifen sollen? Er war ein Mann, er schlug sich auf Bennos Seite, zumal die beiden nicht nur Verwandte, sondern sogar beste Freunde waren. Vielleicht war es sinnlos, weiter um Verständnis zu werben. Fritzi atmete tief durch.

»Also gut.« Sie stand auf, konnte aber nicht fortgehen, ihre Füße rührten sich nicht vom Fleck. »Noch einmal würde ich wahrscheinlich auch nicht so handeln wie in jener Nacht, aber damals wusste ich nicht, ob ich Benno wiedersehen würde. Der Krieg hat viele Männer das Leben gekostet.« Sie verstummte, ihr Blick ging hinunter zu ihren Händen, mit denen sie ganz fest die Henkel ihrer Handtasche umklammerte. Wolfgang beugte sich plötzlich in seinem Sessel vor, er blickte ihr in die Augen.

»Natürlich, ich verstehe. Du musst mir das alles nicht beichten, Fritzi. Deine Beweggründe gehen mich nichts an.«

»Ich möchte aber nicht, dass du eine schlechte Meinung von mir hast.«

»Das ist nicht der Fall, glaube mir. Wir kennen uns seit vielen Jahren. Ich mag dich wirklich. Und ich verstehe, was du fühlst.«

Sie nickte, auch wenn sie nahe dran war, ihm zu sagen, dass sie in diesem Augenblick wenig von seiner Zuneigung spürte. Sie suchte noch nach den passenden Worten, als er schon weitersprach.

»Letztlich müsst ihr beide miteinander reden, darum geht es. Ich kann versuchen, zu vermitteln, das ist alles.«

»Ja, sicher. Aber findest du es nicht furchtbar ungerecht, was in Fällen wie dem meinen passiert? Die Mutter des Kindes ist die Blamierte, ihr allein gibt man die Schuld. Ist das richtig?«

Er schwieg einen Moment, er schien auf ihre Frage keine Antwort zu haben.

»Sicher ist die Lage für dich schwierig. Komm zu uns in die Schaperstraße und sprich in Ruhe mit Benno.«

»Ich weiß nicht, ob das Sinn macht. Benno war sehr unzugänglich beim letzten Mal, keine Spur von Mitgefühl und Interesse. Was meinst du, hat er vielleicht jemand anderes kennengelernt?«

Wolfgang schüttelte den Kopf. »Nicht dass ich wüsste. Wie kommst du darauf?«

»Ist nur so eine Idee. Es würde vieles erklären.«

»Womöglich hat er aus anderen Gründen einen Schlussstrich unter seine Vergangenheit gezogen. Er weiß ja nicht, dass das in eurem Fall nicht so einfach ist. Du wirst ihm Zeit lassen müssen, damit er mit der neuen Situation zurechtkommt. Dann findet sich bestimmt eine Lösung.«

»Was heißt das, es findet sich eine Lösung? Die Lösung liegt doch klar auf der Hand. Meiner Meinung nach ist Benno verpflichtet, mich zu heiraten.«

Wolfgang zuckte mit den Schultern. »Moralisch bist du im Recht, aber zu einer Ehe zwingen kannst du ihn nicht. Du weißt, was für eine Sorte Mensch er ist. Wenn man unbedingt etwas von ihm will, tut er das Gegenteil.«

»Das werde ich ihm diesmal nicht durchgehen lassen. Es geht um unser Kind. Er ist jetzt Vater einer Tochter.«

»Ja, ich habe das verstanden. Nur sorgt die Existenz eines Kindes ja nicht unbedingt dafür, dass die Beziehung der Eltern fortan von Liebe geprägt ist, oder?«

Fritzi schnappte nach Luft, das Gespräch nahm eine unangenehme Wendung. Auch Wolfgang hatte sich erhoben, für einen kurzen Moment berührte er ihren Unterarm.

»Überleg doch mal, Fritzi. Was würde es dir denn nützen, wenn Benno dich aus Pflichtbewusstsein heiratet? Wie lange kann das gut gehen? Was ist, wenn er sich nach kurzer Zeit wieder scheiden lässt? Eine liebevolle Ehe basiert auf echten und dauerhaften Gefühlen, oder?«

»Ich jedenfalls bin eine treue Seele. Ich wäre bereit, Benno wieder aufzunehmen.«

»Gut, aber er muss das auch wollen. Das ist es ja gerade, was ich dir zu verstehen geben möchte. Du kannst seine Liebe nicht erzwingen. Wenn ihr euch nicht gütlich einigt, hast du Anspruch auf Unterhaltszahlungen für dein Kind, mehr nicht.«

Fritzi atmete tief durch, nun war es aber genug. Wolfgang war keine wirkliche Hilfe, das immerhin hatte sie inzwischen begriffen.

»Ich denke, es ist alles gesagt. Ich gehe jetzt besser. Du hast sicher zu arbeiten.«

»Soll ich dir ein Taxi rufen?«

»Nicht nötig, vielen Dank, ich komme zurecht.«

»Ich wollte dich nicht verletzen, Fritzi. Ich glaube nur, es ist besser, wenn du den Tatsachen ins Auge blickst.«

Sie antwortete nicht, sie schenkte Wolfgang auch kein Lächeln zum Abschied. Schweigend ging sie zum Garderobenständer und schlüpfte in ihren Mantel. Schon war sie zur Tür hinaus, eilig strebte sie den Gang zur Treppe hinunter.

Wenn Wolfgang richtiglag mit dem, was er sagte, würde sie ihre Last auch in Zukunft alleine tragen müssen. War das denn in Ordnung? Ihr ganzes bisheriges Leben schien nur noch aus dieser einzigen Nacht in der Mühlenscheune zu bestehen. Dabei hatte sie das Zusammensein mit Benno damals nicht sonderlich genossen. Sie waren beide noch zu jung und zu unerfahren gewesen. Die Angst vor einer Schwangerschaft hatte sich schnell eingestellt und ihr die Erinnerungen an ihre erste Nacht verleidet. Es war sinnlos, dauernd darüber zu grübeln: Sie konnte nicht ungeschehen machen, was damals passiert war, sie wollte es auch nicht. Christel war ein liebes, aufgewecktes Kind. Auf Dauer ohne die Kleine zu sein war unvorstellbar, auch wenn sie durch ihre Mutterschaft im Dorf zur Außenseiterin geworden war.

Sie hatte den Hof des Fabrikgeländes erreicht und blieb stehen. Draußen hatte es wieder zu schneien begonnen. Fritzi schlug den Pelzkragen ihres Mantels hoch und stapfte davon, traurig und enttäuscht ging sie ihrer Wege. Alles um sie herum erschien ihr fade und grau, sie war aussichtslos, die Lage. Einmal mehr fühlte sie sich einsam und verlassen in dieser großen Stadt. Im Moment gab es nichts, womit sie sich zu trösten vermochte.

* * *

Seit Stunden schon saß Hanna auf dem Gang und wartete. Immer wieder warf sie den Krankenschwestern, die an ihr vorübereilten, neugierige Blicke hinterher. Es gehörte sich nicht, und doch, sie war neidisch auf diese Frauen. Sie durften in einem Krankenhaus tätig sein, sie hatten eine befriedigende Aufgabe, eigenes Geld verdienten sie obendrein. Deshalb vermutlich strahlten die meisten von ihnen eine Stärke aus, die Hanna derzeit an sich selbst vermisste. Sie fühlte sich mittlerweile unsicher und war verzagt, zu viel war schiefgegangen seit ihrer Rückkehr. Ihre anfängliche Zuversicht hatte ernsthaften Zweifeln Platz gemacht. Als wäre die Sorge um ihre Zukunft mit Cora nicht genug, kam nun noch die Angst um ihren Vater hinzu, denn sein Schicksal war ungewiss. Sie wusste, dass man ihn kurz nach seiner Einlieferung in der vergangenen Nacht notoperiert hatte. Er hatte den Eingriff überstanden, das immerhin hatte man ihr mitgeteilt, aber ansonsten gab es keine Nachrichten über sein Befinden.

Plötzlich Schritte auf dem Gang, eine der Schwestern blieb vor Hanna stehen.

»Guten Morgen.«

Das Gesicht ihres Gegenübers kam Hanna bekannt vor.

»Hanna Münchow, nicht wahr? Erinnerst du dich an mich?«

»Renate? Renate März?«

»Ganz genau. Wir haben in Bromberg gemeinsam Dienst getan. Was machst du hier am Spandauer Damm?«

Sie reichten einander die Hände. Renate war eine Lehrerstochter aus Königswusterhausen, eine der Ersten, die aus dem Lazarett in Westpreußen in die Heimat zurückgekehrt waren. Offenbar hatte sich diese Entscheidung nicht zu ihrem Nachteil ausgewirkt, denn sie war in Schwesterntracht, sie musste hier im Haus eine Anstellung gefunden haben. Hanna wandte den Blick ab – nur kein Neid, das brachte nichts.

»Ich bin hier, weil mein Vater seit ein paar Stunden Patient bei euch ist.«

Renate nahm neben ihr auf der Bank Platz.

»Meinst du den Blinddarm von Zimmer zwölf? Die Not-OP heute Nacht?«

»Ja, den meine ich.«

»Ich verstehe.« Das Lächeln war aus Renates Gesicht gewichen. »Seit wann wartest du schon hier?«

»Noch nicht lange. Ich musste erst mal eine Möglichkeit finden, um in die Stadt zu kommen. Weißt du, wie es um meinen Vater steht?«

»Ich glaube, da musst du dir keine großen Sorgen machen. Entzündete Blinddärme entfernen sie bei uns auf Station mittlerweile regelmäßig. Für unsere Ärzte ist das Routine.«

»Mag sein, aber mein Vater ist nicht mehr der Jüngste. Er arbeitet zu viel und war jahrelang starker Raucher. Da kommt schon ein bisschen was zusammen, worüber man sich Sorgen machen kann.«

»Soweit ich weiß, hat Oberarzt Doktor Röttger die Operation durchgeführt. Er ist einer unserer besten Chirurgen.«

»Das klingt gut. Ich fürchte, es war höchste Zeit. Mein Vater hat die Sache vermutlich verschleppt.«

»Ich verstehe. Und du? Seit wann bist du wieder in Berlin?«

»Erst seit vier Tagen. Ich war eine der Letzten, die nach

Haus gekommen sind. Ich hätte nicht gedacht, dass wir uns so bald wiedersehen.«

»Dass wir uns überhaupt wiedersehen, meinst du.«

»Wie bist du an diese Stellung gekommen?«

»Meine schönen langen Beine wahrscheinlich. Damit habe ich schon die Ärzte in Bromberg um den Verstand gebracht.« Augenzwinkernd lüpfte Renate ihren grauen Rock um ein paar Millimeter, eine kaum wahrnehmbare Bewegung. Hanna schüttelte lächelnd den Kopf. Wenn sich irgendjemand in Bromberg keine Mühe gegeben hatte, den Ärzten zu gefallen, dann war das Renate gewesen. Mit ruhiger Selbstsicherheit hatte sie ihre Arbeit getan. Sie war ein Fels in der Brandung, eine der Schwestern, die man im Lazarett ohne Zweifel souverän hatte nennen können. Ganz bestimmt brachte diese Frau beste Voraussetzungen für den Schwesternberuf mit, doch genau wie Hanna hatte sie bisher keine Ausbildung durchlaufen. Hanna nickte ihr zu.

»Wenn das so ist, dann teile mir bitte mit, bei wem hier im Haus ich meine Beine präsentieren muss. Ich hätte Interesse.«

»Das war natürlich ein Scherz. Meine Tante ist Köchin hier, ihr kam zufällig zu Ohren, dass eine Schwester in der Chirurgie Hals über Kopf gekündigt hatte. Hochzeit mit einem Kriegsheimkehrer, du kennst das. Sie suchten dringend Ersatz, alles von jetzt auf gleich.«

»So eine Tante hätte ich auch gerne. Aber du hast nach wie vor kein Examen, oder?«

»Noch nicht, aber ich arbeite daran. In zwei Jahren habe ich es geschafft, wenn alles gut geht.«

Mühsam brachte Hanna die Andeutung eines Lächelns zustande. »Herzlichen Glückwunsch. Du machst deine Sache bestimmt gut.«

»Und du, was hast du vor?«

»Ich bin noch auf der Suche nach einer Anstellung. Schwester wäre natürlich schön.«

»Tatsächlich? Warum tust du dir das an? Ich muss arbeiten gehen, aber du stammst doch aus einer wohlhabenden Familie.«

»Heiraten und Kinder kriegen, das kann nicht alles sein im Leben, oder? Ich möchte mehr erreichen.«

»Suchst du etwas für dich allein oder mit Cora zusammen?«

Erstaunt hielt Hanna inne. Wieso kam ausgerechnet jetzt eine Frage nach Coralie? Hatten aller Vorsicht zum Trotz in Bromberg etwa doch Gerüchte die Runde gemacht, hatte es Tratsch über sie beide gegeben? Hanna hätte gern mehr darüber erfahren, aber der Krankenhausflur war nicht der richtige Ort für ein vertrauliches Gespräch dieser Art. Es schien ihr besser, die Frage kurz zu beantworten.

»Cora ist in Leipzig und pflegt ihren Bruder. Er hat im Krieg sein Augenlicht verloren.«

»Tatsächlich? Wie furchtbar. Keine Aussicht auf Besserung?«

»Ich glaube nicht. Ein Gasangriff. Es scheint irreparabel zu sein.«

»Mein Gott, wie traurig.«

Renate stand auf.

»Es tut mir leid, das zu hören. Bitte richte Cora meine

Grüße aus, wenn du ihr schreibst. Ich muss jetzt mal wieder.«

Hanna nickte, nur wollte sie Renate noch nicht gehen lassen. Im Moment gehörte sie zu den Privilegierten, die Aussicht hatten auf ein berufliches Fortkommen. Wenn es nur irgendeine Möglichkeit gab, davon zu profitieren, warum diese Möglichkeit nicht nutzen? War nicht schon genug schiefgegangen in letzter Zeit? Auch Hanna stand auf.

»Kommst du eigentlich gut zurecht, hier auf Station? Wie ist der Umgang mit den Ärzten?«

»Ja, ich fühle mich wohl. Wir sind an der Front durch eine harte Schule gegangen. Der Dienst im Frieden ist im Vergleich dazu harmlos.«

»Und wie ist er als Mensch, euer Oberarzt?«

»Doktor Röttger ist nett, ein älterer Mann, kompetent und erfahren. Ein sicherer Operateur. Du kannst ihm vertrauen, was deinen Vater angeht.«

»Meinst du, er würde meine Bewerbung als Lernschwester in Erwägung ziehen?«

»Darüber entscheidet nicht der Oberarzt, sondern die Verwaltung. Wenn du mich fragst, sind weitere Einstellungen derzeit nicht wahrscheinlich. Das Geld fehlt an allen Ecken und Enden.«

»Ich würde es trotzdem gerne versuchen. Eine feste Anstellung wäre ein großer Schritt voran.«

»Das verstehe ich, aber willst du das wirklich? Ich frage nur, weil der Oberarzt es dich auch fragen wird. Du kommst aus gutem Haus. Meinst du, Krankenpflege ist auf Dauer das Richtige für dich?«

»Wenn wir Frauen uns nicht bewegen, wird sich unsere Rolle niemals verändern. Es sollten viel mehr von uns berufstätig sein. Wir stellen die Hälfte der Menschheit, oder?«

»Sicher, aber als einfache Schwester bist du nicht gerade einflussreich. Du warst eine unserer Besten in Bromberg, Hanna. Du solltest Ärztin werden.«

»Das hat Cora auch vorgeschlagen, aber ich habe kein Geld für ein Studium. Meine Eltern unterstützen mich nicht. Außerdem geben sie an den Universitäten im Moment männlichen Bewerbern den Vorzug. Die ganzen Kriegsheimkehrer müssen schließlich irgendwo untergebracht werden.«

»Stimmt. Vielleicht könntest du im Ausland studieren.«

»Im Ausland? Ohne einen Pfennig Geld?«

»Es gibt Stipendien. Man hört immer öfter von Frauen, die in der Schweiz einen Abschluss gemacht haben. Kurz vor Weihnachten ist eine neue Kinderärztin zu uns gestoßen. Sie hat ihr Studium auch in Zürich absolviert.«

»Eine neue Kinderärztin? Hört sich so an, als würde die Krankenhausverwaltung doch Einstellungen vornehmen.«

»Nein, die Neue verdient kein Geld. Sie hospitiert. Sie ist die Tochter unseres Oberarztes.«

»Ich verstehe. Trotz allem, ich fürchte, ein Studium wäre für mich zu teuer. Vielleicht ergibt sich irgendwann später eine Möglichkeit. Vorerst wäre mir mit einer Ausbildung schon geholfen.«

»Also gut, wenn du es wirklich möchtest, dann verschaffe ich dir einen Termin bei Doktor Röttger, aber versprich dir nicht zu viel davon. Ich will dich nicht entmutigen …«

»Dann tu es bitte auch nicht. Mich entmutigen, meine ich.« Hanna verstummte, sie sah Renate ins Gesicht, selbst ein wenig erschrocken über ihre harten Worte. »Entschuldige, aber du ahnst nicht, wie viel Gegenwind ich bekomme. Es wäre mir eine große Hilfe, wenn du deinen Oberarzt ansprichst. Ich komme dir nicht ins Gehege, ich hoffe, du weißt das. Hast du mich in Bromberg jemals unkollegial erlebt?«

»Nein, darum geht es auch nicht. Ich würde mich freuen, wenn wir Kolleginnen werden, wirklich. Ich werde sehen, was ich tun kann.«

Renate nickte, doch in Gedanken war sie sichtlich schon woanders.

»Ich schlage vor, dass du jetzt erst mal nach Hause gehst und dich ausruhst. Dein Vater schläft. Es dauert ein paar Stunden, bis er nach der Narkose ansprechbar ist. Ich muss weitermachen.«

»Natürlich.«

Renate reichte ihr die Hand und ging. Hanna blieb allein zurück, unzufrieden mit dem, was sie soeben erreicht hatte. Hoffentlich hatte sie Renate nicht beleidigt. Manchmal fehlte ihr in entscheidenden Momenten der nötige Charme, Hanna wusste das. Zumindest in Bethanien war sie deshalb nicht bei allen Pflegerinnen beliebt gewesen. Zu hochnäsig, zu arrogant, die Tochter schwerreicher Eltern, die sich für etwas Besseres hielt, so hatte man über sie geurteilt.

Aber sie hatte doch daraus gelernt, oder? An der Front hatte sie stets versucht, sich nützlich zu machen, pünktlich, ordentlich und fleißig zu sein und mit den anderen Schwestern gut auszukommen – sie war umsichtig und freundlich gegenüber jedermann gewesen. Welchen Eindruck hatte Renate in Bromberg von ihr gewonnen? Schwer zu sagen.

Hanna wandte sich ab, sie verließ die Station. In den nächsten Tagen würde sich erweisen, ob Renate März zu einer Verbündeten geworden war.

* * *

Im Grunde musste das ganze Mobiliar hier raus. Sie brauchte dringend neue Möbel, der ganze alte Krempel passte nicht zu einem modernen Modeatelier. In Vaters altem Laden roch es muffig, die Einrichtung sah schäbig aus, keine Kundin würde sich hier wohlfühlen.

Vera betrachtete die ehemalige Ladentheke, die jetzt komplett eingestaubt war: Lange her, dass hier Uniformen verkauft worden waren. Die mannshohen Regale, die schweren Tische aus dunklen Hölzern und die mit großen Ornamenten gemusterte Tapete waren altmodisch, die Einrichtung wirkte geradezu bedrückend. Der Raum war nicht nur schmutzig, die Wände machten auch einen feuchten Eindruck. Diese Möbel konnte man nur noch zu Brennholz verarbeiten. Viel Arbeit würde es sein, und doch sah Vera den Laden schon vor sich, wie er nach einer Renovierung aussehen würde: etwas mehr Licht und Luft, hellere Farben überall, das erste von ihr selbst entworfene Kleid auf einer Puppe im Schaufenster. Leider hatte sie weder das Geld noch die Kraft, das allein zu bewerkstelligen. Trotzdem, sie durfte den Mut nicht sinken lassen. Vielleicht half es ihr vorerst, etwas aufzuräumen und einmal gründlich zu putzen? Wenn sie etwas zu tun hatte, würde sie bestimmt nicht dauernd an die Brandruine denken, in die sich die Schneiderwerkstatt heute Nacht verwandelt hatte. Der Dachstuhl war ausgebrannt, die Mauern waren von Ruß geschwärzt, die Glasfenster geborsten. In diesem Zustand war das Gebäude zu gar nichts mehr zu gebrauchen.

Zum Glück brauchte sie die Werkstatt für ihr Modeatelier vorerst nicht. Sie konnte oben in der Wohnung nähen oder sich im Laden eine Ecke herrichten.

Vera packte an, voller Elan ging sie an die Arbeit. Sie hatte gerade den Boden gewischt, als sie Schritte auf dem Gang hörte. Die Tür ging auf, und Georg trat ein, natürlich in Uniform und mit schmutzigen Stiefeln, die dunkle Spuren auf dem Parkett hinterließen. Er blieb stehen und starrte sie an.

»Was machst du hier, Vera? Hast du oben nicht genug zu tun?«

»Was soll die Frage? Ist Vaters Laden neuerdings auch militärisches Sperrgebiet?«

»Ganz genau. Wir brauchen einen Raum, in dem wir unser Material lagern können. Die Werkstatt kommt dafür nicht mehr infrage.«

»Ach, tatsächlich. Und wessen Schuld ist das?«

»Darum geht's nicht. Wir brauchen einfach einen trockenen Platz für unsere Ausrüstung.«

»Mag sein, aber den Laden bekommst du nicht.«

»Das hast du nicht zu entscheiden.«

»Du auch nicht.«

Georg verzog den Mund, er musterte sie mit einem abfälligen Blick: Offenbar stand schon wieder ein Kräftemessen zwischen ihnen an. Sie senkte nicht den Kopf, sie hielt sich aufrecht und hoffte, nach außen ungerührt zu wirken. Fest umklammerte sie den Stiel des Schrubbers: Sie würde ihrem Bruder Paroli bieten. Die Schießereien auf dem Hof, seine Hetzjagden gegen die Roten und das furchtbare Feuer, das die Werkstatt letzte Nacht vernichtet hatte – er sollte nicht glauben, dass es richtig war, was er tat.

Georg stemmte die Hände in die Seiten. »Sicher bekomme ich den Laden. Du wirst sehen, wie schnell wir uns hier unten einrichten.«

»Das werdet ihr nicht tun. Der Laden gehört ab sofort mir. Ich werde hier eine Damenschneiderei eröffnen.«

Kopfschüttelnd winkte Georg ab. »Was? Nein, damit wirst du warten müssen, schätze ich.«

»Ich lasse mich nicht länger von dir drangsalieren. Du richtest mit deinen Männern doch nur Schaden an. Der Brand auf dem Hof letzte Nacht geht auf euer Konto.«

»Was redest du da für einen Stuss? Wir haben euch vor dem Angriff der Roten gerettet, so ist das. Diese Schweine hatten sich auf das Grundstück geschlichen, um unsere Munition zu stehlen. Die hätten euch eins übergebraten …«

»Nein, hätten sie nicht. Wozu denn? Bei uns ist nichts zu holen, weder Munition noch Waffen. Dieses verdammte Zeug habt ihr erst auf den Hof gebracht.«

»So oder so, die Roten kommen nicht wieder. Ab sofort stehen meine Leute am Tor Wache, Tag und Nacht.«

»Da bin ich aber beruhigt. Und du meinst, das schreckt die Kommunisten ab? Die sind bald wieder da, garantiert.«

»Dann werden sie uns kennenlernen.«

»Und was, wenn es das nächste Mal eines der Nachbarkinder trifft? Was, wenn das Wohnhaus beschädigt wird? Räum den Hof, Georg, verschwinde und lass uns in Frieden. Du hast schon genug angerichtet. Es ist dein Elternhaus, das du kaputtmachst, siehst du das nicht?«

»Meine Männer werden die Werkstatt wieder instand setzen, bevor wir abrücken, und nun hör auf zu jammern. Für die große Sache müssen alle Opfer bringen.«

Vera wollte etwas erwidern, doch in diesem Moment öffnete sich die Hintertür des Ladens, und Benno trat ein. Zu jeder anderen Zeit hätte sie sich gefreut, ihn zu sehen, doch im Augenblick kam sein Besuch wirklich ungelegen. Benno und Georg in einem Raum, das war eine explosive Mischung. Benno schien tatsächlich zu spüren, dass etwas nicht in Ordnung war. Er blieb stehen und musterte Georg, während Vera eilig den Schrubber beiseite stellte. Sie musste einen der beiden Männer loswerden, auf der Stelle, und zwar, bevor es Ärger gab.

Lächelnd fuhr sie herum.

»Ach, Herr Funke, guten Tag. Ich wusste nicht, dass Sie heute kommen würden.«

Ihre Worte machten auf ihren Bruder offenbar keinerlei Eindruck. Georg hatte Benno ins Visier genommen, er starrte die Matrosenjacke an, Bennos schäbige Hose, das strubbelig wirkende Haar. Ja, verdammt, das alles erinnerte mächtig an die Burschen von der Volksmarine. Immerhin, Benno schien auf ihre Begrüßung einsteigen zu wollen, vielleicht hatte er begriffen, was hier los war.

Er nickte ihr zu. »Guten Tag, Fräulein Novak. Haben Sie wohl einen Moment Zeit für mich?«

Georg warf sich in die Brust, die Daumen hinter das Koppel seiner Uniform geklemmt. »Nichts da, junger Mann. Verraten Sie uns erst mal, wer Sie sind und was Sie hier wollen.« Er trat einen Schritt vor und baute sich vor Benno auf.

Vera schob sich blitzschnell an ihm vorbei und trat zwischen die Männer. Diese beiden, so nah beieinander, das war nicht gut. Stille trat ein, es lag eine ungeheure Spannung in der Luft, die sich jeden Moment entladen konnte. Die Männer maßen einander mit Blicken.

»Das ist Benno Funke, Georg. Ich hatte ihn gebeten, sich das Mobiliar des Ladens anzusehen. Ich möchte es verkaufen.«

»Verkaufen? Was soll der Quatsch? Kommt nicht infrage. Wer hat dir das erlaubt?«

»Ich habe mit Mutter gesprochen, sie ist einverstanden.«

Georg musterte sie von Kopf bis Fuß, plötzlich grinste er.

»Schön, dann werde ich auch noch einmal mit ihr sprechen. Gleiches Recht für alle.«

»Vielleicht ist es besser, wenn ich morgen wiederkomme.«

Benno warf Vera einen fragenden Blick zu, er wollte sich schon abwenden, doch Georg trat ihm in den Weg.

»Nicht nötig, die Mühe können Sie sich sparen. Die Möbel werden nicht verkauft, die behalten wir. Und falls wir verkaufen, dann jedenfalls nicht an Sie, Herr Funke. In diesem Haus macht niemand Geschäfte mit einem Roten, merken Sie sich das.«

»Ich bin genauso wenig einer von den Roten, wie Sie ein

Freund dieser Republik sind, Herr Novak. Im Übrigen ist die Sache mit den Möbeln wohl ein Geschäft, das Ihr Fräulein Schwester betreibt.«

Georg schob Vera beiseite und machte einen Satz auf Benno zu.

»Nun passen Sie mal schön auf, Freundchen. Ich muss mir von Ihnen nicht sagen lassen, wer hier im Haus das Sagen hat. Sie gehören doch zu den Drückebergern, die in Kiel und Wilhelmshaven unsere Marine lahmgelegt haben, oder? Mir können Sie nichts vormachen. Ich sehe an Ihrer vergammelten Matrosenjacke, was Sie für einer sind.«

»Georg, bitte ...«

»Verschwinden Sie, verstanden? Volksmarine auf diesem Grundstück, das geht gar nicht. Der Hof wird militärisch genutzt.«

»Ich bin nicht von der Volksmarine. Ich bin auf Einladung von Fräulein Novak hier.«

»So, tatsächlich. Na, dann nehme ich diese Einladung hiermit eben zurück.«

Vera legte ihrem Bruder eine Hand auf den Rücken. »Schluss jetzt, Georg. Es gibt keinen Grund, diesen Ton anzuschlagen.«

»Die Möbel sind aus gutem Eichenholz. Die bleiben hier, kapiert? Finger weg, sonst können Sie etwas erleben.«

Georg hatte den letzten Satz gerade eben zu Ende gebracht, als Benno nach vorn schnellte und Georg beim Kragen seiner Jacke packte.

»Jetzt kriegen Sie sich mal wieder ein. Und reden Sie gefälligst nicht in diesem Ton mit mir, kapiert?«

Georg lachte, es klang seltsam gepresst, beinahe ein wenig irre.

»Ach, na klar, jetzt erkenne ich dich wieder, du Kommunistenschwein. Du warst neulich bei uns auf dem Hof, stimmt's? Du bist abgehauen, als wir mit unserer Ausrüstung hier ankamen. Gib's zu, deine Genossen haben dich hergeschickt. Du sollst uns auskundschaften.«

»Das ist kompletter Blödsinn. Ich weiß nicht, wovon Sie reden.«

Benno lockerte den Griff ein wenig, Georg machte sich frei und trat einen Schritt zurück.

»Lass dich hier nicht wieder blicken, du abgehalfterter Matrose. Wenn ich dich oder einen von deinen Kameraden erwische, dann setzt es was. Ich brenn euch ein Loch in den Pelz, kapiert?«

»Was reden Sie da bloß für einen Schwachsinn? Kommen Sie mal zu sich, Mann!«

»Dir werd ich was husten. Ich prügel dich windelweich, du Vaterlandsverräter!«

Georg ballte die Fäuste, doch bevor er zuschlagen konnte, packte Benno ihn erneut beim Kragen seiner Uniform. Blitzschnell riss er sein rechtes Knie hoch und rammte es Georg mit Wucht in den Schritt – Georg ächzte, er taumelte ein Stück, dann prallte er gegen die nächste Wand. Dort blieb er in geduckter Haltung und vor Schmerz leise wimmernd stehen. Benno schien sich gleich noch mal auf Georg stürzen zu wollen, doch das ging zu weit. Eilig griff Vera nach dem Eimer mit Wischwasser, sie holte aus, schon verteilte sich ein Schwall Seifenwasser im Raum. Benno konnte gerade noch ausweichen, die trübe Brühe traf Georg, der sich fluchend schüttelte. Wasser troff ihm aus den Haaren und färbte den Stoff seiner Montur dunkel.

Vera ließ den Eimer sinken: Das war nicht ihre Absicht gewesen, aber Georg würde es überleben. Eine Abkühlung tat ihm hoffentlich ganz gut. Hastig nahm sie Benno beim Arm und zerrte ihn mit ins Treppenhaus.

»Verschwinde, hörst du? Das war großer Mist eben.«

»Dein Bruder hat …«

»Ich weiß, ich war dabei. Trotzdem, verschwinde, und komm nicht wieder, bevor du über diese Sache hier nachgedacht hast!«

Benno warf ihr einen flammenden Blick zu, eine einzige Anklage, doch er blieb stumm. Sie gab ihm einen kleinen Stoß in Richtung Haustür, jetzt ging er tatsächlich, ohne sich noch einmal umzudrehen, verschwand er aus dem Hausflur. Sollte er nur. Die letzte Attacke auf Georg eben war völlig überflüssig gewesen. Georg musste mit seinen Leuten runter vom Hof, natürlich. Doch auch Benno musste sich ändern, wenn er mit ihr auf Dauer zusammen sein wollte. Einfach draufloszuschlagen war keine Lösung. Im Moment waren die beiden Männer in ihrem Leben ihr keine Hilfe. Vera spürte, wie sehr sie doch allein war auf weiter Flur.

Wenn noch etwas werden sollte aus ihrem Modegeschäft, dann war sie diejenige, die das Heft in die Hand nehmen musste. Dies war keine angenehme Lektion gewesen, aber eine, die sie sich merken würde.

* * *

Fritzi fror erbärmlich. Konnte es sein, dass diese Stadt ihr absichtlich nur mit Kälte begegnete? Bisher hatte sie geglaubt, bei ihnen am Meer sei es im Winter kalt, doch jetzt sehnte sie sich danach, zu Hause zu sein. In Rieseby fühlte sie sich geborgen, egal wie sehr der Wind dort oben pustete. Hier dagegen, in dem Lärm, dem Gestank und der Hektik der Großstadt, kam sie sich zunehmend verloren vor. Die Bürgersteige waren heute spiegelglatt, sie zitterte bei jeder Windböe, das modische Mäntelchen, die Kappe und ihre dünnen Kalbslederhandschuhe, das alles reichte nicht mal ansatzweise, um sie zu wärmen. Den Tod würde sie sich womöglich holen, doch in die Pension zurückkehren wollte sie trotzdem nicht.

Den ganzen Vormittag über war sie Benno gefolgt, von der Schaperstraße aus war sie ihm durch die halbe Stadt hinterhergelaufen. Vor einiger Zeit war er in der Toreinfahrt des Hauses gegenüber verschwunden. Inzwischen wusste sie selbst nicht mehr, warum sie sich so ausdauernd an seine Fersen heftete. Warum sprach sie ihn nicht einfach an und stellte ihn zur Rede? Weil sie wissen wollte, was er in dieser Stadt trieb, deshalb. Sie wollte Klarheit, sein Treiben leuchtete ihr nicht ein: Eine Automobilwerkstatt konnte er schließlich überall aufmachen. Er jedoch klammerte sich an diese graue Stadt, ein Meer aus Stein und Asphalt.

Was hatte Benno hier zu suchen, in der Palisadenstraße, in einem eher ärmlichen Viertel im Osten? Wahrscheinlich gab es Dinge, die sie über ihn nicht wusste. Soldaten lagerten auf dem Hof gegenüber, Feldgraue marschierten dort ein und aus, das immerhin hatte sie mittlerweile mitbekommen. Hatte Benno sich etwa mit den Freikorps eingelassen? Es passte nicht zu ihm, aber wenn doch, was lieferte er denen? Waffen, Brennholz, Nahrungsmittel? Er hatte ein Talent zum Organisieren, er handelte gern, egal womit. Und die Freikorps besaßen Geld …

Fritzi wartete, es dauerte eine Weile, bis Benno erneut in der Einfahrt gegenüber auftauchte. Sein Gesicht wirkte finster, bester Laune schien er nicht zu sein. In diesem Augenblick glitt sein Blick zu ihr herüber, er stutzte: Er hatte sie bemerkt, also gut, dann würde sie ihn jetzt zur Rede stellen. Vielleicht war es an der Zeit, reinen Tisch zu machen.

Sie überquerte die Straße und ging zu ihm, in seinem Gesicht las sie nichts als Abwehr, Überdruss und Ungeduld. War es wirklich so furchtbar, sie wiederzutreffen? Unter Mühen brachte sie ein Lächeln zustande.

»Guten Morgen, Benno. Entschuldige, wenn ich dich bei den Geschäften mit den Freikorps störe, aber ich muss mit dir reden.«

»Zwischen uns gibt es nichts mehr zu reden, Fritzi. Lass endlich gut sein, hörst du? Auf diese Weise erreichst du bei mir nichts.«

»Meinst du, es geht immer nur um dich auf dieser Welt? Da täuschst du dich aber.«

Er schüttelte bloß den Kopf und schwieg sich ansonsten aus, nicht eine Spur von Freundlichkeit fand sie in seinem Gesicht. Dabei hatte sie ihm stets eine Zuflucht geboten, wenn er es bei seinem besoffenen Vater in der Bäckerei nicht mehr ausgehalten hatte. Sie hatte ihn aufgenommen und jedes Mal Streit mit ihrem Vater riskiert, der die Beziehung nicht guthieß. Bennos Kind hatte sie ausgetragen, sie hatte sich der Verachtung der Dorfgemeinschaft ausgesetzt. War Ablehnung und Kälte alles, was dafür von ihm zurückkam? Fritzi ballte die Fäuste in den Taschen ihres Mantels, ihre Wut und die Verzweiflung wuchsen.

»Deine Sicht der Dinge ist nicht die einzige, die zählt. Früher bist du nicht so selbstsüchtig gewesen.«

»Hör zu, du wiederholst dich, und das führt zu nichts. Ich habe eine andere Frau kennengelernt, nur dass du es weißt. Für dich ist kein Platz mehr in meinem Leben. War das jetzt deutlich genug?«

»In jedem Fall war es laut genug.«

Fritzi wandte den Blick ab. Eine andere Frau, also doch, sie hatte es geahnt. Eilig versuchte sie, die ihr verbleibenden Möglichkeiten durchzugehen, aber es war nicht leicht, überhaupt einen klaren Gedanken zu fassen. Dies hier war vermutlich ihre letzte Gelegenheit, den Lauf der Ereignisse noch zu ändern. Mit zitternden Händen klappte sie ihre Handtasche auf und zog das Foto hervor, das der Fotograf in Schleswig von Christel gemacht hatte. Mit großen Augen hatte die Kleine in ihrem Sonntagskleid vor dem Apparat gesessen, ihre Lieblingspuppe auf dem Schoß. Auf der Fotografie kam gut zum Ausdruck, wie niedlich Christel war. Benno musste einfach bemerken, wie sehr das Mädchen ihm ähnelte. Auffordernd hielt sie ihm das Bild seiner Tochter unter die Nase. Er starrte es an, griff aber nicht danach.

»Das ist deine Tochter. Ich habe die Kleine vier Jahre lang allein umsorgt und großgezogen.«

»Wie bitte? Was sagst du da?«

»Ich sag die Wahrheit, ob es dir passt oder nicht. Und jetzt fang bloß nicht an, deine Vaterschaft zu leugnen. Du bist der einzige Mann in meinem Leben gewesen, jeder in Rieseby weiß das. Das Kind ist von dir.«

»Nicht so laut.«

Benno hob den Kopf und warf einen Blick hinüber zu dem Torweg: Dort standen inzwischen Uniformierte und starrten zu ihnen her.

»Komm, wir gehen ein Stück.«

»Warum? Was hast du mit den Freikorps zu schaffen?«

»Nichts, reinweg gar nichts, und ich will auch nicht, dass das anders wird. Komm mit.«

Er reichte ihr seinen Arm, widerwillig hakte sie sich unter. Ihr Herz klopfte noch immer unerhört laut, es war ein merkwürdiges Gefühl, wieder an Bennos Seite zu sein. Ganz weich wurde ihr in den Knien, und doch, sie machte sich keine falschen Hoffnungen mehr. Auch wenn sie ihm körperlich nah war in diesem Moment, in Gedanken war er vermutlich Lichtjahre von ihr entfernt. Das Glück währte auch nur Sekunden, ein paar Meter, dann blieb Benno an der nächsten Toreinfahrt stehen.

Er nahm die Fotografie von Christel erneut zur Hand und betrachtete das Bild ausführlich. Obwohl er nicht sprach, sondern nur schaute, meinte sie zu spüren, dass sich endlich etwas bewegte in seinem Herzen. Er war so still in diesem Augenblick, so blau die Augen, treuherzig der Blick – äußerlich war er ganz der Alte. Wie gern hätte sie Benno jetzt in den Arm genommen, aber sie wusste, diese Zeiten waren vorbei. Wenigstens konnte er nicht abstreiten, der Vater dieses Kindes zu sein. Wenn er noch bei klarem Verstand war, würde er es gar nicht erst versuchen.

Er räusperte sich. »Tut mir leid, Fritzi, aber von dem Kind wusste ich nichts. Warum hast du mir nicht geschrieben, dass ich Vater geworden bin?«

Sie musterte ihn von der Seite: Sein Tonfall und seine Haltung, die Art, wie er sie ansah, das alles sprach Bände. Schon wieder eine neue Anklage, kein Dankeschön, kein Hauch von Freude über das Kind. Vielleicht hatte ihr Vater recht, und Benno war ein Halunke, jemand, dem man nicht trauen konnte.

Sie schwieg, Wut mischte sich in ihre Enttäuschung. Verzweifelt packte sie das Foto, das er noch festhielt, sie wollte es zurückhaben, ein für alle Mal, aber Benno ließ nicht rechtzeitig los, ein Reißen, schon fehlte am unteren Rand eine Ecke. Er wich zurück, erschrocken hob er beide Hände.

»Tut mir leid, das wollte ich nicht.«

»Mein Gott, was bist du für ein Idiot. Ich dachte, dass du dich freuen würdest, wenn du erfährst, dass du eine Tochter hast.«

Sie sprach nicht weiter, ein Kloß saß in ihrem Hals. Behutsam glättete sie Christels Foto und schob es in ihre Handtasche zurück. Der Fotograf in Schleswig würde ein neues Bild machen, eines, das Benno niemals in die Finger bekommen würde. Aus, Schluss, vorbei. Benno war ersatzlos gestrichen. Sollte er doch tun und lassen, was er wollte, mit einer neuen Frau an seiner Seite oder allein, ihr war es gleich.

Er zuckte mit den Schultern. »Fritzi, es tut mir leid, ehrlich. Aber wenn du mir geschrieben hättest …«

»Ach was, red keinen Unsinn. Du hast doch aufgehört, mir zu schreiben.«

»Ich?«

Er war verstummt. Auch sie hätte gerne geschwiegen, am liebsten wäre sie davongerannt, aber es brodelte so viel in ihr, das musste raus. Sie musterte Benno voll wilder Empörung, ein Gefühl, das sich nicht niederringen ließ.

»Ich dachte, wenn du nach Haus kommst, überrasche ich dich. Ich habe geglaubt, du würdest dich freuen, aber nein, du bist bloß ein grober Klotz. Mit jemandem wie dir kann ich ohnehin nichts anfangen.«

»Jetzt mach mal einen Punkt. Ich kann schließlich nicht hellsehen, oder? Du wirst doch verstehen, dass das Ganze für mich ziemlich überraschend kommt.«

Sie schwieg, ärgerlich über einen Einwand, den sie nicht entkräften konnte.

»Wenigstens meine Mutter hätte mir davon schreiben sollen. Was habt ihr euch dabei gedacht?«

»Ich hatte sie gebeten, es nicht zu tun. Ja, das war vielleicht dämlich, aber ich wollte es dir eben selber sagen. Persönlich.«

»Schon gut.«

»Nein, ist es nicht, es ist nicht gut, aber ich kann es nicht mehr ändern. Wage es nur ja nicht, die Vaterschaft anzufechten und meinen Namen noch einmal in den Dreck zu ziehen. Eine Heerschar von Anwälten wird über dich herfallen, wenn du das tust. Papa wird dafür sorgen, dass du in Zukunft kein Bein mehr auf die Erde bekommst.«

»Beruhige dich. Ich habe nicht vor, mich mit dir vor Gericht zu streiten, aber du musst zugeben, dass dein Schweigen in den letzten Jahren nicht hilfreich war.«

»Mein Schweigen? Wer von uns hat denn geschwiegen?«

»Ich kann verstehen, dass du aufgeregt bist, ich ja auch, aber es bringt nichts, wenn wir uns auf offener Straße streiten wie die Kesselflicker. Wir müssen in Ruhe über das alles reden.«

Sie nickte, doch er bekam es gar nicht mit. Schon ging sein Blick wieder zu der Toreinfahrt, die er erst vor ein paar Minuten verlassen hatte. Vielleicht lebte in dem Haus dort drüben seine Neue? Ganz sicher wollte er nicht, dass sie Wind bekam von dem, was hier vor sich ging.

Benno wandte sich ihr wieder zu, er legte sogar vorsichtig einen Arm um ihre Schulter.

»Pass auf, ich besuche dich morgen in deiner Pension, dann sprechen wir über alles in Ruhe.«

»Nein, nicht in der Pension, meine Wirtin duldet keine Herrenbesuche. Wir sehen uns morgen Abend im Hotel Kaiserhof, kennst du das?«

Benno runzelte die Stirn. Das Hotel am Wilhelmplatz war ein teurer Laden, sehr nobel, sehr gediegen. Eine Nummer zu groß für jemanden wie ihn, aber das war es ja gerade – jetzt wollte sie es ihm nämlich zeigen. Sie hatte das Hotel erst vor Kurzem bei einem Streifzug durch die Stadt entdeckt und es gewagt, dort ganz allein einen Kaffee zu trinken. Man hatte sie gut behandelt. Der vornehme Charme der Kellner hatte ihr ebenso imponiert wie der echte Bohnenkaffee, der frisch gewesen war, heiß und würzig. Die halbe Stunde im Hotel war bisher einer der wenigen erhebenden Momente in dieser Stadt gewesen. Warum das nicht wiederholen? Ausnahmsweise wollte sie es sich gönnen, dort einen Abend zu speisen. Sollte Benno ruhig zu spüren bekommen, was er verpasste, wenn er sie nicht heiratete.

»Morgen Abend um neunzehn Uhr im Kaiserhof. Ich erwarte dich. Lass dir nicht einfallen, mich zu versetzen. Wenn du nicht kommst, erzähle ich meine Geschichte deiner Neuen. Danach siehst du sie garantiert nicht wieder, das darfst du mir glauben.«

Ein Schuss ins Blaue, doch er schien sein Ziel nicht verfehlt zu haben, denn Bennos Augen wurden groß. Sie bemerkte sehr wohl, dass sein Blick einmal mehr zu dem Haus hinter ihnen ging – vielleicht lebte sie wirklich dort auf der anderen Straßenseite, die Frau, die Fritzis Platz eingenommen hatte. Benno schob die Hände in die Taschen seiner Jacke, jetzt wirkte er trotzig.

»Was soll das, Fritzi? Nicht in diesem Ton, ja?«

»Du solltest dich mal hören, wenn du mit mir redest. Wage es nur nicht, morgen Abend nicht zu erscheinen.«

Benno runzelte schon wieder die Stirn, aber ihr tat es gut, noch einmal aufgetrumpft zu haben. Sie hatte ihm zeigen müssen, dass sie keine dumme Trine vom Lande war, die sich von ihm herumschubsen ließ. Endlich hatte sie etwas in den Händen, das sie gegen ihn ausspielen konnte: seine Neue. Die Existenz dieser Frau konnte zu einem Trumpf werden in ihrer Hand.

Sie drehte sich um und marschierte die Straße hinunter. Es rauschte in ihren Ohren, leider Gottes zitterten ihr auch die Knie. Schon meldeten sich erste Zweifel, mit jedem Schritt wurde sie ein bisschen unsicherer. Im Grunde war das Ganze hier ein Fehlschlag gewesen. Natürlich, sie konnte Benno drohen, sie konnte ihm das Leben für eine Weile schwer machen, aber brachte das denn etwas? Ihr ursprüngliches Ziel, die Ehe mit ihm einzugehen, würde sie nicht mehr erreichen. Dabei hatte sie nur zu diesem Zweck diese Reise unternommen.

Alles war verloren und zwar endgültig.

Fritzi lief weiter, aber sie nahm nichts von ihrer Umgebung wahr. Die Zukunft sah düster aus. Ein einsames Fräulein Mutter würde sie sein, eine von diesen verbitterten Frauen, denen das Leben nichts als Kummer und Verdruss bereitete – und das alles eines einzigen Fehltritts wegen. Auch wenn sie finanziell nicht ins Bodenlose stürzte, Bewerber um ihre Hand würde es nicht mehr geben, nicht in Rieseby. Nachbarn, die sie mit Höflichkeit behandelten, und Freunde, die sie schätzten, konnte sie sich von Papas Geld nicht kaufen. Die Aussichten waren bescheiden. Wie sollte es weitergehen, ihr Leben? Wo war er, der Lichtstreif am Horizont? Fritzi lief und lief, aber sie schaute nicht nach rechts und nicht nach links dabei. Sie wollte nur noch zurück in die Pension. Dort würde sie ganz für sich sein – dort durfte sie endlich in Ruhe weinen.

* * *

Renate hatte Wort gehalten. Schon heute Nachmittag durfte Hanna bei Doktor Röttger vorsprechen, wenn er denn irgendwann auftauchte, hieß das. Für drei Uhr waren sie verabredet gewesen, inzwischen ging es auf vier Uhr zu, doch von Röttger keine Spur. Das Warten zerrte an ihren Nerven, auch wenn sie inzwischen ohnehin fast pausenlos am Spandauer Damm zu Gast war. Das Krankenhaus war ihr zweites Zuhause dieser Tage. Hier war sie in der Nähe ihres Vaters und erfuhr sofort, wenn es Neuigkeiten gab. Gelegentlich durfte sie kurz zu ihm, auch wenn ihr Vater meist schlief.

Gedankenverloren betrachtete Hanna die graue Mappe in ihrer Hand. Bewerbungsunterlagen konnte man die wenigen Papiere kaum nennen, die sie mitgebracht hatte. Ihre Bescheinigung über die Zeit bei den Diakonissen in Bethanien war dabei, außerdem ein paar Ausweispapiere aus den Frontlazaretten. Zeugnisse für Hilfsschwestern anzufertigen war im Krieg nicht üblich gewesen, trotzdem hatte Hanna sich inzwischen an die Oberschwester in Bromberg gewandt und gebeten, ihr eine Bescheinigung über ihre Leistungen in Westpreußen zu schreiben. Letzteres war nicht zu viel verlangt. In der Zeit an der Front hatte sie alles gegeben. Auf Pritschen und auf kalten Fußböden hatte sie geschlafen, unter Zeltplanen geschwitzt oder gefroren, in notdürftig hergerichteten Schulen oder in Scheunen versucht, für Ordnung und Sauberkeit zu sorgen. Der Kanonendonner im Hintergrund war so alltäglich geworden, dass man ihn zuletzt kaum noch wahrgenommen hatte. Zeitweise war der Nachschub für die Lazarette ausgeblieben, dann hatten sie alle gehungert: Ärzte, Schwestern, die Kriegsverwundeten. An Nahrung und Medikamenten hatte es gefehlt, aber Arbeit war immer genug da gewesen. Hanna hatte Patienten gefüttert, letzte Briefe an liebe Menschen geschrieben, Fieber gemessen, das Bettzeug gewechselt, Verbände gewaschen, Fußböden gewischt und Instrumente ausgekocht. Sie hatte gelernt, den Puls des Patienten zu fühlen, Druckverbände anzulegen, Schusswunden zu versorgen und Patienten unter Schock richtig zu behandeln. Nur leider fand sich kaum etwas davon in ihrer Bewerbungsmappe. Auf dem Papier sahen ihre Leistungen für das Vaterland allesamt beschämend nüchtern und geradezu unbedeutend aus.

»Einen kleinen Moment bitte noch. Der Herr Oberarzt hat gleich Zeit für Sie.«

Eine der Schwestern eilte vorüber, lächelnd und selbstsicher in ihrer grauen Uniform. Kurz darauf tat sich tatsächlich eine der Türen gegenüber auf. Das musste er sein, der legendäre Oberarzt Doktor Heinrich Röttger, von dem Renate so geschwärmt hatte. Der hagere Mann mit Brille winkte sie mit ernster Miene in sein Büro. Auf den ersten Blick schien er einer von der ruhigen Sorte zu sein, nachdenklich, aber durchaus vertrauenerweckend.

Hanna betrat das Arbeitszimmer des Arztes und blieb gleich wieder stehen: Ein besonderer Geruch lag in der Luft – kein Jod, kein Äther und auch kein Baldrian. War das schwarzer Tee? Eine starke Sorte mit einem exotischen Aroma? In der Tat, auf dem kleinen Tisch neben dem Fenster stand eine weiße, bauchige Porzellankanne auf einem Rechaud.

»Bitte, nehmen Sie Platz, Fräulein Münchow.«

Hanna ließ sich auf den Stuhl sinken, der dem Schreibtisch des Arztes gegenüberstand. Ihr Herz stolperte vor Aufregung, hoffentlich würde es ihr gelingen, in dieser Unterredung einen guten Eindruck zu machen.

»Darf ich Ihnen eine Tasse Tee anbieten?«

»Ja, sehr gern, vielen Dank.«

Röttger bediente sie, schon ergoss sich eine dunkle, dampfende Flüssigkeit in eine zierliche, weiße Porzellantasse. Der Arzt fügte sogar ungefragt einen Teelöffel Zucker hinzu, das war großzügig, denn Zucker war eine Kostbarkeit. Hanna nahm ihre Tasse entgegen, das Aroma des Tees überwältigte sie beinahe. Wann hatte sie zuletzt echten Schwarztee getrunken? Sie schloss die Augen und nahm vorsichtig den ersten Schluck. Wie herrlich, kein Vergleich mit den faden und wässerigen Kräutertees zu Hause.

»Orange Pekoe aus Ceylon. Fantastisch, nicht wahr?«

»Ja, er ist köstlich.«

»Mein Schwager ist Engländer, er lebt in Portsmouth und bedenkt mich von Zeit zu Zeit mit ein paar kleinen Delikatessen.«

»Vielen Dank, dass Sie mich an diesem Genuss teilhaben lassen, gerade wo es heute überall so kalt ist.«

»Ja, die Kälte ist auch für uns ein Problem.«

»Die fiebernden Patienten …«

»Und ihre Behandlung in kaum geheizten Räumen.«

»Erst recht bei den Operationen …«

Hanna verstummte. Sie dachte an ihren Vater, der nur ein paar Meter entfernt in einem der Krankenzimmer lag.

»Sie haben recht. Derzeit ist es oft zu wenig, was man als Arzt tun kann.«

Hanna sah auf, sie ließ die Teetasse sinken. Der letzte Satz war düster, er klang fast nach einer traurigen Prophezeiung. Doktor Röttger hatte sich inzwischen auf seinem Stuhl am Schreibtisch niedergelassen. Den Tee in seiner Tasse hatte er noch nicht angerührt, er schien auf etwas zu warten. Wortlos saßen sie sich einen Moment gegenüber, wie festgefroren der Augenblick, während Hanna überlegte, wie sie ihr Anliegen vortragen konnte. Was hatte Renate dem Herrn Oberarzt erzählt? Nur Gutes oder auch die Geschichte mit Cora? Hanna nahm noch einen kleinen Schluck Tee, dann stellte sie ihre Tasse auf den Schreibtisch und legte die Mappe daneben.

»Ich habe Ihnen meine Unterlagen für die Bewerbung zur Lernschwester mitgebracht, Herr Doktor. Fräulein März hat Sie meinetwegen angesprochen, nicht wahr?«

»Ja, das hat sie. Schwester Renate hat Sie in höchsten Tönen gelobt.«

Hanna atmete auf, sie brachte sogar ein kleines Lächeln zustande, während der Doktor ihre Papiere durchblätterte. Leider verriet seine Miene kein echtes Interesse. Schon schob er die Bewerbungsmappe wieder beiseite.

»Sie waren heute Mittag nicht auf Station, nicht wahr, Fräulein Münchow?«

»Nein. Ich war zu Hause, um meine Papiere zu holen.«

»Ich verstehe.«

Der Oberarzt nahm seine Brille ab und fuhr sich mit der flachen Hand über die Augen. Hanna sah ihm schweigend zu, doch ihre Unruhe wuchs und drohte zur Panik zu werden – was war los? Ging es hier vielleicht gar nicht um ihre Bewerbung?

»Ich hatte geglaubt, Sie würden in erster Linie über Ihren Vater mit mir sprechen wollen, Fräulein Münchow.«

»Über meinen …«

Hanna setzte den Satz nicht fort, Stille trat ein, erfüllt von einer lähmenden Ungewissheit, die sie beinahe erdrückte.

»Es tut mir leid, aber Ihr Herr Vater ist heute Mittag verstorben. Ich dachte, Sie wollen sich nach den Ursachen für sein Ableben erkundigen.«

Hanna antwortete nicht, sie saß wie gelähmt auf ihrem Platz. Sie konnte nicht glauben, was sie soeben gehört hatte: Vater war tot? Heute Morgen hatte sie ihn noch gesehen, er war nicht bei Bewusstsein gewesen, aber jedenfalls am Leben. Sein Zustand hatte sich im Vergleich zum Vortag nicht wesentlich verändert. Zwei Stunden höchstens war sie fort gewesen. In der kurzen Zeit sollte er verstorben sein? Vielleicht hätte sie ihn nicht allein lassen dürfen.

Hanna schnappte nach Luft, immer noch unfähig, zu begreifen. Gestern Abend war das Fieber hoch gewesen, sie hatte sich deswegen heute Morgen an die Stationsschwester gewandt. Solche Fieberkrisen kämen nach Operationen leider vor, hatte die Schwester gesagt und dazu ein engelsgleiches Lächeln aufgesetzt. Hanna solle ruhig nach Hause fahren und sich ausruhen. Warum war sie diesem Rat gefolgt? Warum war sie nicht am Krankenbett geblieben? Weil sie an ihre Bewerbung gedacht hatte, deshalb. Sie war nach Dahlem geeilt, um die Papiere zu holen, sie hatte nicht mit leeren Händen vor den Oberarzt treten wollen. Und nun war ihr Vater tot, die größte aller derzeit vorstellbaren Katastrophen war eingetreten. Es durfte nicht sein, er war ihr einziger Verbündeter. Der Tod war so absolut, da gab es kein Wenn und Aber.

Doktor Röttger erhob sich und kam zu ihr, kurz legte er ihr eine Hand auf die Schulter.

»Es tut mir aufrichtig leid, Fräulein Münchow. Wir haben uns alle Mühe gegeben, aber Ihr Vater war durch die Hungerjahre, die hinter uns liegen, sehr entkräftet. Zu viel Arbeit, zu viele Sorgen und die Raucherei tun ein Übriges. Er war nicht mehr der Jüngste.«

Sie nickte mechanisch.

»Verzeihen Sie, aber damit habe ich nicht gerechnet. Die Entzündung des Wurmfortsatzes war doch nicht mehr aktiv. Gab es andere Komplikationen?«

Doktor Röttger schwieg – wahrscheinlich, weil sie eine Mitschuld an dieser Katastrophe traf. Genau das wollte er ihr aber nicht ins Gesicht sagen. In der Nacht, in der sie ihren Vater hierhergebracht hatten, hätte sie schneller sein müssen. Sie hätte den Kranken unterwegs besser wärmen sollen, ihn dicker ankleiden oder eine Decke über ihn ausbreiten sollen, das alles hätte geholfen. Die Unterkühlung war sicherlich der Grund für seinen Tod, oder? Es konnte gar nicht anders sein. Kälte und Zugluft waren schon für gesunde Menschen eine Gefahr, das galt erst recht für Menschen mit einer Entzündung, umso mehr, wenn sie fieberten. Beschämt starrte Hanna hinunter auf ihre Hände, ihr Mund war trocken, die Zunge klebte ihr am Gaumen, doch merkwürdigerweise kamen keine Tränen. Es schien ihr, als sei sie in diesem grausamen Augenblick gar nicht wirklich präsent, als schwebe sie nur wie im Traum durch diese Szene. Aufwachen musste sie.

Doktor Röttger räusperte sich. Er spürte wohl etwas von ihrer Verlorenheit.

»Sie haben mein tiefes Mitgefühl, Fräulein Münchow. Wir haben alle auf einen anderen Ausgang gehofft.«

»Aber was ist denn geschehen? Ich verstehe es nicht. War es eine Wundinfektion?«

»Die Operationsnarbe machte keinen entzündeten Eindruck.«

»Was sonst ist passiert?«

»Wie gesagt, ich glaube, Ihr Herr Vater litt schon vor der Operation unter einer geschwächten Konstitution. In solchen Fällen kommt es postoperativ leider häufiger zu Komplikationen. Ich darf Ihnen versichern, dass alles Menschenmögliche getan wurde, um den Patienten zu retten. Ich selbst habe versucht, heute Mittag die Krise abzuwenden, aber leider haben wir den Kampf verloren. Eine postoperative Pneumonie mit Atemnot, lautet die Diagnose.«

Hanna riss den Mund auf vor Schreck, sie wollte etwas sagen, aber dann sackte sie bloß auf ihrem Stuhl in sich zusammen. Lungenentzündung, also doch, sie war schuld. Die Unterkühlung auf dem Transport ins Krankenhaus, das war die Ursache. Sie spürte, wie ihre Unterlippe zu zittern begann, sie versuchte mit aller Kraft, dieses sinnlose Beben abzustellen – vergeblich, sie zitterte weiter, dabei musste sie die Haltung bewahren, was sollte der Herr Oberarzt sonst von ihr denken? Sie wollte sich um eine Anstellung bei ihm bewerben, in einem Beruf, der Nervenkraft und innere Stärke verlangte. Und jetzt saß sie hier und verlor die Fassung? Dennoch, alle Appelle an ihre Selbstdisziplin halfen nichts, die Tatsache blieb: Ihr Vater war tot, jetzt war sie allein, verlassen von dem einzigen Menschen, den sie in ihrer Familie innig liebte. Sie hatte ihren Papa vor einem tödlichen Blinddarmdurchbruch bewahrt, nur damit er an einer Lungenentzündung starb, war das nicht absurd? Sie schluckte, sie ballte die Hand zur Faust, sie wusste, dass sie sich zusammenreißen musste. Ihre Blicke begegneten denen des Doktors.

»Nehmen Sie noch einen Schluck von Ihrem Tee, Fräulein Münchow, bevor er kalt wird. Er wird Sie ein wenig stärken.«

Sie nickte, rührte die Tasse aber nicht an.

»Verzeihen Sie, dass ich so hilflos wirke, aber ich mache mir Vorwürfe.«

»Wir alle sind hilflos im Angesicht des Todes. Sie haben sich nichts vorzuwerfen.«

»Wer weiß, vielleicht bin ich schuld an diesem Verhängnis.«

»Aber nein, sicher nicht. Sie waren es, die dafür gesorgt hat, dass Ihr Vater bei uns eingeliefert wurde. Auch in den Stunden danach haben Sie sich nicht geschont. Sie waren nahezu unablässig bei ihm. Keine Tochter hätte mehr tun können.«

»Ich bin zur Hilfsschwester ausgebildet, Herr Doktor. Eine Lungenentzündung verursacht Symptome. Ich hätte sie erkennen müssen.«

»Eine postoperative Lungenentzündung verläuft oft weniger signifikant. Die Hinweise auf ein solches Geschehen können sehr dezent sein.«

»Husten, Auswurf, Schüttelfrost und Schmerzen beim Einatmen …«

»Ihr Vater war nicht bei Bewusstsein. Er konnte sich uns nicht mitteilen. Ich sage ja, es war ein atypischer Verlauf.«

»Dennoch, es hätte mir auffallen müssen. Wenn ich gewusst hätte, worauf ich achten muss, dann hätte ich Sie rechtzeitig benachrichtigen können.«

»Es ist dieser Tage überall bitterkalt, Fräulein Münchow. Wir alle sind in Gefahr zu verhungern oder zu erfrieren. Die einen mehr, die anderen weniger.«

»Schon, aber …«

Der Doktor winkte ab. »Hören Sie bitte auf, die Schuld bei sich zu suchen. Sie waren tapfer und mutig. Ich vermag keine Versäumnisse Ihrerseits zu erkennen. Es ist einfach zu viel zusammengekommen. So etwas passiert leider Gottes.«

Hanna starrte die Tasse an, deren Inhalt auf dem Schreibtisch langsam erkaltete. Sie sah ihren Vater vor sich, hinter dem mächtigen Schreibtisch im Herrenzimmer. Sie hörte seine Stimme, sie sah sein Lächeln. Sanft berührten ihre Finger die Halskette, die sie auch heute trug: Sie war ein Geschenk von ihm. Ihr Vater hatte ihr das Schmuckstück am Tag ihrer Konfirmation überreicht, er hatte ihr die Kette mit dem goldenen Kreuz vor Beginn des Gottesdienstes um den Hals gelegt. Ein Erbstück, das zu deren Lebzeiten ihrer Großmutter gehörte. Sie war diejenige unter seinen Töchtern gewesen, der Papa dieses kostbare Geschenk zugedacht hatte. Ungeheuer stolz war sie darauf gewesen.

Doktor Röttger runzelte die Stirn. »Manchmal ist die Krankheit stärker als jede ärztliche Kunst, Fräulein Münchow. Wir tun alles Menschenmögliche, doch letztlich entscheidet eine höhere Macht, ob ein Patient in unserer Mitte bleibt oder ob er gehen muss. Sie haben diese Erfahrung an der Front sicherlich auch gemacht, nicht wahr?«

»Ja.«

»Wir könnten im Rahmen einer Obduktion die tatsächlichen Gründe für den Tod Ihres Vaters ermitteln.«

»Nein, vielen Dank, das möchte ich nicht. Ich glaube auch nicht, dass meine Mutter es wünscht.«

Hanna stand auf, ihr Blick fiel auf die Mappe mit den Papieren, die sie mitgebracht hatte. Der Raum um sie herum schwankte ein wenig, sie musste sich kurz an der Lehne des Stuhls festhalten. Ihr Kopf war leer, ihren Körper spürte sie kaum. Vielleicht träumte sie das alles nur? Wie benommen ging sie zur Tür.

»Vielen Dank, Herr Doktor. Auch für den Tee.«

»Keine Ursache. Und lassen Sie die Hoffnung nicht sinken. Fräulein März hat mich über Ihr Ansinnen informiert. Ich behalte Ihre Unterlagen da und werde mich bei der Verwaltung erkundigen.«

»Das ist sehr nett von Ihnen. Ich danke vielmals.«

»Lassen Sie sich nicht entmutigen. Wenn es hier nicht weitergeht, dann anderswo.«

»Sicher. Ich weiß im Moment nur nicht, wo dieses Anderswo sein könnte.«

»Es braucht Zeit, um mit einem großen Verlust fertigzuwerden. Irgendwann werden Sie wissen, was zu tun ist.«

»Ich brauche dringend Arbeit, Herr Doktor. Jetzt mehr denn je.«

Der Doktor stand auf. »Das verstehe ich, nur wird die Zahl der Lernschwestern auf absehbare Zeit leider niedrig bleiben. Sie wirken auf mich wie eine intelligente junge Frau. Vielleicht wäre ein Studium in Ihrem Fall das Richtige? Wir brauchen junge, talentierte Ärztinnen.«

»Ich weiß nicht, ob ich in Berlin einen Platz an der Universität bekommen würde.«

»Zürich, Fräulein Münchow, nicht Berlin. Unsere besten Ärztinnen kommen mittlerweile aus der Schweiz. Meine Tochter ist auch dort unten zur Kinderärztin ausgebildet worden, sie macht sich sehr gut. Die Kinder lieben sie.«

»Das freut mich.«

»Probieren Sie es. Die Schweiz wird Ihnen zusagen. Sie werden dort auf einige junge Damen mit dem gleichen Ziel treffen.«

Es gab nichts mehr zu sagen: Hanna nickte und ging.

Draußen auf dem Flur herrschte eine ungewöhnliche Ruhe, es schien, als wäre alles um sie herum zum Erliegen gekommen. Ihr war schwindelig, ein Lichtstrahl fiel durch eines der Fenster und blendete sie. Wie betäubt blieb sie stehen. Vielleicht befand sie sich in diesem unheimlichen Zustand, in dem sich Verwundete bei ihrem Eintreffen im Lazarett oft befunden hatten? Schockstarre, Lähmung, Amnesie oder Euphorie, alles war möglich. Das Nervensystem spielte verrückt, so wie jetzt vermutlich bei ihr. Sie fühlte sich dieser Welt unglaublich fern und doch fürchterlich nah. Ein paar Sekunden stand sie schwankend auf dem Flur, dann plötzlich hörte sie Schritte: Hanna drehte sich um und sah Irene auf sich zu eilen. Auch das noch. Wer hatte ihre Mutter alarmiert? Die Stationsschwester per Telefon vermutlich, aber das Gespräch mit Irene kam zu früh, viel zu früh. Dennoch, es war anscheinend nicht aufzuhalten, denn Irene lief, sie flog beinahe über den Gang. Bleich war sie, ihre Augen waren gerötet, der Hut war ihr verrutscht. Einen neuen Mantel hatte sie an, wadenlang, mit einem Gürtel in der Taille und einem engen Rock darunter – sehr modern, und dennoch wirkte ihre Kleidung unordentlich, als hätte sie sich alles eilig und ohne Sorgfalt übergeworfen. Untypisch für sie, doch der Tod ihres Mannes hatte anscheinend sogar Irene aus der Bahn geworfen. Jetzt blieb sie stehen. Der Duft nach Maiglöckchen, den sie mitbrachte, war schwer zu ertragen, er passte nicht hierher. Was für eine absurde Situation, Irene am Leben und Papa tot, das war grundverkehrt. Wenn überhaupt, dann hätte es andersherum sein sollen, aber durfte man als Tochter so etwas überhaupt denken?

»Hanna, mein Kind.«

Hanna fand sich in der Umarmung ihrer Mutter wieder, sie ließ es zu, sie hatte nicht die Kraft, sich dagegen zu wehren. Um sie herum blieben die Leute stehen, es war Besuchszeit, unzählige Augenpaare waren auf sie gerichtet. Sie wurden angestarrt, die wenigsten der Anwesenden waren mitfühlend genug, um sich nach ein paar Sekunden wieder abzuwenden. Mutter und Tochter in tiefer Trauer, sie beide befanden sich im Mittelpunkt des allgemeinen Interesses, umso mehr, da Irene sich zitternd an die Aufschläge von Hannas Mantel klammerte. Wann war sie zuletzt von ihrer Mutter umarmt worden? Jetzt, da es geschah, spürte sie gar nichts, ihr Körper war taub vor Schmerz, für einen Moment kam es ihr vor, als sei sie ein Stück Treibholz an der Oberfläche eines tosenden Gewässers.

Ein paar Sekunden ließ sie es zu, dann drängte Hanna den aufdringlich duftenden Körper ihrer Mutter behutsam fort. Irene wehrte sich nicht, also nahm Hanna sie beim Arm und ging mit ihr den Gang hinunter. Noch immer wirkte alles um sie herum unwirklich und seltsam grell.

Hanna schauderte es.

Wann würde sie endlich aufwachen und feststellen, dass es draußen heller Tag und alles nur ein böser Traum war?

* * *

»Moritz?«

Behutsam legte Vera dem jungen Mann, der auf dem Kanapée im Wohnzimmer vor sich hindämmerte, eine Hand auf die Schulter – sofort öffnete er die Augen und sah sie an. Vera setzte ein Lächeln auf. Moritz tat ihr leid. Höchstens zwanzig Jahre alt, seinem Dialekt nach fremd in der Stadt und, dank Georgs Hilfe, in einen völlig sinnlosen Krieg verwickelt. Zu Hause bei seinen Eltern wäre der junge Mann besser aufgehoben gewesen.

Vera ging neben dem Sofa auf die Knie. »Ich störe ungern, aber der Doktor kommt gleich, um nach der Wunde an deinem Arm zu sehen.«

»Das muss nicht sein, Fräulein Vera. Ist doch bloß ein Streifschuss.«

»Ich möchte, dass er sich das ansieht. Ich will nicht schuld sein, wenn sich dein Arm entzündet.«

»Wenn jemand keine Schuld an meiner Verletzung trägt, dann sind das Sie, Fräulein Vera. Sie kümmern sich so gut um mich.«

»Das mach ich gern.«

»Ja, aber nur, weil ich es bin, oder? Ich bin Ihnen in kurzer Zeit schon ans Herz gewachsen, stimmt's?« Moritz blinzelte ihr zu.

Vera nickte, natürlich, sie tat es nur für ihn, sollte er das ruhig glauben, warum nicht? Moritz brachte Abwechselung in ihren Tag. Wann immer möglich, versuchte er, mit ihr anzubändeln, dabei war er noch ein halbes Kind. Hoch aufgeschossen, aber etliche Jahre jünger als sie. Man konnte ihn noch nicht für voll nehmen. Nun, sollte er ruhig ein bisschen schöntun mit ihr, es war ja bloß ein Spaß. Ein paar Tage noch, dann würde Moritz ohnehin verschwinden.

Sie richtete sich neben seinem Lager auf. »Ich habe eine Bitte an dich, Moritz.«

»Ja?«

»Sobald du wieder gesund bist, gehst du nach Hause, zurück zu deinen Leuten. Vorerst hast du genug Krieg gespielt.«

»Wenn Sie den Überfall der Roten meinen, das war kein Spiel, Fräulein Vera.«

»Nein, das war kein Spiel, du hast recht. Das war eine Warnung. Diesmal war es nur ein Streifschuss am Arm, aber das nächste Mal könnte eine Kugel dein Herz treffen.

Lohnt sich das? Sei vernünftig, deine Eltern machen sich bestimmt Sorgen.«

»Meine Eltern sind froh, wenn ich weg bin. Ein Esser weniger am Tisch, das ist gut für sie.«

»Sag nicht so was. Keine Mutter denkt so über ihr Kind.«

»Da kennen Sie aber meine Mutter schlecht.«

»Woher kommst du eigentlich?«

»Aus der Nähe von Erfurt. Mein Vater ist Schuhmacher, aber die Familie kommt kaum über die Runden. Unten bei den Kameraden im Hof geht's mir besser als bei meinen Eltern daheim.«

»Ja? Dann denk mal an die Brandnacht.«

»Ach was, die Roten. Die paar Hanseln machen mir keine Angst. Die haben doch nix, keine Waffen, keine Munition.«

»Du bist tief in Feindesland, mein Freund. Der Osten der Stadt gehört den Kommunisten, darauf sind sie stolz. Die meisten Nachbarn hier sind kleine Leute, die wählen USPD und KPD, die haben keine Sympathie für euresgleichen. Für die macht ihr Freikorps mit den Industriebaronen gemeinsame Sache.«

»Und wenn schon, interessiert mich, was die Leute denken? Ich will ja nicht hierbleiben.«

»Wäre auch gefährlich, wenn du mich fragst. Du bist zu jung, um dein Leben zu riskieren.«

»Ein Mann muss für seine Überzeugungen einstehen.«

»Lohnt es sich denn in diesem Fall? Was hast du dabei zu gewinnen?«

Moritz zuckte mit den Schultern. »Ich will nicht, dass die Bolschewiken unser Land regieren.«

»Ach ja, die Bolschewiken, ich kann's nicht mehr hören. Die haben doch in Moskau genug um die Ohren, meinst du nicht?«

»Nun ja … ich weiß nicht recht.«

»Du bist nicht an der Front gewesen, und jetzt willst du beweisen, dass du trotzdem ein ganzer Kerl bist. Aber du hast nur ein Leben. Was kümmern dich die Bolschewiken, wenn du auf dem Friedhof liegst?«

Moritz kicherte leise. »Hört, hört, und das von der Schwester des Kommandeurs. Wissen Sie, was ich glaube? Ich falle Ihnen zur Last. Sie wollen mich loswerden.«

»Darum geht es nicht. Ich mag dich, Moritz, deshalb mache ich mir Sorgen.«

»Das höre ich gern.«

»Sei kein Dummkopf, Junge. Verlass die Truppe und fang neu an. Der Krieg ist vorbei, es ist Zeit für etwas Neues. Ich jedenfalls werde eine Damenschneiderei aufmachen.«

»Sie gründen eine eigene Firma?«

Moritz staunte, er hatte sich aufgerichtet und sah sie mit großen Augen an.

»Ja, wieso denn nicht? Ich habe Schneiderin gelernt.«

»Schon, aber ganz allein ein Geschäft zu gründen, das ist nicht ohne. Sie brauchen einen Mann, der hinter der Sache steht.«

»Was ist das für ein altmodischer Quatsch, Moritz? Mein Bruder hatte alle Möglichkeiten, mich zu unterstützen. Stattdessen schleppt er uns hier einen Haufen Soldaten auf den Hof.«

»Sie dürfen nicht so reden, Fräulein Vera. Obergefreiter Novak ist mein Kommandeur.«

»Das gibt ihm noch lange nicht das Recht, unser aller Leben aufs Spiel zu setzen und das Erbe seines Vaters in die Luft zu jagen.«

»Das waren die Roten.«

»Wenn mein Bruder nicht auf die großartige Idee gekommen wäre, sein Lager auf unserem Hof zu errichten, hätten die Roten uns nie unter Beschuss genommen.«

Moritz widersprach nicht, er sah zu Boden. Vera legte eine Hand unter sein Kinn, eine verwegene Geste, aber sie brauchte eine Auskunft von ihm.

Ihre Blicke trafen sich.

»Du kannst mir helfen, Moritz. Wer ist der Vorgesetzte meines Bruders, verrätst du mir das? Ich muss mit dem Mann reden.«

»Was? Wieso denn und worüber?«

»Mein Bruder kann nach allem, was passiert ist, nicht länger mit seinen Leuten auf dem Hof kampieren. Hier in den Häusern rundherum leben Menschen. Meine kranke Mutter und all die Nachbarn, Kinder und Alte, sie sind in Gefahr, wenn ihr bleibt, verstehst du?«

Moritz schüttelte den Kopf. Von einer Sekunde zur nächsten wirkte sein Gesicht finster. Es ging ihr nicht um ihn als Mann – er hatte es begriffen und fühlte sich um eine schöne Hoffnung betrogen.

»Wir sind alle in Gefahr, das ganze Land steht am Scheideweg, Fräulein Vera. Ich kann Ihnen den Namen dieses Offiziers nicht geben, tut mir leid. Das wäre Verrat.«

»Ach komm, was verrätst du mir denn schon? Ich kann mich auch allein durchfragen, so schwer wird das wohl nicht sein.«

»Gut, dann machen Sie das. Damit will ich nichts zu tun haben.«

»Es geht doch bloß darum, euch ein anständiges Quartier zuzuweisen, Moritz. Jetzt, wo die Werkstatt abgebrannt ist, könnt ihr nicht auf Dauer da unten in Zelten hausen. Es ist Winter, das Wetter wird immer schlechter. Deine Kameraden werden doch krank in der Kälte und dem Schmutz.«

»Das hat der Kommandeur zu entscheiden. Ich bin kein Verräter.«

»Von mir erfährt mein Bruder kein Wort über unser Gespräch, das darfst du mir glauben. Sag mir, zu wem ich gehen kann. Ich werde mich erkenntlich zeigen.«

»Ach ja? Das ist allerdings ein Angebot. Ich schlage vor, Sie heiraten mich. Das ist ein Antrag, Fräulein Vera.«

»Ich überleg's mir, aber ich fürchte, zum Heiraten bist du noch zu jung. Komm schon, sag mir, an wen ich mich wenden muss.«

»So einfach ist das nicht bei den Militärs, Fräulein Vera. Das sind Offiziere. Meinen Sie, die hören Ihnen überhaupt zu, wenn Sie was von denen wollen?«

»Das werden sie. Die gesamte Kundschaft meines Vaters vor dem Krieg bestand aus Offizieren, mit dieser Klientel kenne ich mich aus. Ich weiß, wie man diese Leute zu nehmen hat.«

Moritz schien mit sich zu kämpfen, endlich nickte er schwach.

»Also schön, wenn Sie meinen. Aber von mir haben Sie das nicht.«

»Natürlich nicht. Darauf hast du mein Wort.«

»Ich bin noch nicht lange bei der Truppe, aber ich weiß, dass im Hotel Eden ein Stützpunkt aufgebaut wird. Unsere Vorgesetzten treffen sich dort.«

»Du meinst das Hotel Eden in der Budapester Straße?«

»Genau das. Aber Sie reden mit niemandem drüber, verstanden? Wie gesagt, wenn das rauskommt …«

Moritz verstummte. Sein Blick ging zur Tür, bevor er sich in seine Kissen sinken ließ. Vera drehte sich um in der Erwartung, Doktor Köhler auf der Türschwelle zu sehen, schließlich hatte er seinen Besuch für heute Vormittag angekündigt. Bestimmt hatte die Mutter ihn reingelassen – aber nein, es war nicht der Doktor, es war Georg, der sie mit zusammengekniffenen Augen beobachtete. Einen kurzen Moment fixierten sie einander schweigend, dann gab Georg ihr einen Wink.

»Kann ich dich mal kurz sprechen?«

Vera folgte ihrem Bruder auf den Flur, behutsam schloss sie die Wohnzimmertür. Mit Sicherheit würde es wieder Streit geben. Gab es überhaupt noch etwas anderes zwischen ihnen als ihre unterschiedlichen Meinungen? Georg war an der Garderobe stehen geblieben, sein Blick war schwer zu ergründen.

»Pass auf, ich weiß es zu schätzen, wenn du dich um den Jungen kümmerst. Das heißt aber nicht, dass du ihm Flausen in den Kopf setzen sollst.«

»Was für Flausen denn?«

»Du hast versucht, ihn auszuhorchen. So was ist zwecklos, kapiert? Moritz ist noch nicht lange bei uns. Der hat keine Ahnung, was in unserer Truppe wirklich vor sich geht.«

»Eben, Moritz ist noch sehr jung. Deshalb solltest du ihn nach Hause schicken, sobald er wieder auf den Beinen ist. Er ist viel zu grün hinter den Ohren für deinen schmutzigen Straßenkrieg.«

»Er hat sein Schicksal selbst gewählt. Der Gefreite Esche ist freiwillig zu uns gestoßen und untersteht nun meinem Befehl.«

»Deinem Befehl, dass ich nicht lache. Es ist schlichtweg albern, wie du dich aufführst.«

Georg schüttelte den Kopf, er warf ihr einen verächtlichen Blick zu. »Ich wüsste gern, was eigentlich mit dir los ist, Vera. Was hat der Krieg nur aus dir gemacht?«

»Was hat er denn aus dir gemacht? Früher warst du nicht so grausam und kalt.«

»Halt dich aus meinen Angelegenheiten heraus, verstanden? Was wir tun, ist notwendig. Glaubst du, unter den Sozialisten kannst du dir eine eigene Damenschneiderei aufbauen? Dass ich nicht lache. Die Roten enteignen alles, was nicht niet- und nagelfest ist.«

»Ach, Georg, das ist doch dummes Gerede.«

»Zwing mich nicht zu weiteren Maßnahmen.«

»Welche sollten das sein?«

»Ein Hausarrest zum Beispiel.«

»Ich lass mich von dir nicht einsperren.«

»Ob ich dir die Zustimmung zu deinem Laden gebe, weiß ich auch noch nicht.«

»Wie bitte?«

Veras Herz machte vor Bestürzung einen Satz, das wurde ja immer schöner, war Georg jetzt komplett verrückt geworden? Der schreckte offenbar vor gar nichts mehr zurück. Seine Zustimmung zum Laden, brauchte sie die? Reichte es nicht, wenn ihre Mutter als Eigentümerin des Hauses einverstanden war? Welchen Schwachsinn verzapfte Georg da gerade wieder? Er warf sich in die Brust wie ein Gockel auf dem Hühnerhof.

»Ich bin der Familienvorstand, kapiert? Als unverheiratete Frau brauchst du meine Erlaubnis für deine Geschäfte, so will es das Gesetz. Das gilt erst recht, wenn du einen Meistertitel machen willst.«

»Und wovon sollen wir leben, wenn ich nicht arbeite? Von deinem bescheidenen Sold vielleicht?«

»Sofern du aufhörst, mich und meine Truppe zu sabotieren, können wir über deine Schneiderei verhandeln. Sonst eben nicht. Du hast die freie Wahl.«

»Weißt du was? Du kannst mir mal den Buckel runterrutschen. Ich werde bestimmt nicht darauf warten, dass du mir deine Zustimmung für irgendwas erteilst. Das hier ist mein Leben.«

»So lange meine Männer auf dem Hof sind, wirst du parieren. Ich habe ein Auge auf dich, das Maß ist voll. Du bist meine Schwester, das hat dich bisher geschützt, aber dabei muss es ja nicht bleiben.«

Wütend verschränkte Vera die Arme vor dem Oberkörper, doch bevor sie ihren Schlagabtausch fortsetzen konnten, klingelte es an der Wohnungstür. Ohne Georg auch nur noch eines Blickes zu würdigen, ging sie hin und öffnete. Sie war froh, Doktor Köhler zu sehen, freundlich grüßend trat der Arzt ein, doch Georg erwiderte seinen Gruß nicht. In strammer Haltung rauschte er am Doktor vorbei und ins Treppenhaus, krachend fiel die Wohnungstür ins Schloss.

Doktor Köhler runzelte die Stirn, doch Vera wollte jetzt keineswegs über Georg sprechen – auch wenn der einen Doktor bestimmt nötig gehabt hätte. Dringender vielleicht als Moritz, zu dem Vera den Arzt jetzt begleitete. Sie lächelte, sie war nett und freundlich, doch tatsächlich war ihr nicht wohl in ihrer Haut. Die Lage spitzte sich zu, inzwischen war es höchste Zeit für einen Befreiungsschlag. Es musste etwas geschehen: Sie würde ins Hotel Eden gehen, alleine und im Geheimen. Die Herren Offiziere sollten ihre Bekanntschaft machen, ob sie wollten oder nicht.

* * *

Die wenigen Minuten, in denen Fritzi in das Restaurant des Hotels Kaiserhof einschwebte, würden ihr für immer unvergesslich bleiben. In diesem Moment kam sie sich wichtig und bedeutend vor. Hier Gast zu sein, das hatte was, zumal sie von niemandem misstrauisch angesehen wurde, im Gegenteil. Ihr Mantel mit dem Pelzkragen, das dunkle Kleid mit den Perlen und die Seidenstrümpfe zu den schwarzen Spangenschuhen waren elegant, alles passte zu diesem Ort, so hoffte sie zumindest. Dennoch, ein wenig zitterten ihr schon die Knie. Im Kaiserhof legte man Wert auf wahre Eleganz, das war den Herrschaften anzusehen, die hier verkehrten. Die Herren alle im dunklen Anzug, zum Teil sogar im

Frack. Und die Damen erst, sie dufteten, sie funkelten und glänzten. Ihre Glockenhüte legten sie auch bei Tisch nicht ab, fast alle der jüngeren Frauen benutzten offenbar einen Lippenstift. So einen würde sie sich auch kaufen, bevor sie nach Rieseby zurückkehrte, obwohl Fritzi nicht ganz sicher war, ob sie es wagen würde, sich zu Hause die Lippen glutrot zu schminken.

Ein Kellner im Frack hatte sie empfangen, er brachte sie auch an den Tisch. Über ihr funkelten Kronleuchter, sie warfen ihr Licht auf die üppig gedeckten Tische mit silbernem Besteck und Gläsern aus spiegelndem Kristall. Die Tüllgardinen waren so strahlend weiß, dass sie den Betrachter beinahe blendeten. Das Hotelrestaurant war nahezu voll besetzt, dennoch war es nicht laut im Raum. Die Menschen sprachen leise miteinander. Die Atmosphäre war angenehm durch und durch. Dies war ein edles Lokal, ein echter Glücksgriff. Ärgerlich war nur, dass sie noch immer alleine an ihrem Tisch hockte. Um sich abzulenken, sah sie den Kellnern zu, die den Raum nebenan mit Luftschlangen schmückten: Natürlich, morgen war Silvester.

Ein Kellner näherte sich fast geräuschlos ihrem Tisch. »Guten Abend, gnädige Frau. Darf ich Ihnen vor dem Abendessen einen Aperitif servieren?«

Fritzi zögerte, sah jedoch nach kurzem Nachdenken keinen Grund, noch länger auf dem Trockenen zu sitzen.

»Ein Glas deutschen Sekt, bitte.«

Der Kellner verschwand mit einem Lächeln. Mochten die Zeiten auch noch so schlecht sein, in diesem Haus trank man deutschen Alkohol, gerade weil Deutschland den Krieg verloren hatte. Die Aussicht auf ein Schlückchen edlen Rheinsekts gefiel ihr, die Aussicht darauf, ihn womöglich alleine trinken zu müssen, dagegen weniger. Konnte Benno nicht wenigstens heute Abend pünktlich sein? Zwanzig Minuten war er bereits über die Zeit – was, wenn er sie versetzte? Bisher hatte sie mit dieser Möglichkeit nicht ernsthaft gerechnet, schließlich waren sie sich über die Notwendigkeit dieses Treffens einig gewesen. Peinlich, wenn sie alleine würde speisen müssen, unter den kritischen Blicken des übrigen Publikums würde sie sich unwohl fühlen. Mit Speisekarte und Besteck immerhin käme sie bestimmt zurecht, schließlich hatte sie vor zwei Jahren den runden Geburtstag ihres Vaters in einem feinen Restaurant in Schleswig gefeiert. Trotzdem, sie als Frau hier ganz allein …

Wenn Benno nicht bald auftauchte, würde sie das bestellte Getränk austrinken und dann unauffällig verschwinden. So oder so, beleidigt wegen Bennos Verspätung war sie schon jetzt.

Der Kellner brachte den Sekt. Sie war versucht, den prickelnden Alkohol mit einem Schluck hinunterzustürzen, tat es aber nicht, denn gerade in diesem Augenblick öffnete sich die Tür zum Lokal, und ein junger Mann trat ein. Er nahm den Hut ab und drehte sich zu ihr um: Erstaunlich, aber es war Wolfgang, der da kam, mit ihm hatte Fritzi nun wirklich nicht gerechnet. Gut sah er aus in seinem Anzug, dazu ein passender, dunkler Mantel, ein moderner Hut aus sanft schimmerndem, steingrauem Filz. Sehr elegant wirkte das. Fritzi gab ihm ein Zeichen, schon stand er an ihrem

Tisch und schaute sie an. Er schien ganz gelassen, als sei es das Selbstverständlichste der Welt, hier mit ihr zusammenzutreffen.

»Guten Abend, Fritzi. Erlaubst du, dass ich mich zu dir setze?«

»Natürlich. Möchtest du ein Glas Sekt? Ich spendiere ihn dir, damit wir in Stimmung kommen.«

Wolfgang antwortete nicht, mit gerunzelter Stirn nahm er Platz. Sie musste sich zurückhalten, das war eben kein guter Einstand gewesen. Fritzi setzte ihr Glas ab.

»Entschuldige bitte, ich wollte dich nicht beleidigen. Es ist schön, dass du da bist, aber ich hatte eigentlich Benno erwartet. Hat er dich hergeschickt, weil er mit mir nichts mehr zu tun haben will?«

»Nein, ich bin aus freien Stücken hier.«

Fritzi senkte den Blick, jetzt erst recht beschämt. Sie war enttäuscht, sie war sogar stinksauer auf Benno, aber Wolfgang konnte nichts dafür, dass die Dinge einmal mehr schiefzulaufen drohten. Es war ihm hoch anzurechnen, dass er gekommen war, schließlich ging ihn die ganze Sache eigentlich nichts an. Er hätte sie auch alleine hier sitzen lassen können, allen damit verbundenen Peinlichkeiten ausgeliefert, stattdessen hatte er sich ihretwegen auf den Weg gemacht. Wolfgang hatte weder Kälte noch Dunkelheit gescheut, und jetzt bekam er ihre schlechte Laune zu spüren, das war nicht in Ordnung. Er beugte sich ein wenig zu ihr vor, für ein paar Sekunden legte er seine Hand auf die ihre. Es entspannte sie tatsächlich, menschliche Wärme zu spüren.

»Benno wollte kommen, er hat es mir heute Morgen noch gesagt. Er hat sich extra einen Anzug von mir ausgeliehen. Womöglich wurde er aufgehalten. Ich dachte mir, es ist besser, wenn ich nach dir sehe.«

»Das ist nett von dir, wirklich. Ich frage mich nur, was passiert ist.«

»Es wird ihm etwas dazwischengekommen sein.«

Der Kellner trat an den Tisch und servierte das zweite Glas Sekt.

»Lass uns anstoßen. Man hat nicht alle Tage Gelegenheit, Sekt zu trinken.«

»Auf dein Wohl. Und vielen Dank, dass du gekommen bist.«

Fritzi nahm einen Schluck von ihrem Getränk und schloss die Augen: Der Sekt war fruchtig, aber nicht zu süß. Wahrlich etwas Besonderes, nur hätte sie dieses Erlebnis eigentlich mit Benno teilen wollen. Sie setzte das Glas ab.

»Benno hätte mich in der Pension anrufen sollen. Er weiß, wie er mich erreichen kann.«

»Vielleicht war ihm das nicht möglich.«

»Hoffentlich ist ihm nichts zugestoßen.«

»Ach, komm, steigere dich da nicht hinein. Wir sollten nicht gleich vom Schlimmsten ausgehen.«

»Vielleicht treibt er sich auch einfach auf dem Schwarzmarkt rum? Jetzt, wo er eine neue Liebe hat, muss er zusehen, dass Geld in die Kasse kommt.«

Fritzi verstummte, wohl wissend, dass es keinen guten Eindruck machte, wenn sie in Wolfgangs Gegenwart ihre Enttäuschung so offen zeigte. Sie wollte nicht verbittert wirken, fühlte sich aber tatsächlich hundeelend. Auf Benno war kein Verlass mehr. Was auch immer ihr und ihrem Kind bevorstand, sie würde es ohne ihn als ihren Ehemann bewältigen müssen. Mit einem Ruck schob sie ihr Glas beiseite.

»Lass uns offen miteinander sprechen, Wolfgang. Benno liebt eine andere Frau, davon habe ich gehört. Was weißt du über sie?«

»Nicht viel. Die Dame …«

»Ich bezweifle, dass es sich um eine Dame handelt.«

»Die Dame heißt Vera Novak, ihr Vater hatte vor dem Krieg eine Uniformschneiderei in Friedrichshain. Benno ist ihr an Weihnachten zufällig auf der Straße begegnet.«

»An Weihnachten? Das war doch gerade erst, wie kann er sich dann dieser Sache schon so sicher sein? Und auf der Straße kennengelernt, das klingt nicht seriös.«

»Vielleicht war es auch in einer Arztpraxis. Ich erinnere mich nicht an die Details. Er hat wirklich nicht viel darüber erzählt.«

Wolfgang blickte hinunter auf das weiße Tischtuch, inzwischen wirkte er gereizt. Offensichtlich hatte er sich die Begegnung mit ihr anders vorgestellt. Ihre Fragen nach Benno und seiner Neuen fielen ihm auf die Nerven – natürlich, was ging es ihn an? Fritzi seufzte leise, das Herz war ihr schwer.

Wolfgang sah auf. »Ich kann verstehen, dass du traurig bist über den Gang der Ereignisse, Fritzi. Es ist viel, was du verkraften musst, aber es bedeutet nicht das Ende. Das Leben geht weiter.«

Sie nickte ihm zuliebe, denn Wolfgang war offenbar

ein herzensguter Mensch, er zeigte Verständnis und nahm Rücksicht. Sie musste sich ein bisschen mehr Mühe mit ihm geben, er war nur ihretwegen hierhergekommen. Behutsam strich sie sich die Haare aus dem Gesicht, Pagenkopf, das Neueste vom Neuen, aber nicht, dass es bisher irgendwem angenehm aufgefallen wäre – nun ja, Schluss damit. Trübsal konnte sie auch zu Hause noch blasen. Fritzi brachte ein schwaches Lächeln zustande.

»Verzeih mir die schlechte Stimmung, aber bisher war der Besuch in Berlin eine einzige Niederlage für mich.«

»Niederlagen gibt es nun mal im Leben. Wichtig ist, wie man mit solchen Situationen umgeht. Gelegentlich muss man loslassen können, verstehst du, was ich meine?«

»O ja, ich verstehe sehr gut, was du meinst. Ich soll Benno endlich in Frieden lassen und meiner Wege gehen.«

»Ganz so würde ich das nicht ausdrücken, aber im Grunde genommen ist es an der Zeit, ein paar Veränderungen zu akzeptieren. In jedem Leben gibt es Momente, in denen es scheinbar nicht mehr weitergeht.«

»Das mag sein.«

»Bei mir sieht es derzeit auch nicht gut aus. Mein Chef ist unerwartet verstorben.«

»Oh, tatsächlich? Das tut mir leid.«

»Wenn ich Pech habe, wird das neue Modell von Lastwagen, an dem ich so lange gearbeitet habe, niemals gebaut. Die Zukunft der Firma steht auf dem Spiel. Falls die Deutsche Gebrauchswagenunion in den Konkurs schlittern sollte, stehe ich beruflich vor dem Nichts. Du siehst, Schwierigkeiten gibt es überall.«

»Irgendwann wird es wieder aufwärtsgehen, meinst du nicht?«

»Was das anbelangt, brauchen wir einen langen Atem. Der Friedensvertrag, den sie mit den Alliierten verhandeln, wird Deutschland teuer zu stehen kommen. Die Engländer und Franzosen wollen uns bluten lassen. Da ist kein Aufschwung in Sicht.«

»Das mag sein. Du hast recht, man sollte sich nicht über Gebühr selbst bemitleiden. Ganz gewiss sind die Zeiten gerade für viele Menschen schwierig.«

»Du bist jung und hübsch. Mit oder ohne Benno, das Leben geht weiter.«

»Er war meine erste große Liebe.«

»Und das wird er immer bleiben, aber es werden andere kommen, glaube mir.«

»Genau da bin ich mir eben nicht so sicher.«

»Warum denn nicht, bei so einer süßen und gescheiten Frau, wie du es bist? Du machst etwas her, Fritzi.«

Fritzi spürte, wie sie errötete. Es war nett, dass Wolfgang ihr Komplimente machte, aber in Rieseby würde sie trotzdem keinen passenden Ehekandidaten finden, dafür war die Auswahl an Männern im Dorf viel zu bescheiden. Wen sollte sie denn an Bennos Stelle setzen? Sie konnte nicht jeden Tag in Schleswig in die Bücherei gehen oder in der nächsten Kleinstadt im Café sitzen und darauf warten, dass ein netter junger Mann sie ansprach. Schon gar nicht jetzt, unmittelbar nach dem Krieg. Die netten jungen Männer von ehedem waren heutzutage entweder Krüppel oder Leichen. Sie nickte dennoch, wenn auch ohne echte Überzeugung.

»Weißt du, seit der Sache mit Benno bin ich im Dorf nur das dumme Ding, das man mit einem Kind sitzen gelassen hat. Bei uns in der Provinz ist das keine Auszeichnung. Entweder du hast einen Mann und Kinder, oder du bist ledig und kinderlos. Alles andere ist unanständig. Es führt nur dazu, dass die Leute über dich die Nase rümpfen.«

»Das sind Einstellungen aus Kaisers Zeiten. Die Welt verändert sich, Fritzi.«

»Rieseby ist nicht Hamburg oder Berlin, und Benno weiß das. Deshalb ist sein Verrat an mir ja so gemein und rücksichtslos.«

»Warum lässt du dir das gefallen? Ich meine, wer sind diese Dörfler, die es wagen, auf dich herabzusehen? Du musst dich nicht nach den überkommenen Moralvorstellungen anderer Leute beurteilen lassen.«

»Denkst du, die fragen mich, bevor sie über mich herziehen?«

»Du lebst vielleicht am falschen Ort. In Berlin rümpft kein Mensch mehr die Nase über ledige Mütter. Warum kehrst du der Provinz nicht einfach den Rücken? Die Großstadt wäre ein Neuanfang. Hier würde niemand nach dem Vater deines Kindes fragen.«

»Nein, vielen Dank. Ein Leben in der Großstadt kann ich mir kaum vorstellen.«

»Es gibt hier unzählige Frauen, die ihre Kinder alleine aufziehen. Es stört niemanden.«

»Und dich? Würde es dich stören, wenn ich ein fremdes Kind mitbringen würde?«

»Mich? Nein.«

Fritzi verstummte, sie war ein wenig befangen auf einmal – was stellte sie da bloß für dumme Fragen? Wolfgang hatte mit dieser Geschichte reinweg nichts zu tun, sie hatte sich ihre Suppe alleine eingebrockt und würde sie auch alleine auslöffeln müssen. Immerhin war es ein schöner Zug von ihm, dass er sie moralisch ein wenig aufrichten wollte.

»Entschuldige, ich will nicht dauernd widersprechen, aber für mich kommt ein Leben in Berlin einfach nicht in Betracht. Die Stadt ist zu groß.«

»Das empfindest du nur am Anfang so. Nach und nach lernst du die Umgebung besser kennen. Wenn dir die Gegend und die Menschen vertrauter sind, fühlst du dich nicht mehr fremd. Was hast du zu verlieren?«

»Ich würde mich hier nicht wohlfühlen.«

»Du bist doch in den paar Tagen hervorragend zurechtgekommen.«

»Und wovon soll ich leben? Ich habe nichts gelernt, ich habe keine Ausbildung und keinen Beruf. Finanziell würde es eng werden. Ich glaube kaum, dass mein Vater mir jeden Monat mit Begeisterung einen Scheck schicken wird, zur Belohnung dafür, dass ich ihn in Rieseby allein gelassen habe.«

»Da findet sich schon was. Gute Hauswirtschafterinnen zum Beispiel werden immer gebraucht. Ich bin gerne behilflich. Mein Chef kannte eine Menge vermögender Familien. Irgendetwas wird sich ergeben.«

Fritzi starrte Wolfgang an: War das alles nur harmloses Geplauder, oder sprach er tatsächlich gerade eine Einladung aus? Immerhin, über einen Ortswechsel nachzudenken war vielleicht nicht völlig abwegig. Womöglich war Berlin nicht so grundverkehrt, wie sie bisher geglaubt hatte. Flensburg, Hamburg, Bremen, alles große Städte, in denen niemand sie kannte, in denen sie ihr Kind bequem als Kriegswaise ausgeben konnte. Eigenes Geld zu verdienen hatte seinen Reiz, denn es bedeutete, selbstständig zu sein. Vielleicht würde eine solche Veränderung sie stärken? Vielleicht würde sie auf diese Weise ihre Freiheit und den inneren Frieden finden? Ins Theater, ins Kino und Kabarett zu gehen, Konzerte und Ausstellungen zu besuchen, sich sonntags mit Christel im Park oder im Zoo zu vergnügen – das wirkte durchaus verlockend. Nichts davon hatte sie bisher ausprobiert.

Wolfgang lächelte ihr zu, als wüsste er, was in ihrem Kopf vorging.

»Du musst dich nicht gleich entscheiden. Überlege es dir gut. Ich würde mich freuen, wenn du es versuchst.«

»Du würdest dich freuen?«

»Wenn du nach Berlin kommst? Ja, aber sicher.«

»Das sagst du nur so.«

»Nein, warum sollte ich?« Er hob sein Glas. »Lass uns den Abend genießen, wenn wir schon mal hier sind. Er ist der vorletzte in diesem Jahr.«

»Gut, dass 1918 vorüber ist. Das neue Jahr kann nur besser werden.«

»Auf dein Wohl.«

Der Kellner erschien mit der Speisekarte, kurz darauf orderte Wolfgang für sie seltene Kostbarkeiten, alles auf Französisch – sie hatte keine Ahnung, was genau er da bestellte, aber sie lächelte und nickte dazu. Sie hatte eindeutig einen Schwips, Sekt auf nüchternen Magen, wie dämlich, und doch, zum ersten Mal seit ihrer Ankunft fühlte sie sich leicht und unbeschwert. Seltsam, dass Wolfgang sich so nachdrücklich um sie bemühte. Er plauderte, was das Zeug hielt, er strahlte sie an – lag ihm tatsächlich etwas an ihr, oder wollte er ihr nur Mut machen und sie trösten? Verwirrt senkte Fritzi den Blick, sie durfte sich nichts auf seine kleinen Aufmerksamkeiten einbilden. Er war einfach höflich, er wollte sie aufmuntern. Immerhin, Letzteres war sehr nett von ihm.

»Also, was ist? Wirst du es dir überlegen? Die Sache mit Berlin, meine ich.« Noch einmal beugte er sich vor, noch einmal streifte seine Hand die ihre. Es war ihr nicht unangenehm.

»Ich werde es mir überlegen, versprochen.« Sie lächelte endlich: Es fühlte sich wahrhaftig gut an, dass Wolfgang gekommen war.

* * *

Tag zwei nach dem Jahreswechsel, und draußen ertrank die Welt im Dauerregen. Seit einer Woche war Papa nun tot, Hanna vermisste ihn schmerzlich. Heute stand der endgültige Abschied von ihm bevor: Was konnte schlimmer sein als eine Beerdigung an einem derart grauen Wintertag? Der Himmel über Berlin war schwer von Wolken, er schien die Erde beinahe zu erdrücken. Die Nässe hatte sich überall eingenistet, auch in der alten Feldsteinkapelle in Dahlem war es kalt und feucht, es roch moderig. Dicht gedrängt hockten die Menschen auf den Holzbänken und hielten die Köpfe gesenkt. Kaum ein Wispern, bloß ein Hüsteln ab und zu. Nirgendwo Blumen, es gab keine zu kaufen. Stattdessen das matte Licht, das die Buntglasfenster einließen. Brennende Kerzen wären schön gewesen, doch auch die waren im Nachkriegsalltag wohl zu kostbar für eine Beerdigung. Den Pastor schien all die Tristesse nicht zu stören, er fand mit seinem Sermon kein Ende. Als die kleine Orgel am anderen Ende des Raumes endlich zu jammern und zu klagen begann, schöpfte Hanna Hoffnung, sie wollte nichts lieber, als diese Kapelle zu verlassen. Zu niederdrückend war die Atmosphäre, dabei stand die eigentliche Bestattung erst noch bevor.

Die Trauergemeinde verließ die Kirche, es ging zum Friedhof nebenan. Ein schrecklich trauriger Moment, als der Sarg aus Eichenholz in die nasse Erde hinabgelassen wurde. Taschentücher wurden gezückt, Regenschirme aufgespannt, ein paar Krähen in den umstehenden Bäumen begannen ausgerechnet jetzt laut zu lärmen. Hanna versuchte, ihre Umgebung zu ignorieren, und blickte starr auf den Schlamm zu ihren Füßen. Weinen konnte sie nicht mehr, die Szene schien ihr seltsam und unwirklich, Hanna fühlte sich von dieser Zeremonie unglaublich weit entfernt. Der Blick in die offene Grube, an der sie jetzt alle verharrten, hinunter in diese düstere Kälte, in die sie ihren Vater nun verabschieden musste, das war trostlos und ungeheuer schmerzhaft. Kein Ende in Sicht, zu allem Überfluss folgten die persönlichen Beileidsbezeugungen der Trauergemeinde. Ein stattlicher Mann von eindrucksvoller Körpergröße war vor Irene stehen geblieben und redete auf sie ein.

Der Nieselregen schien ihn nicht zu stören, er gestikulierte, Irene nickte pausenlos zu jedem seiner Worte.

»Mein aufrichtiges Beileid, Hanna. Ich fühle mit dir.«

Wieder streckte sich ihr eine Hand entgegen – im ersten Moment erblickte Hanna nur den dazugehörigen Damenhandschuh aus dunklem Leder, doch dann bemerkte sie, dass es Cora war, die vor ihr stand. Ein kleiner Funken Freude entzündete sich, was für eine schöne Überraschung an einem so furchtbaren Tag. Damit, dass Coralie sich auf den Weg hierher machen würde, hatte Hanna nicht gerechnet. Sie nahm die Hand, die Coralie ihr reichte, und drückte sie sanft. Beide tauschten sie ein Lächeln, das kostbarer war als tausend Worte. Hanna fühlte sich augenblicklich gestärkt: Was für ein Glück, ihre geliebte Cora hierzuhaben. Damit mussten die schmerzlichen Zweifel, die ihre letzte Begegnung am Alexanderplatz geweckt hatten, für sie beide ein Ende haben, oder? Das Treffen einen Tag nach Weihnachten war derart verhängnisvoll verlaufen, dass Hanna noch am selben Abend einen eiligen Brief geschrieben hatte: Liebesbeteuerungen und Durchhalteappelle, die Zeilen gespickt von Ausrufezeichen, aber sie hatte keine Antwort darauf bekommen. Und doch, Cora war da, ihre Anwesenheit war Antwort genug. Sie lächelte auf diese zarte, nur angedeutete Weise, die ihr eigen war – ihre Wangen waren gerötet von Kälte, die Augen funkelten. Bezaubernd sah sie aus. Noch immer hielt Hanna ihre Hand.

»Wie schön, dich zu sehen, Cora. Woher wusstest du …«

»Ich habe es in der Zeitung gelesen.«

»Es hat in Leipzig in der Zeitung gestanden?«

»Der Verband der deutschen Automobilhersteller hat eine ganzseitige Traueranzeige aufgegeben. Dein Vater war ein bedeutender Mann.«

»Früher einmal. Er hatte seine große Zeit vor dem Krieg.«

»Offenbar erinnern sich aber noch sehr viele Menschen daran. Nach allem, was wir in der Kirche gehört haben, war er ein besonderer Mensch.«

»Das war er.« Hanna verstummte. Jetzt über ihren Vater zu sprechen fiel ihr schwer, und alles andere – das, was nur sie und Coralie betraf – wollte sie Cora lieber unter vier Augen sagen. Hier draußen war es schwierig, offen zu reden. Unpassend der Augenblick, unpassend die Umgebung.

»Ich danke dir, dass du den Weg auf dich genommen hast. Noch dazu bei diesem entsetzlichen Wetter.«

»Ich bitte dich, das war doch selbstverständlich.«

»Du hast Vorkehrungen treffen müssen.«

»Ich habe es gerne getan.«

»Wie geht es Gunnar?«

»Unverändert.«

Hanna nickte, vermutlich hätte sie nicht ausgerechnet jetzt auf Gunnar zu sprechen kommen sollen. Er konnte nichts dafür, aber seine bloße Existenz trieb einen Keil zwischen sie beide. Kurz entschlossen nahm Hanna Cora beim Arm und führte sie ein paar Schritte von den anderen Trauergästen fort. Cora ließ es geschehen, ganz sicher war auch sie der Meinung, dass niemand hören musste, was sie einander zu sagen hatten. Ein Stück abseits blieben sie neben einer Buchsbaumhecke stehen.

»Hast du Gelegenheit gehabt, mit deiner Mutter zu sprechen, mein Herz?«

»Ich habe es nicht versucht. Worüber hätten wir reden sollen?«

»Über deine Situation natürlich, das liegt doch auf der Hand.«

Cora wich zurück, ihre Hände zitterten plötzlich. Irgendetwas stimmte nicht bei Familie Röding, Hanna spürte es. Einmal mehr hatte sie den Eindruck, dass Cora daheim nicht gut aufgehoben war.

Bleich und elend sah Coralie jetzt aus. »Hör zu, ich werde in Leipzig dringend gebraucht, das habe ich dir mehrfach erklärt.«

Cora hatte leise gesprochen, Hanna konnte den Blick kaum von ihr lösen, denn allem Kummer zum Trotz, sie war schön wie eh und je. Die rehbraunen Augen, das üppige Haar im gleichen Farbton, diese Frau war auf eine natürliche Weise attraktiv. Das galt selbst dann, wenn sie wie heute ganz in Schwarz gekleidet war. Hanna hatte Cora als Menschen kennengelernt, der stets Wärme und Zuversicht ausstrahlte. Dafür konnte man sie nur lieben. Ihre gemeinsame Zukunft hätte wundervoll sein können, wäre da nicht die Geschichte mit Gunnar gewesen. Beherzt nahm Hanna Coralie noch einmal beim Arm und zog sie wieder ein Stück zu sich heran.

»Du musst deiner Mutter klarmachen, dass du Leipzig verlassen wirst, mein Herz. Mit dir an meiner Seite kann ich mir vorstellen, in die Schweiz zu gehen und dort zu studieren.«

»Tu, was du tun musst, Hanna. Geh ins Ausland und studiere. Ich finde das gut, aber es verändert sich dadurch nichts an meiner Lage.«

»An deiner Lage kannst nur du selbst etwas ändern. Ich will uns gerne den Weg bereiten, aber der Rest liegt bei dir.«

»Das sind Tagträumereien. Ich kann meinen Bruder nicht im Stich lassen.«

»Deine Familie darf dich nicht einfach einsperren für den Rest deines Lebens.«

»Ach, Hanna, das hatten wir schon alles.«

»Aber wir müssen etwas tun. Wir müssen kämpfen.«

»Das sind Phrasen, die Wirklichkeit ist eine andere. Ich habe keine Ersparnisse. Wovon soll ich im Ausland leben, noch dazu ohne jede männliche Gesellschaft als Schutz?«

»Wir brauchen keinen männlichen Schutz. Was ist das auf einmal für eine altmodische Einstellung? Wir werden arbeiten für unseren Lebensunterhalt. Zu zweit schaffen wir das.«

»Du glaubst nicht wirklich, dass man uns als Paar irgendwo dulden wird, oder? Zwei Frauen allein im Ausland, noch dazu in Zürich. Die Schweiz ist ein katholisches Land.«

»Zürich ist eine moderne Großstadt. Wir werden niemandem Gelegenheit geben, Anstoß an unserer Lebensführung zu nehmen. Wir können uns als Verwandte ausgeben, als Cousinen zum Beispiel. Wir werden diskret und vorsichtig sein.«

Cora schüttelte den Kopf, eine kleine Falte hatte sich zwischen ihren Augenbrauen gebildet.

»Es geht nicht. Meine Mutter …«

»Du bist erwachsen. Du hast ein Recht auf ein eigenes Leben.«

»Entschuldige, aber ich kenne deine Argumente zur Genüge. Es hilft nichts, das alles ständig wieder herunterzubeten. Im Übrigen muss ich los, mein Zug fährt in einer Stunde. Ich wünsche dir alles Gute.«

Cora wandte sich ab, doch Hanna setzte ihr nach und packte sie bei der Schulter. Cora blieb stehen, widerwillig und mit gequälter Miene drehte sie sich um. Ein paar Leute in ihrer unmittelbaren Nähe waren auf sie aufmerksam geworden und beobachteten sie verstohlen, bemüht, sich ihre Neugierde nicht anmerken zu lassen. Hanna ignorierte die Umstehenden, jeder Augenblick mit Coralie war wertvoll, da war es ihr gleichgültig, ob die Leute schauten.

»Sieh mich an, Cora. Warum bist du hier, wenn du von einer gemeinsamen Zukunft mit mir nichts wissen willst?«

»Vielleicht wollte ich von dir Abschied nehmen.«

»Dazu hast du am Alexanderplatz Gelegenheit gehabt, oder?«

»Was soll das denn heißen?«

»Du bist nicht hier, um Abschied zu nehmen. Deine Liebe zu mir hat dich hierhergetrieben.«

Cora schwieg, um ihre Mundwinkel zuckte es.

»Sei ehrlich, du hast Sehnsucht nach mir. Mir geht es nicht anders, auch ich möchte dich bei mir haben. Wir können nicht ohne einander leben.«

»Lass gut sein, bitte. Nicht hier und nicht jetzt, das ist

nicht der passende Rahmen für dieses Thema. Ich muss los. Adieu.«

Cora wandte sich ab, diesmal ging sie wirklich, mit großen Schritten strebte sie dem Ausgang des Friedhofs entgegen. Hanna starrte ihr hinterher: Warum nur war Coralie so kompromisslos? Derart hartherzig hatte sie sich in Bromberg nie gezeigt. Irgendetwas stimmte nicht mit ihr. Das konnte doch nicht nur an der Krankheit ihres Bruders liegen. Dieser seltsame Sog, den ihre Familie auf sie ausübte, war schwer zu erklären. Ganz sicher gab es etwas, das sie Hanna verschwieg. Jeder, der nur ein bisschen vertraut war mit ihrem Verhalten, konnte das fühlen. Hanna reckte sich, doch inzwischen war Coras Gestalt in der Menschenmenge verschwunden.

»Mein Beileid, Fräulein Münchow.«

Schon wieder eine Hand, die sich ihr entgegenstreckte. Sie war es längst leid, Hände zu schütteln. Nur widerwillig wandte sie sich dem Mann zu, der vor ihr Aufstellung genommen hatte.

»Darf ich dir Herrn Messmer vorstellen, mein Kind? Er ist ein guter Bekannter deines Vaters. Ihm gehören die Potsdamer Motorenwerke, du erinnerst dich gewiss. Herr Messmer, das ist Hanna, meine jüngste Tochter.«

Irenes Stimme schmeichelte und gurrte, der besagte Herr Messmer zückte seinen schwarzen, glänzenden Zylinder und verbeugte sich. War das nicht der Mensch, der vorhin am offenen Grab pausenlos auf Irene eingeredet hatte? Eine tadellose Erscheinung gab er ab, kein Wunder, dass dieser Mann ihrer Mutter gefiel. Sein Mantel war maßgeschneidert, der Schal aus glänzender Seide, seine schwarzen Lederschuhe waren makellos, dem Matsch auf den Friedhofswegen zum Trotz.

»Ihr Herr Vater war ein feiner Mensch, Fräulein Münchow. Ich habe ihn sehr geschätzt, nicht nur als Geschäftsfreund.«

Hanna nickte, doch sie blieb stumm, während Messmer sie musterte. Irene hielt sich eng an seiner Seite, nicht auszuschließen, dass Herr Messmer einer dieser sogenannten Geschäftsfreunde war, die Irene als Heiratskandidaten für ihre jüngste Tochter ins Auge gefasst hatte. Vom Alter hätte der Mann sicherlich weitaus besser zu Irene selbst gepasst, aber wahrscheinlich sah er darin kein Hindernis. Mancher Herr in den besten Jahren glaubte fest daran, dass Erfahrung und Geld wettmachen konnten, was ihm an jugendlicher Ausstrahlung mittlerweile fehlte. Bei ihr war der Herr Motorenbauer damit allerdings auf dem Holzweg.

»Herr Messmer hat sich freundlicherweise erboten, uns in der kommenden Zeit zur Seite zu stehen. Die DGU braucht dringend einen kaufmännischen Experten, der dem Unternehmen aufhilft.«

Irene strahlte, Hanna dagegen blieb stumm. Die Situation war ihr mehr als peinlich: Messmers Hilfsbereitschaft in allen Ehren, aber so kurz nach Vaters Tod schon wieder Geschäfte machen zu wollen, das gehörte sich nicht. Zudem war die Umgebung für ein solches Gespräch mehr als unpassend. Anscheinend wollte Irene in ihrer neuen Funktion als Firmenerbin keine Zeit verlieren. Wenn sie einen

Entschluss gefasst hatte, setzte sie ihn ohne Rücksicht auf Verluste um.

»Sie begleiten uns nach Dahlem, nicht wahr, Herr Messmer? Ich habe ein paar Bekannte und Verwandte zum Tee eingeladen. Nichts Großes, nur ein kleines Beisammensein zu Ehren meines Mannes. Wenn Sie uns die Freude machen wollen?«

»Sehr gern, gnädige Frau.«

Hanna sah sich um, die Trauergemeinde zeigte Auflösungserscheinungen. Die Leute hatten sich in Bewegung gesetzt, sie strebten dem Ausgang des Friedhofs entgegen. Widerstrebend nahm Hanna den Arm, den Messmer ihr bot. An seiner Seite trat sie den Rückweg zu den Automobilen an, die hinter dem schmiedeeisernen Tor an der Straße warteten. Ihre Schritte knirschten auf dem feuchten Untergrund, mechanisch setzte sie einen Fuß vor den anderen. Irene, selbst inzwischen in Begleitung einer ihrer Schwiegersöhne, lächelte wohlwollend aus der Ferne: Ihr Stolz auf das, was sie hier scheinbar gerade zuwege gebracht hatte, war verfrüht. Zu einer Allianz mit dem Motorenbauer würde es nicht kommen. Hanna schwieg verbissen: Es war das allerletzte Mal, dass sie genau das tat, was ihre Mutter von ihr erwartete.

* * *

Es war spät und längst dunkel. Ringsum waren die Fenster erleuchtet, aber die Atmosphäre hatte nichts Heimeliges. Auf ihrem Weg hierher war sie immer wieder bewaffneten Horden ausgewichen, die meisten betrunken und laut, die wenigen Zivilisten, die sich hinausgewagt hatten, huschten möglichst unauffällig an den Hauswänden entlang. Auch Vera war um diese Zeit nicht gerne unterwegs, doch sie hatte endlich etwas unternehmen müssen. Die letzten Tage hatte sie vertrödelt, den Jahreswechsel abgewartet, vom Küchenfenster aus die Soldaten auf dem Hof beobachtet, auf einen Besuch von Benno gehofft und dabei nutzlos Zeit verstreichen lassen. Damit war jetzt Schluss. Es musste etwas geschehen, heute noch.

Vera blieb vor dem großen, hohen Kasten stehen, der das Hotel Eden beherbergte. Sie musterte die Fassade. Dort drinnen also trafen sich die Offiziere, von denen sich Georg befehlen ließ. Es passte, denn auf der anderen Straßenseite, nur ein paar Meter entfernt, stand einer dieser abscheulich aussehenden Panzerwagen, mit denen die Militärs neuerdings ausrückten. Wie eine Blechdose auf Kettenrädern sah er aus, hässlich und angsteinflößend, ein Totenkopf prangte auf dem Vorderblech der Kiste. Furchtbar, sie bemühte sich, nicht hinzusehen, es half ihr nichts, jetzt Angst zu haben. Sie musste hinein ins Hotel, sie wusste nur noch nicht, wie. Das Eden wirkte von außen trotzig, man konnte sich nur wundern, dass angeblich so viele reiche Leute dort gerne ein und aus gingen. Seit Kriegsbeginn hatte das Hotel den Ruf als Paradies für Schieber und Kriegsgewinnler. Wer sich hier einen Aufenthalt leisten konnte, hatte Geld und sah auch so aus. Gewiss kein Ort, an dem eine kleine Schneiderin verkehrte.

Um nicht auzufallen, hatte Vera sich heute Abend in ihren Sonntagsstaat geworfen. Nervös rückte sie Mutters Hut mit der breiten Krempe gerade, den sie sich für diesen

Anlass ausgeliehen hatte. Würde sie damit an dem Pagen in Galauniform vorbeikommen, der den Hoteleingang bewachte? Sie kam sich trotz allem schäbig vor, hatte das Gefühl, jeder hier würde sie für mittellos halten. Wie sich die Zeiten doch geändert hatten seit Vaters Tod.

In diesem Moment fuhr ein Wagen vor. Das dunkle Ungetüm mit glänzender Motorhaube hielt an, die hinteren Türen des Fahrzeugs öffneten sich. Zwei Paare stiegen aus und betraten das Hotel, ein junger Mann folgte ihnen mit etwas Abstand. Das war die Gelegenheit, jetzt musste sie mutig sein. Vera lief los, sie erwischte den Fremden gerade noch am Ärmel seines Mantels. Tapfer lächelnd schob sie ihren Arm unter den seinen. Er war erkennbar verblüfft, ein verstörter Blick aus dunklen Augen hinter funkelnden Brillengläsern streifte sie, aber er beschwerte sich nicht, er sagte kein Wort. Schweigend nahm er sie ein Stückchen mit, ein paar Schritte nur, dann waren sie am Portier vorbei. Lärm brandete auf, gemeinsam erreichten sie die gleißend helle Hotelhalle. Überall schimmerte und strahlte es, alles war weiß oder golden. Hier und da Sitzecken mit zierlichen Polstermöbeln, halb versteckt hinter Zimmerpalmen saßen die Hotelgäste beieinander, sie rauchten, plauderten und tranken Alkohol. Vera blieb stehen, der junge Mann, der sie wider Willen hierhergeführt hatte, entzog ihr beiläufig seinen Arm und wandte sich ab. Ob er sie für eine Professionelle hielt? Nicht unwahrscheinlich, dass er in ihr ein leichtes Mädchen sah, eine, die sich hier auf die Suche nach Kundschaft machen wollte. Egal, im Moment war ihr gleich, was der Fremde über sie dachte, sie musste sich nicht rechtfertigen. Ganz bestimmt würde sie diesen Mann nicht wiedersehen.

Vera ging hinter einer der großen Marmorsäulen am Rand der Halle in Deckung. Obwohl der Abend fortgeschritten war, herrschte im Foyer ein buntes Treiben. Lauter gut gekleidete Herren und Damen umgaben sie, nur waren überhaupt keine Uniformierten unter den Gästen – wie sollte sie rauskriegen, wo genau Georgs Vorgesetzte sich in diesem riesigen Haus aufhielten? Vera ahnte, dass ihr Auftritt schlecht vorbereitet war. Weder kannte sie die Namen der Offiziere, nach denen sie suchte, noch wusste sie sonst irgendetwas über diese Männer, aber jetzt einfach wieder wegzugehen wäre auch eine Dummheit gewesen. Schade, dass sie sich nicht an die Rezeption wenden und nach den Freikorpsoffizieren fragen konnte, schließlich kannte sie Namen und Dienstrang der Männer nicht, nach denen sie suchte. Sie konnte nur hoffen, dass sich früher oder später einige der Militärs im Hotelfoyer blicken lassen würden. Bis dahin musste sie Geduld haben.

»Kann ich Ihnen helfen, gnädiges Fräulein?«

Vera erschrak, ein Kellner war hinter ihr aufgetaucht, sie hatte ihn nicht kommen gehört. Mit einem Silbertablett in der Hand musterte er sie – wahrscheinlich sah er mit geschultem Blick, dass sie nicht hierhergehörte. Der junge Mann besaß ein offenes und freundliches Gesicht, dazu dunkelblonde Haare, die er glatt nach hinten gestriegelt und vermutlich mit Zuckerwasser fixiert hatte. Sein Blick durchbohrte sie fast, sie war sich beinahe sicher, dass er sie gleich beim Kragen ihres Mantels packen und an die frische

Luft befördern würde. Er kam näher, sie wich nicht zurück, obwohl ihr das Herz bis zum Hals schlug.

Plötzlich grinste er. »Da soll mich doch der Teufel holen, wenn das nicht unser Fräulein Vera aus dem Hotel Kronprinzessin ist. So sieht man sich wieder.«

Er sprach sehr leise, doch was er sagte, stimmte haargenau, in der Kronprinzessin war sie bis vor Kurzem Küchenmädchen gewesen. Sie nickte, beim Klang seiner Stimme setzte die Erinnerung ein: Das war doch Karl Schöller, ehedem Kellnerlehrling in der Kronprinzessin und damit ein ehemaliger Kollege. Vor einem Jahr hatte er seinen Dienst dort mehr oder minder freiwillig quittiert, weil der Oberkellner ihn seinerzeit ständig kujoniert hatte. Jetzt war er also hier gelandet, gesund und munter und in einem dunkelblauen, maßgeschneiderten Anzug. Lächelnd streckte sie die Hand aus, die Karl jedoch nicht ergriff. Es war vermutlich gegen irgendwelche Regeln hier im Haus.

»Herr Schöller, was für eine Überraschung. Sehr elegant sehen Sie aus.«

Ihr Gegenüber rückte theatralisch die weiße Fliege aus glänzender Seide vor dem Hemdkragen gerade. Er strahlte.

»Ja, nicht wahr? Diese fabelhafte Dienstkleidung ist einer der Gründe, warum ich geruht habe, eine Stellung in diesem Haus anzutreten. Macht doch was her, oder?«

»Aber sicher. Sie haben es weit gebracht, das muss man Ihnen lassen.«

»Das scheint nur so. Während des Krieges musste die Hotelleitung jeden nehmen, auch einen armen, abgerissenen

Burschen wie mich. Es gab ja kaum arbeitsfähige Männer in der Stadt. Darf man fragen, warum Sie hier sind? Sagen Sie mir jetzt nicht, dass Sie eine Anstellung als Küchenhilfe suchen.«

Schöller beugte sich ein wenig zu ihr vor: Anscheinend erwartete er, dass sie ihm ein Geheimnis enthüllen oder doch wenigstens eine interessante Kleinigkeit ausplaudern würde. Sie musste ihn enttäuschen, entschuldigend zuckte sie mit den Schultern.

»Ich bin auf der Suche nach den Vorgesetzten meines Bruders, der ist jetzt bei den Freikorps. Ich würde gern mal mit einem seiner Offiziere ein Wörtchen reden.«

»Wie bitte? Sie wollen *was*?« Schöllers Augenbrauen schossen in die Höhe.

»Ich will mit einem Militär von den Freikorps sprechen. Möglichst mit einem von den höheren Dienstgraden.«

»Liebes Fräulein, ich habe Sie schon immer für Ihren Schneid bewundert, aber das würde ich Ihnen nicht raten.«

»Wohnen die Freikorpsoffiziere nicht hier?«

»Allerdings, wenn auch erst seit Kurzem. Die Garde-Kavallerie-Schützen-Division unter einem gewissen Waldemar Papst gibt sich neuerdings bei uns die Ehre, aber ich kann Ihnen den Umgang mit den Herren wirklich nicht empfehlen.«

»Aha. Und was genau soll das heißen?«

»Die Herren sind schwierig im Umgang. Außerdem wird man Sie gar nicht erst vorlassen.«

»Aber es ist wirklich wichtig, dass ich einen der Offiziere treffe, sei es auch nur kurz. Bitte, Herr Schöller, könnten Sie nicht ein gutes Wort für mich einlegen? Ich brauche bloß fünf Minuten, dann gehe ich wieder.«

»Ich würde Ihnen den Gefallen gerne tun, aber glauben Sie mir, die Sache geht nach hinten los. Die Herren Militärs schätzen es nicht, wenn man sie mit Kleinigkeiten behelligt.«

»Es ist keine Kleinigkeit.«

»Für Sie vielleicht nicht, aber die Militärs sehen das garantiert anders. Sie sollten nicht einmal daran denken, diesen Herrschaften zu nahe zu treten.«

»Zu nahe zu treten? Was soll das heißen? Ich möchte doch nur …«

Vera verstummte, denn in diesem Moment entstand Unruhe in der Halle. Eine Gruppe Soldaten drängte ins Foyer, die Männer hatten einen Zivilisten in ihre Mitte genommen, der Vera vage bekannt vorkam. Der Mann war nicht groß, aber schlank, dunkelhaarig und ohne Hut, er trug einen Schnauzer und eine Brille. Sie kannte diesen Menschen, sie hatte ihn schon mehrfach gesehen, wusste aber nicht mehr, wo genau das gewesen sein könnte. Der Zivilist wirkte verschreckt, er warf ängstliche Blicke in das Foyer. Stimmen wurden laut, eine Frau kreischte, während der Gefangene von seinen Bewachern mit vorgehaltenen Waffen durch zur Treppe getrieben wurde. Eine seltsame Szene, die Leute wichen zurück und bildeten eine Gasse, damit die Soldaten den schmächtigen Mann in ihrer Mitte die Stufen hinaufdrängen konnten. Auf dem ersten Treppenabsatz blieb der Zivilist im dunklen Mantel stehen, er legte kurz beide Hände auf das Treppengeländer – es sah aus, als wolle er eine Rede halten. Vera starrte ihn an: Das war doch Karl Liebknecht, oder? Natürlich, er hatte seine Kanzlei im Osten der Stadt, in der Kaiser-Wilhelm-Straße, da wohnte er auch. Sie hatte ihn gelegentlich im Viertel gesehen, Aktentasche unter dem Arm, Hut auf dem Kopf, stets höflich grüßend, ansonsten jedoch eher zurückhaltend. Natürlich, sein Bild war auch in der Zeitung gewesen, immer wieder, seit Kriegsbeginn. Liebknecht also, einer der führenden Köpfe der Kommunisten, eines war klar, freiwillig war der nicht hier. Der Soldat hinter ihm stieß ihn mit dem Gewehrlauf vorwärts, weiter ging es die Treppe hinauf. Gleich darauf war der Trupp aus Veras Sichtfeld verschwunden. Ein paar Sekunden herrschte Stille, dann ging der Hotelbetrieb einfach weiter, als sei nichts geschehen. Gläser klirrten, es wurde gelacht und geplaudert.

»War das nicht eben …« Vera drehte sich zu Karl Schöller um, der noch immer neben ihr stand.

Er nickte, legte aber gleichzeitig einen Finger auf die Lippen. »Nicht so laut, Fräulein Vera. Hier haben die Wände Ohren.«

»Aber das war doch …«

»Ja, ich weiß. Ich habe es auch gesehen.«

»Finden Sie das richtig? Warum dürfen die Soldaten ihren Gefangenen so schikanieren? Müsste man da nicht die Polizei verständigen?«

»Besser wird es sein, sich nicht einzumischen. Ich denke, Sie sollten hier verschwinden.«

»Aber ich habe doch noch mit niemandem sprechen können.«

»Das wird jetzt nichts mehr, wenn Sie mich fragen. Sie haben eben gesehen, dass bei den Militärs etwas im Gange ist, oder? Die haben den Liebknecht gefangen genommen.«

»Deswegen sage ich ja, man sollte die Polizei holen. Das dürfen die doch nicht einfach, jemanden verhaften und verschleppen, oder?«

»Sie tun es aber. Die Polizei wird einen Teufel tun und einem Spartakisten zu Hilfe eilen.« Schöller beugte sich vor, er flüsterte. »Sie leben doch nicht auf dem Mond, Fräulein Vera. Liebknecht wird seit Wochen von den Freikorps gesucht. Jetzt haben sie den Mann gefunden – glauben Sie, in so einer Situation nimmt sich einer der Herren da oben Zeit für Sie und die Geschichte mit Ihrem Bruder?«

Ihr Gegenüber musterte sie mit einem intensiven Blick, dann wies er mit einer kaum wahrnehmbaren Kopfbewegung zum Haupteingang hinüber: Von draußen kam ein Rauschen und Dröhnen, schwer zu sagen, ob es Menschen oder Automobile waren, die den anschwellenden Lärm auf der Straße verursachten.

»Mit den Kerlen um Hauptmann Papst ist nicht zu spaßen. Der Hauptmann ist ein gemeiner Hund, vom Scheitel bis zur Sohle.«

»Aber ich kann es doch wenigstens versuchen, jetzt, wo ich schon mal hier bin.«

Karl schüttelte den Kopf, er packte sie am Handgelenk. »Machen Sie keinen Blödsinn, Fräulein Vera. Die Männer da oben sind gefährlich. Und Sie allein als Frau, was wollen Sie denn bei denen ausrichten? Sie sollten lieber verschwinden, es ist besser so. Kommen Sie, ich begleite Sie hinaus. Es ist zu Ihrer Sicherheit, vertrauen Sie mir.«

»Ich könnte morgen wiederkommen.«

In diesem Augenblick trat ein weiterer Mann zu ihnen, auch er im dunklen Anzug und mit heller Fliege. Noch ein Kellner anscheinend, aber diesmal offenbar einer, der hier etwas zu sagen hatte. Er musterte sie mit einem kurzen, intensiven Blick und wandte sich dann Karl zu.

»Alles in Ordnung?«

»Alles in Ordnung. Ich begleite nur eben diese junge Dame hinaus.«

Bevor Vera protestieren konnte, nahm Schöller sie beim Arm und drängte sie quer durch die Halle, so geschickt, dass es sicher keinem der Umstehenden auffiel. Vera dachte kurz daran, stehen zu bleiben und sich zu wehren, aber machte das Sinn? Ohne fremde Hilfe war sie aufgeschmissen hier drinnen, in diesem riesigen Kasten kannte sie sich nicht aus. Sie konnte nicht die ganze Nacht herumlaufen und an alle Zimmertüren klopfen, das Hotel besaß bestimmt Hunderte davon. Und dann die Gefangennahme von Kommunistenführer Liebknecht, sicher hatte Karl Schöller recht, das musste man ernst nehmen. Ganz gewiss brachte dieses Ereignis tatsächlich Gefahren mit sich.

Schöller dirigierte sie weiter, ein paar Schritte noch, dann erreichten sie eine Tür, die Karl aufstieß. Er schob sie in einen dunklen, langen Gang. Hier zog es wie Hechtsuppe, die Wände waren kahl, die Luft war dumpf. Der Bedienstetentrakt offenbar, hinter den Kulissen des Hotels fand sich keine Spur von dem üppigen Glanz der Hotelhalle. Schon öffnete sich die nächste Tür, plötzlich blendende Helle und Küchenlärm, feuchter Dampf hing in der Luft, unzählige Gerüche stiegen Vera in die Nase. Die Hotelküche war ein riesiger Saal mit langen Arbeitstischen in der Mitte, an den weiß gekalkten Wänden Holzregale, auf denen Flaschen und Tiegel standen, davor ein riesiger Küchenherd. Es herrschte ein reges Treiben, da konnte die Kronprinzessin nicht mithalten. In den Töpfen brodelte und sprudelte es, mindestens zwei Dutzend Leute waren hier drinnen an der Arbeit. Unglaublich, woher kamen die Lebensmittel, die hier verbraucht wurden? Nirgends konnte eine Hausfrau derzeit solche Mengen an Kohl, Kartoffeln oder Fleisch besorgen, aber hier wurde dennoch gebrutzelt und geköchelt. Sogar Pudding wartete in zahllosen, gläsernen Schälchen darauf, garniert zu werden. Wie konnte das sein? Zu Hause gab es alle Tage Kriegsbrot mit Sägespänen drin, mittags vergammelte Rüben und abends wässrige Milch, hier dagegen servierten sie Speisen im Überfluss. Vera hätte noch lange stehen und schauen mögen, doch viel zu schnell wurde sie aus dem Paradies vertrieben. Karl stieß die nächste Tür auf, er nahm sie mit. Draußen war es kalt und dunkel, am Himmel über ihnen blinkten die Sterne.

»Tut mir leid, Fräulein Vera, aber Sie müssen wirklich gehen. Ich kann Ihnen leider nicht weiterhelfen. Alles Gute.«

Schöller schob sie ein Stück hinaus auf den Hof, gleich darauf fiel die Eisentür zur Küche hinter ihm zu. Schlagartig war sie allein, über sich den nächtlichen Himmel.

Das war also das Ende ihres Ausflugs. Sie konnte wahrscheinlich noch froh sein, dass die Sache so und nicht anders ausgegangen war. Erst jetzt wurde ihr allmählich klar, was sie eben in der Hotelhalle miterlebt hatte: Die Freikorps hatten Karl Liebknecht verhaftet, der Führer der Spartakisten war in die Hände seiner Feinde gefallen. Die ehemals Kaiserlichen triumphierten heute Nacht – Liebknecht war einer der führenden Köpfe der Roten. Man erzählte sich, dass er gemeinsam mit Rosa Luxemburg den Aufstand angezettelt hatte, der seit Weihnachten in der Stadt wütete. Was würden die Freikorps mit ihrem Gefangenen anstellen?

Vera schauderte es, so viele Möglichkeiten gab es nicht. Wenn die Militärs Liebknecht der Justiz hätten ausliefern wollen, hätten sie das sofort tun können. Was auch immer dort drinnen im Hotel gerade mit Karl Liebknecht geschah, vermutlich war es besser, nichts davon zu wissen. Vielleicht war sie gerade einem großen Unglück entronnen, wer wusste schon, was passieren würde heute Nacht? Dieser Weg führte sie im Moment nicht weiter, Karl Schöller hatte recht, ihr erster Anlauf war gescheitert. Sie hatte sich das Ganze wohl zu einfach vorgestellt. Hinter ihrem Bruder stand eine mächtige Organisation, lauter Männer, die mindestens ebenso gewaltbereit waren wie er selbst. Bei diesen Herren brauchte sie keine Rückendeckung zu suchen, das war ein Irrweg. Sie musste sich etwas Neues einfallen lassen.

Vera zog sich den Mantel enger um den Leib und marschierte los. Ein Rückschlag, aber aufhalten lassen würde sie sich nicht, das stand fest.

6. Kapitel

»Das sind die vorläufigen Zahlen, gnädige Frau. Die offizielle Firmenbilanz für dieses Jahr steht natürlich noch aus.«

Buchhalter Herbert Reichel lehnte sich auf seinem Stuhl zurück und warf Irene einen gequälten Blick zu. Von ihrem Platz an der Tür musterte Hanna den kahlköpfigen Prokuristen der Deutschen Gebrauchswagenunion. Sie hatten sich alle drei im Herrenzimmer der Villa versammelt, dabei war es für ihr Empfinden entschieden zu früh, um eine solche Zusammenkunft abzuhalten. Papa war gerade mal ein paar Tage unter der Erde, da konnten die Geschäfte in Tempelhof doch wohl noch ein wenig warten, oder? Irene schien das anders zu sehen, sie hatte auf diesem Treffen bestanden. In einem tiefschwarzen, hochgeschlossenen Kleid saß sie kerzengerade am Schreibtisch und starrte den Buchhalter an – ohne Frage, was Reichel eben vorgetragen hatte, war eine böse Überraschung, es war eine finanzielle Katastrophe. Die Firma war pleite, Hanna hatte es begriffen, sie war Reichels Vortrag aufmerksam gefolgt, auch wenn die Details sie nicht interessierten. Ihr Herz hing ohnehin nicht am Fortbestand der DGU. Niemand von ihnen würde diese verdammte Firma allein führen können – war das Schicksal des Unternehmens damit nicht sowieso besiegelt? Irene war bestimmt nicht die Richtige, um den Karren aus dem Dreck zu ziehen.

Gerade in diesem Augenblick stand sie auf, das Gesicht gerötet, ihre Augen sprühten Funken. Was wollte sie als Nächstes tun? Reichel erwürgen?

»Wenn ich richtig verstanden habe, Herr Reichel, halten Sie die Firma für überschuldet. Woher weiß ich, dass Ihre Annahme korrekt ist? Wer garantiert mir für die Richtigkeit Ihrer Zahlen?«

»Die Bilanzen für das Jahr 1917 hat der Herr Direktor noch persönlich mit mir durchgearbeitet, gnädige Frau. Seitdem hat sich die wirtschaftliche Lage leider nicht zum Guten verändert.«

Es wurde still im Raum. Irene bebte am ganzen Körper, während sie mit unbewegter Miene die Stellung hinter dem Schreibtisch hielt. Mit einer derartig niederschmetternden Eröffnung hatte sie sichtlich nicht gerechnet. Hannas Blick wanderte erneut zu dem Buchhalter, der Irene gegenübersaß: ein kleines Männchen mit dicker Brille und tiefen Tränensäcken. Reichel war gewiss keine Schönheit, aber seine Fähigkeiten als Buchhalter hatte Papa immer in den höchsten Tönen gelobt. Der Mann war seriös, das sagte ihr der Instinkt. Warum sollte er auch bei Irene auf einmal falsche Zahlen abliefern, was hätte er davon?

Reichel verzog keine Miene, er schien sich seiner Sache sicher zu sein. »Der Herr Direktor war über den Stand der Dinge unterrichtet, gnädige Frau. In meinem Besitz befindet sich eine schriftliche Notiz Ihres Gatten zur finanziellen Situation der Firma. Sie stammt aus dem Oktober 1918.«

»Das alles macht für mich keinen Sinn, Herr Reichel. Wenn die DGU so marode ist, wie Sie behaupten, hätte mein Mann die Firma niemals am Leben gehalten. Er war ein vernünftiger Kaufmann.«

»Schuld war der Krieg, gnädige Frau. Er brachte eine bisher nie da gewesene Ausnahmesituation für uns alle.«

»Mein Mann hat mir von der finanziellen Lage der DGU nichts Negatives berichtet.«

»Mir schon. Mit mir hat Papa sich über die schwierige Lage unterhalten.«

Hanna spürte, dass ihr Röte in die Wangen schoss: Die letzten Worte waren ihr spontan herausgerutscht. Ursprünglich hatte sie sich an dieser Debatte mit keinem Wort beteiligen wollen. Irene streifte sie mit einem bitterbösen Blick, während Reichel ihr flüchtig zunickte und dann weitersprach.

»Vermutlich wollte der Herr Direktor Sie schonen, gnädige Frau.«

Erneut trat Stille ein, Irenes Arsenal an Argumenten schien erschöpft. Hannas sehnsüchtiger Blick ging zur Tür, ihrer Meinung nach war es besser, das Trauerspiel endlich zu beenden. Reichel hatte sein Bestes gegeben, auch er konnte nichts daran ändern, dass die Firma pleite war. Irene würde das Ruder bestimmt nicht herumreißen, sie hatte keine Ahnung vom Geschäft. Im Grunde genommen standen sie alle vor dem gleichen Problem: Papa fehlte ihnen. Seine ruhige, besonnene Art, das breite Kreuz, das er in geschäftlichen Dingen gehabt hatte, beides besaß in der Familie niemand außer ihm. Er hatte ihnen mit seiner Umsicht und seinem Fleiß viel Ärger vom Hals gehalten, wie viel, das bekamen sie jetzt erst zu spüren. Furchtbar, dass er sie so früh hatte verlassen müssen. Sie fühlte sich inzwischen zutiefst einsam in Dahlem.

Irene stand noch immer hinter dem Schreibtisch und starrte mit bitterböser Miene auf Reichel hinunter, sie sah aus, als wolle sie den Mann ohrfeigen.

»Tut mir leid, wenn ich insistiere, aber was Sie mir da vortragen, ist nicht schlüssig, Herr Reichel. Sie sagen, die DGU ist seit Monaten praktisch zahlungsunfähig, aber mein Mann wird nicht wochenlang Hunderte von Mitarbeitern beschäftigt haben, obwohl kein Geld für ihre Entlohnung zur Verfügung stand.«

»Die Firma hat kaum noch Mitarbeiter, gnädige Frau. Schon im Winter 1916 hat es erste Entlassungen gegeben, seitdem immer wieder. Wir sind nur noch zu fünft. Der Absatz ist zusammengebrochen, während des Krieges zeichnete sich keine Wende ab. Ihr Gatte musste im großen Stil entlassen.«

Irene schluckte. Mit bleichem Gesicht ließ sie sich auf ihren Stuhl zurücksinken. »Wenn das so ist, warum haben Sie dann nicht längst Konkurs angemeldet?«

»Ihr Gatte war nahe dran, das zu tun, doch dann kam die Friedenserklärung des Reiches an die Alliierten. Wir glaubten an einen Aufschwung, alle haben das getan. Niemand konnte vorhersehen, dass unser Land nach dem Rücktritt des Kaisers in einem Bürgerkrieg versinken würde.«

»Sie sehen also keinen Sinn mehr darin, die DGU weiterzuführen?«

»So gern ich das tun würde, gnädige Frau, im Moment sind die Mittel dafür nicht vorhanden.«

»Die Firma verfügt über Grundbesitz.«

»Ja, aber der ist bis zum Anschlag mit Hypotheken belastet.«

»Ein Kredit der Hausbank …«

»Die Berliner Kommerz? Die sitzen uns schon wegen der alten Verbindlichkeiten im Nacken. Ständig kommen neue Mahnungen. Bei denen ist nichts mehr zu holen.«

Irene nickte, inzwischen sichtlich bemüht, die Haltung zu bewahren. »Gut, ich verstehe. Wenn Sie mir sonst nichts zu sagen haben, dann war das von meiner Seite vorerst alles. Sie können gehen.«

Reichel stand auf, seinem Gesichtsausdruck nach zu urteilen, war er peinlich berührt vom abrupten Ende dieser Konsultation. Wahrscheinlich hatte er das Gefühl, von Irene höchstpersönlich für den Niedergang der Firma verantwortlich gemacht zu werden. Dabei hatte Reichel mit Sicherheit alle großen Entscheidungen in Tempelhof gemeinsam mit Papa getroffen. Jetzt war er derjenige, der dafür Schläge einstecken sollte. Schweigend stopfte er seine Papiere in die Aktentasche, er verbeugte sich und verließ den Raum. Hanna sah dem Mann nach: Hoffentlich hatte er das Versprechen nicht vergessen, das er ihr am Vorabend am Telefon gegeben hatte. Reichel hatte zugesagt, ihr einen Gefallen zu tun.

Seine Schritte verhallten draußen im Foyer, Stille senkte sich über den Raum. Irenes Blick ging zum Fenster.

»Was für ein Desaster. Wir sind ruiniert, und was tut dieser Idiot? Er betet uns die Zahlen seiner Bilanzen runter. Dieser Mann ist ohne jedes Feingefühl, wenn du mich fragst.«

»Wir sollten uns vielleicht nicht mit ihm überwerfen. Womöglich brauchst du ihn noch.«

»Ich habe keine Ahnung, wozu dieser Kerl zu gebrauchen ist. Offen gestanden traue ich ihm nicht. Kann doch gut sein, dass er mich belügt, oder? Vielleicht hat er längst insgeheim einen Käufer für die Firma an der Angel.«

»Was hätte er davon?«

»Womöglich spekuliert er darauf, dass ich in meiner Not die DGU für einen Spottpreis verkaufe, damit er eine Provision vom Käufer bekommt. Auf diese Weise werden Witwen betrogen, das hat es alles schon gegeben.«

»Entschuldige, aber das finde ich ein bisschen weit hergeholt. So, wie die Dinge stehen, dürfte es derzeit schwierig sein, überhaupt einen Käufer für eine Automobilfabrik zu finden, egal zu welchem Preis.«

»Du irrst dich. Allein das Grundstück in Tempelhof ist ein Filetstück. Woher soll ich wissen, ob es wirklich so überschuldet ist, wie Reichel vorgibt?«

»Du kannst seine Bilanzen ja sicherheitshalber prüfen lassen.«

»Genau das werde ich tun. Und zwar schnellstens.«

»Gut, dann wäre das geklärt. Ich gehe jetzt in mein Zimmer.«

»O nein, du bleibst. Es gibt noch einiges zu besprechen.«

»Entschuldige, aber mit der Firma habe ich nichts zu tun. In den Angelegenheiten der DGU kann ich dir nicht helfen.«

Irene runzelte die Stirn. »Bist du dir eigentlich auch nur ansatzweise im Klaren darüber, in welcher Lage wir uns befinden? Wenn die Firma in Konkurs geht, sind wir beide mittellos.«

»Ein Grund mehr für mich, so bald wie möglich eine Tätigkeit als Krankenschwester aufzunehmen. Dann liege ich dir nicht auf der Tasche.«

»Ach, hör auf. Niemand will dich haben, neue Schwestern werden nicht eingestellt. Ich habe mich mit ein paar Damen vom Roten Kreuz unterhalten. Die Krankenhäuser müssen sparen.«

»Es wird Ausnahmen geben.«

»Träum nur weiter, die Wahrheit sieht anders aus. Wenn der Firma deines Vaters der Konkurs droht, werde ich das Haus hier verkaufen müssen. Wir stehen dann beide auf der Straße. Obdachlos. Weißt du, was das Wort bedeutet?«

»Als Schwesternschülerin findet sich für mich ein Platz in einem Wohnheim.«

Irene atmete hörbar aus. »Selbst wenn ich damit einverstanden wäre, dass du arbeiten gehst, würdest du keine Anstellung finden. Es gibt keine bezahlte Arbeit in Berlin, wann begreifst du das endlich? Siehst du die Horden von Bettlern nicht, die inzwischen an fast jeder Straßenecke sitzen und die Hand aufhalten?«

»Doch, natürlich. Lauter arme Kreaturen.«

»Ja, ohne Frage. Kriegsheimkehrer, Amputierte, Verwirrte und solche, denen man die Gesichter weggeschossen hat. Niemand hat Arbeit für sie.«

»Viele von ihnen sind auch nicht arbeitsfähig.«

»Es gibt Horden von Arbeitssuchenden, auch ganz gesunde Menschen sind darunter. Was fehlt, sind die Arbeitsplätze. Uns stehen schlimme Zeiten bevor.« Irene ging zum Fenster und blieb dort stehen. Die Arme vor dem Oberkörper verschränkt, starrte sie in den winterlichen Garten.

»Deine einzige Möglichkeit ist eine Heirat mit einem gut verdienenden Mann. Damit hilfst du der Familie. Kannst du mir so weit folgen?«

»Selbstverständlich.«

»Dann werde ich dir demnächst ein paar geeignete Herren vorstellen. Ich erwarte, dass du dich ihnen gegenüber anständig benimmst, haben wir uns verstanden?«

»Das ist albern. Ich werde nicht auf Befehl irgendwen heiraten.«

»Hast du mir eigentlich zugehört, sag mal? Wir haben kein Zuhause mehr, wenn die Firma am Ende ist.«

»Du hast kein Zuhause mehr, für mich wird sich schon etwas finden.«

Irene winkte ab. »Du sitzt auf einem verdammt hohen Ross. Mit Vernunft ist dir nicht beizukommen, wie mir scheint.«

»Wir sind in Trauer, Irene. Das ist nicht der richtige Zeitpunkt …«

Irene fuhr herum, ihre Augen glühten. »Sag du mir nicht, wie ich um deinen Vater zu trauern habe. Ich habe ihn von Herzen geliebt, ich vermisse ihn, und zwar mehr, als du glaubst. Leider lässt das Schicksal mir keine Zeit, im Unglück zu verharren. Wir stehen finanziell am Abgrund, das ist eine Tatsache.«

»Ich bin ja auch bereit, zu helfen.«

»Mit dem lächerlichen Gehalt einer Schwesternschülerin? Schlag dir das aus dem Kopf. Noch bist du nicht volljährig, noch habe ich das Recht, darüber zu entscheiden, ob du niedere Arbeiten verrichtest.«

»Die Pflege anderer Menschen ist keine niedere Arbeit.«

»Schluss damit, ich dulde dein aufsässiges Verhalten nicht länger. Dein Gerede über eine Anstellung als Lernschwester ist Wunschdenken. Dazu wird es nicht kommen, weil niemand dich einstellt. Komm zur Vernunft. Du bist die klügste meiner Töchter, das heißt aber nicht, dass ich dir alles durchgehen lasse.«

»Ich nehme das als Kompliment.«

»Ich war noch nicht fertig. Du bist klug, aber du bist auch durchtrieben. Ich weiß, dass du vor ein paar Tagen hinter meinem Rücken bei Doktor Röttger gewesen bist. Vorsichtshalber habe ich ihn wissen lassen, dass ich mit deiner Berufstätigkeit nicht einverstanden bin.«

»Wie kommst du dazu, ihm so etwas zu sagen?«

»Ich bin deine Mutter, schon vergessen?«

»Erstaunlich, wie viel Energie du darauf verwendest, mir einen Strich durch die Rechnung zu machen. Als ich noch ein Kind war, hast du dich überhaupt nicht für mich interessiert.«

»Ach Gott, ersparen wir uns doch diese alten Geschichten. In dem Punkt haben wir sicherlich unterschiedliche Wahrnehmungen. Konzentrieren wir uns auf die Gegenwart. Derzeit sitzen wir im selben Boot.«

»Das glaube ich kaum. Wir beide wollten noch niemals dasselbe. Ich denke, wir haben sehr unterschiedliche Ziele.«

»Mäßige dich, wenn du nicht riskieren willst, dass ich dir

deinen Stuhl schon morgen vor die Tür setze. Noch bist du auf meine Unterstützung angewiesen.«

Hanna stand auf, sie hatte genug. Sie ging, wütend warf sie die Tür hinter sich ins Schloss. Auch ohne Irenes Drohungen wusste Hanna, dass die Zeit drängte. Sie brauchte bezahlte Arbeit und eine eigene Wohnung. Irgendeine Lösung musste her.

Hanna eilte durchs Foyer, tatsächlich, auf der Kommode lag ein dicker Packen Papier. Sie hatte Reichel gestern Abend angerufen und ihn gebeten, ihr am Bahnhof ein paar Schweizer Tageszeitungen zu besorgen. Die Möglichkeit eines Medizinstudiums im Ausland geisterte nun schon seit Tagen in ihrem Kopf herum. Sie wollte wenigstens versuchen, sich einen Überblick über die Situation in der Fremde zu verschaffen. Wie lebte es sich in der Schweiz? Gab es Wohnungen und Stellenangebote, die ihr helfen konnten, ein bisschen dazuzuverdienen?

Hanna griff sich den Stapel Papier, raffte ihre Röcke und eilte die Treppe hinauf. Irene ging es darum, ihre Tochter in die Ecke zu treiben, ihr so lange zuzusetzen, bis sie in der Not irgendeinem reichen, alten Trottel das Jawort gab. Dazu würde es nicht kommen, das stand fest.

Mit Schwung warf Hanna die Tür zu ihrem Zimmer hinter sich ins Schloss. Diesen Elan musste sie sich erhalten, sie brauchte frische Energie, die sie vorwärtstrieb. Hastig fing sie an, die Zeitungen auseinanderzunehmen: Zürich. Hatte nicht schon der Name dieser Stadt einen verlockenden Klang?

* * *

»Entschuldigen Sie die Störung, aber man sagte mir, ich würde Fräulein Novak hier unten finden.«

Vera staunte – offenbar hatte sie Besuch von einer gut gekleideten Fremden. Dabei war das Geschäft noch gar nicht eröffnet, der Raum erinnerte noch sehr an Vaters alten Laden, zugestellt mit dunklen Schränken, der Tresen mit Tüchern verhängt. Immerhin, Vera arbeitete in jeder freien Minute daran, es in ihrem Atelier wohnlicher zu machen. Benno hatte ihr eine gebrauchte Nähmaschine auf dem Schwarzmarkt organisiert, derzeit hielt er dort Ausschau nach frischer Farbe. Leider war der Laden trotz allem noch eine Baustelle, ihre Besucherin konnte eigentlich keine Kundin sein. Vera kam hinter dem Tresen hervor, an dem sie bis eben Vaters ehemalige Ladenkasse inspiziert hatte.

»Ich bin Vera Novak. Was kann ich für Sie tun?«

Die Fremde betastete das Hütchen, das sie auf dem Kopf trug, eine dunkle Kappe mit feuerroter Blüte. Sie war gut gekleidet, ihr Wintermantel mit dem schwarzen Pelzkragen saß perfekt auf Taille, dazu diese niedlichen Lederhandschuhe mit Schleife, auch sehr hübsch. Diese Person hatte Geschmack und obendrein offenbar genug Geld, um sich teure Kleidung zu leisten. In diesem Moment streckte die Fremde die Hand aus.

»Mein Name ist Friederike Petersen, ich bin eine Bekannte von Herrn Funke. Ich weiß nicht, ob er Ihnen von mir erzählt hat.«

Vera runzelte unwillkürlich die Stirn. Was denn, sie hatte eine Bekannte von Benno vor sich? Sehr nobel, fast zu vornehm für jemanden aus der Provinz. Passte so eine Person zu dem kleinen Fischerdorf, aus dem Benno angeblich stammte? Und selbst wenn, warum machte die Frau sich die Mühe, hierherzukommen? War nicht eben ein Katzensprung nach Berlin. Irgendwas stimmte hier nicht, Vera schwante nichts Gutes. Langsam entzog sie der jungen Frau ihre Hand, während sie versuchte, sich innerlich gegen das, was da auf sie zukam, zu wappnen.

»Tut mir leid, aber Herr Funke hat mir nichts über Sie erzählt. Darf ich fragen, was Sie zu mir führt?«

»Nun, ich weiß, dass alles, was ich zu sagen habe, ein wenig merkwürdig klingen muss in Ihren Ohren, aber es ist gleichwohl die Wahrheit. Benno und ich kennen uns schon lange.«

»Und?«

»Wir waren ein Paar vor dem Krieg. Ich bin seine Verlobte. Wir wollten heiraten.«

Vera schluckte. Benno hatte also eine Verlobte? Kein Wort hatte er ihr davon gesagt, nicht einmal eine Andeutung hatte er gemacht. Falls diese Frau eine Lügnerin war, würde sich das hoffentlich sehr bald erweisen. Sie musste in jedem Fall gelassen bleiben. Sie kannte Benno noch nicht lange genug, um sich seiner ganz sicher sein zu dürfen. Erneut nahm sie die fremde Frau ins Visier.

»Nun gut, erzählen Sie weiter. Sie waren mit Herrn Funke verlobt.«

»Tun Sie es nicht einfach ab, es steckt noch mehr dahinter. Er und ich, wir kennen uns von Kindesbeinen an. Wäre der Krieg nicht gewesen, so wäre ich jetzt seine Frau, dessen bin ich mir gewiss.«

»Das kann ich nicht beurteilen, doch selbst wenn, was hat das Ihrer Meinung nach mit mir zu tun?«

»Ich habe lange überlegt, ob ich zu Ihnen kommen und mit Ihnen sprechen soll, aber ich finde, es ist Ihr gutes Recht, zu erfahren, was zwischen mir und Benno gewesen ist.«

»Es könnte aber sein, dass mich das überhaupt nicht interessiert, oder? Zumal, wenn es vorbei ist. Herr Funke lebt jetzt hier, in Berlin.«

»Die Dinge liegen ein wenig anders, als Sie denken. Benno ist der Vater meiner Tochter.«

Vera klappte den Mund auf und gleich wieder zu, du lieber Himmel, das war in der Tat ein Paukenschlag. Sie musste sich sehr zusammenreißen, um eine solche Neuigkeit zumindest äußerlich halbwegs ungerührt hinzunehmen. Benno hatte ein Kind mit einer anderen? Das war starker Tobak, eine Geschichte dieser Art hatte sie tatsächlich nicht erwartet. Das Fräulein schien Oberwasser zu haben, lächelnd zog die Frau ihren Handschuh aus, sie hielt ihren linken Ringfinger in die Höhe. Es blinkte an ihrer Hand, golden der Reif, rot der Stein. Ein Verlobungsring anscheinend – war der echt?

»Benno und ich waren einander versprochen, das hier ist der Beweis. Mittlerweile will er davon nichts mehr hören, aber so einfach, wie er sich das denkt, wird sein Rückzug nicht sein. Er ist der Vater meines Kindes, und damit trägt er Verantwortung.«

Vera nickte, denn auch wenn ihr die Geschichte, die sie gerade hörte, nicht gefiel – mit Verantwortung kannte sie sich aus. Davon einmal abgesehen, war ihr die Situation höchst unangenehm. Abwehrend verschränkte sie die Arme vor dem Oberkörper.

»Vielleicht waren Sie beide ein Paar, vielleicht haben Sie eine Tochter, aber das eine folgt ja nicht notwendig aus dem anderen. Womöglich hält sich Benno nicht für den Vater Ihres Kindes. Könnte doch angehen, oder?«

»Vorsicht, verehrtes Fräulein Novak. Benno kann glauben, was er will, aber die Tatsachen sprechen gegen ihn. Jeder in unserem Heimatdorf wird Ihnen bestätigen, dass ich niemals einen anderen Mann als Benno angesehen habe. Im Übrigen ist ihm seine Tochter wie aus dem Gesicht geschnitten. Die Ähnlichkeit ist nicht zu übersehen.«

Friederike Petersen klappte ihre Handtasche auf und begann darin herumzuwühlen, nervös und mit zittrigen Händen. Endlich holte sie eine Fotografie hervor und hielt sie Vera unter die Nase: Ein Kind saß im Sonntagskleid mit Schleife im Haar auf einem Stühlchen, die Kleine blickte dem Betrachter genau ins Gesicht. Es war nicht zu bestreiten, dass das Mädchen auf dem Foto Ähnlichkeit mit Benno besaß – was also, wenn Friederike Petersen die Wahrheit sagte? Viele Frauen waren während der letzten Jahre mit einem Kind sitzen gelassen worden. Vielleicht war Benno auch einer von denen, die den Krieg genutzt hatten, um Verpflichtungen abzuschütteln und sich aus dem Staub zu machen?

Schweigend reichte Vera das Foto zurück, sie wollte sich nicht in der Betrachtung eines fremden Kindes verlieren, ihr schwirrte auch so schon der Kopf. Vielleicht hätte sie Benno mit mehr Nachdruck nach seiner Vergangenheit befragen sollen? Sie hatte alles hingenommen, was er ihr erzählt hatte, und auch das war nicht viel gewesen. Jetzt bekam sie die Quittung für ihr blindes Vertrauen. Zweifel an seiner Ehrlichkeit waren angebracht, das schmerzte sie. Vera überlegte, sie musste etwas sagen, doch so einfach war das nicht. Sie seufzte.

»Was Ihnen widerfahren ist, tut mir leid, Fräulein Petersen. Ich kann mir denken, dass die letzte Zeit nicht einfach war für Sie, nur verstehe ich nicht, was mich diese Sache angeht.«

Friederike Petersen hantierte mit ihrer Handtasche, den Blick abgewandt. Sie würde doch jetzt nicht zu weinen anfangen? Sie sah auf.

»Ich dachte mir, Sie sollten erfahren, wie die Dinge stehen. Wenn Sie Benno heiraten wollen, sollten Sie wissen, dass er bereits Vater eines Kindes ist.«

»So schnell schießen die Preußen nicht. Ich kenne Herrn Funke erst seit Kurzem. Von einer Heirat spricht in unserem Fall noch kein Mensch.«

»Das mag sein, aber die Dinge verändern sich. Wie ich sehe, hätten Sie einem Ehemann einiges zu bieten.«

Fräulein Petersen hob die Hand und deutete in den Raum hinein: der alte Laden, nun ja, schön und gut, aber das Paradies auf Erden war das nicht. Gleichwohl glaubte Vera, den Hinweis verstanden zu haben.

»Sie meinen, Benno ist vor allen Dingen an meinen Besitztümern interessiert. Es ist kein Verlass auf ihn, und ich soll besser Abstand nehmen von dem Herrn. Das ist es, was Sie mir sagen wollen.«

»Es ist zumindest nicht vollkommen auszuschließen, dass Benno Sie früher oder später auch im Stich lässt. Als besonders verlässlich hat er sich nicht erwiesen. Manchmal ist es besser, der Wahrheit rechtzeitig ins Gesicht zu sehen.«

»Richtig, aber bis jetzt kenne ich nur Ihre Wahrheit oder das, was Sie dafür halten. Von Benno habe ich dazu noch nichts gehört.«

»Dann fragen Sie ihn. Er wird unsere Geschichte nicht leugnen. Selbst seine Mutter hat ihn nicht von dem freigesprochen, was er mir angetan hat. Sie steht zu mir.«

»Und nun wollen Sie sich an Benno rächen, weil er Sie im Stich gelassen hat? Sie hoffen, dass ich ihm den Laufpass gebe, wenn ich von seinem unehelichen Kind erfahre.«

»Es liegt ganz bei Ihnen, wie Sie mit der Situation umgehen.«

»So, so. Wie alt ist Ihr Kind, wenn ich fragen darf?«

»Im Mai wird es vier Jahre alt.«

»Warum sind Sie erst jetzt in dieser Sache nach Berlin gereist?«

»Weil der Krieg erst jetzt zu Ende ist, deshalb. Zwischendurch konnte ich Benno nicht erreichen. Ich habe ihm geschrieben, aber er hat auf meine Briefe irgendwann nicht mehr geantwortet.«

»Gleichwohl …«

»Was hätte ich denn tun sollen? Ich habe gehofft, dass er auf Urlaub nach Hause kommt, aber leider hat er uns nicht ein einziges Mal besucht in all den Jahren.«

»Auch das ist ein Zeichen.«

»Aber ja, und was für eines. Ungeheuer tapfer und mutig, sich einer jungen Frau gegenüber, mit der man verlobt war, einfach auszuschweigen. Nehmen Sie ihn ruhig in Schutz. Sie hätten sicherlich in meiner Position alles besser gemacht.«

»Das habe ich nicht gesagt.«

»Das brauchen Sie auch nicht. Ich habe verstanden, dass Sie mich für eine dumme Gans halten.«

»Nein, das tue ich nicht. Ich wundere mich nur über die lange Zeit, die Sie haben verstreichen lassen.«

»Glauben Sie denn, ich konnte einfach nach Kiel fahren, mit einem kleinen Kind zu Hause? Selbst wenn, wohin hätte ich mich wenden sollen? Auf einer kaiserlichen Marinewerft hatten Frauen im Krieg keinen Zutritt.«

»Das stimmt.«

»Konnten Sie Ihre männlichen Angehörigen beim Militär besuchen, nachdem die Männer eingezogen worden waren? Ich jedenfalls habe es für besser befunden abzuwarten. Irgendwann wird der Vater meines Kindes zurückkommen, habe ich gedacht. Offenbar habe ich damit falschgelegen, aber hinterher ist man immer klüger.«

Friederike Petersen schluckte, hastig zog sie ein Taschentuch aus dem Mantel. Sicher würden nun Tränen fließen.

»Ich wollte Sie nicht kränken, Fräulein Petersen, das lag nicht in meiner Absicht. Für mich ist die ganze Geschichte vollkommen neu, ich habe noch nie davon gehört. Auf diese Weise stellen sich mir natürlich ein paar Fragen, auf die ich Antworten haben möchte.«

»Ja, natürlich, das verstehe ich. Sie haben recht, es hilft alles nichts. Allmählich weiß ich auch nicht mehr, warum ich überhaupt hergekommen bin. Es sollte wohl ein letzter Versuch sein, die Dinge in meinem Sinne zu beeinflussen.«

»So sehe ich es auch, und ich mache Ihnen keinen Vorwurf deswegen.«

Vera lächelte, zu ihrem eigenen Erstaunen zögerte sie nur kurz, dann ging sie hinüber und legte der jungen Frau tröstend den Arm um die Schulter.

»Sie hatten gehofft, dass ich Benno den Laufpass gebe, das verstehe ich sogar. Doch selbst wenn ich das tun würde, heißt das nicht, dass er zu Ihnen zurückkehrt.«

»Nein, das heißt es nicht. Benno hat Glück bei den Frauen. Der bleibt nicht lange allein, darauf würde ich mein letztes Unterhemd verwetten.«

Fräulein Petersen wischte die Tränen ab, während Vera sich ein Stück von ihr zurückzog. Es stimmte, was sie da sagte, und genau das war der Punkt: Benno hatte Glück bei den Frauen. Seine ungeheuer blauen Augen, die schlanke Statur, das goldblonde Haar, wer war davon nicht angetan? Sein gutes Aussehen war eine Tatsache, und deshalb war die Geschichte, die diese Frau mitgebracht hatte, eine Warnung. Konnte sie Friederike Petersen deswegen böse sein? Eigentlich nicht.

Friederike Petersen schniefte noch einmal, dann schob sie ihr Taschentuch zurück in die Handtasche.

»Verzeihen Sie, dass ich Sie behelligt habe, Fräulein Novak. Den Besuch bei Ihnen hätte ich mir schenken sollen. Ich habe Ihnen nur die Zeit gestohlen.«

»Nein, das sehe ich anders. Ich habe etwas dazugelernt, das ist nie verkehrt. Benno ist vermutlich einer, der die Dinge manchmal leichter nimmt, als es uns Frauen lieb sein kann. Das immerhin weiß ich jetzt.«

Fräulein Petersen nickte, während ihr Blick durch den Laden streifte. »Wohl wahr. Ich danke Ihnen, dass Sie mich angehört haben. Sagen Sie, was ist das eigentlich für ein Raum, in dem wir stehen?«

»Mein Vater war Inhaber einer Uniformschneiderei, dies waren seine Geschäftsräume. Ich möchte mich hier mit einem Modeatelier selbstständig machen. Ich habe Schneiderin gelernt und könnte meine Modelle selbst entwerfen.«

Fräulein Petersen riss die Augen weit auf und nickte eifrig. »Aber sicher, das ist eine gute Idee. In den Kaufhäusern hängt so viel Kleidung, die unvorteilhaft ist. Maßanfertigungen dürften für einige Damen der bessere Weg sein. Im Übrigen, Ihre Skizze dort gefällt mir. Die ist doch von Ihnen?«

Sie deutete auf die Wand gegenüber, an der Vera ihren ersten Entwurf angebracht hatte. Dort hing die Tunika, die sie neulich Abend am Küchentisch gezeichnet hatte.

»Ja, das ist eines meiner Kleider. Freut mich, wenn es Ihnen zusagt.«

»Wenn ich eine Braut wäre, würde ich das Modell tragen wollen.«

»Wenn Sie eine Braut wären?«

»Ja, natürlich. Ich sehe das als Brautkleid, so weit kenne ich mich aus. Nur für den Fall, dass ich jemals heirate.«

»Tatsächlich. Das ist vielleicht eine Möglichkeit.«

Friederike Petersen nickte mit dem Kopf und strahlte so sehr, dass Vera sich auch noch einmal umdrehte, um die Zeichnung an der Wand zu betrachten: Eigentlich hätte es eine Abendrobe sein sollen, mit weichen, locker fallenden Linien, mit einem Kragen, der wie ein Wasserfall das Dekolleté umgab – aber vielleicht taugte das Ganze auch zum Brautkleid, warum nicht? Geheiratet wurde immer. Für ein besonderes Modell an einem besonderen Tag nahm die eine oder andere Kundin bestimmt auch einen längeren Weg in den Osten der Stadt in Kauf. Im Kleid ihrer Mutter wollte jedenfalls kaum noch eine junge Frau vor den Altar treten, das kam aus der Mode. Ganz in Weiß für jeden Geldbeutel, eine Robe nach den Wünschen der Braut maßangefertigt, das klang nach einer guten Geschäftsidee.

Veras Brautsalon, hörte sich das nicht vielversprechend an?

Friederike Petersen trat vor, die rechte Hand ausgestreckt. »Ich denke, es wird Zeit für mich. Ich habe Ihnen lange genug Ihre Zeit gestohlen. Nichts für ungut, nicht wahr? Wer weiß, wann und wo man sich einmal wieder gegenübertritt.«

»Nein, nichts für ungut.«

»Ich wünsche Ihnen noch einen schönen Tag, Fräulein Novak.«

Friederike Petersen drehte sich um und ging, stolz den Kopf erhoben. Vera sah ihr nach, unschlüssig, was sie von dieser Begegnung halten sollte. Ein paar Illusionen über Benno hatte sie nun weniger, aber dafür gab es auch Licht am Ende des Tunnels, beruflich zumindest: Einer eigenen

Existenz als Schneiderin war sie heute vielleicht ein Stück nähergerückt. Veras Brautsalon, das klang schon jetzt wie Musik in ihren Ohren. Da taten sich Möglichkeiten auf, das ließ sich ausbauen. Benno allerdings würde sie zur Rede stellen. Es gab einiges, was er ihr erklären musste.

Sie wandte sich ab und ging endlich daran, die Fensterscheiben des Ladens von dem alten Zeitungspapier zu befreien. Mühsam war das, und doch, es machte ihr auch Freude: Neue Einsichten und mehr Licht, das war es, was sie brauchte.

* * *

Was für ein scheußlicher Vormittag. Vergeblich war er gewesen, und peinlich obendrein, ihr Auftritt in der Palisadenstraße. Als die Pension in der Nürnberger Straße endlich in Sichtweite kam, wankte Fritzi schon fast vor Hunger und Erschöpfung. Sie schämte sich dafür, Vera Novak aufgesucht zu haben. Das hätte sie sich schenken sollen, eine Verzweiflungstat, nichts weiter. Das Fräulein war eine waschechte Berliner Pflanze, die erschütterte nichts so schnell. Sie würde vermutlich mit Benno reden, doch was änderte das schon? Sie selbst war und blieb Bennos Ex, was für eine Ehre.

Fritzi putzte sich energisch die Nase. Sie fühlte sich elend und ausgelaugt, der Magen knurrte – kein Wunder bei dem Zeug, das sie hier in der Großstadt zu essen bekam. Pappiges Brot und Eichelkaffee, Rübenschnitzel und Kohlsuppe ohne Kohl. Da musste man ja schwächeln, zumal wenn einem das Herz bleischwer war. Hatte sie für dieses magere Ergebnis wirklich zwei Wochen ihrer Zeit geopfert? Jetzt blieb ihr nichts anderes mehr übrig, als die Koffer zu packen und zurückzureisen in die Heimat. Lange genug hatte sie sich hier zur Närrin gemacht. Es hielt sie nichts in Berlin, sie hatte alles versucht, vergeblich. Mit etwas Glück erreichte sie noch den Nachmittagszug am Stettiner Bahnhof, also los, vor ihr lag der Eingang zur Pension. Sie stürmte die Treppe hinauf, wandte sich oben angekommen sofort dem Empfangstresen zu, hinter dem ihre Wirtin gerade die Post sortierte.

»Machen Sie mir bitte die Rechnung fertig, Frau Faller. Ich reise ab.«

Therese Faller warf ihr über den Rand ihrer Brille einen fragenden Blick zu.

»Was denn, so plötzlich? Ist etwas passiert? Sie sind ein wenig blass um die Nase.«

Fritzi musste heftig schlucken, sie hatte plötzlich einen dicken Kloß im Hals. Tränen sammelten sich in ihren Augenwinkeln, wie peinlich, aber das passierte ihr in letzter Zeit leider öfter. Sie war viel zu nah am Wasser gebaut neuerdings. Ihr Leben schien ihr trübe, ihr fehlte die Kraft, sich weiter gegen das Schicksal zu stemmen. Manchmal fing sie dieser Tage mitten im Satz an zu weinen, einfach so, aus heiterem Himmel. Wahrscheinlich waren die Wunden, die die Sache mit Benno ihrer Seele zugefügt hatte, tiefer als gedacht. Auch die Tatsache, dass sie nicht frei war von Schuld an dem Desaster, belastete sie. Sie hatte sich schlicht nicht vorstellen können, dass Benno sie verlassen würde, deshalb hatte sie ausgeharrt und auf seine Rückkehr gewartet – wie dämlich das gewesen war, erkannte sie jetzt. Naiv, das war ja wohl leider das Wort, das auf sie zutraf.

Fritzi sah zu Boden, Frau Faller schien ihr Schweigen als Bestätigung dafür zu nehmen, dass etwas nicht in Ordnung war. Sie hatte ihren Platz hinter dem Empfangstresen verlassen.

»So weinen Sie doch nicht. Uns allen geht im Leben mal etwas daneben. Ist es wegen des Herrn mit dem Schnauzbart?«

Fritzi sah auf, jetzt endgültig verwirrt. Was hatte ihr ganz persönlicher Kummer denn mit dem Haushaltswarenvertreter aus Ludwigslust zu tun? Sie blinzelte, war fast versucht zu lachen, wenn auch unter Tränen.

»Wieso fragen Sie? Ist dem Herrn etwas zugestoßen?«

»O nein!« Frau Faller winkte ab. »Dem ist nichts zugestoßen, mir aber schon. Dieser Schurke hat sich heute Morgen klammheimlich davongemacht. Ohne seine Rechnung zu bezahlen, versteht sich.«

»Tatsächlich? Was für eine Frechheit.«

Frau Faller nickte, die dicken Bernsteinkugeln an ihrer Halskette kamen in Bewegung und klapperten leise.

»Der Kerl ist ein Gauner. Drei Wochen hat er auf meine Kosten hier logiert, jeweils mit Frühstück, da kommt was zusammen.«

»Aber wie ist er Ihnen denn entwischt? Die Tür zur Pension war doch über Nacht abgeschlossen, oder?«

»Er wird im Morgengrauen über den Balkon geklettert sein.«

»In seinem Alter und über den Balkon?«

»Anders kann ich es mir nicht erklären. Die Balkontür in seinem Zimmer stand jedenfalls heute Morgen offen. Erster

Stock, das geht schon, wenn man sich geschickt anstellt. Ich glaube, man muss kein Kriminaler sein, um zu diesem Ergebnis zu gelangen.«

»Und doch finde ich es unfassbar.«

»Eine Frechheit, ganz recht, aber vergessen wir die Episode. Ich dachte ja anfangs, der Herr wäre ein Bekannter von Ihnen.«

»Nein, um Gottes willen. Eine Zufallsbekanntschaft aus dem Zug.«

»Aha, nun, wie auch immer, ich werde nicht zur Polizei gehen. Da kommt nicht viel dabei heraus. Die haben anderes zu tun.«

»Sie wollen gar nichts unternehmen? Das ist aber höchst ungerecht.«

»Es lohnt den Aufwand nicht, glauben Sie mir. Aber da fällt mir noch etwas ein. Ich habe eine Kleinigkeit, die Sie aufheitern wird.«

Frau Faller verschwand hinter ihrem Empfangstresen und tauchte mit einem Paket in der Hand wieder auf.

»Das ist heute Vormittag für Sie abgegeben worden. Ich hoffe sehr, es kommt von einem Verehrer.«

Zögernd nahm Fritzi das Päckchen entgegen. Ein Geschenk? Das konnte nur ein Irrtum sein, auspacken würde sie das Päckchen aber natürlich trotzdem, ihre Neugierde war groß. Das Geschenk machte etwas her, es war in geblümtes Seidenpapier eingewickelt. Eine rote Schleife hielt alles zusammen, wann hatte sie zuletzt so etwas Hübsches in Händen gehabt? Sie wickelte und packte aus, das Blumenpapier knisterte, endlich kam darunter eine Packung mit Pralinen zum Vorschein. Du liebe Güte, echte Pralinen aus Schokolade, wer konnte sich denn Süßigkeiten leisten in Zeiten wie diesen? Solche Leckereien gab es auf dem Land nicht mehr. Immer noch staunend nahm sie die kleine Grußkarte zur Hand, die dabei lag.

Ich musste eine Weile danach suchen,
aber dies ist nun endlich das Dessert,
auf das du im Kaiserhof unbedingt verzichten wolltest.
Mit herzlichen Grüßen
Wolfgang

Wolfgang also, wie aufmerksam von ihm. Tatsächlich hatten sie im Hotelrestaurant auf den Nachtisch verzichtet. Er hatte sich partout nicht auch noch zum Dessert einladen lassen wollen, da hatte sie irgendwann nicht mehr insistiert, vielleicht hatte er recht gehabt, vielleicht wäre die Rechnung an jenem Abend sonst doch ins Unermessliche gestiegen. Nun kam seine Schokolade zum Ausgleich, aber was bezweckte er damit? Wollte er sich für den Abend bedanken? Oder war es ihm im Nachhinein peinlich, dass er sich von einer Frau hatte aushalten lassen? Dass er anderweitig Interesse an ihr haben könnte, konnte sie sich kaum vorstellen, schließlich war sie eine alleinstehende Mutter. Und doch, wenn sie an seine warmen Augen dachte, an seine ruhige kultivierte Art …

Fritzi hatte keine Gelegenheit, lange zu träumen, denn plötzlich wurde die Tür zur Pension aufgestoßen. Ein älterer Herr trat ein und schüttelte sich die Schneeflocken vom

Kragen seines Mantels. Fritzi guckte erstaunt, ihr Mund klappte auf, die Augen gingen ihr fast über, sie konnte nicht glauben, was sie sah: Das war doch ihr guter, lieber Papa, der hier hereinspaziert kam. Die Nase gerötet von der Kälte, der Hut ganz nass, aber es bestand kein Zweifel, es war ihr Vater, der da auf einmal bei Frau Faller im Flur stand. Er setzte seinen Koffer auf den Fußboden, drehte sich um und lächelte sie an, als wäre es keineswegs merkwürdig, dass sie einander auf einmal gegenüberstanden.

»Papa?«

Er nickte, im nächsten Moment breitete er die Arme aus. Für Fritzi gab es kein Halten mehr, das war eine wunderbare Überraschung, niemals hätte sie erwartet, dass ihr Vater diese Reise hierher nur ihretwegen unternahm. Sie rannte los und warf sich ihm in die Arme, sie drückte ihn an sich, während er etwas Beruhigendes vor sich hin brummte. Es war so schön, ihn zu sehen. Der vertraute Duft nach Kernseife und Tabak umgab ihn, sein Bart kratzte wie eh und je, doch das war ihr egal. Dieser Moment war herrlich, so schön, dass ihr die Tränen kamen. Diesmal ließ sie ihnen freien Lauf, schließlich waren es Freudentränen, die sie weinte. Der Tag schien ihr auf einmal wundervoll.

Behutsam schob er sie von sich.

»Na, na, Kindchen, nun reg dich nicht auf, ist ja nichts Schlimmes passiert.«

»Ich reg mich nicht auf. Ich freue mich, dass du da bist.«

»Ja, dein alter Vater hat es auf sich genommen und ist Hunderte von Kilometern gefahren, noch dazu im tiefen Winter. Hab mir Sorgen gemacht, mein Kind. Wusste nicht, wo du so lange bleibst. Und nun hör auf zu heulen, ist ja alles gut.«

Frau Faller nickte ihnen zu.

»Sie haben Besuch aus der Heimat, Fräulein Petersen, wie schön. Da lasse ich Sie am besten einen Moment allein.«

Fritzis Wirtin verschwand in dem Raum hinter dem Empfangstresen, die Tür klappte. Ihr Vater machte unterdessen ein paar Schritte auf und ab, er inspizierte die Pension.

»So, so, Kindchen, hier hast du dich also niedergelassen. Glücklicherweise schaut mir das alles recht solide aus. Ordentliches Haus, nicht wahr? Gut so. Es ist alles in Ordnung mit dir, hoffe ich?«

»Doch, mir geht es gut. Danke.«

»Warum hast du dich nicht öfter bei mir gemeldet?«

»Ich habe dir zwei Briefe geschrieben.«

»Ist bloß einer angekommen, ein ganz kurzer mit deiner Adresse hier in Berlin, das war's. Hättest anrufen sollen, auf die Post ist kein Verlass.«

»Das wollte ich ja, aber die Leitungen sind eine Katastrophe.«

»Drei Wochen ohne Nachricht von dir, ich fasse es nicht.«

»Nicht böse sein, Papa. Und jetzt sag mir, wie es Christel geht.«

»Alles gut, unser Schätzchen ist gesund und munter. Die Kleine vermisst ihre Mama, das ist alles. Ich frag mich ehrlich gesagt, was du hier so lange treibst. So einfach holterdiepolter bei Nacht und Nebel zu türmen und sich dann nicht zu melden, das ist keine Art.«

Fritzi wurde nervös, jetzt war sie fällig, die große Beichte. Papa würde alles über Benno hören wollen, doch in dem Bericht, den sie abzustatten hatte, konnte sie sich nur zu ihren Verlusten und Niederlagen bekennen. Sinnlosen Aufwand hatte sie getrieben, Geld zum Fenster hinausgeschmissen, und das alles nur, um Benno zurückzuerobern. Ihr Ausflug war gänzlich erfolglos geblieben, sie hatte sich unmöglich gemacht. Das alles galt es einzugestehen, doch einen kleinen Aufschub konnte sie vielleicht erwirken.

»Wenn du jetzt fort bist aus Rieseby, wer passt denn dann auf Christel auf?«

»Lena ist da, sie bleibt auch über Nacht in der Mühle.«

Fritzi runzelte zweifelnd die Stirn, sie wollte etwas einwenden, doch Papa war schneller, er winkte ab.

»Es ist dir nicht recht, ich weiß. Lena ist unsere Milchmagd und kein Kindermädchen, aber wen hätte ich sonst bitten sollen? Ich hatte keine andere Wahl.«

»Es ist ja nur – Lena und Christelchen allein zu Hause, da mache ich mir Sorgen. Christelchen ist so eine Liebe, aber viel zu klein, um Verstand zu haben. Und Lena hat sowieso keinen, noch nie gehabt.«

»Wohl wahr. Aber sie mögen sich, und ansonsten hat auch Bennos Mutter versprochen vorbeizugehen.«

Fritzi nickte, sie war noch immer nicht ganz einverstanden – aber jetzt galt es, sich erst mal um ihren Vater zu kümmern. Dunkle Schatten lagen unter seinen Augen, die Reise hatte ihn sichtlich mitgenommen. Sein Bart wirkte ungepflegt und zottelig, seine Nackenhaare stießen auf den mit Pelz besetzten Mantelkragen. Man sah sofort, dass in letzter Zeit kein weibliches Wesen auf ihn achtgegeben hatte. Selbst seine Augenbrauen wucherten. Am liebsten wäre Fritzi gleich mit der Schere auf ihn los, aber derlei Verschönerungen mussten warten. Ihr Vater knöpfte seinen Mantel auf.

»Und nun heraus mit der Sprache, mein Kind. Hat sie sich gelohnt, deine Reise in die weite Welt? Hast du deinen Galan gefunden? Und wenn ja, was hat der Hallodri gesagt? War ein starkes Stück, was du dir da geleistet hast.«

Fritzi rang die Hände, sie war bemüht, dem strengen väterlichen Blick auszuweichen, doch es half alles nichts, nun führte kein Weg mehr an der Wahrheit vorbei. Sie musste eingestehen, dass sie gescheitert war, und zwar auf ganzer Linie. Ihr Mund fühlte sich trocken an, fast ausgedörrt, hart klopfte ihr das Herz in der Brust. Es war eine Demütigung, aber den Vater belügen wollte Fritzi nicht. Wozu auch, er würde ihr ohnehin auf die Schliche kommen. Spätestens, wenn Benno keine Anstalten machte, in Rieseby zu erscheinen und um ihre Hand anzuhalten, spätestens dann wusste er Bescheid. Besser war es, ihm gleich reinen Wein einzuschenken. Langsam schüttelte sie den Kopf.

»Nein, die Reise hat sich nicht gelohnt. Sie war vergeblich.«

Einen Augenblick schwiegen sie beide, dann trat ihr Vater zu ihr und legte ihr tröstend einen Arm um die Schulter: So war er eben. Er schalt sie nicht, er hielt sie fest.

»Er ist ein Gauner, dein Benno. Die ganze Familie taugt nichts. Ich hab's dir immer wieder gesagt, aber du wolltest nicht auf mich hören. Jetzt bist du kuriert, hoffe ich.«

»Dass die ganze Familie nichts taugt, kannst du nicht sagen. Bennos Mutter hat zu mir gestanden. Christel Funke ist ein Juwel.«

»Nun gut, zugegeben. Doch die Frau willst du nicht heiraten.«

»Nein. Und was Benno anbelangt, vielleicht ist es gut so, wie es ist. Er hat mich halt nicht wirklich geliebt.«

»Du redest dir deinen Verlust schön, das sei dir unbenommen, aber mach dich nicht kleiner, als du bist. Für diesen rotzfrechen Bäckergesellen wärst du eine gute Partie gewesen. Dein Benno ist ein Galgenstrick, da lass ich nicht mit mir reden. Er taugt nichts, der kommt nach seinem Vater.«

Fritzi nickte schwach, sie sah sich nicht mehr in der Lage, Benno zu verteidigen. Nach vorn galt es zu schauen, nicht zurück. Die kleine Christel war alles, was von nun an zählte.

»Sag mal, Lena bringt die Kleine doch nicht in die Bäckerei, wenn wir weg sind? Das hast du ihr verboten, oder? Bennos Bruder ist krank. Und sein Vater, wenn der getrunken hat …«

»Keine Sorge, Christelchen verlässt die Mühle nicht. Mutter Funke will mit dem Fahrrad aus Eckernförde kommen, wenn sie es einrichten kann, so ist es verabredet. Ansonsten passt Lena auf.«

»Hoffentlich geht das gut.«

»Hör zu, wir müssen überlegen, wie es weitergeht. Ich verspüre wenig Lust, lange zu bleiben.«

»Heißt das, du willst heute noch zurück?«

»Das hatte ich ursprünglich vor, aber ich glaube, jetzt bin ich doch zu müde, um mich gleich wieder auf den Heimweg zu machen. Wenn deine Vermieterin ein Zimmer frei hat, bleibe ich bis morgen.«

»Ja, gerne. Das heißt, ganz wie du möchtest.«

»Wir brechen früh auf, damit wir den Morgenzug erreichen. Du hast es nicht nötig, diesem Nichtsnutz von Benno Funke hinterherzulaufen.«

»Ich werde ihn nicht wiedersehen, versprochen.«

»Den Rest überlassen wir meinem Anwalt. Doktor Schinkel in Schleswig ist ein erfahrener Mann. Keine falsche Rücksichtnahme mehr. Dein Benno wird bluten, das verspreche ich dir.«

Um des lieben Friedens willen nickte Fritzi. Papa noch einmal erklären zu wollen, was Benno ihr seinerzeit bedeutet hatte, schien im Moment zwecklos. Ihr Blick fiel auf die Schachtel mit den Pralinen, die Wolfgang ihr geschickt hatte und die sie noch immer in Händen hielt – Wolfgang, den hatte sie vorübergehend ganz vergessen.

»Bevor wir abreisen, würde ich gerne noch einen Abschiedsbesuch bei einem Bekannten machen, Papa. Ich gehe morgen gleich nach dem Frühstück zu ihm, dann können wir den Nachmittagszug nach Hamburg nehmen.«

»Ein Besuch bei einem Herrn? Ich weiß nicht recht. Muss das sein?«

»Alles andere wäre unhöflich. Der Herr hat es nicht verdient, dass ich mich einfach davonschleiche.«

»Das ist vertane Zeit, mein Kind. Du kannst dem Herrn schreiben. Denk an Christel. Je früher wir zu Hause sind, desto besser. Im Moment ist deine kleine Tochter mit Lena ganz allein.«

»Das tue ich, Papa, ich denke pausenlos an Christel. Aber ich kann nicht einfach verschwinden, ohne einer bestimmten Person Auf Wiedersehen gesagt zu haben. Es wäre nicht richtig.«

»Nicht schon wieder eine Männergeschichte, hörst du? Nicht dass du jetzt gleich dem nächsten Kerl hinterherläufst.«

»Papa!«

»Stimmt doch. Was du brauchst, ist eine Pause. Du brauchst Zeit, um zur Besinnung zu kommen.«

»Es ist ein Abschiedsbesuch, mehr nicht. Ich möchte in aller Freundschaft jemandem Auf Wiedersehen sagen.«

Papa sah sie an, seine buschigen Augenbrauen hoben sich fragend. Diesmal gab es für Mahnungen seinerseits keinen Grund, denn Wolfgang war ein Ehrenmann, ein ganz anderes Kaliber als Benno. Er war feiner und gebildeter, insgesamt viel verständnisvoller. Es hätte ihr von Herzen leidgetan, ihn einfach so zu verlassen, insbesondere jetzt, nachdem er ihr diese kostbaren Pralinen geschickt hatte. Fritzi nahm die Hand ihres Vaters in ihre und drückte sie sanft. Endlich nickte er, wenn auch zögernd.

»Also schön, mein Kind. Ich alter Trottel gebe mal wieder nach. Mach deine Visite bei dem großen Unbekannten, aber halte dich nicht zu lange auf. Ich will auf keinen Fall noch einen Tag später in der Heimat ankommen.«

»Morgen Nachmittag sitzen wir beide im Zug. Und morgen Abend sind wir daheim. Ich verspreche es.«

Sie lächelte, er nickte, die Dinge fügten sich. Endlich kein Heimweh mehr zu haben, war das nicht auch etwas, worauf man sich freuen konnte?

* * *

»Fräulein Vera?«

Vera stand am Herd in der Küche und drehte sich um: Moritz Esche war im Türrahmen aufgetaucht, den Arm in der Schlinge, die sie aus einem Geschirrtuch für ihn gefaltet hatte. Blass sah er aus und reichlich mager, obendrein wirkte er nachdenklich, ein wenig bedrückt sogar – hätte er nicht froh sein sollen, bei ihr in der Wohnung in Sicherheit zu sein? An eine Wiederaufnahme seines Soldatenlebens war bis auf Weiteres nicht zu denken, das jedenfalls hatte Doktor Köhler bei seinem letzten Besuch gesagt. Vielleicht wollte der Doktor aber auch nur verhindern, dass ein zusätzlicher Soldat die Stadt unsicher machte? Bisher jedenfalls hatte Georg nicht gewagt, Moritz auf den Hof zurückzubeordern. Der Junge verbrachte seine Tage bei ihr im Haus, aber wahrscheinlich war das auf Dauer zu langweilig für einen, der unbedingt Krieg spielen wollte. Moritz betrat die Küche, ein schüchternes Lächeln im Gesicht. Langsam zog er sich einen der Küchenstühle heran und nahm Platz.

»Haben Sie gehört, Fräulein Vera? Man hat Karl Liebknecht gestern im Tiergarten erschossen. Jetzt wird bald Frieden sein.«

»So? Und was für eine Art von Frieden soll das werden?«

»Was für eine Art von Frieden? Ich versteh die Frage nicht. Wenn die Anführer der Roten nicht mehr da sind …«

»Gewalt bringt immer nur neue Gewalt. Ab sofort können die Freikorps machen, was sie wollen, aber womöglich fordert das den Rest der Roten erst recht heraus. So oder so, Liebknecht zu ermorden war ein Verbrechen.«

»Aber, aber, Fräulein Vera. Das meinen Sie nicht ernst.«

»Und ob. Viel Glück hat der Mann nicht gehabt im Leben. Während des Krieges haben sie ihn im Reichstag wie einen Aussätzigen behandelt, weil er den Kriegskrediten des Kaisers nicht zustimmen wollte. Ins Gefängnis haben sie ihn deswegen gesteckt. Dabei lag er richtig, der Krieg war nichts als ein überflüssiges Gemetzel. Er hat sich dem entgegengestellt. Das war mutig.«

Moritz lächelte schwach. »So viel Trauer um einen Kommunisten, Fräulein Vera?«

»Mir tut er als Mensch leid, nicht als Kommunist.«

»Lassen Sie das mal nicht Ihren Bruder hören.«

»Sie müssen es ihm ja nicht erzählen.«

»Einen Teufel werde ich tun. Wo Sie doch so nett sind zu mir.«

Vera wandte sie sich ab, ihr Blick ging zu dem Topf auf dem Herd, in dem einmal mehr eine von diesen unseligen Kohlsuppen köchelte, die schon seit Monaten jeden Tag auf den Tisch kamen. Nachdenklich hielt sie in der Bewegung inne: Dieser Kommunist ging ihr nicht aus dem Kopf. Sie hatte ihn im Hotel Eden gesehen, vermutlich kurz bevor man ihn umgebracht hatte. Erneut drehte sie sich um und nahm den Jungen ins Visier, der, beide Beine ausgestreckt, an ihrem Küchentisch saß.

»Findest du das alles nicht abscheulich, Moritz? Deine

Kameraden haben Liebknecht ermordet, von hinten erschossen, so steht es in der Zeitung. Mit wem hast du dich da eingelassen? Einen Wehrlosen hinterrücks zu erschießen, ist das ein gerechter Kampf?«

»Liebknecht hat versucht, zu fliehen. Das war unehrenhaft.«

»Das ist doch eine Lüge. Er hatte keine Helfer, keine Waffen, kein Geld. Die Geschichte, die man uns da auftischt, macht keinen Sinn.«

»Vielleicht wollte er sterben.«

»Sicher, wer will das nicht, jetzt, wo der Krieg zu Ende ist? Mach dich nicht lächerlich. Liebknecht war bestimmt nicht leichtsinnig und auch nicht lebensmüde. Er war Familienvater. Seine Ehe war sehr glücklich, erzählt man sich.«

»Ja, das macht viel aus. Dass man jemanden an seiner Seite hat, meine ich.«

Bevor Vera etwas erwidern konnte, polterte es auf dem Wohnungsflur, im nächsten Augenblick wurde die Küchentür aufgerissen: Georg stand im Türrahmen. Er beachtete Vera gar nicht, sondern musterte stattdessen Moritz von Kopf bis Fuß.

»Gefreiter Esche, Sachen packen, wir rücken ab. In fünf Minuten haben Sie sich unten zum Appell einzufinden.«

Moritz stand langsam auf, sein Gesicht war ausdruckslos, er schwieg.

»Was ist, haben Sie Bohnen in den Ohren! Abmarsch in fünf Minuten. Sachen packen!«

Georg hatte derart gebrüllt, dass Moritz zusammenzuckte.

»Jawohl, Herr Kommandeur!«

Moritz verließ die Küche, warf Vera jedoch im Vorübergehen einen düsteren Blick zu. Sie registrierte es, sagte aber kein Wort. Schweigend wandte sie sich der Suppe auf dem Herd zu. Georg verharrte auf der Türschwelle, sie spürte seine bedrohliche Gegenwart. Widerwillig drehte sie sich noch einmal um.

»Ihr rückt ab?«

»Nur vorläufig. Sorg dafür, dass der kleine Hosenscheißer pünktlich unten auf dem Hof steht. Andernfalls lernt er mich kennen.«

»Und wohin soll es gehen?«

»Geheime Kommandosache.«

»Und die Werkstatt?«

»Meine Männer haben getan, was möglich war in der kurzen Zeit, du kannst dich nicht beklagen. Der Hof ist aufgeräumt. Ich muss jetzt los. Grüß Mutter von mir.«

Georg drehte bei und verschwand, während Vera zum Fenster ging und die Gardine beiseiteschob: Tatsächlich, unten auf dem Kopfsteinpflaster hatten Georgs Männer in Reih und Glied Aufstellung genommen. Zwei von ihnen beluden ein Pferdefuhrwerk mit allerlei Zeug – das Gespann stand vor den Ruinen der Schneiderwerkstatt. Den Schutt hatten die Soldaten in den letzten Tagen beiseite geräumt. Scherben, Bruchholz und geborstene Dachpfannen waren fort, der Hof war gefegt, doch die Werkstatt lag nach wie vor in Trümmern. Vielleicht war wenigstens diese unsägliche Belagerung nun beendet, sodass sie in Haus und Hof wieder schalten und walten konnte. Vera ließ die Gardine sinken und drehte sich um: Moritz war wieder da, ein Bündel Kleidung unter dem Arm stand er neben dem Küchenherd.

»Fertig?«

Moritz nickte.

»Sei ehrlich, willst du wirklich zurück zu den Freikorps?«

»Was soll ich sonst machen?«

»Du weißt inzwischen, was das für Leute sind. Die schrecken vor nichts zurück, auch nicht vor einem feigen Mord.«

»Das sind meine Kameraden, Fräulein Vera, die einzigen Menschen, die ich in dieser Stadt habe. Wo soll ich sonst hin?«

Bevor sie etwas sagen konnte, hob er die Hand.

»Ich weiß schon, ich soll nach Hause zurückgehen. Aber das geht nicht, und ich habe Ihnen auch schon erklärt, warum.« Moritz schüttelte energisch den Kopf. Gequält sah er aus, war aber scheinbar trotzdem wild entschlossen, sich den Truppen unten anzuschließen. Er war nach wie vor ein halbes Kind. Ein Dutzend Sommersprossen tanzten um seine Nase, dazu der widerspenstige, rötlich schimmernde Schopf und das bleiche Knabengesicht. Musste man diesen Jungen nicht beschützen, vor Georg sowieso, aber auch vor sich selbst? Georg würde dieses junge Leben womöglich gründlich verpfuschen, ihm im schlimmsten Fall ein vorzeitiges Ende setzen. Es war einfach nicht richtig, ein Kind wie Moritz in den Krieg mitzunehmen. Vera trat näher, behutsam legte sie Moritz eine Hand auf die Schulter.

»Geh nicht weg, hörst du? Warum willst du mit Mördern

gemeinsame Sache machen? Es ist klüger, meinem Bruder nicht zu folgen. Sein Weg führt in den Abgrund.«

»Wenn ich die Truppe im Stich lasse, ist das Fahnenflucht. Darauf steht der Tod durch Erschießen.«

»Fahnenflucht? Das ist doch Quatsch. Wer hat dir denn einen Eid auf die Fahne abgenommen? Mein Bruder vielleicht? Der hat kein Recht dazu.«

»In der Truppe ist es so, dass man füreinander einsteht.«

»Dann gehörst du eben ab sofort nicht mehr zur Truppe. Zieh einen Schlussstrich. Du willst doch dein Leben nicht als Söldner verbringen? Wenn du bei den Freikorps bleibst, wird keine anständige Frau etwas mit dir zu tun haben wollen.«

Moritz schwieg, er blickte zu Boden, während von unten der Lärm der abrückenden Militärs zu ihnen heraufdrang. Türen klappten, Kommandos schallten über den Hof. Womöglich würde Georg gleich hier oben sein und wieder herumbrüllen.

Vera nahm Moritz beim Arm.

»Komm mit, ich verstecke dich unten im Haus. Du spielst mit deinem Leben, wenn du bei den Freikorps bleibst.«

»Aber …«

»Ich bringe dich unten im Laden unter, bis mein Bruder weg ist.«

»Und wenn Ihr Bruder nach mir suchen lässt?«

»Wird er nicht. Der hat's eilig, einer wie er kann nicht schnell genug zum Teufel gehen.«

Vera hakte sich bei Moritz ein, doch der rührte sich im ersten Moment nicht vom Fleck. Mit großen Augen sah er sie an.

»Tun Sie das meinetwegen, Fräulein Vera? Oder weil es gegen unseren Kommandeur geht? Sie können nicht mit Ihrem Bruder, das hab ich wohl bemerkt.«

»Dir kann das doch egal sein, Moritz. Alles ist besser, als sich für andere totschießen zu lassen. Meinen Bruder kümmert es nicht, wenn du demnächst in einem Armengrab verscharrt wirst.«

»Armengrab?«

»Ja, sicher. Oder glaubst du, die Freikorps spendieren dir ein Begräbnis erster Klasse, wenn es dich bei der nächsten Schießerei erwischt?«

»Nein.«

»Na also. Diese Regierung steht auf tönernen Füßen, und solange das so ist, wird in der Stadt weiter gekämpft. Die Sache ist nicht ausgestanden. Warum willst du dich unbedingt opfern?«

»Will ich nicht.«

»Dann bring dich in Sicherheit. Komm mit.«

Sie packte Moritz fester beim Arm, diesmal setzte er sich endlich in Bewegung. Sie verließen die Wohnung miteinander, im Treppenhaus schien alles ruhig zu sein. Auf Zehenspitzen schlichen sie die Treppe hinab, zum Glück begegneten sie unterwegs niemandem. Im Erdgeschoss öffnete Vera behutsam die Hintertür des Ladens. Hier unten war der Tumult der abrückenden Truppe deutlich zu hören. Sie drängte Moritz weiter und warf einen Blick in die Runde: Kalt und feucht war es im Laden, doch mehr als das hier hatte sie im Moment nicht zu bieten. Sie öffnete die Tür eines der Wandschränke, in denen früher die maßgefertigten Uniformen darauf gewartet hatten, von ihren neuen Besitzern abgeholt zu werden.

»Komm, Moritz, mach schnell. Hier drin musst du dich verkriechen. Sobald Georg weg ist, suchen wir dir eine bessere Bleibe.«

Er sah sie an, seine Kinderaugen waren weit offen vor Schreck. »Da soll ich rein? Nein, Fräulein Vera, das geht nicht. Das ist ja eng und finster wie in einem Grab.«

»Ist doch bloß für kurze Zeit. Sobald mein Bruder runter ist vom Hof, hol ich dich wieder raus. Versprochen.«

Moritz zögerte, es dauerte und dauerte, dann endlich schlüpfte er in den Schrank. Er war schlank, aber reichlich groß, er hatte Mühe, seine Beine unterzubringen.

»Ist ganz schön finster.«

»Ja, ich weiß. Ich hole dich so bald wie möglich raus, dann finden wir etwas Besseres.«

Moritz warf ihr einen letzten traurigen Blick zu, dann schloss sie die Tür und schob den Schlüssel in die Tasche ihrer Schürze. Höchste Zeit offenbar, denn sie hörte Schritte im Treppenhaus. Gleich darauf flog die Tür zum Laden auf, ein Soldat stand vor ihr, einer von Georgs Männern – hatte er ihr Gespräch belauscht? Der Feldgraue sah sie an, er durchbohrte sie geradezu mit misstrauischen Blicken.

»Der Gefreite Esche hat sich beim Kommandeur zu melden, Fräulein, und zwar sofort. Oben in der Wohnung ist er nicht. Können Sie mir sagen, wo ich ihn finde?«

»Er ist vor ein paar Minuten fortgegangen. Ich dachte, er wolle hinunter in den Hof, um sich zu melden?«

Vera ersparte sich das Lächeln, das unpassend gewesen

wäre. Das Herz schlug ihr bis zu Hals, der Soldat glaubte ihr kein Wort, das spürte sie. Wenn Moritz sich jetzt in seinem Versteck rührte, waren sie beide geliefert. Diesmal würde Georg tatsächlich Maßnahmen ergreifen, schon um ein Exempel zu statuieren.

Die Sekunden verstrichen, doch der Soldat machte keine Anstalten zu gehen, er verharrte an seinem Platz: Was, wenn er darauf bestand, den Raum zu durchsuchen?

»Sie wissen also nicht, wo der Gefreite ist, sagen Sie?«

»Richtig, ich weiß es nicht. Er sagte mir, er würde zu seinen Kameraden gehen. Vielleicht ist er inzwischen auf dem Hof?«

»Ich werde den Kommandeur informieren.«

Der Uniformierte drehte sich auf dem Absatz um und verschwand.

Vera eilte ihm nach, sie verließ den Laden und schloss die Tür. Einmal, zweimal drehte sie den Schlüssel im Schloss. Natürlich, Georg konnte die Tür aufbrechen lassen, doch hoffentlich hatte er es eilig und zog einfach ab. Sollte er seinem blutigen Geschäft anderswo nachgehen, und zwar ohne Moritz.

Vera lauschte angestrengt auf den Hof hinaus, aber die Geräusche, die von dort kamen, waren schwer zu deuten. Der Gedanke, Georg eins auszuwischen, tat gut, aber genug jetzt, sie durfte nicht länger hier herumlungern. Vorerst hatte sie alles getan, was in ihrer Macht lag. Sie machte sich auf den Weg hinauf, in die Wohnung.

* * *

Fritzi wartete, den Körper gegen die kalte Wand in der Einfahrt hinter ihr gepresst. Sie schwitzte vor Angst in ihrem

Wintermantel, doch gleichzeitig war ihr kalt, denn es wehte ein strenger Ostwind. Schon eine ganze Weile stand sie unter diesem Torbogen und traute sich nicht hinaus auf die Straße. Was war heute nur wieder los in dieser Stadt? Militärlastwagen kurvten herum, monströse, dunkle Kisten, deren Eisenfelgen auf dem Straßenpflaster einen Höllenlärm machten. Etliche dieser Fahrzeuge waren schon an ihr vorbeigerumpelt, auf ihren Ladeflächen standen mit grimmigen Mienen lauter Bewaffnete. Ausnahmezustand mal wieder in der Stadtmitte, nur hatte sie keine Ahnung, warum das heute so war. Äußerst ärgerlich, Fritzi kam nicht voran auf diese Weise, immer wieder musste sie irgendwo Deckung suchen – dabei war der Weg zu Wolfgangs Wohnung gar nicht so weit, nur war die Lage unübersichtlich, da hieß es, vorsichtig zu sein. Leider geriet sie durch die ständigen Verzögerungen unter Druck: Inzwischen war es schon zwei Uhr durch, dabei sollte heute doch die Heimreise nach Rieseby stattfinden. Sie hatte ihrem Vater fest versprochen, pünktlich für den Nachmittagszug zurück zu sein, diesmal sollte er keinen Grund haben, sich über sie zu beklagen. Tatsächlich kam endlich das Mietshaus in Sichtweite, in dem Wolfgang lebte. Hoffentlich war er überhaupt zu Hause und hockte nicht in Tempelhof über den Zeichnungen für seine Automobile. Sie würde sich nicht noch einmal auf den Weg zu ihm machen können. Ein Irrsinn, furchtbar, dass man sich als harmlose Passantin in dieser Stadt nicht frei bewegen konnte.

Eilig überquerte Fritzi die Straße, die letzten paar Meter absolvierte sie im Laufschritt. Sie hastete die Treppe vor dem Gebäude hinauf, immer zwei Stufen auf einmal nehmend, als sich die Haustür auftat. Benno kam ihr entgegen, fast hätte er sie umgerannt.

»Fritzi, das nenne ich eine Überraschung. Willst du zu mir?«

»Nein. Es ist vielleicht erstaunlich, aber ich habe aufgehört, dir hinterherzulaufen.«

»Schon gut, du bist ein freier Mensch und kannst gehen, wohin du willst. Niemand macht dir einen Vorwurf.«

»Wäre ja auch noch schöner, gerade in deinem Fall.«

»Du bist sauer auf mich, das verstehe ich. Es tut mir leid, dass du im Kaiserhof vergeblich auf mich gewartet hast. Ich wollte wirklich dort sein, aber es ist etwas dazwischengekommen.«

»Weißt du was? Schwamm drüber. Es kümmert mich nicht mehr, wo du gewesen bist. Es ist, wie es ist, alles Weitere regeln die Anwälte. Und jetzt lass mich bitte vorbei. Ich möchte Wolfgang Auf Wiedersehen sagen.«

»Die Anwälte? Wir brauchen keine Anwälte, was soll das? Du hast doch nicht ernsthaft vor, mich zu verklagen?«

»Das entscheidet mein Vater, wende dich an ihn. Und nun lass mich durch. Ich möchte mich von Wolfgang verabschieden.«

Benno machte einen Schritt auf sie zu, die Stirn sorgenvoll gerunzelt. So etwas wie Enttäuschung lag auf seinem Gesicht, nur durften seine Gefühle jetzt keine Rolle mehr spielen, schließlich hatte sie sich fest vorgenommen, ihren Weg in Zukunft ohne ihn zu gehen. Benno schüttelte den Kopf, er griff sogar nach ihrer Hand, die sie ihm hilflos überließ.

»Tu mir den Gefallen und hör mir einen Moment zu. Was unsere Verabredung im Kaiserhof betrifft, bin ich nicht freiwillig weggeblieben.«

»Das interessiert mich nicht mehr, es kommt nicht mehr drauf an. Ich habe abgeschlossen damit.«

»Ich wollte wirklich kommen an dem Abend, das musst du mir glauben. Pass auf, ich habe etwas für dich. Es war nicht einfach, da heranzukommen.«

Benno reichte ihr ein Paket, irgendetwas Weiches, das er in Zeitungspapier eingeschlagen hatte. Ein Paket, und wenn schon, ihre Freude hielt sich in Grenzen. Sie legte keinen Wert mehr auf seine Geschenke. Außerdem, was sollte da schon drin sein, in seinem Päckchen? Schwarzmarktware vermutlich. Schwarzmarkt war Schieberei, sich dort zu bedienen hatte sie nicht nötig. Zu Benno Funke würde es allerdings passen, neuerdings jedenfalls. Noch einmal hielt er ihr auffordernd sein Paket unter die Nase.

»Komm schon, Fritzi, sei nicht so stur. Die Sache mit dem Abendessen tut mir ernsthaft leid. Ich war unterwegs, um ein Geschenk für unsere Tochter zu besorgen. Sieh es dir wenigstens an.«

Weil sie keine Anstalten machte, zuzugreifen, ging Benno selbst daran, das Päckchen aufzuschnüren. Zeitungspapier glitt zu Boden, kornblumenblauer Stoff kam zum Vorschein: ein Kinderkleidchen, wunderschön, mit Glockenrock und weißem Spitzenkragen. Benno hielt es in die Höhe, er strahlte. Ein bisschen zu groß für Christel, aber in ein paar Monaten würde sie darin wie eine Prinzessin aussehen.

»Gefällt es dir? Ich hoffe, dass es Christel passt.«

»Das ist für unser Kind?«

»Sicher, uns beiden ist es zu klein. Ich war die ganze Nacht unterwegs, um dieses Schmuckstück zu ergattern. Deshalb bin ich nicht pünktlich im Hotel gewesen. Es gab einige Schwierigkeiten mit der Beschaffung.«

»Auf dem Schwarzmarkt ist das ja nicht anders zu erwarten, oder?«

»Ich hatte eben Pech. Was sonst sollte ich machen? In den Läden gibt es nichts zu kaufen.«

»Und da hast du …«

»Und wenn schon, machen doch alle. Es ist für Christel. Ich möchte, dass du es ihr gibst. Sag ihr, ihr Papa denkt an sie.«

Eine kleine Pause entstand, Benno hielt ihr das Kleidchen auffordernd unter die Nase, irgendwann konnte Fritzi nicht mehr anders, als danach zu greifen. Der Samt war weich und ungeheuer blau, die Farbe passte perfekt zu Christels Augen. Benno hatte tatsächlich ein Geschenk für seine Tochter besorgt, doch, das rührte sie, wenn auch wider Willen. Das Kleidchen als Gruß an die Kleine, war das nicht ein erster Schritt in die richtige Richtung? Ein Zeichen? Sie spürte, wie Tränen ihr in die Augen schossen. Ihre Finger glitten über das dichte Gewebe, immer wieder – das Geschenk war tatsächlich schön, wie für Christel gemacht. Sie selbst hätte nichts Besseres für die Kleine aussuchen können.

»War gar nicht leicht, was Schönes zu finden, glaub mir. Und dann, ausgerechnet, als ich endlich etwas Passendes hatte, stürmte die Polizei den Hinterhof. Ich konnte das

Kleidchen gerade noch hinter ein paar Aschekübeln verstecken, dann haben sie uns alle mitgenommen.«

»Eine Razzia.«

»Und ob.«

»Also, das ist ...«

»Großer Mist, allerdings. Ich habe die Nacht auf dem Revier verbracht, während du mit Wolfgang im Hotel Sekt getrunken hast.«

»Soll das ein Vorwurf sein?«

»Nein, bloß eine Erklärung. Die haben mich erst am nächsten Morgen wieder freigelassen, obwohl sie wussten, dass sie mir nichts beweisen konnten. Die haben mich mit Absicht da schmoren lassen, in dieser dreckigen, stinkenden Zelle.«

Fritzi seufzte: Die ganze Geschichte hatte sich vermutlich wirklich genauso zugetragen, sie klang sehr nach einer von Bennos Kapriolen. Er hatte viel auf sich genommen, um das Kleidungsstück zu beschaffen, das konnte man ihm nicht absprechen. Vermutlich war es nicht klug, für schlechte Stimmung zu sorgen, jetzt, wo er gerade erste, zarte Annäherungsversuche an sein Kind unternahm. Vielleicht hatte er tatsächlich vor, Christel als seine Tochter anzuerkennen und sie auch so zu behandeln.

Er sah sie an.

»Bitte, Fritzi, sei so gut und bring der Kleinen das Geschenk. Sage unserem Kind, dass ihr Vater sie so bald wie möglich besuchen kommt.«

Fritzi öffnete den Mund und klappte ihn wieder zu. Es war schön, was er da sagte, und doch wurde ihr dadurch ein weiteres Mal bewusst, dass die Geschichte mit ihnen beiden nun wahrhaftig an ihrem Ende angelangt war – mehr als das Versprechen in Bezug auf Christelchen hatte sie von Benno nicht zu erwarten. Es war wenig genug, was sie mit nach Hause brachte. War sie dafür hierhergefahren?

»Wenn du einverstanden bist, soll Christel meinen Nachnamen tragen. Dann weiß jeder im Dorf, dass ich mich zu dem Kind bekenne. Ich werde Unterhalt zahlen, sobald ich regelmäßig Geld verdiene. Und wenn meine Werkstatt erst läuft, ist unser Kind jederzeit bei mir willkommen.«

»Wie schön. Da habe ich ja tatsächlich das große Los gezogen.«

»Nein, hast du nicht, ich weiß das. Es ist nicht viel, was ich geben kann, aber es könnte noch weniger sein. Meine Mutter wird dir zur Seite stehen. Wie ich sie kenne, ist sie schon jetzt ganz vernarrt in ihr erstes Enkelkind.«

Mit fahrigen Bewegungen fing Fritzi an, das Kleid in dem Bogen Zeitungspapier einzuwickeln, den Benno ihr überreichte. Sie schob sich das Paket unter den Arm, spürte dabei aber, dass sich langsam eine schwer beherrschbare Wut in ihr aufbaute. Sie stemmte die Hände in die Seiten, das Zeitungspapier knisterte dazu.

»Schön, dann wäre ja aus deiner Sicht alles bestens geregelt. Du bist fein raus.«

»Was soll ich denn tun? Ungeschehen machen kann ich nichts. Wir wollten beide, was damals geschah.«

»Oh, fantastisch, ich liebe dieses Argument. Wir wollten es beide, aber ausbaden muss ich es allein. Wirst du deine kleine Schneidermeisterin genauso mies behandeln? Machst du ihr auch ein Kind und verschwindest dann?«

»Das ist Blödsinn, Fritzi, es tut nichts zur Sache. Ich habe dir versprochen, dass ich zu unserem Kind stehen werde. Alles Weitere wird die Zukunft zeigen.«

»Wir werden sehen, ob das reicht. Papa ist ziemlich böse auf dich.«

»Er war noch nie gut auf mich zu sprechen. Vielleicht sieht er irgendwann ein, dass Anwälte es in unserem Fall nicht besser machen.«

Fritzi atmete tief durch, sie mochte es nicht zugeben, aber sie fühlte sich komplett in die Ecke gedrängt. Es war ungerecht und schwer zu ertragen. Wie konnte die Welt nur so beschaffen sein? Warum waren es immer nur die Frauen, die zurückstecken mussten? Früher hatte sie sich nie darüber Gedanken gemacht, aber früher hatte sie ja auch noch an die große Liebe geglaubt.

Fritzi rührte sich nicht, stocksteif stand sie da, in ihr loderte die Wut. Plötzlich machte Benno einen Schritt auf sie zu, er umarmte sie unbeholfen und hölzern, er zog sie an sich und hielt sie doch auf Abstand dabei. Sie ließ es geschehen, wandte sich danach aber ab.

Noch länger bleiben konnte sie nicht, wozu auch? Keineswegs durfte sie sich länger als einsame, vom Schicksal gebeutelte Mutter fühlen. So viel Verbitterung stieß andere Menschen ab, das wollte sie auf keinen Fall. Sie musste einen Neuanfang aus eigener Kraft wagen, dafür galt es, Abschied zu nehmen. Sie drängte sich an Benno vorbei – wenigstens ein kurzes Lebewohl wollte sie Wolfgang sagen, auch wenn sie nicht in Bestform dafür war. Er hatte es verdient, er war gut zu ihr gewesen.

»Wo willst du hin?«

Benno setzte ihr nach und blieb neben ihr an der Haustür stehen.

»Zu Wolfgang. Ich möchte ihm Adieu sagen, bevor mein Zug fährt.«

»Er ist nicht zu Hause. Er musste zur Arbeit, raus in seine Automobilfabrik.«

»Was denn, heute, bei dem Durcheinander? Überall sind Militärs unterwegs.«

»Ich weiß. Sie haben den Liebknecht vorgestern Nacht erschossen. Vermutlich deshalb der Aufstand. Die Freikorps jagen jetzt die letzten Spartakisten aus der Stadt. Das war's mit der roten Revolution, schätze ich.«

»Sie haben Liebknecht erschossen? Woher weißt du das?«

»Wieso weißt du es nicht? Es steht in jeder Zeitung. Die Stadt brummt von den Gerüchten über das, was angeblich passiert ist.«

»Da hätte Wolfgang doch erst recht nicht in die Fabrik fahren dürfen. Das ist viel zu gefährlich.«

»Sie brauchen ihn anscheinend. Sein Chef ist verstorben, bei denen in der Firma geht es drunter und drüber.«

»Oh … ich verstehe. Nun, das ist jammerschade.«

Fritzi nickte, aber sie war zutiefst enttäuscht. Gerne hätte sie von Wolfgang Abschied genommen, aber auch das blieb ihr versagt. Dabei war er der Einzige, der sich während ihres Aufenthalts um sie gekümmert hatte. Natürlich konnte sie ihm einen Abschiedsbrief schreiben, aber das war nicht dasselbe.

»Soll ich ihm etwas ausrichten von dir?«

Fragend blickte Benno sie aus seinen endlos blauen Augen an, doch der Zauber wirkte nicht mehr. Sie schüttelte nur den Kopf und wandte sich ab, sie ging ohne ein weiteres Wort. Sie verschwendete keinen Gedanken mehr daran, dass sie Benno wahrscheinlich für lange Zeit nicht wiedersehen würde. Es war aus, für ihn sowieso und jetzt auch für sie. Sie hatte andere Sorgen, sie musste pünktlich zurück in die Pension. Ihr Vater wollte nach Hause, auch wenn die Rückkehr in die Heimat ihr auf einmal nicht mehr gleichermaßen verlockend schien wie ehedem. Wozu nach Hause fahren? Sicher, um Christel wiederzuhaben, im Übrigen jedoch kehrte sie zurück in ein Leben, das von nun an ein trostloses Einerlei sein würde. Wieder würden in Rieseby alle mit dem Finger auf sie zeigen. Nichts hatte sie bewirkt mit ihrer Reise, zumindest nichts, was sich nach außen bemerkbar machen würde. Der graue Alltagstrott in der Mühle erwartete sie, nichts als Arbeit. Sie fühlte sich um den Erfolg dieser Reise komplett betrogen. Nur Niederlagen und kaputte Träume brachte sie mit nach Hause. Sollte es von nun an immer so weitergehen, ihr Leben?

* * *

Hanna stand im Foyer ihres Elternhauses, den kleinen Lederkoffer unterm Arm, den sie aus dem Krankenhaus am Spandauer Damm mitgebracht hatte. Heute Morgen hatte sie dort die letzten Habseligkeiten ihres Vaters abgeholt, seinen gestreiften Pyjama, die Unterwäsche, die Filzpantoffeln und den Morgenmantel. War es nicht armselig, was von einem so außergewöhnlichen Mann übrig blieb? *Alles Sichtbare ist vergangen, aber die Erinnerung bleibt*, das war einer dieser Sprüche, die der Pastor ihnen auf der Beerdigung mit auf den Weg gegeben hatte. Im ersten Moment schenkte es Trost, so zu denken, doch irgendwann zerfaserte die Erinnerung unweigerlich, sie blich aus wie ein alter Lappen, die Farben wurden blass. Es war vorbei, das war die einzige Botschaft, die bei ihr hängen blieb. Ihre Erinnerungen machten ihr nur umso deutlicher, was sie verloren hatte. Noch immer war sie davon überzeugt, dass sie eine Mitschuld an den Ereignissen traf. Die tödliche Lungenentzündung hätte nicht sein müssen. Sie trug schwer an den Folgen, jeden Tag aufs Neue, denn ihr Elternhaus wirkte öde und leer ohne Papa.

Langsam legte sie ihren Wintermantel an der Garderobe ab – Gelächter drang aus dem Wohnzimmer ins Foyer. Anscheinend hatte Irene Besuch. Wer gab sich denn diesmal die Ehre? Eine neue Salve Gelächter, Gesprächsfetzen waren zu hören, dann Geschirr, das klirrte. Neugierig geworden schlich Hanna zur Wohnzimmertür. Gehörte die Stimme zu Leutnant Vogel?

»Sprechen kann man über alles, meine Liebe, nur allzu große Hoffnungen dürfen Sie sich nicht machen. Meine jahrelange Erfahrung sagt mir, dass es in einem Fall wie diesem keine einfachen Lösungen gibt.«

Sieh an, Hubert Messmer gab sich die Ehre, wieder mal. Er war Irenes neuer Held, ein Ritter in schimmernder Rüstung, von dem sie sich ungeheuer viel versprach. Seit Vaters

Beerdigung ging der Mann in diesem Haus ein und aus. Irene flatterte um ihn herum wie die berühmte Motte ums Licht, Messmer ließ es sich anscheinend gerne gefallen. Hanna mied die beiden, so gut sie konnte.

»Sicher ist die Stellungnahme unseres Prokuristen nicht ermutigend, aber ich werde nicht vorzeitig kapitulieren. Ich lasse seine Zahlen von einem unabhängigen Dritten prüfen. Bestimmt bekommen wir dann neue Erkenntnisse.«

»Wir, gnädige Frau? Noch gehört die DGU Ihnen allein.«

Messmers Lachen, dann Stille. Hanna fühlte sich peinlich berührt, selbst hier im Foyer, wo sie die Szene zumindest nicht mit ansehen musste. Es half nichts, auch aus der Ferne schämte sie sich für Irene. Unverfroren biederte diese Frau sich an, schon seit Papas Beisetzung zog sie gegenüber Messmer alle Register. Vater war kaum unter der Erde und Irene gerade mal eben ein paar Tage Witwe, da suchte sie schon nach einer neuen Geldquelle. Sie setzte auf die Kunst der Verführung, etwas anderes hatte sie nicht im Repertoire. Wenn sie sich mit ihren Kindern nur halb so viel Mühe gegeben hätte wie mit ihren Liebhabern, aber als Mutter war sie eine glatte Fehlbesetzung gewesen. Ob nach einem Albtraum bei Nacht oder im Fieber während einer Kinderkrankheit, nach ihrer Mutter hatte Hanna niemals gerufen. Wozu auch? Sie wäre doch nicht daheim gewesen, sie vergnügte sich in den Armen fremder Männer. Ohne Irene wäre das Familienleben hier im Haus um einiges glücklicher gewesen. Hanna wandte sich ab, doch ausgerechnet in diesem Moment öffnete sich die Tür hinter ihr. Irene. Was für ein verdammtes Pech.

»Hanna, dass ist ja eine seltene Ehre. Komm her und sag unserem Gast Guten Tag.«

Jetzt tauchte auch Messmer auf, er strahlte sie an.

»Fräulein Münchow, wie schön, Sie zu sehen. Wie geht es Ihnen?«

»Danke der Nachfrage, Herr Messmer, mir geht es gut. Ich vermisse natürlich meinen Vater.«

»Das ist nur zu verständlich, das geht uns allen so. Sie haben mein volles Mitgefühl.«

»Wenn Sie erlauben, gehe ich nach oben in mein Zimmer. Ich habe im Krankenhaus am Spandauer Damm die letzten Habseligkeiten meines Vaters abgeholt und bin unterwegs nass geworden. Ich würde mich gern umziehen.«

»Dann will ich Sie nicht aufhalten, gnädiges Fräulein. Nicht dass Sie sich eine Erkältung holen. Es ist ohnehin Zeit für mich, die Geschäfte rufen. Ich wünsche Ihnen einen angenehmen Tag, meine Damen.«

Messmer deutete eine Verbeugung an. Schnell warf er seinen Mantel über, gleich darauf verschwand er nahezu geräuschlos aus der Halle. Anscheinend machte ihm das Katz-und-Maus-Spiel in diesem Haus Freude, das jedenfalls war Hannas Eindruck. Der Herr Motorenbauer gab den Hausfreund und genoss ganz nebenbei den Zwist zwischen Mutter und Tochter. Warum nicht? Ein bisschen Abwechslung, ein wenig Unterhaltung. Messmer war Witwer, angeblich stand ihm in Potsdam ein ganzer Palast zur Verfügung, aber der war vermutlich öde und leer. Wie herrlich abwechslungsreich musste es ihm da erscheinen, wenn in Dahlem Mutter und Tochter die Klinge kreuzten. Hanna hatte genug von alldem, sie wollte die Treppe hinauf, doch Irene war plötzlich neben ihr und packte sie am Arm.

»Warte, Fräulein, so schnell lasse ich dich nicht gehen. Was sollte das eben? Kannst du nicht etwas höflicher sein, wenn wir Besuch haben? Wir können es uns nicht leisten, einen bedeutenden Mann wie Herrn Messmer schlecht zu behandeln.«

»Ich hatte nicht den Eindruck, dass er sich schlecht behandelt fühlte.«

»Die Art, mit der du meine Gäste abfertigst, ist manchmal unmöglich. Du brüskierst die Menschen. Ich frage mich, woher du dieses arrogante Verhalten hast.«

Hanna sparte sich die Antwort, wozu mit Irene streiten? Schweigend hielt sie dem giftigen Blick ihrer Mutter stand.

»Nun gut, das Leben wird dich noch lehren, wie weit du damit kommst. Ansonsten, nur zu deiner Information: Ich habe einen Makler engagiert, der das Haus verkaufen wird. Die Villa ist zu groß und zu teuer im Unterhalt. Ich kann mir dieses Haus nicht länger leisten.«

Hanna nickte nur.

»Hast du mich verstanden? Du wirst dir eine andere Unterkunft suchen müssen. Wie war das mit dem Schwesternwohnheim? Ist da etwas in Aussicht?«

»Nein.«

»Dann mach dir Gedanken über deine zukünftige Wohnsituation. Ich weiß nicht, wie lange ich dich noch mit durchfüttern werde. Auch ich muss rechnen.«

»Gut, ich kümmere mich darum. Entschuldige mich jetzt bitte.«

Von Irene kam keine Antwort, also stieg Hanna so schnell wie möglich die Treppe hinauf. Sie schloss die Tür zu ihrem Zimmer und widmete sich dem kleinen Koffer, den sie aus dem Krankenhaus mitgebracht hatte. Das war es also, Papas Vermächtnis. Die einzige Habe zumindest, derer sie sich bemächtigen konnte. Sie ging und legte den Koffer auf das Bett. Mit klopfendem Herzen klappte sie ihn auf. Gleich oben auf der Kleidung lag der Umschlag, den ihr die Stationsschwester vorhin übergeben hatte. Eine Unterschrift hatte sie leisten müssen, denn in dem schlichten Kuvert lagen Papas Taschenuhr mit Uhrkette, sein Ehering und ein Siegelring, ein paar Manschettenknöpfe und eine Krawattennadel, außerdem ein vergoldeter Füllfederhalter. Hanna ließ alles auf die Bettdecke gleiten. Als kleines Mädchen hatte sie einmal mit dem kostbaren Füllfederhalter spielen dürfen, während Vater ein wichtiges Telefonat geführt hatte. Wichtig hatte sie sich gefühlt und bedeutend, beinahe schon wie die Direktorin einer großen Firma.

Papa hätte ihr die Gegenstände gegönnt, ganz bestimmt. Behutsam schob Hanna alles zurück in den Umschlag. Der Goldpreis war gestiegen seit Kriegsbeginn. Die Fahrkarten nach Zürich, eine Anzahlung für eine neue Wohnung, vielleicht sogar den Lebensunterhalt für ein paar Wochen in der Fremde, womöglich reichte es dafür? Es war ein erster Schritt. Sie würde so leben, dass ihr Vater am Ende doch stolz auf sie gewesen wäre, auch wenn er sich seine Tochter nicht als berufstätige Frau hatte vorstellen können. Sie würde es ihm beweisen. Sie würde es allen beweisen.

Sie verstaute den Umschlag wieder im Koffer und schob das Gepäckstück unter das Bett. Bei dem allgemeinen Durcheinander um die Firma würde Irene hoffentlich nicht so bald dazu kommen, nach Papas Schmuck zu fragen. Trotzdem hatte Hanna vor, gleich morgen in die Stadt fahren, um das Gold zu verkaufen. Bis Irene ihr auf die Spur kam, war sie mit dem Erlös längst über alle Berge. Und warum damit bis morgen warten? Hanna bückte sich und holte den Koffer wieder hervor. Im Grunde hatte sie keine Zeit zu verlieren. Sie würde Gustav bitten, sie in die Stadt zu bringen, jetzt, auf der Stelle. Sie hatte am Alexanderplatz einen Juwelier gesehen, der Altgold ankaufte.

Warum nicht gleich erledigen, was erledigt werden konnte?

* * *

Was hatte Fritzi heute nicht alles durchgemacht! Dieser Tag war anstrengend durch und durch, und auf dem Rückweg aus der Schaperstraße hatte es auch noch zu schneien begonnen. Ihre Schuhsohlen waren aufgeweicht, das Leder gab bei jedem Schritt ein schmatzendes Geräusch von sich. Selbst der Saum ihres Mantels war dunkel gefärbt von der Nässe. Sie war so müde und hätte sich aufwärmen müssen, aber ihr Vater saß in der Pension auf gepackten Koffern und fieberte sicherlich schon ihrer Rückkehr entgegen. Er würde ihr keine Zeit lassen, sich umzuziehen. Bestimmt wollte er sofort zum Bahnhof, um nur ja den Zug nicht zu verpassen. Eine Erkältung war mit großer Sicherheit das Einzige, was sie sich heute Morgen bei ihrem Ausflug eingehandelt hatte.

Missmutig betrat Fritzi die Pension, schon im Eingangsbereich kam ihr Frau Fallers kräftige Stimme entgegen. Sie sprach mit einem jungen Mann auf der anderen Seite des Empfangstresens, Fritzis Name fiel – sie stutzte, die Gestalt des Mannes kam ihr vertraut vor, konnte das sein? Im ersten Augenblick mochte sie es kaum glauben, doch auf den zweiten Blick bestand kein Zweifel, es war Wolfgang, der bei Frau Faller stand, den Hut unter den Arm geklemmt. Wahrscheinlich überlegte er, wie er den Redefluss der Frau unterbrechen könnte. Was für eine Überraschung und welche Freude. Fritzis Herz begann übermütig zu hüpfen, es störte sie ausnahmsweise nicht, dass sie inzwischen ganz sicher aussah wie eine nasse Katze. Mit zwei Sätzen war sie bei Wolfgang und zupfte ihn am Ärmel seines Mantels.

»Wolfgang! Was machst du denn hier?«

Er drehte sich um und lächelte, offenbar gleichfalls hocherfreut, sie zu sehen.

»Fritzi. Ich war auf der Suche nach dir.«

Wie hypnotisiert blickte sie ihm in die Augen, sie nickte dabei unablässig wie eine Geistesgestörte. Erst als seine Blicke ihr nasses Haar streiften, nahm sie die Kappe vom Kopf und strich sich hastig eine Strähne aus dem Gesicht, die an ihrer Stirn klebte. Warum hatte sie immer nur Benno angesehen, wenn Wolfgang daneben gestanden hatte? Sie wusste es nicht mehr. Wolfgang war ein imposanter Mann, er besaß einen so sanften Blick und war offenbar treu wie Gold … Allein die Tatsache, dass er sich ihretwegen hierherbemüht hatte, nur um sie zu sehen …

Sie wandte sich der Wirtin zu, die an ihrem Tresen stand und Fritzi und Wolfgang interessiert beobachtete. »Frau Faller, würden Sie wohl so freundlich sein, uns einen Tee zuzubereiten? Wir trinken ihn im Frühstücksraum.«

Mutig nahm Fritzi Wolfgang beim Arm und dirigierte ihn hinüber ins Speisezimmer. Bei anderer Gelegenheit war sie mit Benno hier gewesen, nur hatte der Besuch seinerzeit unter einem recht unglücklichen Stern gestanden. Diesmal würde sie alles besser machen, nur beeilen mussten sie sich. Jeden Moment konnte Papa erscheinen und der Sache ein Ende bereiten. Fritzi wählte einen Tisch in der Nähe des Ofens, auch wenn der um diese Zeit nicht beheizt war. Wolfgang knöpfte seinen Mantel auf, ihre Blicke kreuzten sich. So viel Freundlichkeit und Interesse strahlte er aus. Warum war ihr das nie aufgefallen? Jahrelang hatte sie durch ihn hindurchgesehen, als sei er aus Glas. Das war ein Fehler gewesen.

Wolfgang nahm ihr gegenüber Platz.

»Ich bringe deinen ganzen Tag durcheinander, nicht wahr? Ich hoffe, ich störe nicht allzu sehr.«

»Aber nein, keineswegs.«

»Benno hat mich in der Firma angerufen, und da dachte ich …«

»Benno hat dich angerufen?«

»Ja, vor einer halben Stunde. Er ist eigens zum nächsten Postamt gelaufen, um mir zu erzählen, dass du bei uns in der Schaperstraße warst und mich sehen wolltest.«

»Oh, tatsächlich?«

»Wäre ich sonst hier?«

Sie hielt inne, ebenso erstaunt wie verwirrt. Eine kleine Kurskorrektur in Bezug auf den Vater ihrer Tochter war anscheinend fällig. Aber darüber würde sie später nachdenken, jetzt war nur Wolfgang wichtig.

»Weshalb wolltest du mich sprechen?«

Sie sah auf. »Ich wollte dir unbedingt sagen, dass du mir eine große Hilfe gewesen bist in den letzten Tagen. Schade, dass wir nicht mehr Zeit miteinander verbringen konnten.«

»Aber das können wir immer noch.«

»Ich reise heute ab.«

»Musst du wirklich schon zurück? Auf ein paar Tage mehr oder weniger kommt es nicht an, oder?«

»Doch, leider.«

»Wieso?«

Wolfgang legte seine Hand auf die ihre, es war angenehm, auch wenn es sie ein wenig aus dem Konzept brachte. Bemerkte sie wirklich zum ersten Mal, wie wohltuend die Gegenwart dieses Mannes war? Sie hatte Wolfgang gern, nur war sie sich nach den Erlebnissen mit Benno nicht mehr sicher, ob sie dieser zarten Empfindung trauen durfte. Keinesfalls wollte sie noch einmal unter falschen Bedingungen lieben oder geliebt werden.

Wolfgang rutschte ein Stück näher an den Tisch. Sein Blick war intensiv und forschend.

»Ich ahne, wie seltsam das alles für dich sein muss, aber mir ist in den letzten Tagen bewusst geworden, wie ungern ich dich nach Hause zurückkehren lasse. Bitte missverstehe mich nicht …«

Sie nickte rasch, was konnte man denn da missverstehen? Ihr ging es doch ebenso. Zumindest in diesem Augenblick sehnte sie sich überhaupt nicht nach der Mühle in Rieseby.

»Ich wäre auch gerne noch geblieben.«

»Dann tu es doch.« Wolfgang nahm ihre Hand in die seine. »Wenn du in Berlin bleiben möchtest, dann bleib. Es gibt so vieles, das ich dir zeigen möchte. Hatten wir nicht verabredet, dass du Autofahren lernen sollst?«

Sie musste lachen. Autofahren, als wenn sie jetzt keine anderen Sorgen gehabt hätte. Sie empfand Zuneigung für Wolfgang, eine spontane aufwallende Wärme, die das Herz einhüllte wie ein guter Mantel an diesem eiskalten Wintertag. Diese Gefühle waren gewiss ein gutes Omen, mehr aber auch nicht. Sicher, sie suchte eine verlässliche, liebevolle Beziehung zu jemandem, der sie wirklich bei sich haben wollte, allen Hindernissen zum Trotz – aber war Wolfgang der Richtige dafür? Sie durfte sich nicht noch einmal irren. Fritzi lächelte zaghaft.

»Ich würde dein Angebot gerne annehmen, aber mein Vater ist in Berlin. Wir fahren zurück, ich werde zu Hause gebraucht.«

Wolfgang zuckte mit den Schultern. »Du bist erwachsen, Fritzi. Niemand kann dich dazu zwingen, heute abzureisen.«

»Ganz so einfach ist es nicht, weißt du? Ich muss an meine Tochter denken. Christel ist noch klein, und sie vermisst mich. Drei Wochen sind für Kinder in diesem Alter eine lange Zeit.«

»Natürlich. Das sehe ich ein.« Wolfgang lehnte sich auf

seinem Stuhl zurück und entzog ihr dabei seine Hand. Sofort bedauerte sie, das Kind erwähnt zu haben – sie wollte sich aber nicht rechtfertigen müssen, nicht dafür, dass sie Mutter war. Sie wollte keine Reklame für ihre Tochter machen, bitten und betteln des Kindes wegen, das war entwürdigend. Die Kleine gehörte zu ihr, sie war Teil ihres Lebens. Wolfgang musste das verstehen. Er hatte die Wahl: sie und das Kind oder keine von beiden. Fritzi wollte etwas sagen, sie wollte die Situation erklären, aber plötzlich entstand Getöse auf dem Gang. Türen klappten, Schritte hallten über den Flur, ihr Vater stürmte herein. Fritzi zuckte zusammen – wie würde diese Szene auf ihn wirken? Seine Tochter, mit einem fremden Mann im vertraulichen Gespräch – schon wieder ein neuer Kerl, nach dem sie ihre Netze auswarf. Jetzt musste sie schnell sein, um jede Irritation zu verhindern, und zwar auf beiden Seiten. Wolfgang hatte sich auf seinem Stuhl umgedreht, doch Fritzi kam gar nicht dazu, etwas zu sagen. Ihr Vater stampfte über das Parkett, seine Wangen waren hochrot – erst jetzt bemerkte sie, dass er schon abreisefertig und im Mantel war.

»Da bist du ja endlich, Kind. Ich habe befürchtet, du findest den Weg zurück nicht mehr.«

»Aber natürlich habe ich den Weg gefunden. Erinnerst du dich an Wolfgang Hartwig, Papa? Bennos Cousin war früher oft in den Sommermonaten bei uns in Eckernförde zu Gast.«

»Nein, ich erinnere mich nicht, aber das ist jetzt auch nicht wichtig. Unser Pastor hat heute Morgen angerufen.«

»Unser Pastor? Hier? In der Pension?«

»Allerdings. Christelchen ist krank. Sie hat hohes Fieber und einen bösen Husten. Zum Glück war Lena schlau genug, den Arzt zu holen. Er hält es für geboten, dass wir uns kümmern. Geh und hol deinen Koffer. Sofort.«

Fritzi stand auf, doch sie fühlte sich wie vom Schlag getroffen. Ihr zitterten die Knie und die Hände, ihr ganzer Körper wirkte instabil.

»Der Doktor musste kommen? Ist es so schlimm?«

»Ich denke, der Pastor hätte nicht hinter uns her telefoniert, wenn es nicht so schlimm wäre. Sieh zu, dass du fertig wirst, der Zug wartet nicht. Ich habe schon ein Taxi zum Bahnhof geordert. Wir müssen uns sputen.«

Ein paar Sekunden blieb es still, sie war allein mit ihrer Panik, bis Wolfgang sich erhob. Scharrend rutschte sein Stuhl über das Parkett.

»Nun, wenn das so ist, dann musst du natürlich fahren. Ich will nicht länger stören, Fritzi.«

Wolfgang verstummte. Auch sie wusste nichts zu sagen in diesem Moment, viel zu viele Dinge gingen ihr durch den Kopf. Ihr Vater hatte sich schon abgewandt, Fritzi hörte, wie er draußen im Flur die Rechnung bei Frau Faller verlangte. Ihr Herz war schwer, ein Klotz, leblos und kalt – dieser Abschied verlief ganz und gar nicht so, wie er sollte. Sie hätte gern mehr Zeit für Wolfgang gehabt. Hilflos streckte sie beide Hände aus, die Wolfgang auch tatsächlich ergriff, aber nur flüchtig drückte.

»Ich wünsche dir eine sichere Heimreise. Und gute Besserung für die Kleine.«

Fritzi nickte, und dann war auch schon Papa wieder bei ihr.

»Geh endlich deinen Koffer holen, mein Kind. Verzeihen Sie, mein Herr, aber wir müssen zum Bahnhof, unser Zug geht in einer Dreiviertelstunde.«

»Natürlich.«

Wolfgang nickte ihr zu, dann war es vorbei. Am Arm ihres Vaters verließ Fritzi den Frühstücksraum und fand sich gleich darauf in ihrem Zimmer wieder. Sie war wie gelähmt. Ganz sicher würde sie Wolfgang schreiben, aber was half ihr das im Augenblick? In Zukunft trennten Hunderte von Kilometern sie, vielleicht würden sie sich überhaupt niemals wiedersehen. Mit fahrigen Bewegungen ging sie daran, ihre Kleidung aus dem Schrank zu holen und in den Koffer zu stopfen. Einmal mehr musste sie tapfer sein und tun, was getan werden musste. Ihre Tochter brauchte sie, und doch, sie wollte um Wolfgangs Zuneigung kämpfen, daran konnte niemand sie hindern. Ihn würde sie nicht aufgeben, das kam nicht infrage. Diesmal würde sie nicht vier Jahre warten, bis sie dem Mann ihrer Träume einen neuen Besuch abstattete.

7. Kapitel

»Und was soll ich sagen, wenn er fragt, woher ich komme? Vielleicht hat er etwas gegen die Freikorps. Dann wirft er mich gleich wieder raus.«

Moritz hing mehr auf dem Sofa, als er saß, schlapp wirkte er und müde, völlig lustlos obendrein. Zwei Tage war Georg erst mit seinen Leuten runter vom Hof, zwei Tage, in denen Moritz nicht gewusst hatte, was er mit sich anfangen sollte. So ging das nicht, ein bisschen mehr Einsatz musste er zeigen. Schließlich waren sie seinetwegen hier, es ging um seine Zukunft. Vera gab ihm mit dem Ellenbogen einen sanften Stoß in die Seite, sie war ein wenig verärgert.

»Was soll das Gerede? Setz dich aufrecht hin und schau dich um. Sieht es so bei einem aus, der mit den Roten paktiert?«

Sie deutete auf die Polstermöbel, die gehäkelten Platzdeckchen überall, es gab sogar ein gerahmtes Gemälde neben dem Schrank, ein Porträt von einem würdigen Herrn mit Pfeife in der Hand. Alles in diesem Raum war solide und gutbürgerlich. Max Oswald strebte nach Höherem, das hatte er schon immer getan. Ein Mann wie der war nicht erpicht darauf, die Revolution zu fördern. In diesem Augenblick öffnete sich die Tür, und der Hausherr trat ein. Oswald hatte eine Wasserkaraffe dabei, in der anderen Hand hielt er drei

Gläser. Am Tisch blieb er stehen. Er musterte Moritz aus zusammengekniffenen Augen, während der errötend zu Boden sah. Mein Gott, konnte der Junge nicht etwas weniger schüchtern sein? Immerhin machte er inzwischen äußerlich einen ordentlichen Eindruck, sie hatte ihn mit Georgs Zivilkleidung ausgestattet. Den Arm musste er auch nicht mehr in der Schlinge tragen, der Streifschuss war verheilt.

Oswald nahm Platz am Tisch. Das Gespräch mit ihm verlief zäh, seit einer halben Stunde schon saßen sie hier und verhandelten, ohne dass es Fortschritte zu verzeichnen gab. Oswald wollte nicht helfen, aber Vera hatte nicht vor, klein beizugeben.

»Sehen Sie, Fräulein Novak, um auf Ihr Ansinnen zurückzukommen: Ich brauche keinen Lehrling. Es kommen keine neuen Aufträge, eine Wende ist nicht in Sicht. So, wie es im Moment ist, reicht es kaum für mich und meine Frau.«

»Irgendetwas wird sich finden. Moritz ist fleißig und gescheit, er wird sich nützlich machen.«

»Das sagen Sie, aber ich muss den Jungen schließlich auch verköstigen. Noch dazu ohne Lebensmittelkarten.«

Oswald verschränkte die Arme vor dem Oberkörper und schob die Unterlippe vor. Wie ein trotziges Kind saß er da, schlecht gelaunt und zutiefst unzufrieden mit der Situation.

»Hören Sie, Herr Oswald …«

»Einen Wohnungs- und Arbeitslosen aufzunehmen betrachte ich nicht als meine Aufgabe. Vielleicht, wenn ich Arbeit hätte. Aber so?«

Vera beugte sich über den Tisch, sie kniff die Augen zusammen. Allmählich schwand ihre Geduld, das durfte ihr Gegenüber ruhig zu spüren bekommen.

»Wie es scheint, muss ich deutlicher werden. Sie schulden meiner Familie noch etwas, Herr Oswald. Sicher erinnern Sie sich an das Darlehen, das mein Vater Ihnen seinerzeit bei Ihrem Ausscheiden aus unserer Firma gegeben hat? Wenn nicht, helfe ich Ihrem Gedächtnis gern nach. Die alten Papiere habe ich noch. Sie haben Ihr Geschäft seinerzeit mit dem Geld meines Vaters eröffnet.«

»Den Kredit habe ich zurückbezahlt, auf Heller und Pfennig.«

»Ja, und jetzt werden die Zinsen fällig. Ich möchte, dass Sie Moritz für eine Weile bei sich behalten. Sollte sich etwas Besseres für ihn finden, dann wechselt er seinen Aufenthaltsort. Ansonsten werden Sie sein Lehrmeister sein. Moritz wird Ihnen keine Scherereien machen, darauf haben Sie mein Wort.«

»Warum sollte ich …«

»Wollen Sie, dass ich in der Schneiderinnung herumerzähle, wie engherzig und geizig Sie sind? Diese Gerüchte kommen auch bei Ihren Kunden an.«

Oswald wurde bleich, er schnappte nach Luft. »Also, Fräulein Vera, ich weiß nicht, was ich von Ihrem Auftreten halten soll. Was soll das werden, eine Erpressung?«

»Ich bitte Sie um einen Gefallen, der nicht unerwidert bleiben wird.«

»Nicht unerwidert? Ich muss mich sehr wundern über Ihr Betragen. Ihr Herr Vater war ein Ehrenmann, an ihm sollten Sie sich ein Beispiel nehmen.«

»Wir müssen einander vertrauen. Sonst gelingt unser Handel nicht, das dürfte klar sein.«

»Falls Sie mit dem Handel die Eröffnung Ihres Brautladens meinen …«

»Genau den meine ich. Eine Hand wäscht die andere.« Vera fixierte Oswald mit einem langen Blick: Sie hatte wirklich gehofft, dass sie sich zumindest über den ersten Teil ihrer Abmachung inzwischen einig wären, sie hatte ihrem Gegenüber ausführlich erklärt, was sie vorhatte, doch Oswald stellte dieselben Fragen immer wieder.

»Das alles bringt mir zu wenig, Fräulein Vera, bei allem Respekt. Die Zahlen müssen stimmen.«

»Sicher müssen sie das. Ich habe zugesagt, dass Sie fünfzehn Prozent meines Gewinns im ersten Jahr erhalten, wenn Sie mein Atelier Ihren Kunden empfehlen.«

»Im ersten Jahr wird es schwer werden, überhaupt Gewinn zu machen.«

»Das liegt auch bei Ihnen.«

»Es ist nicht die rechte Zeit für Brautmoden, mein Fräulein. Die jungen Frauen tragen derzeit die Kleider ihrer Mütter auf. Da lässt sich kaum jemand eine üppige Robe zur Hochzeit schneidern.«

»Die jungen Frauen von heute haben einen ganz anderen Geschmack als ihre Mütter.«

»Darauf würde ich mich nicht verlassen, das ist doch Spekulation.«

»Sie kannten meinen Vater, er war ein ausgezeichneter Geschäftsmann. Ich bin seine Tochter. Ich habe alles von ihm gelernt, was man in unserem Gewerbe wissen muss.

So bald wie möglich werde ich den Meistertitel erwerben. Das Geschäft wird laufen, und Sie werden Ihren Anteil daran haben.«

»Den Meistertitel haben andere auch.«

»Es geht um Brautmoden. Da sind die Gewinne höher als bei normaler Konfektion.«

»Wenn das Geschäft denn in Gang kommt.«

»Genau dabei werden Sie mir helfen. Streuen Sie die Neuigkeit von meiner Geschäftseröffnung. Haben Sie vor dem Krieg nicht die großen Kaufhäuser beliefert? Sie kennen jede Menge Leute. Es kostet nicht viel Mühe, Ihren Geschäftsfreunden und Bekannten einen Hinweis auf mein Modeatelier zu geben. Ich fertige nach Maß. Das ist genau das, was junge Bräute sich erträumen.«

Max Oswald fuhr sich mit einer Hand über das glatt rasierte Kinn, schüttelte aber schließlich den Kopf. Wie hartnäckig und undankbar konnte einer sein, der ihrem Vater alles verdankte? Vater hatte Max Oswald stets allen anderen Mitarbeitern vorgezogen – aber natürlich, das lag weit zurück.

»Ich wünsche Ihnen von Herzen alles Gute, Fräulein Vera, nur weiß ich nicht, ob die Sache sich lohnt. Die Zeiten sind nicht danach.«

»Nun machen Sie mal einen Punkt, allmählich reicht es mir. Was haben Sie schon zu verlieren?«

»Und wenn Ihr Bruder Ihnen in die Quere kommt? Weiß er überhaupt, was Sie vorhaben? Ich hörte, er hätte sich den Freikorps angeschlossen. Er wird Ihnen keine große Stütze sein.«

Vera winkte ab, mit Veras Brautmoden hatte Georg nun wirklich nichts zu schaffen. Er hatte der Familie Schaden zugefügt, freiwillig würde sie ihn nie wieder bei einem ihrer Vorhaben berücksichtigen.

»Mein Bruder wird sich nicht in meine Angelegenheiten einmischen, Herr Oswald. Nun lassen Sie uns unsere Vereinbarung zu Papier bringen.«

»Ich denke nicht, dass ich eine solche Vereinbarung schließen will.«

»So, denken Sie nicht. Dann werde ich wohl zur Schneiderinnung laufen müssen.«

Oswald griff sich an den Kragen seiner Joppe. »Was fällt Ihnen ein? Das ist jetzt wirklich Erpressung. Wenn Sie das tun, gehe ich zur Polizei.«

»Nur zu. Ich habe den kürzeren Weg. Ich werde bei der Innung gewiss auf offene Ohren stoßen, wenn ich den Herren erzähle, dass Sie die Zinsen für ein Darlehen nicht zurückerstatten. Das Gerede darüber kann Ihnen den Ruf ruinieren, Herr Oswald.«

»Was für ein Quatsch. Es waren keine Zinsen vereinbart.«

»Haben Sie das schriftlich?«

»Nein, aber Ihre Behauptung ist aus der Luft gegriffen, und genau das werde ich vor der Innung auch aussagen.«

»Dann steht Ihr Wort gegen meines. Wozu sich all den Ärger überhaupt aufladen, frage ich Sie?«

»Früher habe ich Sie für eine anständige Person gehalten, Fräulein Vera.«

»Danke, gleichfalls. Es ist nicht viel, was ich von Ihnen

erbitte. Nicht, wenn man bedenkt, was mein Vater für Sie getan hat.«

»Ich kenne den Knaben doch gar nicht, den Sie mir hier ins Haus bringen.«

»Ich verbürge mich für ihn. Er ist gescheit, er will arbeiten, und er weiß sich zu benehmen. Geben Sie sich einen Ruck. Schreiben Sie auf, was wir soeben abgesprochen haben, und verlassen Sie sich darauf, dass unsere Zusammenarbeit Früchte tragen wird.«

Oswald zögerte, im Geist schien er noch einmal seine Möglichkeiten durchzuspielen, doch was konnte er tun? Es gab kaum einen geschwätzigeren Haufen in dieser Stadt als die hiesige Schneiderinnung. Oswald hatte sich in den Kreisen seiner Kollegen nicht nur Freunde gemacht vor dem Krieg. Zu schnell war er groß geworden, zu sehr hatte er auf andere herabgeblickt. Da war gewiss noch die eine oder andere Rechnung offen. Zuletzt hatte Oswald das Modekaufhaus Gerson am Werderschen Markt beliefert, nachdem er zuvor einige unliebsame Konkurrenten mit unschlagbar niedrigen Preisen aus dem Feld geräumt hatte. Es gab Kollegen, die ihm sein rigoroses Vorgehen nicht verziehen hatten, bis heute nicht. Auch er schien sich bestens daran zu erinnern, denn endlich stand er auf.

»Zwei Monate kann Ihr Schützling bleiben, keinen Tag länger.«

»Ein halbes Jahr, dann habe ich etwas Neues für ihn.«

Schweigend drehte Oswald sich auf dem Absatz um. Er ging zu dem kleinen Sekretär am anderen Ende des Raumes und begann in den Schubladen herumzukramen. Vera war zufrieden, lächelnd schenkte sie Moritz einen aufmunternden Blick, auch wenn der wenig glücklich wirkte. Bestimmt hätte er es vorgezogen, bei ihr in der Palisadenstraße zu bleiben, doch ihr schien es richtig, den Jungen vorerst aus dem Haus zu schaffen – jedenfalls so lange, bis sie Klarheit darüber hatte, wo Georg wirklich abgeblieben war.

»Fräulein Vera …«

Moritz guckte sorgenvoll.

Sie lächelte ihn an. »Schon gut, es ist nur vorübergehend. Hier lernst du etwas, du wirst sehen.« Sie beugte sich vor und wagte, was sie sonst niemals getan hätte: Unter dem Tisch tätschelte sie Moritz das Knie. »Keine Angst, das wird schon«, flüsterte sie.

Gott wusste, welche verwegenen Hoffnungen er sich jetzt machte, doch darauf kam es nicht an. Wichtig war, dass sie ihm eine Aussicht eröffnet hatte und sie beide an einem Strang zogen, nur dann konnte es aufwärtsgehen. Und aufwärtsgehen würde es, da war sie sicher.

* * *

Hanna war hungrig und hatte Durst, wagte aber nicht, ihren Beobachtungsposten unter dem Torbogen zu verlassen. Schon seit Stunden wartete sie dem Haus gegenüber, in dem die Familie Röding lebte. Irgendwann, so hoffte sie, würde Coralie sich auf der Straße zeigen. Jedermann verließ im Tagesverlauf die Wohnung, schon gar an einem Sonnabend – und sei es nur, um eine kleine Besorgung fürs Wochenende zu machen. In der Kälte und dem immer wieder einsetzenden Schneefall waren allerdings bisher wenige Menschen unterwegs. Verödet lag die Leipziger Beethovenstraße unter einem bedeckten Himmel, rechts und links flankiert von mehrstöckigen Mietshäusern mit Gründerzeitfassaden. Bisher hatte sich die Reise hierher nicht gelohnt. Dabei war Hanna mitten in der Nacht aufgestanden, um den ersten Zug nach Leipzig zu erreichen. Am Hauptbahnhof angekommen, hatte sie sich ein Taxi gegönnt, um schneller am Ziel zu sein. Doch noch war ihr Einsatz vergeblich, von Coralie keine Spur. Vielleicht hätte sie ihr schreiben und den Besuch ankündigen sollen, aber Hanna hatte sich Coras Ausreden und Ausflüchte nicht anhören wollen. Im schlimmsten Fall hätte Cora alles getan, um dieses Treffen zu verhindern – schon der Gedanke war niederschmetternd. Es war einfach an der Zeit, herauszufinden, was hinter Coras seltsamem Betragen steckte.

Plötzlich ein Knarren, die große Eingangstür des Hauses gegenüber öffnete sich. Eine junge Frau mit Kinderwagen tauchte auf, umständlich versuchte sie, die zahlreichen Stufen am Eingang des Mietshauses ohne fremde Hilfe zu überwinden. Bei dem Kinderwagen handelte es sich um eines dieser monströsen Modelle mit sehr großen Rädern, dergleichen hatte man in der Kaiserzeit elegant gefunden. Die junge Frau gegenüber verharrte am oberen Rand der Treppe und warf ängstliche Blicke auf die nächsten Stufen. Da war Hilfe nötig, nicht wahr? Blitzschnell war Hanna auf der anderen Straßenseite.

»Darf ich mit anfassen?«

Ohne eine Antwort abzuwarten, griff sie nach dem Gestell des Kinderwagens. Ihre Handschuhe waren im Nu beschmutzt, doch das war ihr egal, sie musste sich sputen, die

Zeit saß ihr im Nacken. Den letzten Zug nach Berlin musste sie erreichen, sie hatte kein Geld, um sich in Leipzig eine Übernachtung zu gönnen. Zwei Stufen noch, dann stand der Kinderwagen auf dem Bürgersteig, die junge Mutter bedankte sich, während Hanna bereits hinaufstürmte zur Haustür, die sich noch nicht wieder ganz geschlossen hatte.

Hanna betrat das Mietshaus, in dem Cora wohnte, und sah sich im Hausflur um. Die Wände des Eingangsbereichs waren mit falschem Marmor verkleidet, die Spiegel an den Wänden waren teilweise blind, der Fußboden wirkte abgetreten. Diese Behausung machte weitaus weniger her, als sie erwartet hatte. Hatte Cora nicht erzählt, ihr Vater sei zu Lebzeiten Direktor eines hiesigen Gymnasiums gewesen? Wenn das stimmte, musste es nach seinem Tod mit der Familie deutlich bergab gegangen sein, denn in diesem Haus wohnten keine wohlhabenden Leute. Die Zeichen standen auf Verfall: Vom Handlauf am Treppengeländer blätterte die Farbe, die Fenster im Treppenhaus waren schmutzig, obendrein roch es unangenehm, sie konnte nicht einmal sagen, wonach genau. Plötzlich fühlte sie sich befangen und fehl am Platz: Sollte sie Cora wirklich ohne Vorankündigung überfallen? Doch was war die Alternative? Hanna wollte endlich erfahren, wovor Cora sich fürchtete.

Zögernd stieg sie die knarrende Holztreppe hinauf. In der zweiten Etage blieb sie vor der Tür mit dem Namensschild der Familie Röding stehen: An der Wand daneben lehnte ein weißer Blindenstock, Gunnar schien zu Hause zu sein. Würde sie unter diesen Umständen überhaupt in Ruhe mit Cora sprechen können? Ihre Bemühungen, Cora der

Familie Röding abspenstig zu machen, würden womöglich die Familientragödie erst recht verstärken. Nein, so durfte sie nicht denken, ihre Skrupel brachten sie nicht weiter. Einmal tief durchatmen, dann drückte Hanna den Klingelknopf. Ein paar bange Momente, dann tat sich die Tür auf. Es war tatsächlich Cora, die vor ihr stand. Hanna strahlte, ihre Hoffnung stieg.

»Cora, mein Herz, wie schön, dass du da bist. Darf ich für einen Augenblick hineinkommen?«

Cora wirkte mehr als überrascht, sie brauchte offenbar einen Moment, dann legte sie blitzschnell den Zeigefinger auf die Lippen. Erschrecken zeichnete sich in ihrem Gesicht ab, von Wiedersehensfreude keine Spur.

»Hanna, um Gottes willen, was machst du hier? Warum hast du mir nicht geschrieben, dass du kommst?«

»Ich habe nicht geschrieben, weil du mir vielleicht nicht erlaubt hättest, dich zu sehen. Bitte lass mich rein, es gibt wichtige Neuigkeiten.«

»Sprich leise, hörst du? Meine Mutter schläft, wir dürfen sie nicht wecken.«

»Und dein Bruder?«

»Gunnar ist bei seinem Anwalt wegen seiner Rente. Ich weiß nicht, wann er wiederkommt.«

»Ich verstehe. Dann sollten wir keine Zeit verlieren.«

»Aber nur für ein paar Minuten, hörst du? Und bitte, sei wirklich leise.«

Hanna betrat den Wohnungsflur, einen länglichen, dunkel wirkenden Raum, vollgestellt mit altmodischen Möbeln. Hohe Kommoden mit runden Füßen, eine wuchtige

Garderobe, mittendrin ein großer Spiegel. Dass Cora sich hier nicht wohlfühlte, lag auf der Hand. Warum sollte ein fröhliches und freundliches Wesen wie sie in dieser muffigen Düsternis leben? Bestimmt war es bedrückend, jeden Tag hier eingesperrt zu sein. Draußen, in Freiheit, würde es ihr besser gehen, davon musste Hanna sie nur noch überzeugen. Hanna ging einfach zu ihr und zog sie an sich, ihre Sehnsucht war stärker als alle Vernunft. Cora wehrte sich nicht, ihre Lippen fanden sich, ihr Kuss war voller Hingabe. Ein leidenschaftlicher Augenblick, doch schon löste sich Cora wieder, sie trat einen Schritt zurück.

»Tut mir leid, aber das geht nicht. Wenn meine Mutter aufwacht …«

»Hast du mich denn gar nicht vermisst?«

»Natürlich habe ich dich vermisst, aber das hier ist nicht der richtige Ort für Vertraulichkeiten. Sag mir, warum du gekommen bist.«

»Wozu diese Eile? Darfst du etwa keinen Besuch empfangen? Ist das hier ein Gefängnis oder eine Besserungsanstalt? Deine Mutter hat kein Recht, dich hier festzuhalten.«

»Ich fühle mich nicht eingesperrt. Vielleicht habe ich eine andere Beziehung zu meiner Mutter als du zu deiner.«

»Warum ordnest du dich derart unter? Ich verstehe das nicht, erklär es mir.«

»Es geht nicht um meine Mutter, Schluss jetzt damit. Sage mir bitte, weshalb du gekommen bist, und dann geh wieder.«

Mit schwerem Herzen zog Hanna sich ein Stück von der Geliebten zurück. Was für traurige Umstände waren das, die es ihnen nicht erlaubten, wenigstens ein paar Minuten miteinander glücklich zu sein.

»Also gut, wie du meinst. Ich wollte dich wissen lassen, dass ich eine Wohnung in Zürich anmieten werde. Ich will dort Medizin studieren. Es wird nicht leicht werden, aber ich will es versuchen.«

»Schön, das freut mich, aber davon hast du mir bereits geschrieben.«

»Ich kann jetzt eine größere Wohnung bezahlen. Mein Vater hat mir eine kleine Erbschaft hinterlassen.«

»Auch das freut mich für dich. Das ist ein Lichtblick.«

»Du kannst mich ohne Risiko begleiten, Cora. Ich werde mich in Zürich auf das Studium vorbereiten, und du wirst dir währenddessen eine Anstellung als Lernschwester suchen.«

»Ach so, daher weht der Wind. Nein, lass gut sein. Ich bewundere deine Zielstrebigkeit, aber ich will nicht in die Schweiz. Ich kenne dort keine Menschenseele. Du übrigens auch nicht.«

»Das wird sich ändern. Wir müssen offen sein für Neues. Sei mutig. Deine Familie kann dir nicht für immer die Lasten aufbürden, die mit der Pflege deines Bruders verbunden sind.«

»Sprich nicht so laut, bitte. Die Schweiz kommt für mich nicht infrage. Im Übrigen habe ich dir dazu alles gesagt, was zu sagen ist.«

»Ist das dein letztes Wort?«

»Es geht nicht anders. Du verstehst das nicht, du warst noch nie in einer solchen Situation.«

Coras Stimme zitterte, sie war offenbar den Tränen nahe. Hanna konnte ihre Verzweiflung nur schwer ertragen, schließlich war sie hier, um zu helfen. Vorsichtig machte sie einen kleinen Schritt auf Cora zu und breitete die Arme aus.

»Ich bitte dich, hör auf, die Situation einfach sklavisch hinzunehmen. Du hast ein Recht auf ein eigenes Leben. Lass dich von mir unterstützen. Oder liebst du mich nicht mehr?«

Immer aufs Neue die alte Frage, doch jetzt schien sie dringlicher denn je. Cora schüttelte den Kopf.

»Darum geht es nicht. Du kannst dich einfach nicht in mich hineinversetzen.«

Coralie senkte den Kopf und verstummte, erkennbar außerstande, weiterzusprechen. Sie presste eine Hand auf den Mund, aber die Tränen rannen ihr bereits über die Wangen. Hanna folgte ihrer ersten Eingebung, sie ging und nahm Cora in die Arme. Ein paar Sekunden währte dieses kleine Glück, Cora innig an sie geschmiegt, dann drehte sich auf einmal knirschend ein Schlüssel in der Wohnungstür. Die Tür ging auf, Schritte tappten herein, unregelmäßig, zögernd. Sofort löste Coralie sich aus Hannas Umarmung, hastig fuhr sie sich mit dem Ärmel ihres Kleides durch das Gesicht. Ein junger Mann war aufgetaucht, gut gekleidet und mit dunkler Brille. Das musste Gunnar sein, wer sonst besaß noch einen Schlüssel zu dieser Wohnung?

Früher war Coras Bruder vermutlich ein gut aussehender Mann gewesen, doch der Krieg hatte ihn schwer gezeichnet. Seine Augen waren hinter dunklen Brillengläsern verborgen, doch eine Reihe von Brandnarben, die von der rechten

Wange bis zum rechten Mundwinkel abwärts liefen, entstellten ihn. Die vom Gas verbrannte Haut war ungleichmäßig vernarbt, sie schimmerte in verschiedenen Rottönen. Ganz sicher war er nach dem Gasangriff zu spät versorgt worden, denn die Narbenbildung war relativ stark. Dass die Leute sich nach diesem Mann auf der Straße umdrehten, glaubte Hanna sofort.

»Cora? Bist du hier?«

Gunnar kam näher, er zeigte dabei den unsicheren Gang eines Menschen, der sein Augenlicht erst vor Kurzem verloren hatte. Sein Spazierstock glitt klappernd über die Dielen, einen Schritt vor seiner Schwester blieb er stehen.

»Cora? Antworte mir. Hast du Besuch? Ich habe doch von draußen eine zweite Stimme gehört.«

»Ja, Gunnar, ich habe Besuch.«

Coralie nahm die Hand ihres Bruders. »Hanna Münchow ist hier, wir sind beide Hilfsschwestern in Bromberg gewesen.«

Coras Stimme zitterte, doch sie griff nach Hannas Hand und legte sie in die ihres Bruders.

»Darf ich bekannt machen? Hanna, das ist mein Bruder. Gunnar, das ist eine Kollegin aus Berlin. Sie war zufällig in der Nähe und wollte mir einen guten Tag wünschen.«

»Ich freue mich, Sie kennenzulernen, Herr Röding.«

Coras Bruder hob den Kopf und lauschte, als könne er dem Klang der fremden Stimme Erkenntnisse abgewinnen, die seine blinden Augen ihm versagten. Ein paar Sekunden nur, dann zog er sich zurück – Hanna meinte, Misstrauen in der intakten Hälfte seines Gesichts gelesen zu haben.

»Sie kommen eigens aus Berlin, um meiner Schwester Guten Tag zu sagen?«

»Nein. Ich hatte hier in der Nähe zu tun.«

»Tatsächlich.«

»Ja, tatsächlich. Ich bin auf der Suche nach einem Ausbildungsplatz. Ich möchte Krankenschwester werden. Es ist nicht leicht, in Berlin etwas zu finden.«

»Ich verstehe. Nun, es ist sehr freundlich, dass Sie an Cora gedacht haben, aber es ist besser, wenn Sie jetzt gehen, Fräulein Münchow. Meine Mutter schläft nebenan, sie ist heute leider nicht in bester Verfassung. Wir sollten ihre Nerven schonen.«

»Hanna ist nur eine Freundin, Gunnar, mehr nicht.«

Coras Stimme klang aufgeregt, sie wirkte konfus, zumal ihr Einwand im ersten Moment keinen Sinn zu machen schien. Gunnar dagegen hatte offenbar begriffen, er hob die Hand.

»Schon gut. Wir alle kennen deine Art von Damenbekanntschaften, Cora. Ich möchte das jetzt nicht weiter erörtern. Ich gehe in mein Zimmer und ruhe mich aus. Du sorgst unterdessen dafür, dass dein Gast uns verlässt.«

»Du wirst Mutter nichts sagen, oder?«

»Nein, schon ihretwegen nicht. Und jetzt beeilt euch.«

Gunnar ging, die Tür seines Zimmers schlug zu, er war fort. Hanna wandte sich Cora zu, einigermaßen fassungslos über das, was hier vor sich ging.

»Na, hör mal, wie redet dein Bruder denn mit dir? Was ist das für ein Ton? Warum lässt du dir das gefallen?«

»Du verstehst das nicht, Hanna.«

»O doch, ich denke schon. Gunnar wirft dir deine Damenbekanntschaften vor, und das finde ich unerhört. Als wenn du kein Recht hättest …«

»Dass es um eine bestimmte Art der Damenbekanntschaft geht, kannst du dir doch denken.«

»Dein Bruder weiß von uns beiden?«

»Nein, aber er weiß um meine Vorlieben. Dass meine Familie über meine Neigung nicht erfreut ist, ist wohl nicht erstaunlich. Gunnar ist der Mann im Haus, er verteidigt den guten Ruf der Familie, das ist alles.«

»Der Mann im Haus, der gute Ruf der Familie, du meine Güte. Du solltest dich mal reden hören.«

»Hier gelten solche Regeln noch, Hanna. Wir sind hier nicht in Berlin.«

»Dein Bruder behandelt dich wie eine Aussätzige. Er tut so, als hätte er die Moral gepachtet.«

»Wahrscheinlich sieht er das auch so. Es gab da einen kleinen Vorfall vor ein paar Jahren, meine erste große Liebe, eine Liebelei im Mädchenpensionat. Damals lebte mein Vater noch. Meinen Eltern hat die Geschichte sehr zugesetzt.«

»Und deshalb lässt du dich von deiner Familie schikanieren? Das Ganze ist mit Sicherheit eine Ewigkeit her.«

»Die Sache hatte Folgen. Ich musste die Schule verlassen. Ich hatte mich nicht in irgendwen, sondern in eine der jüngeren Lehrerinnen im Pensionat verliebt. Es war ein ziemlicher Skandal.«

Cora wandte den Blick ab, sie machte den Eindruck, als würde sie sich das Geschehen von damals heute noch vorwerfen. Hanna schüttelte entrüstet den Kopf.

»Das sind doch alles alte Geschichten. Zu Kaisers Zeiten fand man dergleichen ungehörig, aber heutzutage haben wir andere Moralvorstellungen.«

»Du vielleicht, aber für die Mehrheit der Menschen in unserer Umgebung gilt das nicht. Hast du deinen Eltern denn die Wahrheit gesagt über uns beide?«

»Noch nicht.«

»Und du wirst es auch nicht tun, nicht freiwillig. Das sagt alles, oder? Jetzt muss ich dich leider bitten zu gehen. Es tut mir leid, aber du hast gehört, was Gunnar von mir verlangt. Ich bin auf sein Schweigen meiner Mutter gegenüber angewiesen.«

»Ich finde es nicht richtig, wie deine Familie dich behandelt. Anstatt für deine Fürsorge und die Pflege deines Bruders dankbar zu sein …«

»Hör bitte auf, das ist anmaßend. Frauen, die Frauen lieben, das finden die meisten Menschen nun mal nicht normal.«

»Und die Mehrheit hat immer recht, oder wie? Außerdem, was kümmern uns die anderen? Wir sind funkelnde Sterne an unserem eigenen Horizont. Hast du das nicht gesagt?«

Plötzlich ein Rascheln, Schritte hinter einer der Türen. Irgendjemand tappte in der Wohnung herum, wahrscheinlich hatten sie Coras Mutter geweckt. Cora huschte über den Flur und öffnete die Wohnungstür ganz weit, wobei sie Hanna einen flehentlichen Blick zuwarf. Hanna ging, widerstrebend betrat sie das Treppenhaus. Ohne ein Adieu, ohne eine letzte Zärtlichkeit fiel die Wohnungstür hinter ihr ins Schloss. Die Szene eben war furchtbar, aber aufschlussreich gewesen. Nun stand fest, dass es nicht allein Gunnars schwere Verletzung war, die Cora belastete. Coralie war das schwarze Schaf der Familie und wurde entsprechend behandelt. Ändern würde sich die Situation erst, wenn sie auf eigenen Beinen stand.

Hanna verließ das Haus in der Beethovenstraße. Ihr Instinkt hatte sie nicht getrogen. Mehr denn je war sie der tiefen Überzeugung, dass sie Cora nicht im Stich lassen durfte. Sie fuhr nach Hause zurück, aber sie würde die gemeinsame Übersiedlung in die Schweiz weiter vorbereiten. Ihr Vorhaben würde ein gutes Ende nehmen: Sie beide waren stark genug für das, was noch kommen würde.

* * *

»Gehen Sie ruhig ein bisschen spazieren, Fräulein Novak. Das dauert, bis der Doktor Zeit hat. Ihre Mutter ist bei uns in guten Händen.«

»Kann ich nicht hier warten, in der Praxis?«

»Ich wäre Ihnen dankbar, wenn nicht. Das Wartezimmer ist heute wieder brechend voll, wissen Sie?«

Die Sprechstundenhilfe, eine resolute Frau in den Fünfzigern, warf Vera über den Tisch hinweg einen auffordernden Blick zu. Also gut, Widerspruch hatte da wohl keinen Sinn. Gertrude Walter regierte über das Vorzimmer von Doktor Köhler seit Ewigkeiten. Was sie sagte, war hier Gesetz. Außerdem stimmte es, es war Montag, da stapelten sich die Patienten förmlich in der Praxis.

Mit einem Seufzer wandte Vera sich ab, sie verließ das Gebäude in der Gertraudenstraße. Hier, in der Nähe des

Stadtschlosses, hatte sie Benno kennengelernt, der sich inzwischen bei ihr rarmachte, was sie ihm übel nahm, besonders nach der Sache mit diesem Fräulein Petersen aus dem Dorf mit diesem komischen Namen, Rieseby.

Die Palisadenstraße kam in Sichtweite, und siehe da, hinter der nächsten Straßenecke entdeckte sie Benno. Er lief auf dem Bürgersteig vor dem künftigen Laden für Brautmoden auf und ab. Jetzt hatte er sie bemerkt und kam ihr entgegen, noch lächelte er, aber das Lächeln würde ihm womöglich gleich vergehen. Er breitete die Arme aus, doch sie blieb einen großen Schritt vor ihm stehen.

»Da bist du ja. Ich warte schon eine Weile.«

»Tatsächlich.«

»Wenn ich es doch sage. Was ist los bei euch? Keine Feldgrauen mehr auf dem Hof, stattdessen steht da plötzlich diese Ruine von Werkstatt.«

»Es hat gebrannt neulich Nacht, ein Überfall der Roten.«

»Was?«

»Ja, da kannst du mal sehen, wie lange du nicht da gewesen bist. Und außerdem hast du sie doch rumlungern sehen bei uns am Tor, die Revolutionäre.«

»Schon, aber …«

»Es gab einen Überfall, Munition ist explodiert in der Werkstatt, dabei ist der Dachstuhl abgebrannt. Georg ist dann abgezogen. War ihm wohl zu kalt auf Dauer, mit seinen Männern in Zelten zu hausen.«

»Lieber Himmel. Warum hast du mir keine Nachricht geschickt? Du hast doch jetzt meine Adresse.«

»Was hätte mir das geholfen? Und warum hast du dich

nicht blicken lassen? Hat das Fräulein Petersen deine ganze Aufmerksamkeit in Anspruch genommen?«

Benno wurde blass, schon die Erwähnung dieses Namens behagte ihm offenbar nicht. Vera lächelte, es kostete sie zu ihrer eigenen Überraschung nicht viel Mühe, ganz ungerührt zu wirken.

»Ich hatte nicht nur von den Roten Besuch, musst du wissen. Fräulein Petersen war ebenfalls hier. Ich habe das Foto deiner Tochter gesehen.«

Benno runzelte die Stirn, eine tiefe Falte hatte sich zwischen seinen Augenbrauen gebildet.

»Fritzi war bei dir?«

»So ist es. Eine Frau mit einem Kind sitzen zu lassen, das ist eine Schweinerei. Hätte ich dir nicht zugetraut.«

Benno nahm ihren Arm und führte sie in Richtung Hof, weg von der Straße. Sie folgte ihm ohne Widerspruch, schon allein, weil es böse kalt war hier draußen. Auch heute pfiff ein scharfer Ostwind um die Hausecken, besser sie suchten im Torweg Schutz. Benno war stehen geblieben, mit einem Ruck schob er die Hände in die Taschen seiner Jacke. Noch immer trug er dieses unansehnliche Ding aus seiner Zeit bei der Marine, er brauchte wirklich etwas Neues anzuziehen. Kleidung hätte sie ihm anfertigen können, die Frage war bloß, ob sie sich dafür noch zuständig fühlte.

»Hör zu, Vera, ich weiß nicht, was Friederike dir erzählt hat …«

»Na, was wird sie mir erzählt haben? Du hast sie mit einem Kind beglückt und bist dann verschwunden. Das war nicht anständig von dir.«

»Verschwunden? Ich bin nicht verschwunden. Ich wurde zur Marine eingezogen.«

»So oder so, du hast dich nicht mehr um sie gekümmert.«

»Ich habe erst vor ein paar Tagen von dem Kind erfahren.«

»Ach was. Das soll ich glauben?«

»Wäre gut, weil es die Wahrheit ist. Frag Fritzi doch selbst, wenn du mir nicht traust. Ich wusste nichts von dem Kind, ich hatte mich in der Zwischenzeit sogar von ihr getrennt.«

»Du gibst aber zu, dass dieses Kind von dir ist.«

»Vielleicht. Ich habe das Kind noch nie gesehen.«

»Hattest du was mit dem Fräulein, oder nicht?«

»Einmal, Vera. Es gab eine einzige Nacht, in der wir zusammen waren, kurz bevor ich einrücken musste. Keiner von uns beiden wusste damals, ob ich den Krieg überleben würde. Damals war Fritzi meine große Liebe, aber das ist vorbei. Ich war neunzehn Jahre alt.«

»Ihr seid auch zuvor schon ein Paar gewesen, sagt sie. Ihr seid verlobt.«

»Nein. Das mit der Verlobung stimmt nicht. Das bildet sie sich ein. Davon war nie die Rede.«

»Sie trägt einen Ring.«

»Und wenn schon. Ich habe ihr die Ehe nicht versprochen.«

»Steh jetzt gefälligst zu deiner Verantwortung, alles andere ist feige. Weißt du, was Frauen durchstehen müssen, die keinen Vater für ihr Kind haben?«

»Ich habe Fritzi zugesagt, dass ich für unsere Tochter sorgen werde. Ich erkenne die Kleine an, aber ich werde keine

Frau heiraten, die ich nicht liebe. Eine Ehe, in der keiner von uns beiden glücklich wird, kann nicht ihr Ziel sein. Findest du das richtig?«

»Ich habe damit nichts zu tun.«

»Und ob. Du bist die Frau, mit der ich zusammen sein will.«

»Nein, hör auf. Ich werde mich in die Sache nicht mit reinziehen lassen.«

»Ich ziehe dich nirgends mit rein. Ich sage dir, dass ich dich liebe.«

»Geht dir scheinbar flott von den Lippen, so ein Satz.«

»Das ist nicht wahr.«

Vera schwieg, ratlos sah sie zu Boden, hinunter auf das graue Pflaster. Ein Bekenntnis wie dieses hätte sie unter anderen Umständen gerne gehört, doch so, wie die Dinge lagen, brachten schöne Worte ihr wenig. Tiefe Zweifel herrschten dort, wo sie sich doch eigentlich ihrer Gefühle sicher hätte sein sollen. Dass Benno eines Kindes wegen nicht gefangen sein wollte in einer lieblosen Ehe, konnte sie verstehen, doch gleichzeitig konnte sie auch die Not von Fräulein Petersen nachvollziehen – mit einem kleinen Kind allein auf dem Land, das war alles andere als der Himmel auf Erden. Wie sollte sie umgehen mit diesem ganzen Durcheinander? Benno den Laufpass geben, wollte sie das? Er musterte sie, schließlich wagte er es, näher zu kommen und einen Arm um ihre Schultern zu legen.

»Ich liebe dich wirklich, Vera.«

»Dergleichen hat Fräulein Petersen auch einmal von dir zu hören bekommen. Seitdem allerdings hat sie schwer zu kämpfen, soweit ich weiß. Was bist du bloß für ein Mensch, Benno?«

»Ich verstehe, dass du mir jetzt misstraust, aber ich wusste doch bis vor Kurzem gar nicht, was los ist. Fritzi hat einen Fehler gemacht.«

»Ja, zum Beispiel den, ein Kind von dir zu kriegen.«

»Mir nichts davon zu sagen, das war der Fehler. Was soll ich denn machen? Mit Fritzi die Ehe schließen und sie für immer hassen? Ich habe bei meinen Eltern gesehen, wohin das führt. Auf diese Weise wird niemand glücklich. Auch Fritzi nicht.«

»Ich habe das Gefühl, dass du es dir zu einfach machst.«

»Ich erkenne die Vaterschaft für das Kind an und werde den Unterhalt für die Kleine bezahlen. Ich werde dem Kind meinen Namen geben, wenn Fritzi es will. Aber heiraten werde ich Friederike Petersen nicht.«

»Das hast du schon gesagt. Wir beide drehen uns im Kreis. Mir jedenfalls tut das Fräulein von Herzen leid.«

»Das ehrt dich, Vera.«

Benno nahm ihre Hand in die seine und drückte sie sanft. Das tiefe Blau seiner Augen, das sie so gerne hatte, tat einmal mehr seine Wirkung: Sie versank darin, die Knie wurden ihr weich wie Pudding. Nein, auf Benno verzichten wollte sie nicht. Er hatte ihr Herz erobert, das wusste sie längst. Er lächelte vorsichtig, zum ersten Mal seit einer ganzen Weile.

»Das Kind bekommt einen Vater, darauf hast du mein Wort. Fritzi wird einen anderen Mann finden. Sie ist jung und hübsch und hat darüber hinaus Geld.«

»Geld löst nicht alle Probleme.«

»Nein, aber ohne geht es auch nicht. Ich habe übrigens eine bezahlte Anstellung gefunden.«

Sie löste sich aus seiner Umarmung, war sprachlos, wartete auf mehr.

»Mein Cousin hat mir eine Stelle vermittelt. Ich arbeite ab sofort als Chauffeur in Dahlem, bei einer Witwe.«

»Was für eine Witwe denn?«

»Sie ist die Ehefrau von Wolfgangs verstorbenem Chef. Wolfgang ist doch in dieser Automobilfabrik beschäftigt.«

»Ehrlich? Was für eine gute Neuigkeit.«

»Nicht wahr? Sobald ich genug gespart habe, gründe ich meine Autowerkstatt. Ich tu das auch für uns beide, siehst du das nicht?«

»Ach ja, die Werkstatt.«

»Genau. Unsere Werkstatt.«

»Deine.«

»Nein, unsere. Bei mir wird es genug zu tun geben. Das Telefon muss bedient werden, die Buchhaltung macht sich auch nicht von allein. Das ist Büroarbeit und hat nichts mit Technik zu tun. Das kannst du, Vera, dafür musst du nichts von Automobilien verstehen.«

»Ich soll das machen? O nein, daraus wird nichts. Ich wäre bloß eine ungelernte Arbeitskraft, genau wie meine Mutter es ein Leben lang für meinen Vater war.«

»So ist es üblich in Familien.«

»Auch wenn es üblich ist, ist es noch lange nicht richtig so. Ich will als Damenschneiderin arbeiten. Wer weiß, wann es mir wie Fritzi ergeht?«

Benno verzog den Mund. »Lass Fritzi jetzt mal beiseite.«

»Beruflich gehe ich meinen eigenen Weg, das steht fest.«

»Ach, komm, das entscheiden wir später. Nimm dir Zeit, um darüber nachzudenken. Nächsten Sonntag besuche ich dich, dann kannst du mich deiner Mutter vorstellen. Ein erster Schritt. Was hältst du davon?«

»Was willst du ihr denn sagen?«

»Die Sache mit der Werkstatt, die will ich ihr sagen.«

»Da verheb dich man nicht. Im Moment ist die Werkstatt eine Ruine.«

»Ich komme am Nachmittag, zur Kaffeezeit. Dann können wir noch einmal in aller Ruhe reden.«

»Meine Mutter ist nicht immer leicht zu haben. Das liegt in der Familie.«

Benno lachte leise.

»Ich habe begriffen, dass du mir böse bist. Ich verstehe deinen Kummer, aber du musst mir auch die Möglichkeit geben, es wiedergutzumachen. Fritzi war gestern. Wir beide, das ist morgen.«

Sie widersprach ihm nicht, auch wenn sie wusste, dass der Neuanfang, den er sich erhoffte, nicht einfach werden würde. Mit einem Schlag alles vergessen, was vorgefallen war, das konnte sie nicht.

»Bis Sonntag dann, um sechzehn Uhr. Ich werde pünktlich sein.«

Er drückte sie noch einmal an sich und schlenderte dann zum Tor zurück. Vera sah ihm nach und war unsicher, wie es weitergehen sollte. Nahm sie seiner kleinen Tochter den Vater weg, wenn sie an Benno festhielt? Die

Geschichte mit Fritzi hatte Zweifel in ihr geweckt. Sie würde abwarten, wie Benno sich bei ihrer Mutter schlug. Dann würde man weitersehen. Überhaupt, Mutter, war die nicht längst durch mit ihrem Termin beim Doktor? Vera drehte sich auf dem Absatz um und lief los. Vielleicht konnten sie beide im Anschluss an den Doktor mal was Schönes unternehmen? Und über den Brautladen reden mussten sie, es war an der Zeit, dass Mutter und Tochter enger zusammenrückten. Daran würde sie arbeiten, es erschien ihr lohnend.

* * *

Fritzis Vater blätterte in der Zeitung und machte Geräusche dabei. Er scharrte mit den Füßen, immer wieder murmelte er ein paar unverständliche Worte. Die Zeitung, mit der war er dieser Tage endlos zugange. Die Wahlen zur verfassungsgebenden Nationalversammlung hatten stattgefunden, die SPD war stärkste Partei geworden. Ihr Vater war unzufrieden damit, auch wenn die Dinge sich nun zumindest bewegten. Die Nationalversammlung in Weimar würde demnächst die Arbeit aufnehmen, so viel wusste Fritzi, auch wenn das Palaver der Abgeordneten sie nicht sonderlich interessierte. In ihren Augen hatte dieses Land andere Probleme, als endlose Debatten über einen Haufen Paragrafen, die zu einer neuen Verfassung werden sollten. Die Leute hatten Hunger und brauchten bezahlte Arbeit, sie hatte es doch selbst gesehen in Berlin. Dort musste man anpacken, und zwar sofort.

Ihr Vater lachte, aber es klang bitterböse. »Der blöde Noske schon wieder! Dass sie diesen Rohrkrepierer immer noch mitschleppen, das deklassiert die Genossen. Ich fasse es nicht!«

Fritzi blieb still, ihr war jetzt nicht danach, sich mit Politik zu beschäftigen. Ihre Gedanken waren einmal mehr in Berlin: Manchmal kam es ihr vor, als sei sie gar nicht richtig nach Hause zurückgekehrt. Seitdem sie wieder in Rieseby war, wechselte ihre Laune wie das Wetter, sie empfand dabei eine neue Sorte von Kälte und Einsamkeit, die ihr früher nie zugesetzt hatte. Ihre Tage schienen ihr neuerdings von einer Düsternis geprägt zu sein, die kaum zu ertragen war. Früher hatte sie ihren Alltag niemals als Last empfunden, aber jetzt ging ihr der eintönige Trott in der Mühle auf die Nerven. Aufstehen, die Küchenarbeit erledigen, das Kind versorgen, im Stall nach den Kühen sehen und das Geflügel füttern, Essen zubereiten – dann war es meistens schon später Nachmittag. Wieder das Kind, ein paar Näh- oder Hausarbeiten. Wenn sie Glück hatte, konnte sie des Abends im Licht der alten Petroleumlampe noch ein wenig lesen, bevor sie im Bett oder auf der Ofenbank einnickte. Jeden Tag dasselbe, immer wieder. Es war erstaunlich, aber sie vermisste Berlin. Wie schnell man sich doch an die große, weite Welt gewöhnen konnte. Sicher, die verdammten Unruhen dort, die Schießereien in den Straßen, die Stromausfälle, der Hunger. Aber dafür auch Theater, Kinos, Buch- und Hutgeschäfte, lauter Orte, von denen sie aus Zeitmangel nicht viel gesehen hatte. Und die Cafés erst! Wie hatte Frau Faller ihr vom Café Josty vorgeschwärmt. Es gab russische Teedielen und auch Ballhäuser, in denen wurde das ganze Wochenende durchgetanzt. Sie hatte ein Friseurgeschäft entdeckt, in dem man den Damen nicht nur die Haare machte, sondern ihnen auch zeigte, wie man Rouge und Lippenstift wirkungsvoll einsetzte. Und ihren Lippenstift im Kaufhaus Wertheim? Den hatte Fritzi sich nicht mehr gekauft, keine Zeit. Wehmut packte sie – auf irgendeine geheimnisvolle Art hatte die Großstadt sie betört. Ihr Besuch wirkte nach wie ein schleichendes Gift. Hier auf dem Land war der Himmel leer, die Weite schien ihr inzwischen armselig. Jeder neue Wintertag war öde auf seine Weise, auch wenn es ihr nicht leichtfiel, das zuzugeben. Scheinbar vermisste sie nicht nur etwas, sondern auch jemanden. Wolfgang. Wo war er, was machte er gerade? Dachte er vielleicht auch manchmal an sie?

Leise seufzend setzte Fritzi die Milch für Christel auf den Herd und begann mit dem Holzlöffel in dem Milchpott zu rühren, bis Papa plötzlich mit der Faust auf den Tisch schlug. Erschrocken fuhr sie herum, während er wild gestikulierte.

»Hast du das gelesen? Jetzt wollen sie in Weimar den ollen Ebert zum Reichspräsidenten wählen. Danach tischen sie uns wahrscheinlich Scheidemann als Kanzler auf. Wozu der Aufwand mit Wahlen, wenn sowieso immer dieselben Fratzen an die Regierung kommen? Das ist nicht anders als früher bei Kaisers.«

Schweigend zuckte Fritzi mit den Schultern. Politik schon wieder.

»Die Leute sind endlos verblödet. Als wenn die Sozis in den letzten Monaten irgendetwas hinbekommen hätten. Es ist zum sich die Haare Raufen.«

Papa warf die Zeitung auf den Fußboden, er war sichtlich empört. Es knisterte hinter ihr, hastig zog Fritzi den Topf vom Herd, die Milch sollte nicht kochen, nur schön warm musste sie sein. Christelchen war noch immer krank. Das Fieber war runter, aber der entsetzliche Husten wollte nicht weichen. Keuchhusten, sagte der Doktor, das brauchte Geduld. Vier bis sechs Wochen, so lange dauerte das. Papa nahm die Brille von der Nase, er sah sie an.

»Was ist los mit dir, Mädchen? Einsilbig bist du, seit Tagen schon, so in dich gekehrt. Ich kenn dich kaum wieder.«

»Ach, da ist nichts, Papa.«

»Trauerst du etwa immer noch diesem Windbeutel namens Benno Funke nach?«

»Nein, tu ich nicht. Es ist alles gut, wirklich. Ich bringe Christel jetzt ihre Milch, danach wird sie hoffentlich ein bisschen schlafen. Hat ja heute Nacht bei der Husterei kaum ein Auge zugetan, das arme Kind.«

»Du vermisst ihn immer noch, den Mistkerl, den du dir in den Kopf gesetzt hast, oder? Dabei hast einen wie den gar nicht nötig.«

»Um Benno geht es nicht, Papa, das ist vorbei. Es ist nur die Umstellung auf das Landleben.«

»Ach was, Umstellung, auf was musst du dich denn da umstellen? Die Mühle ist schon immer deine Heimat gewesen, oder?«

»Ja, sicher. Aber der Alltag hier ist eben anders als in der Stadt. Viel langsamer und eintöniger.«

»Eintöniger? Soll das heißen, du vermisst den Lärm, den Gestank und die Hektik?«

»Nein. Aber die Stadt hat auch angenehme Seiten.«

»Aha, verstehe. Du hast Angst, etwas zu verpassen.«

»Vielleicht. Man möchte schließlich etwas erreichen im Leben. Nicht bloß irgendwann in die Grube fahren und Schluss. Ich hatte gehofft, mit Benno an meiner Seite würde mir das erspart bleiben, dieses langweilige Einerlei. Immer nur Arbeit, ist das wirklich alles?«

Ihr Vater runzelte die Stirn, aber er wirkte nicht verärgert. Nachdenklich strich er sich über das Kinn.

»Sich regen bringt Segen, Kind. Wir müssen nun mal alle arbeiten, um uns über Wasser zu halten. Ansonsten darfst du doch tun und lassen, was du willst. Hat dein alter Papa etwa bisher nicht gut für dich gesorgt?«

»Doch, dafür bin ich auch dankbar, aber darum geht es mir nicht.«

Fritzi verließ ihren Platz am Herd und trat zum Tisch. Würde sie den Mut haben, jetzt endlich einmal offen mit ihrem Vater zu sprechen?

»Ich muss so oft an Mama denken. Wenn du dir einmal anschaust, wie kurz ihr Leben war – wann hatte sie Gelegenheit, aus dem Vollen zu schöpfen? Was hat sie erlebt? Mit achtundzwanzig Jahren ist sie gestorben. War sie wirklich glücklich in den paar Jahren, die ihr vergönnt waren?«

»Wie kommst du denn jetzt darauf?«

Fritzis Vater runzelte die Stirn, gleich darauf deutete er auf einen der freien Stühle am Küchentisch. »Los, komm, setz dich hin. Der Sache müssen wir wohl auf den Grund gehen, denn das kann ich so nicht stehen lassen.«

»Ich will dich nicht kränken, Papa …«

»Nein, schon gut, hör mir zu. Deine Mutter hatte ein kurzes, aber glückliches Leben. Jeder, der dir etwas anderes erzählt, ist ein Lügner.«

»Aber die Leute im Dorf …«

»Lass sie reden, was wissen die denn schon? Nichts als Neider sind das. Deine Mutter hat mich von Herzen geliebt, mir ging es ebenso. Ich war in ihren Augen mit Sicherheit die bessere Wahl als der Grobian von einem Großbauern, den ihre Eltern ihr als Ehemann zugedacht hatten.«

»Es gab einen zweiten Bewerber um ihre Hand?«

»Und ob, denn sie war eine schöne Frau, genau wie du. Ihre Eltern hatten einen Landwirt aus Süderbrarup im Visier, Hunderte von Morgen Land schwer. Nur war der Bursche ein Ekel, wie es im Buche steht, das war allerorts bekannt. Und daraus resultierte meine Chance. Ich habe liebevoll um deine Mutter geworben, ein ganzes Jahr lang. Und sie hat in die Ehe eingewilligt, auch wenn ich um einiges älter war als sie. Ich habe sie auf Händen getragen. Und jetzt kommst du des Weges und erzählst mir, sie sei unglücklich gewesen. Ob ich das wohl besser weiß?«

Fritzi glitt auf den Stuhl, der der Ofenbank gegenüberstand.

»Aber sie ist so früh gestorben.«

»Das stimmt leider. Die Gesundheit deiner Mutter war schon angegriffen, als wir uns in Eckernförde das Jawort gegeben haben. Auch ihre Eltern wussten, dass es gesundheitlich nicht gut um ihre Tochter stand. Vielleicht haben sie unserer Hochzeit nur deshalb zugestimmt.«

Papa machte eine kurze Pause, dann lächelte er.

»Nach vielen Gesprächen haben sie uns ihren Segen gegeben. Unser Hochzeitstag war prachtvoll, es gab ein riesiges Fest auf dem Hof deiner Großeltern.«

»Das wusste ich gar nicht.«

»Glaube mir, deine Mutter hat mich geliebt, unsere Ehe war kurz, aber glücklich. Ins Gebirge bin ich mit ihr gefahren auf Hochzeitsreise, weil sie unbedingt mal die Berge sehen wollte.«

»Ich verstehe. Und warum reden die Leute im Dorf dann ganz anders darüber?«

»Weil sie dumm sind und neidisch. Alles Unglück zieht nun einmal Gerede an. Weißt du doch selbst, mein Kind. Glaub einfach nicht, was sie sagen.«

»Was hatte Mutter eigentlich? Ich meine, warum ist sie so früh gestorben?«

»Ach Kind, wer weiß. Die Ärzte konnten ihr nicht helfen. Sogar in Flensburg waren wir zu Konsultationen, aber gebracht hat es wenig. Der eine Herr Doktor sagte so, der andere so. Ihr Herz war zu schwach, das jedenfalls wissen wir.«

»Also lag es nicht an der schwierigen Geburt?«

»Du willst wissen, ob du ihr Leben verkürzt hast? Das glaube ich nicht, nein.«

Fritzis Vater schwieg, er sah zu Boden. Fritzi legte ihre Hand auf seine. Die Erinnerungen, natürlich, damit hatte er zu kämpfen, auch nach all den Jahren noch, aber irgendwann hatte sie das alles doch erfahren müssen, oder? Sie war erwachsen, sie wusste, was die Liebe anrichten und was sie bewältigen konnte. Es war das erste Mal, dass ihr Vater so offen über die Krankheit der Mutter gesprochen hatte, sonst hatte er um das Thema stets einen riesigen Bogen gemacht. Er sah auf.

»Vielleicht könnten die Ärzte deiner Mutter heute sogar helfen, aber damals, zu Beginn des Jahrhunderts, konnte man gegen Herzkrankheiten wenig tun.«

Fritzi nickte.

»Und nun gib mir den Becher mit der Milch, der gute Opa bringt seiner Enkelin ihren Schlummertrunk.«

»Das ist lieb von dir.«

»Das mach ich gern. Und du, sieh zu, dass du loskommst. Du wolltest doch nach Schleswig, also trödel nicht rum, es wird früh dunkel.«

Gleich darauf war er mit dem Becher aus der Küche verschwunden. Sie saß noch einen Moment am Küchentisch und überlegte: Ja, nach Schleswig hatte sie gewollt, endlich mal wieder in die Bücherei, dem Sauwetter zum Trotz. Regen, Wind und Nebel, immer im Wechsel, seit Tagen schon. Trotzdem, länger warten wollte sie nicht, sie brauchte dringend ein neues Buch zur Ablenkung.

In der Diele zog sie den Wintermantel über, sie griff nach den Wollhandschuhen und setzte die Kappe mit der feuerroten Blüte auf. Frierend trat sie auf den Hof. Draußen pfiff der Wind, es klang nicht gerade einladend. Zu einem Eiszapfen würde sie auf dem Kutschbock gefrieren. Es war wohl kein guter Tag, um mit den Pferden bis nach Schleswig zu zuckeln. Aber wenn der Vater ihr ein paar Stunden freigab, sollte sie die Gelegenheit dann nicht nutzen? Sie hatte eine Aufmunterung wahrhaftig nötig.

Gerade wollte sie zum Stall hinüber und die Pferde holen,

als sie auf dem Sandweg vor dem Haus einen Radfahrer bemerkte. Eine kleine Gestalt, noch in der Ferne, aber die Person näherte sich beharrlich. Sie war dick vermummt, sie hatte sich einen Strickschal vor das Gesicht gebunden – war das nicht Mutter Funke, die da tapfer gegen Wind und Wetter anstrampelte? Ein paar Meter noch, dann bremste das Gefährt. Fritzi lief ihrem Gast entgegen, während Bennos Mutter im Windschatten der alten Eiche ihr klapperiges Fahrrad abstellte und den Schal vom Gesicht nahm.

»Himmel, was ist das für ein Schietwetter. Zehn Kilometer gegen diesen Sturm, das ist die Hölle.«

»Du sagst es. Es ist bitterkalt.«

Sie umarmten einander und lächelten sich verlegen an, es war einfach noch zu neu, ihr Bündnis.

»Ist etwas passiert bei euch, Christel?«

»Nein, deswegen komme ich nicht. Ich wollte es von dir selbst hören. Du bist ja nun schon eine Weile zurück. Wenn der Berg nicht zum Propheten kommt und so weiter.«

»Lass uns ins Haus gehen, da wärmst du dich auf, und dann erzähl ich dir alles aus Berlin.«

»Nee, das geht leider nicht, ich muss gleich wieder zurück. Ich werd gebraucht. Unsere Magda verlässt uns morgen.«

»Was denn, deine Jüngste geht weg?«

»Sie hat eine Stellung als Beiköchin in einem Hotel gefunden. Erstes Haus am Platze, sagt sie. Ist anscheinend in Rendsburg schöner als bei uns.«

»Ich wusste nicht, dass sie eine Anstellung sucht.«

»Ich auch nicht. Ich will mitfahren und mir das Hotel ansehen, damit ich weiß, wo mein Kind unterkommt.«

Christel Funke verstummte. Auch Fritzi schwieg, sie wollte kein Öl ins Feuer gießen. Bennos jüngste Schwester Magda war die Stütze ihrer Mutter im Haushalt gewesen, niemand hatte damit gerechnet, dass sie jemals fortgehen würde. Ganz sicher war es letztlich Bennos Vater, der seine Kinder mit seiner Trunksucht aus dem Haus trieb. Demnächst waren Christel und der schwer kranke Alfred allein mit diesem Säufer, das war nicht gut, doch darüber schien Christel Funke jetzt kein Wort verlieren zu wollen.

»Nu komm, erzähl mir von Berlin, leg los. Hast du mit Benno gesprochen?«

»Ja, habe ich, aber ohne Erfolg. Er kommt nicht nach Hause zurück, sagt er.«

»Was denn, er kommt nicht?«

»Nein, hat er nicht vor. Er hat sich von mir getrennt. Benno bleibt in Berlin. Eine Automobilwerkstatt will er aufmachen. Derzeit wohnt er bei Wolfgang. Eine neue Flamme hat er auch.«

Christel Funke schüttelte den Kopf, die Augen groß, das gerötete Gesicht ganz starr. Es gefiel ihr nicht, was sie da hörte, das sah man ihr an.

»Und das alles hat er dir ins Gesicht gesagt?«

»Ja, hat er.«

»Ich fasse es nicht.«

»Es hilft nichts, wir müssen es hinnehmen. Christelchen will er anerkennen, mit Brief und Siegel, das hat er mir versprochen. Und Unterhalt zahlen will er auch. Mehr ist nicht, und mehr wird nicht werden, da bin ich sicher. Ich habe alles versucht.«

Fritzi schluckte, einmal mehr spürte sie diese Enge im Hals, diesen Drang, ihren Tränen freien Lauf zu lassen. Von Zeit zu Zeit tat es noch ziemlich weh. Nicht wegen Benno, sondern weil sie nicht wusste, wie es für sie weitergehen sollte. Sie biss sich auf die Unterlippe, keine Tränen jetzt. Ihre Trauer brachte ihr nichts ein, sie raubte ihr bloß die Kraft und trennte sie von allen anderen Menschen. Manchmal kam es ihr vor, als lebe sie hinter einer Wand aus Glas. Das wollte sie nicht mehr hinnehmen.

Christel Funke schüttelte den Kopf, wütend zerrte sie an dem grauen Schal an ihrem Hals, als sei das Stückchen Wolle schuld an der Misere. Eine steile Falte hatte sich zwischen ihren Augenbrauen gebildet.

»Dem werd ich was, dem Bengel. Und wenn ich zu Fuß nach Berlin muss, den Jungen knöpf ich mir vor.«

»Glaub mir, es wäre nicht gescheit, Benno unter Druck zu setzen. Du weißt doch, wie er ist. Er hat seinen eigenen Kopf, schon immer gehabt.«

»So hab ich den Jungen aber nicht erzogen, dass er sich einfach davonmacht. Mein erstes Enkelkind, und dann so was. Der wird mich kennenlernen.«

»Ich glaube nicht …«

»Er ist doch nicht alleine auf der Welt. Vielleicht denkt er auch mal darüber nach, was er uns antut?«

Fritzi nickte, sie konnte es verstehen, sie hatte Bennos Betragen ja auch rücksichtslos gefunden. Mutter Funke stutzte, sie tastete die Taschen ihres Mantels ab.

»Ach, warte, da fällt mir etwas ein – ich habe noch was für dich.«

Sie griff in das Innere ihrer Manteltasche und beförderte einen fleckigen Umschlag ans Licht. Zögernd nahm Fritzi das Kuvert entgegen. Ihre Anschrift stand vorne drauf, ein wenig verwischt, aber lesbar. Der Poststempel des Briefes stammte aus dem Herbst 1917. Was für ein Schlag! Die Buchstaben auf dem Papier drohten vor ihren Augen zu verschwimmen.

»Tur mir leid, dass du ihn erst jetzt bekommst.«

»Also existiert er tatsächlich, der Brief, von dem Benno mir erzählt hat. Er hat immer wieder behauptet, mir einen Brief geschickt zu haben, in dem er sich von mir getrennt hat.«

»Tut mir leid, Mädchen, da bin ich die Schuldige. Benno hatte den Brief zusammen mit einer Postkarte an uns in einen Umschlag gesteckt. Ich hab die Karte gelesen und den Brief für dich beiseite gelegt. Dann muss das Kuvert von der Kommode gefallen sein, und weg war es. Aus den Augen, aus dem Sinn.«

»Aber wo kommt es denn jetzt auf einmal her?«

»Hab es erst gestern wiedergefunden, beim Saubermachen.«

Fritzi schluckte. Bisher hatte sie nicht daran geglaubt, dass der Brief, von dem Benno gesprochen hatte, jemals geschrieben worden war. Nun lag das verhängnisvolle Papier in ihrer Hand und bezeugte im Nachhinein, dass er ihr in diesem Punkt die Wahrheit gesagt hatte.

»Kannst mal sehen, wie verlottert mein Haushalt ist. Da braucht es eine kleine Ewigkeit, bis so was wiederauftaucht.

Wenn ich besser Ordnung gehalten hätte, hättest du dir die Reise nach Berlin schenken können.«

»Ich glaube, ich wäre trotzdem gefahren, wenn auch wesentlich früher. Ich hätte persönlich mit Benno sprechen müssen, um es zu glauben. Eine große Liebe beendet man nicht mit einem Brief. Ich hätte in jedem Fall wissen wollen, was los ist.«

»Ja, das verstehe ich. Tut mir leid, dass du das alles durchmachen musstest.«

»Wer weiß, vielleicht war die Reise nicht vergeblich. Ich habe viel dazugelernt.«

»So oder so, meinem Jungen lass ich das nicht durchgehen, das verspreche ich dir.«

Christel Funke drehte sich um, mit großen Schritten marschierte sie zu ihrem Fahrrad zurück. Sie packte den Lenker, stieg aber nicht auf.

»Ich muss los, sonst gibt es Ärger zu Haus. Es bleibt dabei, in dieser Sache ist das letzte Wort noch nicht gesprochen.«

»Mir wäre es lieber, wenn wir abwarten, Christel. Wir können Benno nicht zur Rückkehr zwingen. Der lebt jetzt in einer anderen Welt.«

»Wenn ich das schon höre, andere Welt. Es gibt nur eine Welt, und das ist diejenige, die Gott uns geschenkt hat. Die Verantwortung für seine Taten hat ein jeder auf Erden zu tragen, hier und in Berlin.«

»Vielleicht will ich gar nicht mehr, dass Benno zurückkommt. Ich will nicht, dass er mich nur aus Mitleid nimmt, hörst du?«

»Aus Anstand, würde ich sagen. Aber gut, wir werden sehen. Ich werde dem Jungen schreiben. Und jetzt muss ich los. Gib meiner Enkelin einen Kuss von ihrer Omi.«

Mutter Funke mummelte sich ein in ihren Schal, sie schwang sich aufs Rad und winkte im Wegfahren. Fritzi sah, wie die Frau, die ihre Schwiegermutter hätte werden sollen, losradelte: Kraftvoll trat sie in die Pedale, der Saum ihres schwarzen Rocks flatterte ihr um die Knöchel. Auf dem Heimweg hatte sie endlich Rückenwind. Fritzi winkte und schaute, bis die gebückte Gestalt auf dem Fahrrad hinter der nächsten Kurve verschwunden war. Erst dann drehte sie sich um und ging zum Haus zurück. Heute würde es nichts mehr werden mit der Reise nach Schleswig, aber sie hatte jetzt auch Wichtigeres zu tun. Einen Brief zu erhalten, den man nicht haben wollte, das war das eine. Einen Brief zu schreiben an jemanden, an dem einem gelegen war, das war eine ganz andere Sache.

* * *

Ein kleines Abendessen im Hause Messmer hatte Irene angekündigt. Nur höchst widerstrebend war Hanna mitgefahren. In Festtagskleidung, mit Papas Automobil und mit eigenem Chauffeur – das alles kurz nach Papas Tod und obwohl Irene nicht müde wurde, zu beteuern, dass die Familie am Rande des Bankrotts stand, war das vernünftig?

Nach einer endlos erscheinenden Fahrt durch die Kälte tauchte das Palais Messmer auf. Obwohl nur fünf Gäste geladen waren, glich das Treffen bei dem Fabrikanten in Potsdam einem Staatsakt, wie ihn die wackelige Regierung in Berlin niemals zustande gebracht hätte. Das gesamte Erdgeschoss des Messmer'schen Anwesens funkelte im Kerzenlicht, livrierte Diener huschten durch die Räume, frische Blumenarrangements standen auf den Tischen und dufteten nach einem Frühling, der in der Stadt noch nicht mal zu erahnen war. Die Kulisse war sehenswert nach dem Grau der Nachkriegstage, doch der üppigen Ausstattung zum Trotz fühlte Hanna sich nicht wohl. Sie war fehl am Platze, Königin des Abends war Irene. Sie lachte glockenhell, ihr Schmuck funkelte, hartnäckig hielt sie sich an der Seite des Gastgebers. So kurze Zeit nach dem Tod ihres Ehemannes trug sie zwar der Form halber Schwarz, doch mit all den Pailletten, die das beachtliche Dekolleté ihrer Robe umrahmten, war ihre Trauerkleidung nichts als eine Farce. Hanna dagegen hatte ein schlichtes dunkelblaues Kleid gewählt, auch Herbert Reichel war in einem gedeckten grauen Anzug erschienen und machte damit niemandem Konkurrenz.

Nur sehr mühsam entwickelte sich bei Tisch eine holperige Konversation, es gab lange Pausen. Hanna hatte Wolfgang Hartwig als Tischherrn neben sich, der artig versuchte, mit ihr ins Gespräch zu kommen. Wann immer Messmer das Wort ergriff, ging es um den Ankauf der DGU: Papas Firma sollte ohne Aufsehen in seine Hände übergehen. Irene wollte es so, sie hatte dieses Zusammentreffen eingefädelt, entsprechend bedeutend kam sie sich vor. Schon hob sie wieder ihr Glas und prostete dem Gastgeber zu. Irgendwann hob Messmer den Dessertlöffel und klopfte gegen sein Sektglas.

»Meine Damen und Herren, darf ich Sie einen Moment

um Ihre Aufmerksamkeit bitten? Schön, dass Sie meiner Einladung nach Potsdam gefolgt sind. Ich hoffe, es wird für uns alle ein erfolgreicher Abend.«

Messmer bedachte die kleine Runde mit einem breiten Lächeln. Der Chef der Potsdamer Motorenbau wirkte heiter, natürlich, er war daran gewöhnt, große Geschäfte auf diese Weise anzubahnen. Dass er sich nebenbei auch für Hanna interessiert hätte, war ihm allerdings nicht anzumerken. Wahrscheinlich saß sie wirklich nur hier, weil Irene darauf bestanden hatte, ihre Tochter mitzubringen. Jetzt hob Herbert Reichel sein Glas.

»Wir bedanken uns für die Einladung, Herr Messmer. Es ist uns eine Ehre, heute Abend bei Ihnen zu Gast sein zu dürfen.«

Es wurde angestoßen, man schien bester Stimmung, auch wenn Hanna sich insgeheim fragte, worauf sich der Optimismus bei Tisch eigentlich gründete. Hatte nicht Herbert Reichel gerade erst behauptet, Papas Firma stünde vor dem finanziellen Kollaps? Warum sollte Messmer sie dann kaufen wollen? Hannas Blick glitt zu Irene, die ganz selbstverständlich am Kopf der Tafel Platz genommen hatte. Sie verhielt sich in jeder Hinsicht, als sei sie bereits die Dame des Hauses.

Die Suppe wurde serviert, eine neue Runde Wein wurde ausgeschenkt. Hubert Messmer unterhielt sich mit Herbert Reichel über den deutschen Kaiser, der aus dem niederländischen Exil die deutsche Revolution verfluchte. Die Herren waren sich einig, man nickte gleichzeitig, man schüttelte gleichermaßen fassungslos den Kopf.

»Mit ihm als Staatsoberhaupt wäre die Härte der Alliierten bei den Friedensverhandlungen noch extremer ausgefallen.«

»Vollkommen richtig, Herr Reichel. Mit dem Mann war kein Staat mehr zu machen.«

Messmer wirkte zufrieden, Reichel dozierte weiter über Politik, Irene klimperte mit den Wimpern, Wolfgang Hartwig lauschte – es war langweilig und ermüdend. Langsam schleppte sich die Zeit dahin, endlich wurde der Hauptgang abgetragen. Die Reste eines Rinderfilets in Pfeffersoße verschwanden vom Tisch, Hanna war froh darüber. Ihr Magen rebellierte gegen die üppige Mahlzeit, kein Wunder, seit Monaten gab es nur pappiges Brot, Milchsuppe und matschige Kartoffeln, da war gebratenes Fleisch schwer zu verdauen. In diesem Moment lehnte sich Messmer auf seinem Stuhl zurück und schaute lächelnd in die Runde.

»Meine Herrschaften, ich schlage vor, dass wir nun zum eigentlichen Thema des Abends kommen. Ich habe Sie hergebeten, um mit Ihnen über den Zustand der DGU zu sprechen. Wir wollen die Aussichten für Übernahmeverhandlungen ausloten, die allerdings schwierig werden dürften. Wie man hört, hat das Unternehmen seine Arbeit eingestellt und alle Mitarbeiter entlassen. Von Konkurs ist die Rede.«

»Die Produktion ruht nur vorübergehend, Herr Messmer. Wir haben vor, sie so bald wie möglich wiederaufzunehmen. Es wäre der Wunsch meines Mannes gewesen.«

Irene schenkte ihrem Gastgeber ein üppiges Lächeln.

»Richtig. Wir bemühen uns intensiv um einen Neuanfang. Alle der Anwesenden sind bereit, um den Fortbestand der Firma zu kämpfen.«

Reichel hatte gesprochen, jetzt war es wieder Irene, die sich Messmer zuwandte.

»Wir haben die Arbeiter nach Hause geschickt, um Lohnkosten zu sparen. Hinter den Kulissen setzen wir die Arbeit fort. Es gibt Pläne für ein neues Nutzfahrzeug, das alle bisher da gewesenen Modelle auf dem deutschen Markt in den Schatten stellen dürfte.«

Irene strahlte, erstaunlich, wie gut sie sich verkaufte. Seit wann verstand sie etwas von den Angelegenheiten der Firma? Hatte Herbert Reichel ihr die entsprechenden Phrasen beigebracht? Es war still geworden bei Tisch. Endlich nickte Hubert Messmer.

»Ihr Eifer ehrt Sie, aber wir können nicht darüber hinwegsehen, dass sich die deutschen Nutzfahrzeughersteller in einer tiefen Krise befinden. An jeder Ecke kann man derzeit ausgediente Militärlaster zu Spottpreisen erwerben. Kaum jemand interessiert sich für Neufahrzeuge. Ich sehe da keine Perspektive.«

»Genau deshalb ist es so wichtig, etwas Außergewöhnliches auf den Markt zu bringen. Unser Helios wird serienmäßig mit Anlasser, Bremspedal und einem Reservereifen ausgestattet. Wir werden eine ungeteilte Frontscheibe und elektrische Scheinwerfer präsentieren. Der Helios besitzt eine neue, windschnittige Form, er ist modern und benzinsparend.« Wolfgang Hartwig rutschte auf seinem Stuhl nach vorn. »Die Pläne sind fertig. Wir können auf der Stelle ein Vorführmodell bauen. Damit hätten wir den Amerikanern etwas entgegenzusetzen. Deutsche Qualitätsarbeit gegen amerikanische Serienproduktion.«

Messmer blieb zunächst stumm, nachdenklich legte er seine Serviette beiseite.

»Ihre Qualitätsarbeit in allen Ehren, aber gerade die ist teuer. Die Kasse der DGU ist leer, nicht wahr?«

Eisiges Schweigen war die Antwort.

»Also? Was kostet Ihr Vorführmodell?«

Reichel machte sich bereit, er zog ein Stück Papier mit langen Zahlenkolonnen aus der Westentasche und begann zu referieren. Zahlen und nochmals Zahlen: Hanna reichte es, sie hatte genug. Ganz bestimmt hatte sie Besseres zu tun, als hier herumzusitzen und die Staffage für Irene und ihren neuen Galan abzugeben. Behutsam schob sie ihren Stuhl zurück und stand auf. Sie wurde hier nicht gebraucht, kein Mensch legte Wert auf ihre Anwesenheit. Ein paar Sekunden verharrte sie an ihrem Platz, sie fühlte die Blicke der anderen Gäste auf sich gerichtet. Insbesondere Irene starrte sie mit großen Augen an.

»Entschuldigen Sie mich bitte einen Moment.«

Sie drehte sich um und ging zur Tür. Schluss jetzt mit dem Theater. Bestimmt würde sie irgendwo einen Wagen auftreiben, ein Taxi, das sie nach Hause bringen konnte. Sie wollte zurück nach Dahlem, das hier war Zeitverschwendung. Irene glaubte doch selber nicht, dass aus ihrer Tochter und dem feinen Herrn Messmer jemals ein Paar werden würde. Mochte der Mann auch noch so weltgewandt und ein Liebhaber schöner Künste sein, zum Ehemann taugte er nicht. Selbst wenn sie es gewollt hätte, der schwerreiche Motorenhersteller aus Potsdam scherte sich nicht um sie, seine Blicke klebten die ganze Zeit an Irene. Wozu also länger so tun als ob? Irene hatte den Mann vermutlich für sich selbst vorgesehen, Hanna war nur ein Feigenblatt. Sie durfte so lange mittun, bis Irene sich ihrer Sache bei Messmer sicher war.

Hanna schloss die Tür des Speisezimmers und blieb in der Eingangshalle stehen. Das Foyer glich einem Ballsaal, die Wände waren mannshoch verspiegelt, ein gigantischer Kronleuchter hing an der Decke, eine Freitreppe aus Marmor führte ins Obergeschoss. Ein König hätte sich dieser Unterkunft nicht geschämt, doch ihr bedeutete die eiskalte Pracht wenig. Wo war ihr Mantel abgeblieben? Weit und breit war keiner der Diener zu sehen. Sie stand und wartete eine Weile, bis sich die große, weiße Flügeltür hinter ihr öffnete.

»Fräulein Münchow. Ich dachte mir, dass Sie vor unserem langweiligen Geschwätz die Flucht ergriffen haben.«

Sie wandte sich um.

»Sie brauchen mich da drinnen nicht, Herr Hartwig. Ich habe Kopfschmerzen und würde es vorziehen, nach Hause zu fahren. So wie es aussieht, regelt meine Mutter die Zukunft der DGU auch ohne mich.«

»Und wir tun vielleicht gut daran, es dabei zu belassen.«

»Wie meinen Sie das?«

»Wenn hier jemand etwas bewirken kann, dann ist es Ihre Frau Mutter. Der Firma geht es nicht gut, das ist ein offenes Geheimnis. Ohne Weiteres wird sich für den Betrieb kein neuer Investor finden. Herr Messmer scheint mir für die Reize Ihrer Frau Mutter empfänglich zu sein, wenn ich das so unverblümt sagen darf. Vielleicht hilft das.«

»Oh, ich verstehe. Ganz sicher wird das helfen. Lassen wir den Dingen ihren Lauf. Mich kümmert es nicht.«

»Ich kann verstehen, dass Sie verletzt sind …«

»O nein, bestimmt nicht. Ich habe andere Pläne.«

»Nun, dann finde ich es in jedem Fall dennoch schade, dass Sie schon gehen. Sie waren der einzig erfreuliche Anblick da drinnen.«

»Ach, Herr Hartwig …«

»Keine Sorge. Es geht mir nicht darum, Ihnen den Hof zu machen. Ich wollte nur höflich sein, mehr nicht.«

Sie nickte, das alles kümmerte sie nicht mehr. Sie hatte abgeschlossen mit ihrem Elternhaus, mit Irene, mit dem Leben, das sie früher geführt hatte. Es war spät, und sie wollte ins Bett. Hanna bemühte sich um ein Lächeln.

»Verzeihen Sie, aber ich habe wirklich Kopfschmerzen. Ob Sie wohl so freundlich wären, mir meine Garderobe zu bringen? Ich möchte nach Hause.«

»Aber natürlich. Mein Cousin steht mit dem Wagen Ihrer Frau Mutter draußen, er kann Sie nach Dahlem fahren. Einen Moment, bitte.«

»Ihr Cousin?«

»Ja, der neue Fahrer Ihrer Frau Mutter. Ich bin mit ihm verwandt.«

»Oh, das wusste ich nicht. Dann sorgen Sie dafür, dass meine Mutter nicht vergisst, ihm seinen Lohn zu zahlen.«

»Das veranlasst Herr Messmer aus eigener Tasche. Bitte

warten Sie einen Moment, ich sorge dafür, dass Ihr Mantel geholt wird.«

»Vielen Dank. Das ist nett von Ihnen.«

Hartwig deutete eine Verbeugung an und verschwand, sie sah zu, wie er davoneilte, doch in Gedanken beschäftigte sie sich mit ihrer Mutter. Irene hatte mal wieder auf die richtige Karte gesetzt und damit ihr Hinterteil gerettet. Wenn Messmer sie zur Geliebten nahm, war sie finanziell saniert. War das etwa in Ordnung, war es schicklich, und vor allem, war es gerecht? Für ein paar Sekunden drohte Hanna von Neid übermannt zu werden. Sie selbst würde nichts als ihrer Hände Arbeit haben, um sich und Cora über Wasser zu halten. Anderseits wollte Hanna ihr Leben bestimmt nicht so führen, wie ihre Mutter es tat. Außerdem musste Irene ja nicht die Einzige sein, die von Messmers Reichtum profitierte. Warum sollte sie Irene nicht ausnahmsweise einmal nacheifern?

Einer der Diener erschien und half ihr in den Mantel. Sie bedankte sich und ging: Ihre Idee war gut, einen Versuch war es wert. Sie hatte wenig zu verlieren. Ihre Zuversicht war eindeutig gestiegen, als sie die Villa in Potsdam verließ. Mit einem Mal schien ihr die sternenklare Nacht über Potsdam wie eine Verheißung.

* * *

Es lief beinahe zu gut. Vera beobachtete die Szene voller Erstaunen: Ihre Mutter hockte mit hochroten Wangen auf dem Sofa, lachend plauderte sie über die Erlebnisse der letzten Tage. Der vergangene Sonntag hatte sie beeindruckt, die erste Wahl in Deutschland überhaupt, bei der auch die

Frauen an die Urnen hatten gehen dürfen. Das immerhin musste man der Regierung, die so unfähig wirkte, die schlimmsten Nöte zu lindern, zugutehalten: Sie ließ die Frauen gleichziehen mit den Männern, das war anständig von den alten Herren in der Reichskanzlei. Die Frauen in dieser Stadt waren in Scharen in die Wahllokale gekommen, um ihre Stimme abzugeben. Schon am frühen Morgen hatten sich überall endlose Schlangen gebildet. Zäh hatten die Berliner und Berlinerinnen ausgeharrt, im Regen, im Wind. Anfangs hatte Vera sich Sorgen um die Mutter gemacht, aber die hatte beinahe fröhlich angestanden, bis sie an der Reihe gewesen waren.

»Und dann, kurz bevor ich in die Kabine geh, Herr Funke, da bemerke ich doch den alten Krawuttke hinter mir, kennen Sie den? Der ist Schuhmachermeister, hat seine Werkstatt bei uns in der Straße.«

»Nein, den kenne ich nicht. Und dann?«

»Na, früher war der so klein mit Hut. Als wir den Betrieb noch hatten, da hieß es nur Frau Novak hier und Frau Novak da. Und jetzt, wo mein Mann tot ist und das Geschäft am Boden, da muckt der Kerl auf. Guckt mich vor der Wahlkabine an, als wäre ich schuld daran, dass Deutschland den Krieg verloren hat.«

Benno lachte leise.

»Guckt er also vorwurfsvoll und sagt dann plötzlich: ›Viel zu voll hier. Von mir aus hätten die Weiber alle daheim bleiben können.‹ Stellen Sie sich das vor!«

»Noch nicht alle Männer haben begriffen, dass Frauen jetzt die gleichen Rechte haben.«

»Krawuttke ist ein Idiot. Dem habe ich aber Bescheid gestoßen.«

»Richtig so. Mit den Ewiggestrigen ist kein Neuanfang zu machen. Alle vernünftigen Menschen werden gebraucht, jede Hand muss mit anpacken, egal ob Mann oder Frau.«

Benno nickte voller Überzeugung, die Mutter strahlte. Vera blieb stumm, auch wenn es tatsächlich nicht ihre Mutter gewesen war, die den dämlichen Krawuttke angefaucht hatte. Seine Schwester Grete hatte ihm den Marsch geblasen, doch egal, Vera hielt den Mund, Mutter war so gut gelaunt wie lange nicht, da wollte sie nichts kaputtmachen. Benno gefiel ihr, das war nicht zu übersehen. Mit Frauen hatte Benno es tatsächlich leicht, zu leicht manchmal. Selbst die Mutter war für seinen Charme nicht unempfänglich, sie schien hin und weg zu sein. Vera beobachtete eine Weile, wie die Mutter ihren Gast anstrahlte und ihn zu immer neuen Geschichten über seine Zeit auf der Marinewerft ermunterte. Die beiden fanden Gefallen aneinander, das war gut, zunächst einmal der Werkstatt wegen. Benno schwadronierte inzwischen über den Siegeszug des Automobils, erzählte, wie viel Arbeit er in den Wiederaufbau der Werkstatt stecken wolle. Auf welche Weise die Wiederherstellung des Gebäudes vonstattenzugehen hatte, wusste er auch schon. Vera lauschte, mischte sich aber nicht ein. Sollte Benno sich ruhig präsentieren als Retter in der Not. Heute durfte er das.

Sie hatte in den letzten Tagen mit sich gerungen, was Benno betraf, aber ihre Gefühle erwiesen sich als hartnäckig. Sie liebte diesen Mann, und zwar aufrichtig und tief.

Sie würde ihm vorerst keine Steine in den Weg legen, wozu auch. Jedenfalls geschäftlich konnten sie alle einen Neuanfang gebrauchen. In ihrem momentanen Zustand war die Werkstatt zu nichts nutze, es war zu begrüßen, wenn sie wiederaufgebaut wurde. Die Mieteinnahmen würden ihnen helfen, über die Runden zu kommen. Ob Benno es mit ihr ernst meinte, musste er ihr allerdings noch beweisen. Sie wartete ab, auch wenn die Mutter Benno anscheinend am liebsten gleich in den Schoß der Familie aufgenommen hätte. Lächelnd tätschelte sie seine Hand.

»Und nun erzählen Sie mir mal, wo Sie aufgewachsen sind, Herr Funke. An der Ostsee, hat Vera gesagt. Denken Sie nur, ich war noch nie am Meer, in meinem ganzen Leben nicht.«

»Das müssen Sie nachholen, Frau Novak.«

Veras Mutter guckte mit großen Augen. Immer wieder befingerte sie den Dutt an ihrem Hinterkopf. Sie benahm sich wie ein Backfisch, so etwas hatte Vera bei ihr lange nicht erlebt. Vera stand auf.

»Ich gehe mal in die Küche und setz das Teewasser auf.«

Sie ging und fing an in der Küche zu hantieren, in diesem Augenblick kam ein Geräusch aus dem Flur. Die Wohnungstür hatte sich geöffnet und schloss sich leise wieder. Einen Schlüssel zur Wohnung besaß außer ihr nur noch Mutter … und Georg natürlich. Vera verließ die Küche, tatsächlich stand sie im nächsten Moment ihrem Bruder gegenüber. Georg, natürlich in Uniform, auch am heiligen Sonntag. Schweigend starrten sie einander an, während er sich mit einer Hand durch das streng zurückgestriegelte

Haar fuhr. Müde sah er aus, blass war er obendrein, wozu auch das elende Feldgrau beitrug, in dem er inzwischen Tag und Nacht herumzulaufen schien.

Er ging zum Spiegel im Flur, glättete die Uniform und drehte sich zu ihr um, den Helm unter dem Arm: ein Anblick, wie es ihn gar nicht mehr hätte geben sollen, denn offiziell war Frieden in diesem Land. Leute wie Georg waren schuld daran, dass Deutschland nicht wirklich zur Ruhe kam.

»Schönen guten Tag, Vera. Alles in Ordnung bei euch?« Während er auf eine Antwort wartete, schob er den Daumen der rechten Hand hinter das Koppel – eine Geste, die sie nicht mochte. Doch egal wie er aussah und wie er sich aufführte: Georg störte. Sie musste ihn loswerden, so schnell wie möglich. Wenn er ein weiteres Mal mit Benno zusammentraf, würde es bloß Ärger geben. Abwehrend verschränkte sie die Arme vor der Brust.

»Was willst du denn hier? Ich denke, du bist mit deinen Leuten abgerückt. Man erzählt sich, ihr hättet am Stadtrand ein Lager bezogen.«

»Und wenn schon, ich darf doch wohl an einem Sonntag bei meiner Familie reinschauen, oder störe ich? Habt ihr Besuch?«

Er wandte sich der Wohnzimmertür zu, doch Vera trat ihm in den Weg. Mutters Gekicher drang bis in den Flur, Bennos Stimme dagegen blieb ein undeutliches Gemurmel im Hintergrund.

»Ja, wir haben Besuch. Es ist jemand da, der die Werkstatt mieten möchte.«

»Jemand?«

»Ja. Jemand, der Autohandwerker gelernt hat und sich auf dem Hof selbstständig machen will. Mutter spricht mit ihm. Sag mir, was du mir sagen willst, und dann geh einfach wieder.«

Georg runzelte die Stirn, dann legte er in aller Ruhe den Helm an der Garderobe ab. Unübersehbar richtete er sich auf einen längeren Aufenthalt ein, das hatte ihr gerade noch gefehlt. Er musterte sie von Kopf bis Fuß, er hielt sich kerzengerade dabei, die Schultern nach hinten, das Kreuz durchgedrückt. Wie ein Gockel auf dem Mist führte er sich auf, dafür hatte er Talent.

»Sprich gefälligst nicht in diesem Ton mit mir, Vera. Ich habe ein Recht, hier zu sein, genau wie du. Dies ist mein Elternhaus, auch wenn mich dringende Aufgaben im Moment von euch fernhalten.«

»Ach, wirklich, dein Elternhaus. Das fällt dir aber spät ein. Neulich hättest du uns fast das Dach über dem Kopf abgefackelt. Sehen so deine dringenden Aufgaben aus? Unschuldige Menschen in Gefahr bringen?«

»Es waren die verdammten Roten, die …«

»Schon gut, das Gerede kenne ich. Was willst du hier?«

Georg schüttelte den Kopf. Der Empfang, den sie ihm bereitete, gefiel ihm sichtlich nicht, aber was hatte er denn erwartet?

»Du solltest dich mal reden hören. Merkst du eigentlich gar nicht, was für ein Drachen du geworden bist?«

»Wundert dich das? Es sind harte Zeiten, unter anderem, weil mein Bruder sich entschlossen hat, Bürgerkrieg zu spielen, anstatt mit mir die Schneiderei wiederaufzubauen, wie es Vaters Letzter Wille war.«

Georg sagte nichts, funkelte sie nur an, die Lippen zu einem Strich zusammengepresst – diese Wut in ihm, dieses ständige Anrennen gegen irgendwen oder irgendwas – wo kam das her? Die Front, eine bessere Erklärung hatte sie nicht. Inzwischen machte in der Nachbarschaft die Geschichte von einem Kriegsheimkehrer die Runde, der sich Nacht für Nacht einnässte, seitdem er aus Frankreich zurück war. Ein erwachsener Mann mit grauenvollen Albträumen, der auch tagsüber verstört und abwesend wirkte. Er blieb stumm, wenn man ihn ansprach, er war zu nichts zu gebrauchen. Was hatte der Krieg den Männern angetan?

»Hör zu, Georg, ich will keinen Streit. Mutter darf sich nicht aufregen, das weißt du. Sag mir, warum du hier bist, und dann sehen wir weiter.«

»Warum sollte Mutter sich aufregen, wenn sie ihren Sohn wiedersieht?«

»Es hat sie aufgeregt, dass du verschwunden bist, ohne ihr Adieu zu sagen. Ich weiß nicht, ob es gut ist, wenn sich diese Prozedur wiederholt. Hinterher ist sie jedes Mal völlig hinüber. Oder hast du vor, diesmal zu Hause zu bleiben?«

»Das geht nicht, das weißt du. Wir geben nicht auf, bis in unserem Vaterland wieder Ordnung herrscht.«

»Also, was willst du von uns?«

»Nicht dass du eine Antwort verdient hättest, so, wie du dich aufführst, aber ich verrate dir trotzdem, dass meine Einheit Order hat, sich in München einzufinden. Ich wollte nur ein paar von meinen persönlichen Sachen abholen.«

»In München? Wieso denn in München?«

»Die Roten sind dort unten besonders frech, die brauchen eine Lektion. In Berlin ist unsere Mission vorerst erfüllt. Selbstverständlich lassen wir die Kameraden in Bayern nicht im Stich.«

»Du meine Güte, soll das immer so weitergehen? Willst du dein ganzes Leben lang mit der Waffe in der Hand durch die Republik reisen und für deine Art von Ordnung sorgen?«

»Solange es nötig ist, können meine Vorgesetzten auf mich zählen. Irgendjemand muss Recht und Gesetz wiederherstellen, damit ihr kleinen Bürger ruhig schlafen könnt.«

Darauf fiel ihr keine Erwiderung ein, es wurde still – doch aus dem Wohnzimmer kam eine neue Salve aus Gelächter. Georg lauschte, der Blick, den er zur Wohnzimmertür hinüberwarf, war finster. Hatte er Bennos Stimme erkannt? Sie musste ihren Bruder loswerden und zwar schnell. Vera durchquerte den Flur und öffnete die Tür zu seinem Zimmer.

»Wenn das so ist, schlage ich vor, dass du deine Sachen packst. Wenn du dich von Mutter verabschieden willst, schreibe ihr einen Brief.«

Georg lachte, es klang bitterböse. »Einen Brief, spinnst du? Ich stehe nur ein paar Meter von meiner Mutter entfernt, da werde ich doch wohl persönlich Abschied von ihr nehmen dürfen. Das wirst du mir nicht versagen.«

»Tu ich aber. Es ist besser so.«

»Lächerlich.«

Georg drehte sich um, zackig marschierte er auf die Wohnzimmertür zu, die sich in diesem Moment von ganz alleine öffnete. Benno betrat den Flur, die Männer blieben beide abrupt stehen und starrten einander an. Ängstlich warf Vera einen Blick auf den Gürtel an Georgs Uniform: Hatte er seine Pistole dabei? Sie konnte keine Waffe entdecken, aber ihm war auch unbewaffnet alles Mögliche zuzutrauen. Eilig drängte sie sich an Georg vorbei und baute sich zwischen ihm und Benno auf.

»Halt mal, ihr zwei, schön langsam jetzt. Ich dulde in diesem Haus keine Schlägereien.«

Georg grunzte irgendetwas Unverständliches, doch dann wurde es still: Niemand rührte sich, keiner sprach ein Wort. In diesem Augenblick tauchte die Mutter im Türrahmen auf.

»Vera? Was ist denn los? Was geht hier vor?«

»Ihr seid gerade dabei, euch eine rote Laus in den Pelz zu setzen, das geht vor, Mutter. Ich kenne den Kerl da neben dir. An den willst du die Werkstatt vermieten? Gott bewahre. Der Bursche ist bei Spartakus, jede Wette.«

Mutters Blicke gingen zwischen Benno und Georg hin und her, sie wirkte verstört.

»Was sagst du da?«

»Unsinn, hör nicht auf ihn, Mutter. Herr Funke ist keiner von den Roten.«

»Bei Spartakus? Aber das ist doch …«

Benno schüttelte genervt den Kopf.

»Das stimmt nicht, Frau Novak. Ich war seinerzeit in Kiel stationiert, ganz normal bei der kaiserlichen Marine. Ein paar Kameraden haben mich bei Kriegsende hierher mitgenommen, aber ich bin nicht bei Spartakus und auch sonst in keiner Partei.«

»Der Mensch muss in keiner Partei sein, um zu den Roten zu halten. Sie sind ein Lügenmaul, junger Mann. Ich habe Sie unten auf dem Hof gesehen, in einer Matrosenjacke. Damals sind Sie vor meinen Männern davongerannt.«

Vera lachte böse.

»Bei der Marine trug jeder eine Matrosenjacke, Georg. Und um vor deinen Männern Reißaus zu nehmen, braucht es nicht viel. Deine Leute sind immer bis an die Zähne bewaffnet und zu allem bereit. Da ist es besser, sich davonzumachen.«

»Wer ein reines Gewissen hat, muss von uns nichts befürchten.«

»Erzähl keinen Unsinn. Reines Gewissen! Hast du eins, bei allem, was ihr anstellt in der Stadt?«

»Wir sorgen für Recht und Ordnung.«

»Das glaubst auch nur du. Herr Funke war auf dem Hof, um mich zu besuchen. Ich habe ihn Mutter heute vorgestellt, weil wir ein Paar sind. Wir wollen uns verloben.«

»Ihr wollt *was*?«

Georg fuhr herum, die Augen riesengroß, sie schienen ihm beinahe aus dem Kopf zu quellen vor Entsetzen. Er schnappte nach Luft, auch die Mutter schaute verschreckt und ratlos in die Runde. Vera trat vor, die Hände in die Seiten gestemmt.

»Ja, wir wollen uns im Frühling verloben. Herr Funke ist Automobilhandwerker, das ist ein anständiger Beruf. Benno verdient sein Geld mit ehrlicher Arbeit, was man von dir nicht unbedingt sagen kann, Georg.«

Georg lachte. »Was ist das für eine Schmierenkomödie,

die du da aufführst? Automobilhandwerker! Glaubst du, wir wollen diese stinkenden Kisten bei uns auf dem Hof haben?«

»Von einer leer stehenden Werkstatt ohne Dach werden wir nicht satt.«

»Wer kauft denn schon Automobile im Moment? So einen Blödsinn werde ich niemals unterstützen.«

»Das musst du auch nicht. Das Grundstück samt Werkstatt gehört nämlich Mutter.«

»Kinder! Nicht in diesem Ton!«

Die Mutter schüttelte den Kopf und rang die Hände, in diesem Augenblick hupte draußen ein Automobil, unten an der Türe wurde Sturm geläutet. Georg wandte sich ab.

»Ich muss los, die Kameraden warten. Ihr macht ja sowieso, was ihr wollt. Rennt ruhig in euer Unglück, aber kommt hinterher nicht zu mir damit. Ich habe euch gewarnt.«

Er ging zur Garderobe und griff nach dem Helm, der dort lag. Gleich darauf fiel mit einem Krachen die Wohnungstür hinter ihm ins Schloss. Er war fort, was für eine Erlösung, nur die Mutter schien das anders zu sehen. Ihr Gesicht war kreideweiß, ihre Hände zitterten, als sie ein weiteres Mal zu dem Dutt an ihrem Hinterkopf griff. Um sie zu beruhigen, legte Vera ihr eilig einen Arm um die Schulter.

»Entschuldige, ich habe es dir schon früher sagen wollen, das mit mir und Benno. Es gab noch keine Gelegenheit bei der Unordnung überall, verstehst du?«

»Nein, das verstehe ich nicht. Du hast mich an der Nase

herumgeführt. Sich verloben, so Knall auf Fall, das geht doch nicht. So ein Schritt will wohlüberlegt sein. Du hast mich im Ungewissen gelassen, wie so oft in letzter Zeit.«

»Aber es war doch nur …«

»Zu meinem Besten, wie immer natürlich. Weil ich mich nicht aufregen darf, nicht wahr? Ich finde, das ist noch lange kein Grund, mich nach Strich und Faden zu belügen.«

Die Mutter entwand sich Veras Arm und verschwand, die Tür zu ihrem Schlafzimmer fiel hinter ihr zu. Vera seufzte, auch das noch – nun war dieser Sonntagnachmittag endgültig verdorben. Wenigstens Benno lief nicht fort, er kam zu ihr und legte seine Hand zärtlich an ihre Wange.

»Sei nicht traurig, meine Kleine. Ohne deinen Bruder kommen wir besser zurecht. Das ist kein Verlust.«

»Ich bin keine, die sich alles gefallen lässt, weißt du?«

»Was du nicht sagst.«

»Wenn wir ein Paar werden, ändert das nichts daran, dass ich auf eigenen Beinen stehen werde mit meinem Brautladen.«

»In Ordnung. Wenn es dein Wunsch ist, dann mach das.«

»Du bist einverstanden?«

»Ich kann dich nicht zwingen, bei mir im Büro zu arbeiten. Ich hätte es gut gefunden, aber das entscheidest du allein.«

»Und was machen wir mit Mutter?«

»Die wird sich beruhigen.«

»Du kennst sie noch nicht. Sie kann sehr nachtragend sein.«

»Ein neuer Mann kommt ins Haus, das muss ihr doch gefallen? Außerdem bin ich wahnsinnig nett, oder?«

»Was du nicht sagst.«

»Du wirst es gut haben bei mir, Vera. Keine anderen Frauen, nur du und ich, das verspreche ich hoch und heilig.«

»Dein Wort in Gottes Gehörgang.«

Benno lachte leise. »Von mir aus auch das. Ich werde dich auf Händen tragen, ehrlich.«

Sie schloss die Augen und wehrte sich nicht, als Benno sie an sich zog, um sie zu küssen.

»Jetzt sind wir verlobt. Das ging schneller als erhofft.«

»Das glaubst aber auch nur du.«

Vera schüttelte den Kopf, aber sie lächelte dabei. Im Moment stand die Tür zum Glück weit offen, das spürte sie.

8. Kapitel

Immer am Mittwochabend in Remberts Weinstuben, das hatte Irenes Chauffeur ihr verraten. Hanna war angetan von dem jungen Mann, Benno Funke schien ein netter und blitzgescheiter Bursche zu sein. Seinen dezenten Andeutungen nach zu urteilen, war Irene inzwischen bei Hubert Messmer in Potsdam eingezogen. In jedem Fall hatte Herr Funke etliche von Irenes persönlichen Habseligkeiten nach Potsdam transportiert und hielt sich für den Fall, dass er gebraucht wurde, selbst auch dort auf. Hanna hatte sich bei dem Bericht des Chauffeurs mit Kommentaren zurückgehalten – wozu sich einmischen? Das mit ihr und Irene war vorbei. Ihre Kindheit mochte trostlos gewesen sein. Jetzt galt es, nach vorne zu schauen – genau deshalb begab sie sich heute Abend in das Lokal, das Herr Funke ihr genannt hatte. Mittwoch und gleich neunzehn Uhr durch, mit ein bisschen Glück saß Messmer schon bei Remberts und ließ es sich gut gehen. Sie atmete noch einmal tief durch – würde er überhaupt mit ihr sprechen? In aller Ruhe und von Gleich zu Gleich? Irene zuliebe würde er sie anhören, auf diese Karte musste sie setzen.

Mit klopfendem Herzen drückte sie die schwere Eingangstür mit den ins Glas geätzten Weinreben auf. Ihre Aktion war ziemlich verrückt, aber was hatte sie schon zu verlieren? Mehr als eine Abfuhr konnte sie sich nicht holen.

Hanna betrat das Lokal und wurde sofort von wohltuender Wärme umfangen. Die Temperatur hier drinnen war angenehm, die Luft allerdings weniger, denn sie war von Tabakqualm geschwängert, ungewohnt in Zeiten wie diesen.

»Kann ich helfen, mein Fräulein?« Ein Ober baute sich vor ihr auf, ein Kerl wie ein Kleiderschrank, schick in Schale, mit strahlend weißem Hemd und schwarzem Frack. Sehr majestätisch, alles vorkriegsmäßig. Bei Remberts schien die Zeit stehen geblieben zu sein. Der Innenraum des Lokals war in kleine Sitzecken unterteilt, viel Holz, viel Messing, dazwischen schmiedeeiserne Ziergitter. Inzwischen war dieses Lokal wahrscheinlich ein Refugium für Reiche, Schieber und Kriegsgewinnler.

Hanna musterte den Kellner. »Ich möchte bitte mit Herrn Hubert Messmer sprechen.«

»Wen darf ich melden?«

»Hanna Münchow aus Dahlem.«

Der Ober fixierte sie mit einem prüfenden Blick – ob er sie für eine Professionelle hielt? Ganz sicher sah sie nicht danach aus, sie war in Hut und Mantel, Vorkriegsware, solide und in gedeckten Farben. Außerdem, klang Dahlem etwa nicht seriös? Der Kellner starrte sie schweigend an. Natürlich musste er verhindern, dass die Gäste dieser Lokalität von Damen des horizontalen Gewerbes belästigt wurden.

»Bitte melden Sie mich Herrn Messmer. Ich werde erwartet.«

Der Kellner hob eine Augenbraue, doch dann endlich

setzte er sich in Bewegung. Ein paar Sekunden nur, und er kehrte zurück und winkte sie zu einer Nische. So weit hatte es funktioniert, jetzt musste sie Ruhe bewahren. Hanna versuchte, eine gleichgültige Miene aufzusetzen, in sehr aufrechter Haltung steuerte sie Messmers Tisch an. Der Ober vor ihr dienerte kurz und zog sich zurück.

»Fräulein Münchow, das nenne ich eine Überraschung. Sie sind allein?«

Sie nickte.

»Nun, dann nehmen Sie Platz, und trinken Sie ein Glas Wein mit mir. Heut steht etwas Besonderes auf der Karte, ein italienischer Merlot aus der Toskana. Leider ist derzeit dergleichen nicht überall zu haben.«

Er winkte dem Kellner und deutete auf sein Glas.

Hanna zog sich einen Stuhl heran und nahm Messmer gegenüber Platz. Sie versuchte zu lächeln, doch ihre Mundwinkel fühlten sich an wie festgefroren. Sie war nervös, es fiel ihr schwer, das zu kaschieren.

»Ich würde gerne kurz mit Ihnen sprechen, Herr Messmer. Schenken Sie mir zehn Minuten Ihrer Zeit, dann werden Sie verstehen.«

»Bitte sehr, legen Sie los. Ich bin ganz Ohr.«

Sein Arm ruhte lässig auf der Lehne seines Stuhls, er wartete. Dieser Mann war satt und verwöhnt, allzu weit durfte sie nicht ausholen, jemand wie er verlor sicher schnell die Geduld, wenn er sich langweilte. Im Übrigen war Feierabend, er freute sich bestimmt auf sein schmuckes Zuhause und die Gesellschaft von Irene, daheim in dem Palais, das Irene inzwischen vermutlich auch als das ihre betrachtete.

»Sie wissen sicher, dass ich an der Front als Krankenschwester gearbeitet habe, Herr Messmer?«

»Mit Auszeichnung. Der Samariterorden. Ihr Vater hat mir davon erzählt. Er war sehr stolz auf Sie.«

Hanna errötete. Das Gespräch jetzt auf Papa zu bringen führte in die Irre. Sie nickte bloß. Ihr ging es um anderes.

»Ich würde gerne Medizin studieren. Leider fehlt es uns nach dem Tod meines Vaters an den finanziellen Mitteln, um mein Studium zu finanzieren.«

»Sie kommen gleich zur Sache, das weiß ich zu schätzen.«

»Ich wünsche mir Zürich als Studienort. Dort hat das Frauenstudium eine gewisse Tradition.«

»Die Schweiz also, schön, aber sehr teuer. Ich begreife Ihre Lage, nur verstehe ich nicht, warum Ihre Sorgen in diesem Fall auch die meinen sein sollten.«

»Eine Bürde weniger.«

»Wie meinen Sie das?«

»Meine Mutter und ich, wir verstehen uns nicht. Um ehrlich zu sein, wir kommen überhaupt nicht miteinander aus. Vielleicht hat sie Ihnen davon erzählt.«

»Sie hat ein paar Andeutungen gemacht.« Messmers Miene blieb unbewegt. Schwer durchschaubar, dieser Mann.

»Meine Mutter möchte, dass ich heirate. Das ist die einzige Form der Lebensgestaltung, die sie sich für ihre Töchter vorstellen kann.«

Messmer schmunzelte und beugte sich vor, seine silberne Seidenkrawatte schillerte unter dem blütenweißen Kragen. Er war in edlen Zwirn gekleidet, wie immer, wenn sie aufeinandertrafen. Tiefe lag in seinem Blick, dass dieser Mann intelligent war, wollte sie wohl glauben. Im Übrigen schien Messmer die Unterhaltung Spaß zu machen. Er wandte sich ihr zu, noch immer mit einem Lächeln auf den Lippen.

»Ich möchte nicht unhöflich sein, Fräulein Münchow, aber ich verstehe nicht recht, worum es geht. Was hat Ihre zugegebenermaßen nicht sehr komfortable Lage mit mir zu tun? Nur weil ich mich möglicherweise für die Firma Ihres Vaters interessiere …«

»Ich bin ehrlich mit Ihnen, Herr Messmer, und bitte Sie, auch ehrlich mit mir zu sein. Es ist eben nicht nur die Firma meines Vaters, die Sie übernehmen. Meine Mutter hat es Ihnen angetan, diese Tatsache bringt es mit sich, dass sich unsere Wege möglicherweise demnächst häufiger kreuzen werden.«

»Ich weiß nicht, ob sie da nicht ein bisschen zu voreilig sind, mein Fräulein.«

»Sehen Sie den Tatsachen ins Auge. Für den Fall, dass Sie eine Weile mit Irene zusammenleben, werden Sie zum Familienmitglied, jedenfalls aus Sicht meiner Mutter. Pausenlos werden Sie sich Irenes Klagen über mich anhören müssen. Das ist nutzlos und störend. Am besten, Sie werden mich los.«

Messmer lachte leise. »Aha, und dagegen hilft also die Schweiz. Ungewöhnlich, dorthin zu gehen, für eine junge Frau. So ganz allein.«

»Längst nicht mehr so ungewöhnlich wie vor dem Krieg. Ich halte es für das Beste, wenn ich mir ein freies, selbstständiges Leben erarbeite.«

»Das mag so sein, jedenfalls aus Ihrer Sicht.«

»Ich würde Ihren Zuschuss zu meinem Studium als Kredit betrachten und das Geld zurückzahlen, sobald ich etwas verdiene.«

»Meinen Zuschuss?«

»Ganz recht. Sie erkaufen sich häuslichen Frieden durch einen Kredit an mich. Keine Streitereien mehr zwischen mir und Irene. Eine Bürde weniger.«

Messmer lachte leise. »Ärztin also. Nehmen Sie sich da nicht vielleicht ein wenig zu viel vor?«

Hanna setzte sich aufrecht hin. »Ich weiß, was auf mich zukommt. Ich war vier Jahre als Hilfsschwester an der Front. Es gibt wenig, was ich noch nicht gesehen oder erlebt hätte, Herr Messmer.«

Der Kellner erschien und servierte ihren Wein, während Messmer ein Etui aus dem Jackett zog und sich eine Zigarre ansteckte. Es blieb eine Weile still. Hanna nahm einen Schluck von ihrem Wein, überrascht blickte sie auf. So einen samtigen Geschmack hatte sie nicht erwartet. Sie nahm sich vor, sich genau zu merken, wie der erste Merlot ihres Lebens geschmeckt hatte. Unter Messmers amüsierten Blicken nahm sie einen weiteren Schluck. Der Rauch seiner Zigarre umhüllte die Szene mit einem blaugrauen Schleier. Sie musste diesen Mann bei seiner Ehre packen, sie durfte jetzt nicht nachlassen.

»Wer hat Ihnen das Startkapital für Ihre Karriere geliefert, Herr Messmer? Ein Onkel väterlicherseits, nicht wahr? Ein kleiner Strumpffabrikant aus dem Westfälischen.«

Messmer sah sie an, sichtlich überrascht.

»Tatsächlich. Und woher wissen Sie das?«

»Ich habe Erkundigungen eingezogen. Unser Buchhalter, Herr Reichel, ist gut unterrichtet.«

Messmer warf ein abgebranntes Streichholz in den gläsernen Aschenbecher auf dem Tisch. Er lachte leise.

»Reichel, die alte Plaudertasche.«

»Denken Sie daran, wie Ihnen zumute war, als Sie seinerzeit aus der westfälischen Provinz in die Hauptstadt gekommen sind. Waren Sie Ihrem Onkel nicht dankbar für das, was er für Sie getan hat?«

»Nein. Mein Onkel war ein Giftzwerg. Leider Gottes hatte er meiner Mutter auf dem Sterbebett versprochen, sich um mich zu kümmern.«

»Und er hat es getan.«

»Widerstrebend. Den Betrag, um den es hier geht, habe ich ihm mit Zins und Zinseszins zurückzahlen müssen.«

Hanna nickte, inzwischen war es klar, dass Messmer alles andere war als ein einfacher Verhandlungspartner. Er machte einen Moment Pause, dabei musterte er sie ausführlich.

»Wie auch immer, ich bewundere Ihren Mut. In diesem Punkt ähneln Sie Ihrem Vater. Er war ein Mensch, der viel gewagt hat, um seine Ziele zu erreichen. Das haben Sie von ihm, diese Unternehmungslust, diesen Tatendrang.«

»Ich habe noch mehr von ihm. Ich habe keine Angst vor Neuem. Und ich bin fleißig.«

»Das mag sein.«

Messmer grinste schon wieder belustigt, Hanna gab sich die größte Mühe, ihre Verunsicherung nicht zu zeigen.

»Tun Sie meinem verstorbenen Vater posthum etwas Gutes, und unterstützen Sie mich. Das ist auch eine Chance, Herr Messmer. Sie bekommen alles auf einen Schlag. Die Firma meines Vaters, seine wunderschöne Witwe und mich als Ihre Unterstützerin.«

»Sie als meine Unterstützerin? Wie niedlich. Ich glaube nicht, dass es an Unterstützung fehlt in meinem Leben, Fräulein Münchow.«

»Sie vermeiden einen Familienkrieg.«

Messmer kicherte, er nahm einen Zug von seiner Zigarre und legte sie dann auf den Rand des Aschenbechers.

»Die Firma Ihres Herrn Vaters ist nicht mehr viel wert, Fräulein Münchow. Im Grunde ist es ein Gnadenakt, wenn ich mich ihrer annehme. Der Laden pfeift auf dem letzten Loch.«

»Mag sein, aber Sie werden das ändern. Die Potsdamer Motorenbau hat den Krieg nahezu unbeschadet überstanden, sagt Herr Reichel. Ihre Motoren in den Tempelhofer Automobilen, das könnte für Sie der Einstieg in den Fahrzeugbau sein. Sie ergänzen Ihr Imperium im Handstreich um ein weiteres Unternehmen.«

»Der Fahrzeugbau ist eine verlustreiche Branche derzeit.«

»Auch dabei wird es nicht bleiben. Haben Sie sich die Pläne für dieses neue Fahrzeug, das Herr Hartwig konstruiert hat, schon genauer angesehen?«

»Sie meinen den Helios. Nein, die Pläne kenne ich nicht im Detail, aber offenbar haben Sie einen Blick darauf getan.«

»Herr Hartwig hat mir das Modell erklärt. Es ist bahnbrechend.«

»Ja, der Herr Hartwig. Er sieht recht gut aus, und er ist jung. Ist es das, was Sie meinen?«

»Sein Aussehen kümmert mich offen gestanden wenig. Hartwig ist ein guter Techniker. Er arbeitet an einer Hubvorrichtung, die den Fahrer des Lastwagens in die Lage versetzt, die Ladefläche des Fahrzeugs abzusenken und anzuheben. Kein stundenlanges Abladen der Wagen mehr von Hand, Sie verstehen? Ein Knopfdruck, und die Ladung setzt sich in Bewegung. Mit Motorkraft.«

Messmer runzelte die Stirn, jetzt wirkte er endlich aufmerksam und hellwach.

»Was sagen Sie da?«

»Eine Hubvorrichtung, eine Weltneuheit. In Kürze patentreif.«

Messmer beugte sich mit zusammengekniffenen Augen vor.

»Das wäre tatsächlich mal was Neues. Hoffentlich nimmt Ihr Herr Ingenieur in dem Punkt den Mund nicht zu voll.«

»Es ist machbar, sagt er.«

»So, sagt er das.«

»Greifen Sie zu, Herr Messmer. Mag die DGU auch marode sein, Reichel und Hartwig sind es nicht. Mein Vater hielt große Stücke auf die beiden.«

»Nun, das also zu Herrn Hartwig. Leider steht seinen Fähigkeiten als Automobilbauer ein großer Berg von Schulden gegenüber, den die DGU hat.«

»Anfangs würden Sie zubuttern müssen. Aber das wird nicht so bleiben. Was Sie in die Hand nehmen, wird zum Erfolg, oder? König Midas. So nennt man Sie.«

»Vorsicht. Nicht zu dick auftragen, liebes Fräulein.«

Messmer grinste nach wie vor, aber er schien nachdenklich geworden zu sein.

»Sie verstehen es, mir zu schmeicheln. Und Sie haben diesen Besuch gut vorbereitet. Ich kann nicht anders, als von Ihrer Zielstrebigkeit beeindruckt zu sein.«

»Danke. Ich bin eine gute Investition, glauben Sie mir.«

»Dann lassen Sie mich jetzt meine Bedingungen formulieren. Ich gebe Ihnen Geld. Aber wenn Sie mit dem Doktorgrad zurückkehren, werden Sie Ihre Schulden bei mir abstottern. Sie werden sich in einem Arbeiterviertel niederlassen. Dort, wo die meisten meiner Männer mit ihren Familien wohnen. Die medizinische Versorgung in Potsdam ist schlecht. Meine Leute sind zu oft krank. Und ihre Gören erst recht.«

»In Potsdam.«

»Ganz recht. Nicht weit von den Motorenwerken entfernt.«

Hanna streckte die Hand aus. »Abgemacht.«

Messmer griff danach. »Sie sollen Ihr Darlehen bekommen, und zwar zinslos. Ich werde an Ihnen nicht wiederholen, was man mir in meiner Jugend angetan hat. Aber gnade Ihnen Gott, wenn Sie nicht mit einem vernünftigen Doktortitel nach Hause kommen. Und sorgen Sie dafür, dass ich mit Ihrer wunderschönen Frau Mama zurechtkomme.«

»Für das Wohlverhalten meiner Mutter übernehme ich keine Gewähr. Aber bei allem, was Sie ihr zu bieten haben, wird Irene sich von ihrer besten Seite zeigen.«

»Und werden Sie nicht Zahnärztin. Ich hasse Zahnärzte.« Messmer lachte, er hob sein Glas. »Dann ist das unsere Vereinbarung?«

Hanna nickte, sie konnte kaum glauben, dass sie es geschafft hatte.

»Sie unterstützen mich monatlich mit einem festen Betrag, und dafür verschwinde ich aus dem Leben meiner Mutter. Ich komme erst zurück, wenn ich den Doktortitel habe. Ich siedle mich in Potsdam an und zahle von da an mein Darlehen zurück.«

»Den Handel machen wir schriftlich. Wir schließen einen Darlehensvertrag, über meinen Anwalt.«

»Gut. Wenn Sie es so wünschen.«

»So sei es. Und Sie halten den Mund.«

»Gegenüber Irene?«

»Kein Wort zu ihr. Sie bringt mich um. Lassen Sie uns auf das zukünftige Fräulein Doktor anstoßen. Ich wünsche Ihnen alles Gute in der Schweiz. Machen Sie Ihrem Vater alle Ehre.«

Hanna erhob ihr Glas, stieß mit Messmer an und nahm einen weiteren Schluck von dem italienischen Rotwein mit dem üppigen Aroma. Er würde ihr zu Kopf steigen. Und wenn schon, heute durfte sie trunken sein vor Glück. Sie hatte Hubert Messmer von ihrem Vorhaben überzeugt, dabei war sie sich ihrer Sache nicht sicher gewesen. Dieses Gespräch war ein überwältigender Erfolg, denn so gut kannte sie den neuen Liebhaber ihrer Mutter bereits: Er würde zu seinem Wort stehen. Warum auch nicht? Für ihn war der Betrag, den sie monatlich in der Schweiz brauchte, ein Fliegenschiss im Universum. Das Abenteuer konnte beginnen, nun war sie gerüstet. Großer Gott, was würde Cora dazu sagen? War das etwa keine gute Nachricht?

Hanna nahm noch einen Schluck Wein. Sie hatte das Gefühl, noch nie im Leben etwas derart Gutes so derart verdient zu haben.

* * *

Ein wolkenverhangener Montag im Februar, und noch dazu einer, an dem sie zu einer Beerdigung musste. Fritzi graute es davor, aber drücken wollte sie sich nicht. Alfred Funke war verstorben, ganz plötzlich. Ob der Doktor ihm noch hätte helfen können, wenn er früher gekommen wäre? Wahrscheinlich nicht. Der Zustand von Bennos Bruder hatte sich während der letzten Monate fortwährend verschlechtert, da war wohl nichts mehr zu machen gewesen. Fritzi griff nach ihrem dunklen Schal, der an der Garderobe hing. Sie schlüpfte gerade in ihren Wintermantel, als ihr Vater den Hausflur betrat. Er blieb stehen, die Zeitung unter dem Arm.

»Du willst doch nicht etwa zum Friedhof?«

»Doch, ganz genau.«

»Lass es bleiben. Was hast du noch mit den Funkes zu schaffen?«

»Christel ist die Großmutter meiner Tochter, das hab ich mit ihnen zu schaffen. Ist ein schwerer Tag für Bennos Mutter. Ich versteh mich gut mit ihr, und daran soll sich nichts ändern. Ich tu's für sie. Unsere Kleine braucht ihre Großmutter.«

»Ach, erspar dir das Theater. Die Leute werden bloß wieder reden. Erklär Christel Funke hinterher, warum du nicht kommen konntest. Sie wird es begreifen.«

»Die Leute reden immer, Papa. Die tratschen auch, wenn ich nicht komme. Ich geh hin und zeige denen, dass ich mich nicht kleinkriegen lasse. Pass du bitte so lange auf unsere süße Kleine auf. Gib acht, dass sie ihre Milch trinkt, aber sie soll drinbleiben heute. Der Wind ist eisig.«

»Dir geht's um Benno. Du hoffst, dass er zur Beerdigung kommt.«

»Nein. Darum geht es absolut nicht.«

Der Vater murrte leise, doch sie drehte sich nicht mehr nach ihm um. Mit großen Schritten verließ sie das Haus. Sie wollte gerade zur Scheune, wo der Pferdewagen stand, als ein Geräusch sie innehalten ließ. Ein Automobil näherte sich der Mühle, der Motor spuckte und keuchte. Das Fahrzeug machte reichlich Lärm, vielleicht hatte der Wagen einen Motorschaden?

Fritzi drehte sich um, zögernd machte sie sich auf den Weg zu dem Gatter, das den Hof vom Feldweg trennte. Jetzt sah sie den Wagen genau, tatsächlich, ein fremdes Automobil in Rieseby – merkwürdig, Besuch von Fremden war im Winter selten. Wo wollte der Fahrer denn hin? Von hier aus kam man nicht mehr weit, dies war quasi das Ende der Welt. Wahrscheinlich hatte er sich verfahren und suchte nach einem Ortskundigen, der ihm den Weg weisen konnte.

An der Hofauffahrt blieb das Automobil mit einem Ruck stehen. Fritzi staunte: Ein neues Fahrzeug, höchst elegant, mit geschlossenem Chassis. Die Karosserie leuchtete in sattem Blau, der Wagen hatte Weißwandreifen, so etwas Nobles besaß hier draußen kein Mensch. Fahrzeuge wie dieses kannte sie nur aus der Zeitung.

Die Tür auf der Fahrerseite öffnete sich, und ein Mann stieg aus. Er wandte sich ihr zu und lächelte – Fritzi war so überrascht, dass sie sich an die Holzplanken des Gatters vor ihr klammern musste. Im ersten Augenblick traute sie ihren Augen nicht, dieses Ereignis war zu groß für ihre kleine Welt. Vielleicht träumte sie?

»Wolfgang?«

Ihre Stimme bebte, der Wind zerrte daran, hatte Wolfgang sie überhaupt gehört?

»Fritzi?«

Sie stieß das Gatter auf und ging zu ihm, leicht schwankend in dem zähen Matsch unter ihren Füßen.

»Was machst du denn hier?«

»Ich habe Benno nach Eckernförde gebracht. Sein Bruder ist verstorben, und heute ist die Beerdigung. Wusstest du das nicht?«

»Doch. Aber ich hatte keine Ahnung, dass ihr beide kommen würdet. Mutter Funke hat es nicht erwähnt.«

»Wir sind erst heute Nacht in Berlin los. War ein wilder Ritt in der kurzen Zeit. Benno wusste nicht, ob er freibekommt bei seinem neuen Chef.«

»Neuer Chef? Ich verstehe kein Wort.«

»Benno arbeitet jetzt als Chauffeur. Um Geld zu verdienen für seine Werkstatt.«

»Ach so, seine Werkstatt.«

Sie nickte, sie schwitzte und fror, alles gleichzeitig. Der Kopf schwirrte ihr vor lauter Fragen.

»Hast du meinen letzten Brief bekommen?«

»Ja, hab ich. Ich wollte dir auch antworten.«

Wolfgang lächelte, doch seinem Gesichtsausdruck nach zu urteilen, war er ein wenig enttäuscht über die Begrüßung, die ihm zuteilwurde. Fritzi löste sich aus ihrer Erstarrung, sie breitete die Arme aus und lief zu ihm. Ihn an sich zu ziehen wagte sie nicht, aber sie nahm seine eiskalten Hände in die ihren. Ein paar Sekunden nur, dann umarmte er sie ohne jede Scheu. Es war so gut, ihn bei sich zu haben an einem so schwierigen Tag. Fritzi hob den Kopf und sah ihm in die Augen – war er der Ihre inzwischen? Gehörten sie einander, genauso wie es beschrieben wurde in den Romanen, die sie so gern las? Sie war voller Hoffnung, auch wenn sie alte Fehler nicht wiederholen wollte. Ums Verrecken nicht noch einmal scheitern, das durfte nicht sein. Also langsam, eines nach dem anderen. Sie deutete zum Stall hinüber.

»Ich war eben dabei, die Pferde anzuspannen und zur Kirche zu fahren, als ich deinen Wagen kommen sah.«

»Du wolltest auch zu der Beerdigung?«

»Ja, aber nicht, um Benno zu sehen. Ich wusste ja nicht mal, dass er kommt. Mir geht es um deine Tante. Christel Funke war immer gut zu mir. Sie kümmert sich um ihre Enkelin, weißt du?«

Wolfgang nickte, er drückte sie noch einmal an sich. Er hob ihr Kinn an und blickte ihr in die Augen. Jetzt lächelte er wirklich, aus vollem Herzen. Sie sah, dass er zufrieden war, sie spürte es, so weit kannte sie ihn jetzt.

»Wenn das so ist, dann komm mit mir. Ich bringe dich

zur Kirche. Ich werde bei dir sein, Fritzi. Ich bleibe an deiner Seite.«

»Das ist lieb. Ich danke dir.« Sie hob den Kopf und strahlte. »Dass du gekommen bist!«

»Alfred war mein Cousin, und Benno ist mein bester Freund.«

»Du bist seinetwegen hier, ich verstehe.«

»O nein, nicht nur, ich wollte dich wiedersehen. Mir liegt viel an dir, Fritzi. Hast du das nicht gespürt, in meinen Briefen? Ich habe versucht, meine Sehnsucht nach dir in Worte zu hüllen. Hast du es so empfunden?«

Sie nickte heftig, aber sie sah zu Boden dabei. Noch vermochte sie dem Glück nicht ganz zu trauen, das sie diesmal zu haben schien. Wolfgang legte einen Arm um ihre Schulter.

»Sag schon, hast du mich vermisst?«

»Ja, und wie. Jeden Tag.«

»Dann ist da etwas, worauf wir beide aufbauen können?«

»Von meiner Seite ganz bestimmt.«

»Von meiner auch. Ich lasse dich nicht im Stich, Fritzi, das musst du mir glauben. Ich bin anders als Benno. Glaubst du mir das?«

Sie hob den Kopf. »Ja, ich glaube dir. Es ist traurig, dass Alfred sterben musste. Aber es ist schön, dass du da bist.«

»Ich bin da. Wann immer du willst.«

»Obwohl du nur kurz bleiben kannst, schätze ich.«

Er erwiderte ihr Lächeln. »Wir haben noch das ganze Leben«, sagte er.

* * *

Mitten in der Nacht hatte sie das Haus verlassen. Hanna hatte zwei größere Koffer dabei, die ihre Flucht eigentlich offensichtlich machten, aber es war niemand mehr da, den das gekümmert hätte. Irene hielt sich kaum noch daheim auf. Potsdam lag ein wenig abgelegen, entsprach aber ansonsten bestimmt in jeder Hinsicht ihren Bedürfnissen. Vor Kurzem hatte ein Makler endgültig den Auftrag erhalten, das Haus in Dahlem zu verkaufen. Hanna war das gleichgültig. Das Mutter-Tochter-Kapitel war abgeschlossen, Irene wusste es nur noch nicht: Hanna war unterwegs, sie ging fort und brauchte das Haus nicht mehr, ebenso wenig wie all die anderen Dinge in Dahlem, die nun zu ihrer Vergangenheit gehörten. In dem am Horizont heraufdämmernden neuen Tag näherte sie sich Leipzig. In Gedanken war sie längst bei Cora und den Worten, die sie ihr sagen wollte, wenn sie einander endlich gegenüberstanden. Bis dahin: der Bahnhof, der weitläufige und menschenleere Bahnhofsvorplatz, die Suche nach einem Taxi.

Reichlich nervös erreichte Hanna schließlich die Beethovenstraße. Einmal mehr suchte sie Schutz in der Toreinfahrt, die Coras Haus gegenüberlag. Glücklicherweise hatte sie ihre Koffer im Bahnhof untergestellt, das Gepäck konnte sie jetzt wirklich nicht brauchen. Es ging auf zehn Uhr morgens, die Sonne brach gerade durch die Wolken, doch leider war es unvermindert kalt und windig. Genau wie beim letzten Mal wirkte das Mietshaus gegenüber verlassen und leer – heute konnte sie nicht den ganzen Tag darauf warten, dass die Haustür sich zufällig auftat. Die Zeit hatte sie nicht.

Hanna fasste sich ein Herz und überquerte mutig die Straße. Sie würde alle Register ziehen müssen, denn dieses Zusammentreffen war ihre vorerst letzte Chance auf ein Leben mit Cora. In die Schweiz auszuwandern war nicht das, was Cora vorschwebte. Aber ein Leben unter der Knute ihrer Mutter und als Dienstbotin ihres Bruders wäre auch Qual und Verschwendung zugleich gewesen. Hanna wollte gerade an der Haustür klingeln, als die sich öffnete – diesmal war es der Postbote, der ihr Einlass verschaffte. Sie nickte ihm zu wie einem alten Bekannten und eilte die Treppe hinauf. Ohne zu zögern, läutete sie im zweiten Stock bei Familie Röding. Sie war nicht mehr aufzuhalten, es war ihr gleichgültig, ob Coras Bruder sie beschimpfen und Coras Mutter in Ohnmacht fallen würde. Eine Entscheidung musste her, aber ihr Klingeln schien hinter der Wohnungstür ungehört zu verhallen. Was, wenn Cora gar nicht zu Hause war? Endlich hörte sie Schritte hinter der Wohnungstür, die sich im nächsten Augenblick auftat: Cora erschien auf der Schwelle, Gott sei Dank. Sie wirkte blass, war aber schön wie immer. Diesmal würde es keine langen Diskussionen und keine sinnlosen Wortgefechte geben.

»Pack, so schnell du kannst, deine Sachen, mein Herz. Wir reisen ab. Wir fahren nach Zürich. Nimm nur das Nötigste mit.«

Geräusche kamen von unten aus dem Treppenhaus, doch Cora sagte nichts, sie starrte Hanna nur mit offenem Mund an.

»Bitte tu, was ich dir sage. Unser Zug wartet nicht, wir

haben es eilig. Es ist alles geregelt, ich habe die Fahrkarten. Ich bin hier, um dich abzuholen, verstehst du?«

Cora kam ein wenig näher, sie war kreidebleich.

»Ich kann nicht weg. Du kannst doch nicht einfach hier aufkreuzen und erwarten, dass ich alles stehen und liegen lasse …«

»O doch, genau das tue ich. Ich erwarte, dass du dich zu mir bekennst und dich endgültig für mich entscheidest. Entweder du stehst zu unserer Liebe, oder sie ist zu Ende. Wir müssen etwas unternehmen, alles andere wird uns nicht weiterhelfen.«

»Ich kann Gunnar nicht …«

»Wenn du weiterhin darauf beharrst, deiner Familie wegen auf unsere Liebe verzichten zu wollen, kann ich dir nicht helfen. Dies ist unsere Chance auf ein freies, selbstbestimmtes Leben. Ich habe alles organisiert, verstehst du? Ich habe ein Darlehen aufgenommen und das Erbe meines Vaters zu Bargeld gemacht, damit wir in Zürich nicht hungern und nicht frieren. Ich habe die Fahrkarten für uns gekauft und ein Hotel reserviert. Es ist für alles gesorgt, du musst dich mir nur noch anvertrauen.«

»Du hast ein Darlehen aufgenommen? Wer in Gottes Namen sollte dir ein Darlehen geben? Wie willst du das Geld jemals zurückzahlen?«

»Cora? Wer ist da an der Tür? Mit wem redest du?«

Coras Mutter, natürlich, auf ihren Auftritt hatte Hanna schon gewartet. Sie hasste diese Frau inzwischen, auch wenn das womöglich überzogen war, denn die größte Schwierigkeit war Cora selbst, ihr Zögern, ihr Widerstand.

Hanna machte einen kleinen Schritt nach vorn und nahm für ein paar Sekunden Coras Hand.

»Liebste, das hier ist mein absoluter Ernst. Ich fahre in die Schweiz, mit dir oder ohne dich. Ich werde mehrere Jahre fort sein. Entweder du begleitest mich, oder du bleibst allein zurück. In dieser Wohnung, mit Menschen, die dich gewiss weniger lieben als ich und die deine Hingabe womöglich nicht einmal zu schätzen wissen. Vielleicht sehen wir uns nie wieder. Hast du das verstanden?«

»Natürlich, aber das alles ist viel zu überstürzt. Ich kann nicht einfach von einer Minute auf die andere meine Familie im Stich lassen.«

»Zum Nachdenken hattest du jetzt eine ganze Weile Zeit.«

»Cora?«

Erneut die Stimme von Frau Röding, dazu diesmal Schritte, die sich näherten.

»Ich warte am Bahnhof auf dich. Unser Zug geht um 14:10 Uhr von Gleis drei. Entweder du kommst, oder ich fahre allein.«

»Dann wirst du wohl alleine fahren.«

»Das wäre schade. Überlege es dir gut. Es ist nicht selbstverständlich, dass unsereins der großen Liebe begegnet. Wir haben nur uns beide und sonst gar nichts. Hast du darüber schon mal nachgedacht?«

»Das mag sein, aber …«

»Cora? Wer ist denn da?«

Frau Röding tauchte auf am anderen Ende des Ganges, die Hände in die Seiten gestemmt. Ihre Zeit lief ab, Hanna schüttelte den Kopf.

»Kein Aber. Dies ist der Moment, in dem du dich entscheiden musst. Tu das Richtige, ich bitte dich.«

Hanna drehte sich auf dem Absatz um. Zu bleiben, nur um sich mit der ganzen Familie Röding anzulegen, schien ihr nicht ratsam. Sie hatte gesagt, was zu sagen war, Coralie wusste Bescheid. Hanna lief die Treppen hinab, unsicher, ob sie die richtigen Worte gefunden hatte. Sie spürte ein nervöses Pochen in den Schläfen. Eine Migräne drohte, Tränen verschleierten ihren Blick, als sie das Haus in der Beethovenstraße verließ. Ein Knall – oben fiel eine Tür zu, vielleicht für immer.

Auf dem Trottoir blieb Hanna noch einmal stehen und blickte zu den Fenstern im zweiten Stock hinauf. Sie hatte viel gewagt und womöglich alles verloren. Zumindest hatte sie es versucht. Unten auf dem Bürgersteig stand noch immer der Postbote, ahnungslos war er weiter damit beschäftigt, Briefe zu sortieren.

Hanna wandte sich ab. Sie machte sich auf den Weg in Richtung Bahnhof, auch wenn es ihr schien, als wäre ihr Körper bleischwer, als würden ihre Füße am Pflaster kleben. Jeder Schritt bedeutete eine enorme Anstrengung. Nun war sie allein, demnächst sogar allein in der Fremde. Hanna schluckte. In ihren Taschen suchte sie nach einem Taschentuch, doch sie fand keines. Quälend lange Stunden würde sie in banger Erwartung auf dem Leipziger Hauptbahnhof verbringen. Zeit genug, um Bilanz zu ziehen: so viele Abschiede in so kurzer Zeit, so viel Vertrautes, das sie zurückließ.

Unendlich lang kam ihr der Weg vor bis zur nächsten

Straßenkreuzung. Dort angekommen, blieb sie stehen, sie wischte sich mit dem Ärmel über die feuchten Augen und hielt Ausschau nach der Straße, die zum Hauptbahnhof führte. War sie von rechts oder links gekommen? In diesem Moment hörte sie durch den Straßenlärm hindurch eilige Schritte auf dem Pflaster. Sie drehte sich um: Coralie. Ihr Wintermantel stand offen, sie hielt ihren Hut in der Hand und hatte nur eine kleine Handtasche unter dem Arm. Sie wirkte aufgelöst, zu Tode erschrocken, aber sie war da – Hanna zögerte keinen Moment, sie lief ihr entgegen, um sie in die Arme zu schließen.

Cora.

Dem Himmel sei Dank. Sie umschlangen einander und hielten sich fest, wie sie einander noch niemals festgehalten hatten – Hanna würde ihre Liebste nicht wieder loslassen, nicht ein einziges Mal in all den Jahren, die vor ihnen lagen.

Auszug aus dem Ehestandsregister der Stadt Groß-Berlin, 18. Mai 1920

Urkunde Nr. 1801/1920
Die Ehe vor dem Standesamt Charlottenburg III haben geschlossen:
Maschinenbauingenieur Wolfgang Michael Arnold Hartwig,
geboren am 15. Januar 1890 in Berlin,
wohnhaft Schaperstraße Nr. 4, Bezirk Mitte
und
Hausfrau Friederike Lieselotte Petersen,
geboren am 24. Februar 1896 in Rieseby,
Kreis Eckernförde in Schleswig-Holstein,
wohnhaft Schaperstraße 4, Bezirk Mitte.
Der Standesbeamte: Buchholz

Auszug aus dem Handelsregister der Stadt Groß-Berlin
01.12.1920
Eintragungen
Vera Ingeborg Funke, geborene Novak, Palisadenstraße 16, Bezirk Friedrichshain
Fernsprecher Amt Ost 2210, Veras Brautsalon oHG

Geschäftsgegenstand ist die Damenschneiderei und Maßanfertigung sowie der Verkauf von Brautmoden

Auszug aus dem Handelsregister der Stadt Groß-Berlin, 15. März 1921
Eintragungen
Benno Funke, Palisadenstraße 16, Bezirk Friedrichshain Fernsprecher Nr. 2211, Automobilwerkstatt Benno Funke OHG. Geschäftsgegenstand ist die Reparatur von Automobilen und der Verkauf und die Reparatur von Fahrrädern aller Fabrikate

Anzeige in der Vossischen Zeitung Berlin, 10. Oktober 1925

Der Bund Deutscher Frauenvereine lädt ein zu einem Vortrag von Frauenärztin Frau Dr. Hanna Münchow und Hebamme Frau Cora Röding zum Thema »Geburtsnachbereitung und Pflege von Mutter und Säugling«. Der Vortrag findet am Dienstag, den 11. Oktober, 19.30 Uhr, im Gemeindesaal der Kirchengemeinde Alt-Pankow, Breite Straße 38, statt.
Der Eintritt ist frei.